遇见你

——幸福老班情感沟通故事45例

王　莉◎著

 南京大学出版社

图书在版编目（CIP）数据

遇见你：幸福老班情感沟通故事 45 例 / 王莉著. —
南京：南京大学出版社，2023.8
　ISBN 978 - 7 - 305 - 26885 - 4

　Ⅰ. ①遇…　Ⅱ. ①王…　Ⅲ. ①故事—作品集—中国—
当代　Ⅳ. ①I247.81

　中国国家版本馆 CIP 数据核字（2023）第 068882 号

出版发行　南京大学出版社
社　　址　南京市汉口路 22 号　　　　　邮　编　210093
出 版 人　王文军

书　　名　**遇见你——幸福老班情感沟通故事 45 例**
著　　者　王　莉
责任编辑　荣卫红　　　　　　　编辑热线　025 - 83685720

照　　排　南京紫藤制版印务中心
印　　刷　徐州绪权印刷有限公司
开　　本　718 mm×1000 mm　1/16　印张 21.75　字数 367 千
版　　次　2023 年 8 月第 1 版　2023 年 8 月第 1 次印刷
ISBN 978 - 7 - 305 - 26885 - 4
定　　价　88.00 元

网　　址：http://www.njupco.com
官方微博：http://weibo.com/njupco
官方微信：njupress
销售咨询热线：(025)83594756

自　序

遇见——幸福教育的模样

　　静静翻开摆在案头的书稿，不禁浮想联翩。书里的每一个孩子，我都曾见证过他们的成长，也曾享受彼此相伴的快乐。遇见他们，是我之幸；陪伴他们，是我之福！是他们，让我更加热爱学习、思考；是他们，让我渐渐领悟到教育的真谛；是他们，让我体验当班主任的幸福。所以，我感谢他们。

　　我很幸运，因为我是一名教师；我很幸福，因为我是一名班主任！我珍视生命中遇见的每一个孩子。无论平日学习工作多忙碌，我都会细心观察他们的言行，研究他们的状态，一旦发现问题，我都会思考分析，以我微薄之力，助力他们健康成长。

　　我遇到过被家长扬言放弃的"调皮鬼"，遇到过顽劣不羁对抗老师的"小霸王"，遇到过孤独无助的"小哲人"……这些充满个性的孩子多在我锲而不舍的努力下逐渐回归。因为我的理念是"一个都不能少"！我执着地认为，茫茫人海中，我们师生能彼此遇见就是缘分，他们朝气蓬勃的生命状态常常令我感动、欣喜！

　　有朋友好心提醒：别太累，你一个小小的班主任，能改变什么！我知道自己力量微薄，但我依然执着为之！也许我不一定能把一个后进生变成前几名，但我可以尝试让他心中有爱、眼中有光，我可以让他体验到尊重与价值。我的努力也许不能促成每一个"顽童"成为所谓的"大才"，但当他生命中遇到无法逾越的鸿沟时，希望那曾经的温暖能成为激活他坚韧前行信心的关键！正是这份执着的教育信念，支持着我一直大踏步向前。

　　一位朋友得知我要出书，不解地问："平时邀你出来聚聚都那么难，费这老牛劲，又无利可图，真不明白你怎么想的！"我笑笑说："我是一名教师，多年的教育思考和探索如果尘封起来毫无价值。如果这些资料能给年轻教师点滴启发，能给家长们点滴帮助，对学生的成长能有点滴助力，我会倍感幸福。"

我珍视每一次面对问题的机会。之后，我都会反思教育关系，反思处理过程，反思是否让学生体验到老师发自内心的爱与尊重，是否做到公正、公平，是否助力学生习得处理问题、解决问题的方法。

我发现，在学生心灵开放的情况下，真挚的爱能在教育关系中发挥至关重要的作用。所以，无论学生多么顽皮，我一直努力保持着无尽的追问和开放态度，以谦和、慈爱的目光看待他们。

这是我的第二部书，是教育案例专集。里面收录的45个典型案例都是从我的素材库中选取的。书里一个个鲜活的小故事，汇聚成一幅长长的小学校园生活画卷，让读者朋友可以从微观层面了解当代小学生的学习和生活。

本书以班主任的视角，思考如何通过沟通，建立良好的师生关系、家校关系；如何以班主任的身份，去协助理顺亲子关系、伙伴关系。本书分为四个板块：师生沟通故事11篇；伙伴沟通故事11篇；家校沟通故事12篇；亲子沟通故事11篇。板块之间既相互独立，又互相联系。每篇故事，都是从事件出发，层层剖析，抽丝剥茧，探索事件背后的问题根源，破解矛盾解决的密码。每篇故事，都有原汁原味的案例描述、具体可感的沟通细节；都有引导式对话、启发式疏导；都有对关系背后隐藏需求的理性思考。无论沟通对象是学生还是家长，我首先耐心倾听，再与对方建立情感连结。我一直努力做一名"看见"学生的班主任。

多年的班主任工作让我深深懂得：教育，需要锲而不舍地寻找教育契机，把握关键事件，经历千辛万苦才能看到点滴成效。我常常把班主任比作"摆渡者"，一次次往返，把孩子们送到目标的彼岸。当看到孩子们回归正常的成长轨道，我的内心会感到无比欣慰。

这些故事能得以面世，不但得益于自己爱学生、爱读书、爱思考，更得益于我坚持了二十多年的教育日志。我记录课堂上师生互动的思维碰撞；记录教育的成功和失败；记录教育两难和各种困惑……我利用零碎时间阅读教育学、心理学等各类理论书籍，偶有机会就向专家请教，也总会结合班级案例记录自己的随感，再利用节假日重新思考，寻找隐藏在教育现象背后的本质，力求探索出一条助力学生健康成长之路……多年的不懈努力，几易其稿，才有了这部《遇见你——幸福老班情感沟通故事45例》。

　　我也深知，自己只是教育战线上一名普通班主任，才疏学浅，也因此犹豫是否让这些故事面世。但每个故事皆因现实教育关怀而生，每个故事里的孩子，在学校这个场域中鲜活的成长足迹，或许能给一线班主任老师、家有子女的父母一定的启发和借鉴。有鉴于以上思考，才得以成书。

　　本书从筹划、组稿到成书，得到李亚娟博士的倾力指导、徐良博士的关心指正；得到周小涛主编、陈莉老师、荣卫红老师等专家学者的悉心指教；得到南京市鼓楼区第一中心小学王学金、董富强、潘亮、张珺、许玲、黄剑、陈馨、诸锦娟等领导的大力支持，还有章仕波、陈青等众多同事的无私相助，还要特别感谢欣然为我题写书名的书法家茅健老师，感谢默默地为本书绘制插图的大黄妹妹！

目 录

第四部分　爱的陪伴——亲子沟通

遇见你，享受教育幸福的模样

李亚娟　王　莉

　　近20年来，在日常教育研究工作中，我常常被中小学教师的热情、勤恳、奉献精神所打动：有他们在教育场景中感性与理性交融的情感，有无数次尝试后的挫败与欣喜，有一直坚守对抗的死磕，有彷徨后智取的教育机智，有正面教育赢得学生的教育智慧……有时也会让我陷入沉思：他们到底"图"什么？图名利？似乎又不准确。图物质回报？更加谈不上。所以，我开始与不同年段的教师接触，并试图从中找到答案。

　　在与齐学红教授一起编写《幸福老班》时，我走访了很多班主任。走访中观察、思考、探索，我似乎寻找到了答案，我用了情结、情谊、情操来凝练对优秀班主任成长历程的理解与表达。原来，他们身上那种经过深思熟虑之后由情感和思想综合起来的不轻易改变的心理状态，那种无须谈高尚的朴实与忠诚，无须谈伟大的淡定与执着，那饱含教育感情的心境，不正是班主任情操与教育情怀吗？遇见他们，我就遇见了教育幸福的模样！他们因教育而幸福，因幸福而教育。

　　南京市鼓楼区第一中心小学的王莉老师，就是我特别敬佩的班主任，在与她的交往和对话中，我更加明晰教育者的情结是如何铸就教师的理想信念，教育者的情谊是如何维护教师的仁爱之心，教育者的情操是如何诠释其思想与行动的。近五年来，我们常常讨论一个话题：小学班主任幸福地学习、幸福地带班、幸福地教学，进而享受教育的幸福。

　　李亚娟（以下简称李）：王老师，您今年从教多少年了？做了多少年班主任？

　　王莉（以下简称王）：我从教34年，做了32年的班主任。

　　李：看不出来！难道做班主任会让人变得年轻吗？还是您拥有自己独特的教育"保养"秘诀？

　　王：哈哈……是的，是孩子们给了我青春和活力。我就是怀着一份炽热的激情投入地和孩子们在一起。曾听多人说过，总能从我身上感觉到一股向上的力量,那活力四射的样子永远像个小孩。我很享受这样的评价,就像冰心所说"只拣儿童多处行",我很享受和孩子们在一起的时光。我是教师,看起来我在教育孩子,其实孩子们也在教育着我,与孩子们一起经历的每一次成长之痛,都使我离"教育真谛"更近一步。可以说,是孩子们给了我教育的动力,是孩子们给予我教育的幸福,是孩子们成就了我的教育理想。

李:我听出来了,您一直享受着教育,无论是日常的教学,还是班主任工作。能具体描述一下您享受班主任工作的过程吗?

王:我习惯观察思考、喜爱阅读。深入孩子们中间感受他们的喜怒哀乐,在和他们的相处、互动中,去发现问题、解决问题,助力他们的成长,是我最大的乐趣。我常对年轻班主任说:我们要练就一双善于发现的慧眼,我们要花更多的时间去捕捉问题的苗头,不要等事态严重了再去"救火",而要在问题出现之前提前干预。

那年我刚接三年级,一天早上,一个看起来文文静静的小女孩,语数外三门作业都没交,她解释说忘记带了。不管是真的忘了,还是没有完成,直觉告诉我,要了解真相。电话里孩子妈妈答应明天把作业带来,但是我听出了不对,一追问,果然孩子是贪玩而没写作业。

这件事之后的一个月之中,又有几次同样的事发生。我听得出来,妈妈很着急,也并非不管孩子,我想此事背后一定另有原因。在我多次主动与家长沟通后,了解到孩子从小被多个家人宠溺,在家无人敢管,每天写作业都要发脾气,只要她能开始写作业,全家人大气都不敢出。看到的只是几次作业不写,深入了解才发现这只是露出一角的冰山。

到了周末,无论妈妈怎么催促,她只会提出各种吃的玩的要求,不到晚上绝对不动笔,一动笔就边写边发脾气。我感觉这孩子状态太糟了,不但父母遭罪,孩子也同样遭受着不良情绪的折磨,不然怎么写作业还要攻击最爱她的家人?! 虽然找到了原因,但我明白这多半是家庭影响的结果,需要家长的密切配合才能达成教育目标。经过多次家访、校访,和她多个家庭成员深度沟通,最终达成一致意见:家校协同,理顺孩子的情绪,通过制订计划和执行计划,把孩子的习惯纠正过来。

和家长达成一致,这才是解决问题的第一步。反复和学生谈心、和家长沟通,根据孩子具体表现和家长面对管理措施的动态执行情况,随时调整方案。这个过程中,根本没有上下班概念,曾多次在深夜,学生因写作业情绪失控接到家长的求助，我都有求必应。

多年的工作经验告诉我：一个孩子出了问题，肯定不只是孩子的过错，家长往往是问题的源头。所以在工作中，踏破"边界"是常有的事。在矫正过程中，最困难的不一定是孩子，往往是家长根深蒂固的错误教育理念和陈旧的管教方式，这个纠正过程，是十分漫长、痛苦的，但我越挫越勇，乐在其中。当一次次和家长顺畅沟通，达成一致，齐心合力实施教育；当一次次理顺学生的情绪，矫正学生的不良行为，我都能感受到成功的喜悦。

其实，家校沟通也好，疏通亲子关系也罢，只要遵循教育规律，和家长、孩子有效沟通，成功的概率还是比较大的。经过谈心、理顺情绪、制订计划、执行计划的反复波折，用了两个学期的时间，这个孩子目前每天能够先定计划再写作业，基本按照计划完成，最令家长开心的是，孩子也会动脑筋思考如何解决问题了，偶尔发脾气也能听从家长的教导了，这是家长从前所不敢想的。

有一个男孩，成绩优秀，性格温和善良，但总受同伴欺负。每次他被欺负后痛苦的模样，都令我心痛。我决定寻找这背后的原因……经过漫长的家校沟通，我发现问题来自家庭教育理念。于是，我又开始了漫长的沟通之旅……虽然我付出了很多，但是当我看到这个孩子有了玩伴，当我看到他发自内心的笑容，内心甜蜜而满足。

无论经历多么艰难的沟通，只要看到孩子的进步，我都感觉十分幸福。

李：我看到您经常写教育日志，在日志里能够读到您对学生的爱、对教育的赤诚，能和我们描绘一下您是如何坚持做到写教育日志，记录儿童成长的故事的吗？

王：这个习惯得益于多年前一次专家讲座。记得那位教育专家在报告中说：作为一名班主任，要做一个有心人。只有日常坚持观察、记录、分析，才能有能力针对性实施教育。怎么做到这些？写教育日志，记录每个同学的成长点滴，这样就可以摸清问题的脉络，抓住关键事件实施教育。我被专家的话深深触动了，我找到了自己一直苦思不得的工作方法。从那以后，我就一直坚持写教育日志。

每接到一个班，我首先为每个同学建立档案。每天忙碌的工作之后，回到家第一件事就是记录相关学生的重要事件。

常常坐在电脑前边思考边记录，不知不觉时间就过去了很久。有空了，我会拿出这些记录，查看学生的成长足迹，思考教育策略。当遇到难题，我会读书，也会请教专家。我常常找您请教一些难题，每次您都在理论方面为我指点迷津。记得有一年暑假，您送给我 5 本书，看着这些书，仿佛探到了助力学生成长的捷径，整个假期我如饥似渴地边读边写心得、做笔记。当发现对哪个学生有用的资料，我会做上记号，并结合这个孩子的行为，思考适切的教育策略。

所以，坚持写了二十多年的教育日志，动力来自对教育事业的热爱，来自一份教师的责任感，也来自学校领导和专家的支持与鼓励。

李：我真的被您的坚定、坚守所折服。三十几年的教育历程，您内心遇到过彷徨吗？您是怎么解决的？

王：当然有过。当寻求家长的配合得不到支持和理解；当努力很长时间看不到效果；当家人对我巨大的付出提出疑问，都曾令我彷徨。

有一次，儿子看到我深夜还接听家长的求助电话，并不厌其烦地出谋划策，忍不住说："妈妈，你整天除了在学校忙碌，回到家不是看书就是写东西，还常常要处理学生的家庭问题，这可是您的休息时间啊！我同事的父母也有当教师的，怎么没听说人家像您这么累？也没见您收入比人家高，您究竟在忙什么？能不能多花点时间在家里人身上？"

家人和儿子的每次质疑，都让我很愧疚。想想也对，在学校好好工作，回到家陪伴家人、孝敬父母，这样就可以工作、家庭兼顾。可是很快我就发现自己做不到，因为当一个我关注多日的学生，终于出现了教育契机，我情不自禁地全身心投入去对话、沟通，想方设法和对方建立连接，原本那种分清家校界限的想法早就抛之脑后。

我 1990 年到南京工作，一直没有房子，2002 年买了一套商品房，首付也借了一部分，每个月要还 4000 多元房贷，当时月工资刚涨到 900 多元。面对巨大的还款压力，我爱人希望我也能分担一些。不久后他们同学聚会，得知他一个同学公司正在招聘人才，薪酬是教师工资的近三倍。

听到这个好消息，我父母也认为机会难得，劝我不要犹豫。面对家里的困难，我心里十分矛盾：离职？我心里一百个不情愿。不离职？等于把家庭重担压在爱人一个人身上。

当时快到暑假了，我在矛盾的心情中送走了这一届毕业班。家人希望我在两个月的假期里处理学校事务，9 月就能去新公司报到。

这是我心情最为矛盾的一个暑假。我父亲是教师，受他影响，我从小就立志当教师。这段时间，我内心极为彷徨：一方面是家庭生活的压力，一方面是理想被撕裂，我独自咀嚼着这撕扯之痛。

在魂不守舍中度过一个暑假，想着9月份开学就要递交辞呈，将要离开我挚爱的讲台，我的心仿佛被掏空一般。

8月底，刚刚毕业的一个女孩妈妈发来一段信息：王老师，告诉您一个好消息，我家婷婷在开学前的测验中，语文成绩年级第一！回想您三年级接班时，婷婷对语文学习极为排斥，我曾为她的语文成绩无比焦虑。是您的智慧教导，才让婷婷爱上了语文！我家婷婷遇到您真是幸运！

是的，婷婷是这个班级从我接班后成绩变化最大的学生之一。婷婷的爸爸在外地、妈妈在街道工作，学习全靠她自己。她语文成绩平平，到六年级时名列前茅，现在一个不错的中学里居然能有这样的成绩，我十分欣慰。这一刻，困扰我多日的两难选择突然有了答案：我有什么好彷徨的！如果因为收入就放弃我挚爱的事业，恐怕我会后悔一辈子。

我爱人当时十分不快，但还是尊重我的选择。后来他每每看到我对工作的投入和执着，看到我取得点滴成绩的幸福，也深深理解了我。

李：我知道了，教育从来无小事，教育的坚守既来自本能的热爱，似乎也与那些教育挫折相关。在遭遇教育挫折的时候，您是如何一步一步走过来的呢？

王：有的家长懂教育规律，也十分尊重老师的专业；但也有的家长比较偏执，他们在媒体上看到对老师片言只语的评价，就难免对老师产生一些负面猜测。当来自这类家庭的孩子遇到教育问题时，家校协同就非常困难。因为首先要沟通的是家长，而他们原本接收到的负面信息会导致对老师教育动机的负面判断。

从这样家庭走出来的孩子往往问题不少，在对这些孩子实施教育引导时，和家长的观点碰撞就在所难免。每次遇到这样的家长，我都事先做好功课，对这些孩子的特点进行分析，找准问题的关键点，先从最能打动家长的细节谈起，在观点碰撞中深度对话。有的家长和我一见面，就先强调他是专业的心理咨询师，对儿童心理学很擅长，我明白家长的潜台词，就是希望我闭嘴。

也曾遇到极个别中学、大学教师，以一种居高临下的态度，见面就谈其留学经历，或告诉我他对国内外教育的深入研究，其实是在告诫我：你面对的是一位教育专家。遇到这类情况，我首先表示尊敬，再请教他们教育问题，在顺畅沟通、心情愉快的情况下，才切入正题。

　　接着,我会对孩子的具体表现层层分析,暗示家长去探寻孩子不良行为背后的根源,以此启发家长认识孩子每个年龄段的心理、生理的不同,希望家长尊重孩子的年龄特征,在实施教育时遵循教育规律。

　　看起来都是教师,也同在教育领域,但教育理念和教育方法要因人而异、因年龄而异。希望他面对自己并不熟悉的小学教育领域,听一听老师的建议。一般情况下,这种沟通都比较成功。

　　所以,做学生工作,最难的不是学生,而是家长。往往是他们不切实际的理念和做法,才导致孩子偏离正常的成长轨道。

　　面对孩子身上的问题,也有的家长自有一套理论。当他们发现随着年龄的增长,孩子越来越偏离自己期望的路径时,有的会反思自己的教育理念和教育方式,但也有一部分家长进行不可思议的归因:一是归因为孩子天生如此,二是归因为周围环境的影响。面对这样的家长,班主任有一颗爱心和良好的沟通技巧也无济于事。曾听一位教师说过:"我也按照这样的方式与家长沟通了,可就是没法让对方认同我的教育理念。"所以要做好家校沟通,需要不断学习,要具有良好的沟通能力和应对不同状况的儿童教育学、心理学知识。

　　有时,工作中也会涉及家长不愿示人之处,比如离婚、分居,比如婆媳关系等,有时一不小心会惹恼对方,招来人身攻击。

　　曾教过一个女孩,从小是外婆带大的。离了婚的爸爸妈妈很少过问,外婆对这个爸爸充满了怨恨,就渐渐不让孩子和爸爸见面。我接班时,这孩子极为叛逆,有很多怪异行为。我观察一段时间后,请来了外婆,为了取得外婆的配合,我告诉她孩子的几件反常事件,没想到外婆立即表现出很大的敌意。花了整整一个下午,我晓之以理、动之以情,终于,她答应回去尝试我的建议。之后,我发现孩子的确有了点变化,说明她认可了我的教育理念,并着手实施。当我思考着怎么和家长持续沟通来促进孩子进步时,她居然在与其他家长交流中,发牢骚说怪话,对我的努力极尽否认。令人不解的是,她一边按照我的方法实施教育,一边在怨恨我。

　　遇到这样的情况,一开始我心里觉得很委屈,但想到她已经接受建议并在改变,说明她内心是认可的。看到孩子因外婆的改变而进步,我哂然一笑。

　　每次,无论遇到多大困难、承受多大委屈,当我接收到学生的求助信号,一个教育者的责任感,让我不忍心放弃,我的性格也不容我放弃。一次次执着地坚持,几乎都能得到家长的理解、认同和支持。当然，多年工作中有成功，也有失败的案例，但是无论成功还是失败，我为孩子所做的工作，得到了大多数家长的认可。

李：教育者的深情与厚爱，一定都蕴藏着长长的情感故事，而在这些故事中您似乎充当多种角色，如果把这些故事拍成电影的话，我感觉您有时候是导演，有时候是演员，有时候是编导，有时候又是化妆师。您能分别和我们讲述一下与学生、家长进行情感沟通时候的心境与智慧做法吗？

王：谢谢李博士，您太理解我了。的确，在班主任工作中，我扮演过多重角色。

教师这个岗位，本就是为学生身心健康成长而设的。根据学生的情感需要，我有时是妈妈，有时是导师，有时是益友，有时是伙伴。

在与圆圆相处的日子里，每次下课她跑过来依偎着和我倾诉她哲学上的困惑时，我是她的导师，为她解惑；每次她诉说自己的孤独时，我是她的妈妈，安抚着她，也作为同伴陪伴她；当她和同伴发生了矛盾，对我倾诉自己的委屈时，我是她的益友，疏导着她的不良情绪……

在与蒋含相处的日子里，当他被同伴欺负时，我是他的师长，抚慰他受伤的心，教给他和同伴相处的方法；当综合实践活动没有同伴时，我是他的伙伴，和他一起活动，一起思考讨论……看到他开心的笑容，我的心晴空万里。

和家长沟通时，根据家长的认知，我有时扮演心理师的角色，疏导郁结；有时扮演长者角色，进行情绪安抚；有时扮演孩子谈感受，促家长清空先入为主的想法，用同理心聆听孩子；有时扮演智者的角色，通过故事进行启发……

比如，有时遇到有很强掌控欲的家长，我会是一名导演，根据家长的反应安排角色、台词，推动情节向有利于孩子成长的方向发展；遇到不懂教育规律、对孩子的顽劣不知所措的家长，我是智者，为孩子的健康成长支招，手把手一步步地教具体做法；面对与孩子产生严重冲突、被孩子欺负伤害的家长，我又成了温和的心理疏导师，疏导其不良情绪，安抚其受伤的心；面对极度严苛、不懂教育的家长，我又变换成孩子的身份，设身处地谈严苛管教下的不良感受，对家长动之以情，促进他们换位思考……

教育是慢功夫，我把其比喻成用热水浇石头，需要反复渗透，整个石头才能升温。教育，需要锲而不舍地寻找教育契机，把握关键事件，经历千辛万苦才能看到点滴成效。我常常把班主任比作"摆渡者"，我们一次次往返，把孩子们送到目标的彼岸。

当看到孩子们回归成长正轨，我内心无比欣慰。

李：您太了不起了！我发现了，学生的岁月静好，总是离不开老师的智慧引路。而在这条路上您一定也遇到了一些阻力吧？您在与家长进行情感沟通时，是如何晓之以理、动之以情的？

王：是的，经常遇到阻力。不过，遇到的阻力也分不同的情况。以高控制家庭为例谈谈我不成熟的做法。

同样都是高控制家庭，表现形式也有不同。

一种是对孩子百依百顺、事事都替孩子出头，看不得孩子受一点委屈的家庭。这类家长看似对孩子爱到了极致，其实是一种变相控制，是通过满足孩子的各种要求来达到控制孩子的目的。和这样的家庭打交道，最容易发生家校矛盾。原因一是因为孩子被骄纵惯了，凡事以自我为中心，在与同学相处中，无论错得多么离谱，他会认为主要是对方的错；二是家长听不得一点不同声音，听到孩子回家哭诉，不会理智思考求证，不能理解老师的良苦用心，于是，来学校找老师兴师问罪是常有的事。

比如，当老师处理同伴矛盾后，家长来兴师问罪，我知道家长的不满来自学生的认知和感受。于是，我会借口调查，先搁置家长的疑问，立即着手与学生沟通，带领学生去调查、分析、理顺情感。当学生情感顺遂、认知正确，再回头与家长沟通，问题就迎刃而解。如果调查发现老师的处理的确存在问题，会尽快整改；对家长误解的问题，要会同学生一起分别澄清，消除矛盾。

具体问题暂时解决了，才是完成教育的第一步。为了唤醒孩子的自我意识，还有后续工作。学生歪曲事实，回家表达对老师的不满，往小处说，是这个孩子在思考问题、看待问题、处理问题上的方式方法上需要帮助；往大处说，就是这个孩子的世界观、人生观、价值观需要扶正。那怎样与家长深度对话、有效沟通，达到家校共育的目的呢？我的做法是先分解目标，从家长最容易接受的细节谈起，视沟通情况再逐渐接触正题。

通过沟通，我会让家长明白：长期被宠溺包围，孩子不会将心比心、不会换位思考，凡事以自我为中心。这些，都导致孩子除了学习以外，从没尝试过独立完成一件稍有难度的事，没有体验过通过自己的努力获得的成功喜悦。这样的孩子以后面对困难就会退缩，久而久之，就会从心底确认自己能力不足，造成不自信。

在顺畅沟通的基础上，引导家长正确面对孩子的受挫或者委屈，并认识到这是促进孩子成长的最好契机：当孩子回家倾诉对老师的种种不满，第一，家长应先理顺孩子的情感，再理智地去思考、求证；第二，引导孩子遇到问题、产生困惑主动与老师沟通，正确表达，必要时向老师求助。

在与家长的沟通过程中，我会借助道德想象力，传达给家长这样的理念：教会孩子观察、思考、实践、求助，培养孩子独立解决问题的能力；就具体事件而言，孩子受点委屈，并非坏事，反而培养了他耐挫、综合表达、求助、沟通、自我解决问题等能力。这个过程，唤醒了孩子的自我意识，培养了孩子良好的社会情感，促进了孩子健康人格的形成。如此一一道来，只要开头顺畅，后面的沟通基本水到渠成。

高控制家庭的另一种情况是，家长希望通过各种课程安排占满孩子的时间，来达成培养目标。这种做法直接导致孩子自主能力缺失，而且容易形成过度依赖、焦虑、低自尊等负面心理。当我发现学生有这类状况，就会先与家长面对面交流，通过发生在孩子身上的具体事例让家长明白：这样事无巨细的安排，不但导致孩子没有任何机会锻炼自我管理能力，还会让孩子窒息，会严重影响孩子未来的可持续发展。通过持续沟通，希望唤醒家长的健康培养意识。

还有一种表扬型家庭，也属于高控制之列。家长受西方教育理念的影响，要欣赏鼓励，禁止批评。问题是家长进行的所谓欣赏鼓励，并非鼓励，而是表扬。这种一味欣赏表扬，反而给孩子带来了一定的心理创伤和行为障碍。

面对这类家长，我在沟通中传达这样的教育理念：

正确认识"满意"：分清"表现满意"和"感觉满意"，意识到这两种"满意"对孩子截然不同的影响。当孩子对自己的表现不满意，你越鼓励、欣赏，他们越气馁，自信心降得越低。所以，尽管孩子们的心智发育还不太成熟，但是他们也并不好哄骗，不会盲目相信与事实不符的鼓励。一味地抛出"很好！""不错！""你很棒！""相信你能行！""继续努力！"等"豪言壮语"，很容易把孩子培养成"空心人"。

李：实在太感动了！但是，我还特别想请教您，在与家长进行情感沟通的时候，您是如何调控自己的情绪情感的呢？

王：多年的教师生涯让我养成了一个习惯，在工作中时刻提醒自己觉察自我情绪。

每当遇到沟通中死守错误理念还想方设法自圆其说的家长；遇到明知教育

方法的不当已经伤害到孩子，但为了自己所谓的尊严，怎么都不愿改变，还攻击教师的家长；遇到自私、只爱自己的家长；遇到怎么教都做不到为孩子而坚持的家长……我会情绪低落、失望沮丧、委屈愤怒，也会感觉不值得……总之，各种负面情绪都有过。

当我觉察到自己的负面情绪，我首先提醒自己搁置问题，转移注意力，放空思想，给情绪冷却的时间。搁置时间有长有短，有时是几分钟、几小时、几天甚至几个月。当我感觉可以理智地去剖析问题了，就开始自问：我是在生谁的气？我在因为什么而愤怒？我在因为什么而感觉委屈？……

如果是因为家长对我工作、观点的不认可而导致的过激言行而生气，我会继续自我追问：是不是我的沟通方式或者语言不够尊重？是不是我的语言表达不当造成了误解？接下来，我会给自己一段时间，去反思处理这件事的过程、细节，当发现问题，会重新设计沟通方案。经过一段时间的搁置，孩子的问题有增无减，痛苦的经历也会促使家长反思自己的行为。再次坐下来沟通，一般情况下都会比较理智，成功的概率更大一些。如果效果依然不佳就再次搁置，等待合适的契机。

当我发现家长虽然认可我的教育理念及方式，我也多次手把手教给他们管理方法，但因为习惯使然或者没有坚持的毅力，无法持续对孩子进行引导、督促，我会因此沮丧挫败。这时我会深度反思，并查找相关理论知识进行学习，探寻更加适切的教育方法。

当我发现因处理同学间的矛盾，家长冤枉了我而感觉委屈，那么家长的不满一定来自孩子。我会反思处理过程：我处理是否公平？如果不公平，会重新处理；如果是公平的，那就是这个孩子感觉不公平，我需要继续进行师生沟通。

近几年来，可能是接触了太多各类家庭，我的情绪调控能力比以前提高了不少。有时来到我面前的家长，看上去状态很差：烦躁不安、紧张焦虑……我就想：这些不良情绪肯定不完全是老师惹恼了他（她），到底是来自家庭内部关系，还是来自面对孩子的无力感？或者来自生活、工作的压力？……于是，我感同身受，进而我会运用同理心，尽量与他们当下的体验同在。带着觉知聆听他们的感受和需要，在沟通中用心和他们建立连接。

如果我想尽办法，也一时无法和家长的感受、需要建立连接，那说明我们的对话已经失去了生机。这时我会提醒自己：离开现场，暂停沟通。同时我也会在内心告诉自己：这可能是一个生病的家庭，每个成员都需要帮助，医生会因为没治好病人而生气吗？何况我又不是医生，我只是一名普通的教育工作者，尽我所能去做，如果一时无法影响父母，只能在学校范围内，尽可能多地去帮助这个孩子。

所以，与家长的沟通中，我努力保持情绪独立。当情绪即将失控，我会告诫自己，这是需要帮助的家庭，他们的表现，是陷于痛苦的无奈。这样的思考，基本可以让我置身情绪之外。

作为班主任，我认识到只有调控好自己的情绪，才有引领学生的能力。在我的职业生涯中，一直致力于唤醒、打开和点燃，希望把孩子们培养成有责任担当、有幸福生活能力的人。

李：教育需要持续的沟通与高质量的对话，我想学生与家长都享受到了您的教育智慧，那么，我有个请求，能给年轻班主任一些情感教育建议吗？

王：我觉得需做到：

1. 永远站在学生的立场，以学生为中心考虑问题、解决问题，这是教育初衷，也是唯一不变的教育原点。

2. 要练就一双慧眼。看到学生的反常表现，要具有前瞻性思考。要及时了解、挖掘背后的"冰山"，提前预料事情的发展趋势，及时进行家校沟通，形成家校合力，有针对性地进行矫正，尽量把问题消灭在萌芽之中。对一些教育"困难户"，要耐心等待，捕捉稍纵即逝的教育契机，抓住教育的关键事件，持续进行沟通和教育对话，引导家长认识不同年龄段孩子的生理、心理发展规律，认识到问题根本所在，配合老师进行正确引导。

3. 要终身学习，不断更新教育理念。面对现代知识型家长和接收各种信息来源的学生，如果班主任没有拿得出手的"绝活"，沟通过程中会被对方牵着鼻子走，很难实现教育目标。到时候恐怕空有一腔教育情怀，既没有机会施展，也无力施展。

4. 要有锲而不舍的精神。教育相当于"文火慢炖"，是一个循序渐进的过程，就像食物，不到一定的火候，呈现不出它的美味。当我们发现问题，不要指望家长明白了道理就会积极配合。让他们因为班主任的一番话，立刻改变沿用了几十年的教育理念、价值观，并且付诸行动，那是做梦。

其实家长不是不想改变，是他们根深蒂固的原有认知已经渗入每一个细胞，所有的行为也成了条件反射。让他们因老师的一两次说教把错误基因从细胞中清除并付诸行动，根本不现实，也不科学。有的班主任抱怨：家长明明知道自己做错了，还是不接受改变，是不爱孩子还是对老师不满？其实都不是。他们不是不想改变，而是没有能力立刻完全改变，他们需要在一次次碰壁之后，才会触动"痛觉"神经，才逐渐有了急切改变的需求。当班主任一次次与其进行心灵对话，梳理情感，才有可能促使其从灵魂上警醒，继而发生改变。

所以，教育是个慢功夫，我们必须有充分的思想准备，不然就会失望、沮丧，怀疑自己的选择，怀疑自己的付出，让自己陷入无边的痛苦之中。只有懂得教育规律，以爱心、耐心、细心、恒心去浇灌，才会满园芬芳，我们作为园丁才能享受到收获的幸福。

5. 切忌把家长推向对立面。要时刻记住，我们和家长目标一致，无论发生什么事，我们都要想方设法和他们站在一起；时刻记住，我们请来家长是协同解决问题的。个别老师直接告诉家长他的孩子不写作业、上课不听讲、不友好等问题。这些表达，基本都是事实，但就表达方式来说，却是指责。以指责开头的沟通注定是失败的，即使家长涵养很好，一直耐心听着，可因为心里的刺痛和不舒服，对立情绪在心里悄然形成，这样做，离我们的教育目标就会越来越远，严重的还会导致家校矛盾。

李：谢谢您，谢谢您的真诚与开放，让我们对教育过程理解与教育情感关系建立、情感沟通与表达等方面的理解豁然开朗起来了！

……

每次与王莉老师进行交流与对话之后，我都会深深地感动良久。他们不就是生活在身边践行"教学做合一"育人理念，用教学、科学、艺术激活与培养儿童的自我意识，发展儿童与同伴、亲人、朋友、集体、周围世界和谐共处的能力，以心灵开启心灵、以智慧影响智慧，传递丰富的教育情感，并在儿童心中埋下善良、友爱、自由、公平、平等、道德、品格的种子的真正的儿童教育家吗？她在朴实的教育实践中持续地勾勒出来的教育情结、情谊、情操，不就是教育者爱的教育情怀吗？我何其有幸，能够有机会与他们一起学习、交流关于教育的普通现象和过程，关注儿童成长中的教育问题，见证他们朴实的教育童心与爱，惠泽着属于他们的儿童的心灵。蓦然回望我们走过的教育之路，因遇见你们，看到了教育者的幸福模样，也更加希冀美好而幸福的教育离我们每个人越来越近……

2022 年盛夏

第一部分
爱的呵护——师生沟通

对话：班主任教育机智的实践表达

李亚娟

教育是关系的学问，本质上是教育者与受教育者之间的对话的过程，在对话过程中相互影响、彼此成长。正如德国教育家雅思贝尔斯所说："教育是人的灵魂的教育，而非理智知识和认识的堆集。所谓教育，不过是人对人的主体间灵肉交流活动（尤其是老一代对年轻一代），包括知识内容的传授、生命内涵的领悟、意志行为的规范，并通过文化传递功能，将文化遗产教给年轻一代，使他们自由地生成，并启迪其自由天性。"教育通过现存世界的全部文化导向人的灵魂觉醒之本源和根基，这深刻道出了教育实践的对话属性。

对今天的班主任教师来说，需要重新理解教育的过程与本质，明确教育的对话属性和内涵，因为班主任的教育机智往往就是流淌在日常教育生活的多维对话之中。

那么，班主任如何拥有对话理念，并能够在师生沟通中彰显对话精神，学会对话沟通？王莉老师关于师生沟通的情感教育叙事，启发我们思考班主任教师的对话教育机智。班主任的教育对话需要做到以下几个方面：

1. 说理：在对话中儿童易于认同指导

研究表明：儿童与青少年是喜欢成人的说理指导的，特别是其在学习、生活、交往中遇到困惑的时候，需要成人的有力指导、支持、帮助。对小学生来说，一般到五、六年级时，已经开始渐渐进入青春早期，他们对自我越来越关注，认知与情感一定意义上存在"分叉"，或者说儿童的道德情感越来越"理性"，行为开始不再按照成人的预想与期待表现。但恰恰在此时，儿童更需要成人的指导，如果成人悉心了解儿童的所思所想，选择适宜的时机，恰当运用合宜的说理，寻找儿童易于接受的方式进行情感沟通，可能会取得意想不到的效果。

2. 共情：在对话中师生关系获得改善

班主任与学生进行沟通的目的之一就是对学生的认知、情感与行为产生影响，自然也期待着学生整体上发生变化。但是，一般情况下，我们都深深地体会到，如果没有共情，对话很难产生教育力量。王莉老师在与自尊心超强的六年级学生进行沟通的过程中，能够主动道歉，理解学生的高自尊心态，尝试改善师生关系；在同伴之间发生交往冲突时，她欲擒故纵巧抛"睡袍"；因为父母关系紧张而产生严重补偿心理的学生内心伤痛的痊愈；学生部分场合的行为失当时的"移情式"思辨；特殊孩子个案辅导过程中的倾听、耐心与鼓励；学生"早恋"进行时的真心倾听与循循善诱……这种种真心共情的场景，就是教师发现学生、理解学生、帮助学生的重要时空，教育者与受教育者之间充满共情的对话，不仅仅是解决某一个具体问题，还在无形中改善了师生关系，这种师生之间的情感力量注入彼此的内心深处，成为各自成长与行走的力量。

3. 媒介：在对话中师生沟通方式更多元

一般来说，在日常学习、交往中，当学生存在认知、情感冲突时，班主任要及时与学生进行沟通，并做情感指导。教师关注与学生之间的对话，并能够有效地对话，需要借助于多元的媒介，多元的媒介也会让对话更多元。王莉老师在与学生进行沟通过程中，充分运用了"合约"媒介，在尊重、信任的前提下与学生立下"盟约"，并在此过程中像父母那样，研究每个孩子的特质，判断哪种方法适合哪个孩子，进而寻找有效教育的方法。教师不能只是每天遇到问题时再去"灭火""扑火"，而是要在工作中注意运用多种媒介，寻找多元的沟通方式，灵活地走进儿童与青少年的情感世界，实现用智慧呵护成长。

综上，班主任在师生沟通过程中需要拥有对话的理念，这种理念成为教育者的价值观时，教师在沟通过程中会更倾向于尊重、公平；而在对话过程中，在沟通中共情会产生较强的教育力量；而教师寻找到适宜、多元的教育媒介，更多地帮助到教师，让沟通中的教育机智充分呈现出来。

师生沟通 1——

特别的爱给不特别的你

教学精力所限,老师们往往忙两头——提优补差,而每个班都有一部分成绩中等、表现中规中矩、极少给老师添麻烦的"不特别"的学生,他们非常容易成为被忽视的群体。我多年的教学实践证明,这部分学生有相当的潜力可挖。这需要我们用心倾听他们的心声,揣摩他们的内心需求,纠正在磨难中形成的对自我能力的错误认知,在"表现满意"和"感觉满意"中找到教育平衡点,也许就能改变孩子的人生方向。①

我所教的毕业生中就有这样一个典型例子。

一

那是初秋微雨的一个下午,刚放学,愁眉苦脸的小墨妈妈就赶到了办公室:"王老师,我们家小墨这个成绩都急死我了!"

我不解:"小墨不是一直都是中等成绩吗?也没有很大的退步啊?"

"最近同事们都在谈孩子升学问题,我家孩子怎么办?她不好也不坏,这样下去能上什么初中啊?"

我明白了,她是对小墨的现状产生了焦虑。"孩子在家是什么状态?"

"王老师,我们很忙,她爸爸在武汉工作,根本就管不了孩子;我在居委会工作,整天要加班,也没有时间管孩子,全靠她自己。"

"孩子早晚有人接送吗?能够按时吃上饭吗?"

"我们是外地人,父母都不在身边。家里通常只有我们母女俩,早饭有时是我做的,有时候是在早点摊买的。上学放学都是她自己来回,晚饭时间就不确定了,有时我回来晚了她自己就糊弄点吃了。"说到这里,小墨妈妈的眼睛有些湿润。

---

① [美]马丁·塞利格曼:《教出乐观的孩子》,洪莉译,北京联合出版公司 2020 年版,第 26 页。

"其实，小墨自理能力蛮强的，在学校也极少惹麻烦，是个比较自觉的孩子。"我顿了顿又说，"小墨沉默寡言，几乎不犯什么错误，作业也都能完成。课堂上总是低着头，从不发言。"

"是的，我们有责任，平时关心少，孩子对我们很不满，有时问她学校的事情，她就会顶撞我，我也不敢多管，老师，我该怎么办啊？"

家长反复焦急地询问"怎么办"，把我带入了深深的思考中。这个孩子受到的关注少，在家父母忙，在校中等生，又不捣乱，这在群体中是最容易被忽视的。如果不是她妈妈来找我，整天忙于教学和转化后进生的我也不可能过多地关注她。想到她漫不经心地学习就能达到中等水平，说明她应该有不错的学习能力，我极力在脑子里搜寻她最近的特殊表现，突然想起前几天检查《春江花月夜》背诵时，意外地发现她第一批完成熟练背诵，就决定利用这件事作为突破口，看能否敲开小墨紧闭的心门。

我单刀直入："我们班最近在准备进行中秋祭月典礼，要求背诵《春江花月夜》，您协助她背诵了吗？"

"很抱歉，我太忙了，不知道您什么时候布置的作业。"

"这首诗很长，当我检查背诵时，她第一批过关并且背诵熟练。您没有督促协助，她自己完成，说明这孩子挺聪明，学习能力也比较强。但是成绩中等，应该平时在学习上没有尽力。"

"那该怎么办呢？"她用手背擦了擦眼角。

"我们先尝试一个方法，您回去按照我说的做，看看效果如何。"

"什么方法？"小墨妈妈猛地站了起来，又不好意思地笑了笑，重新坐下去。

"您回家告诉孩子，老师说她有很好的学习能力，就是没有在学习上下功夫，如果用心，相信她能考到班级前十名。"

"前十？"她疑惑地望着我，"这，能行吗？"

"您先试试，看她反应，再给我电话反馈。"

我微笑着鼓励。

二

没想到，第二天早操时，小墨妈妈就沮丧地打来电话："王老师，您这个激将法恐怕没用。昨天回来我转告您说的话，她直嚷嚷：'这你也信！那是安慰你的！

老师肯定对每个家长都这么说！'"

"无论孩子怎么反驳,你都坚定地认同老师的说法,并且告诉她:老师不是随便说的,还举了好几个你学习的例子,其中就说《春江花月夜》你背诵得又快又好。您也可以再列举一些生活中的例子做证明,让她确信自己真的能行。"

利用课间休息时间,我跟小墨进行了短暂交流。

"小墨,昨天你妈妈来了,我们聊了你的学习情况,你妈妈对没有好好陪伴你学习感到十分内疚,昨天我们见面时她忍不住多次流泪。她认为你的学习不那么理想,就是因为他们太忙了,对你关心不够。你学习能力很强,只是还没有发力,现在五年级刚开学,一切都来得及。老师说你学习能力强,是通过观察得知的。最近我们在准备中秋节的祭月典礼,背诵《春江花月夜》的检查,你是不是第一批过关的? 当时检查背诵时,我听出来你背得很熟,这个是真的吧?"

她把一直低着的头抬起来,重重点点头。

"那么长的古诗,好多家长反馈说孩子背诵困难,你很快就完成任务,你爸爸妈妈没给你提供任何帮助,说明你不但聪明,学习也自觉对不对?"

她又点点头。

"既然这样的困难你都能不声不响地克服,以我多年的教学经验判断,只要你在学习上也这样用心,成绩想不好都难啊! 如果你怀疑老师过分夸奖,你尝试一下不就知道了? 能不能答应老师,用背诗这样的热情来学习?"

"嗯。"她终于发出了声音。虽然从始至终都没有说出一个字,但是我看到她脸上有了光彩,黑眸里有了亮光。

小墨个子小,一直坐在第一排,自从谈过话,我对她默默关注着,希望有奇迹发生。课堂上,小墨依然低头坐着不动,但只要黑板上有板书或讲到知识点,她马上就抬起头记录,我看她语文书上记得密密麻麻,虽记录速度较快,但是跟上我讲课的速度依然不是那么容易。下课铃响了,她反复看着笔记,并且时不时在上面添添补补。

我好奇她记录了什么,一周后,我要来她的语文书一看,吓我一跳。我讲的知识点,她几乎没有遗漏,以至于书上原来的内容都被掩盖了。我告诉她,不必记那么详细,把老师板书内容记下来即可。但是她摇摇头:"老师,我觉得需要记的我都会记下来,我怕您讲过后我就忘记了。"再后来,我就看到她上课不记录在书上了,而是带来了笔记本,密密麻麻地记录着,下课后,依然能看到她在整理笔

记。后来她的同桌向她学习，也开始了笔记本记录，两个人下课互通有无。再后来，我们班同学上课没有记全的、生病或者有事没来的，都来借她的笔记本，她有求必应。一向沉默寡言的她，小小的脸上渐渐有了笑容。

　　此后，她成绩稳步提升，前十几名、第十名……两个月后，她稳步进入班级前五名，有时还能冲到第一、二名。虽然不排名，但是我关注小墨，默默算了一下，期末考试她居然语文考班级第一，语数外总分班级第三，这在从前是不敢想象的。

　　她妈妈高兴地发来一段信息："王老师，太感谢您了！孩子考出了我从来都不敢想的成绩，您到底用了什么办法让她开窍的？说真心话，她在家真的不怎么看语文的，不可思议，语文成绩怎么提高的？太感谢您了王老师！我就担心她是不是能一直这样，就怕是昙花一现。"

　　我给她回复："不用担心，孩子已经启动了对语文强烈的兴趣，尝到了优秀的甜头，不但不会退步，以后会更好！"

　　从接班开始，我就尝试让孩子们在课余时间诵读国学经典。之前，也许是因为家长不能督促协助，小墨是班级背诵比较落后的。这件事过后，她几乎每晚都发背诵视频，进度很快就赶了上来。此后整个六年级，小墨依然是不声不响的小墨，但是由于她语文成绩突飞猛进，同学们常常追着她要笔记看，她的眼睛变得亮晶晶的，小脸上也常常洋溢着自信的微笑！

今年暑假后，小墨上了初中，开学两周后，她妈妈发来一段信息："王老师打扰了，小墨上了一中，被任命为语文课代表，现在正参与竞选班长。听她回来讲，语文老师上课所讲的内容在小学您的课堂上几乎都讲过，并且她都已经掌握，所以孩子觉得学不到新的知识，很焦虑！"

我回复："首先恭喜孩子成为语文课代表！也祝孩子竞选班长成功！初中刚开学，所学的知识和小学六年级互相衔接，所以有重复很正常，也说明小墨小学学得非常扎实。感觉学得轻松就多读老师推荐的课外书，后面就会有新的挑战，注意保护好孩子的自信心，保持对学习的浓厚兴趣，她会越来越棒的，加油！"

三

阿德勒认为，"如果一个身体健康的孩子经历了生活的磨难后，对自己的能力形成了错误的认知，那么他就不会有健康的心理，任何失败都会使孩子认为自己缺乏能力，因为这些孩子对困难异常敏感，把每一个障碍都看作是自己缺乏能力的证明。"①

刚入学的孩子，都是怀着美好的愿望而来，并且希望得到老师的重视、同学的尊重，希望在班级有优越的地位。当这美好的梦想一次次被现实无情地击碎后，小墨渐渐地形成了错误认知：自己不行，自己不如其他同学优秀。虽然不甘心，但是现实一直没有改变，她也渐渐认同了自己的水平和在班级中的地位。

优秀的孩子少不了家长和老师的鼓励与支持，可是小墨在家没有得到应有的照顾和重视，在学校因为成绩一直处于中游，在班级的表现也基本处于无功无过的"不特别状态"，因此受到的关注并不多。长期的压抑，孩子内心与生俱来的那种对优越感和成功的追求，让她越发自卑。

长期以来她已经对自己的能力形成了错误认知，这时老师想通过鼓励提高她的自信，但习得性无助让她无法相信：老师凭什么说我有能力学好？当老师告诉她是根据她背诵情况得出的结论时，她才愿意相信并决定尝试。

马丁·塞利格曼认为，自尊有个值得敬仰的起源。现代心理学之父威廉·

---

① ［奥地利］阿尔弗雷德·阿德勒：《儿童的人格教育》，张庆宗译，华东师范大学出版社 2017 年版，第 76 页。

詹姆斯在一百多年前就得出这样一个公式：自尊＝成功÷自我期望。[①] 按照这个公式，我们得到越多的成功，并且期望越低，那么自尊就会越高。小墨就是一直通过降低自我期望平衡自己的自尊的。詹姆斯将两个水平的心理作用联系了起来：第一，自尊是一种感受状态，比如羞耻、知足、满意等；第二，这种好的感觉根植于这个世界，根植于我们与这个世界的成功交流。

什么叫自尊？自尊就是对自己的思考能力和应对日常基本挑战的能力有信心（即表现满意）；对自己有权利高兴、感觉有价值、有权利追求欲望与需求以及有权利享受努力所获得的成果有信心（即感觉满意）。[②] 没有任何有效方法可以不先教"表现满意"而直接教"感觉满意"。毫无疑问，能增强自尊感是十分令人喜悦的，但是不先获得与现实世界交往的好成果，而企图直接得到"感觉满意"，就是将因果关系颠倒了。

所以小墨在没有确认自己"表现满意"之前，觉得老师仅仅是给她妈妈的善意安慰，取得优秀的成绩，对她来说是一座高山，她无法逾越。她以往和其他同学一样，都渴望自己在班级是佼佼者，可是一次次受挫的经历一定让她心有余悸。她从来都没品尝过成绩优秀的喜悦，由此就断定自己缺乏学习能力，甘愿处于中下游，在心理上就对困难望而生畏。面对老师肯定的话语，她的自尊让她无法接受，虽然内心希望得到验证，却用这种自我否定的方式来缓解紧张和自卑，这时特别需要老师和家长找到"表现满意"的事实，然后有理有据地来坚定她的信心。

---

① ［美］马丁·塞利格曼：《教出乐观的孩子》，洪莉译，北京联合出版公司 2020 年版，第 26 页。

② ［美］马丁·塞利格曼：《教出乐观的孩子》，洪莉译，北京联合出版公司 2020 年版，第 27 页。

师生沟通 2——

"老师，我愿意和您签订合约！"

孩子们在小学阶段学习成绩及各方面的表现并不是一成不变的，他们往往随着年龄的增长或者环境的改变，引起成绩、品行等方面的波动。面对孩子的这种情况，家长着急上火，有的采取批评责骂的方式，有的采取紧盯的方式……做法简单粗暴，结果适得其反。当老师发现这类问题，可以及时介入，引导家长和孩子订立契约。这样的做法往往起到意想不到的效果，我们班的小熊就是这样一个孩子——

一

一个星期天的早上，我突然接到小熊爸爸急切的电话，说他正在新疆出差，小熊妈妈打电话向他求助。原来小熊昨天的作业没有按时完成。他白天有大把的时间，可一直拖着不写，一会儿玩狗狗，一会儿看手机，一刻也不消停。催他，他还振振有词，说一会就写，可就是不动笔，他妈妈都被他气哭了。当父亲的同样一筹莫展，不得不大清早给我打来电话。"王老师，事情虽小，但确实够烦人。其实我在家他也这样，我们真被他气死了！他就不能正常一点吗？我真怀疑他脑子出了问题。"

他上纲上线，越说越激动。我请他出差回来后，到学校面谈。

二

三天后的中午，小熊爸爸行色匆匆赶到学校，我叫上小熊，我们一起来到幽静的书吧。

在一张书桌前各自落座，我开门见山："小熊，你今天三项作业都没有按时完成，你的名字又上了黑板，是不是？"他不吭声，只是扭动着身子，眼睛往书吧外面瞟。顺着他的目光，我看到课间在走廊嬉戏的同学正趴在门口往这里瞅，我知道小熊有点内向，肯定是担心同学们看到他被请家长丢了面子，我赶紧过去把门关好并告诉他，今天谈话只限我们三人知道，但是他今天必须说实话，不然谁也帮不了他。

"老师找你谈话，你担心被同学们知道，说明你有很强的自尊心，也是积极要求进步的，不希望被同学们看成后进生。可是，最近你的名字经常上黑板，你以为同学们看不见吗？作为学生，你的本职工作就是学习，你没有完成学习任务，大名挂在黑板上，反复被催促交作业，下课也得不到休息，被老师逼着拼命赶作业。你觉得同学们怎么看你？这样体验舒服吗？愉快吗？"

他坐直了身子，抬起头，赶忙又低下去说："不舒服，我也知道同学们嘲笑我，可我就是控制不了自己，总觉得作业不多，做起来快得很，但是玩起来又忘了时间，等开始写作业就慌神了，于是就拖拉下来。"

"上学期你的成绩还处于班级前十几名，再往前一个学期，你曾经进入提高班，说明你智商不低。不过这都是老师的看法，你也可以给自己一个定位，你的学习能力在班级应该处于什么水平，目前你的成绩又处于班级什么位置？"

"我的智商差不多在班级属于中上吧，我的成绩在班级应该是中等……"小熊的声音越来越低，明显地底气不足。

"是啊，能力和成绩这样不匹配，是什么原因造成的呢？"

"——应该是——不努力。"他吞吞吐吐。

"你考进过提高班，可是去年你被退出来了，你有什么感受？"

"当时有同学笑话我，被从提高班清除了，我在班级好几天都心情不好，我也下决心好好学习，重新进入提高班，一雪前耻。可是，我只要一回到家，看到可爱的狗狗，看到桌上的手机，我的心就痒痒了，手也痒痒了，就想着累了一天了，应该好好放松一下了，于是控制不住地玩起来。唉——我这样一放松，就忘记学习落后的难受了。"

"你还是积极要求进步，还是想学好的，对吧？"

"是的，我就是管不住自己，我也知道这样下去后果不堪设想，我恨自己！"说到这里，面前的孩子耸动双肩，抽抽搭搭哭了起来。

坐在一旁的父亲绞着手，一言不发。

"你想进步却管不住自己，就是遇到了困难，为什么不来找老师帮助呢？今天老师就和你商讨采取什么办法进行补救，不过，你要先回忆最近在家、在学校都是怎么对待学习的。"

小熊偷偷瞅了父亲一眼，赶紧低下头："我在家拖拉作业，在学校不认真听讲，作业也马虎，总想着玩……"

"你何止拖拉作业？你根本就没有摸作业本！"小熊爸爸终于忍不住了，他腾地站起来，看了看我，又无奈地坐了回去。他两手握拳，指关节发出咯嘣咯嘣的脆响。

"你明知道自己拖拉作业造成了成绩下降，可是依然无法控制自己，每次作业都完成很晚；你明知道上课要专心听讲，可就是控制不了自己思想开小差，对吧？"

"是的，我就是这样。"小熊的头越垂越低。

"想不想改变？"

"嗯。"

"我们先解决完成家庭作业的问题。你自己先想一想，在家自己应该怎么做，马上写下来，我们等你。"我给他爸爸使了个眼色，我想，他一定带着一份好奇，在猜想接下来会发生什么。

一会工夫，小熊就写好了：

1. 周一到周五，每天到家就开始写作业，写完再玩。
2. 周一到周五，每天晚上 8:30 之前写完作业，如果写不完就不写了。
3. 周六上午 9:30 开始写作业，到下午 6 点前完成。
4. 周六在下午 6 点前保质保量完成作业。

小熊
2.19

我说，第三条太绝对了，添加一条："非常时期可以在周日上午写 2—3 个小时。"

"小熊，你听说过合约吗？合约就是合同、契约，是对定约人的一种约束。签订合约的人只要签过字，都要对自己所签字负责。如果违约，要负法律责任。今天咱们也签一个合约怎么样？虽然违约不要你负法律责任，但是相当于你违法。"

我看了看他，继续说："自己能做到的就签字，做不到就不要签字，好好想一

想,没有人逼迫你,如果不签字也没关系,我们再想别的办法。一旦签字,就要遵守合约,男子汉大丈夫,一诺千金!"

时间一分一秒地过去,小熊埋着头,一动不动。他爸爸不停向我摇头,失望写在这位疲惫的父亲的脸上。

下午的预备铃声敲响了。就在我准备起身离去,结束这场无果的交谈时,小熊猛地站了起来,大声说道:"老师,我愿意和您签订合约!"

"真是个勇敢的孩子!"我用赞许的目光望着他。透过余光,我感觉他爸爸眼里有泪光。趁热打铁,我赶紧带小熊去办公室打印出来一份"合约",让他在上面签字并写上日期,他同意了。签完字以后,我让他回教室,并告诉一直跟随的小熊爸爸:如果您想让孩子信守承诺,请务必做到以下几点:

1. 信守承诺。首先家长信守承诺,严格按照合同上的内容进行监督管理和约束;然后家长通过自己的行为,促进孩子信守承诺,如果孩子请求父母配合他欺骗老师,不要发火,耐心解释,让孩子明白家长态度温柔而坚定。

2. 坚持不懈。孩子不是一张白纸,他已经有了坏习惯,一下子完全改掉很难!凭家长的决心和毅力,促进孩子的持之以恒。当孩子违反约定,如家长提醒、督促无效,就要停下所有的工作,和孩子深入沟通了。通过谈心告诉孩子,签了字就要遵守约定,就要持之以恒。不然会让老师和同学们看扁。用这种激将法,促使孩子幡然醒悟。

3. 家校协同。孩子年龄小,有时想偷懒在所难免。遇到这种情况,家长不可妥协,不能允许其破坏规则,别心疼孩子到学校是否会被批评。如果孩子反复走老路,家长规劝不听,还发脾气、要无赖,而家长与其沟通无果,一定要联系老师,及时探寻解决之道。

4. 提高修养。家长要多读书,比如吉诺特的《父母怎样和孩子说话》,通过学习改变一贯呵斥指责等作风,掌握与孩子沟通的技巧,让孩子切实感觉到家长的变化——爸爸妈妈也在读书、学习,追求进步。家长通过努力,拨动孩子的心弦,让他愿意改变,主动求变,这是成功的关键。

这些条件,他爸爸一一答应。

一个月过去了,我发现小熊再没有出现少做作业现象——一次都没有,我很惊奇。作为奖励,我与小熊协商,对合约做了适当调整,增加了一点奖励性的内容(斜体字是增加的内容):

1. 周一到周五每天到家就开始写作业,写完再玩。

2. 周一到周五每天晚上 8:30 之前完成作业,8:30 之后就不让写了。*如果保质保量完成,就允许玩半小时电脑。*

3. 周六上午 9:30 开始写作业,到下午 6 点前完成。非常时期可以在周日上午写两个多小时。

4. 如果周六下午 6 点前保质保量完成作业。可以玩一个小时电脑,如果不能控制自己,多玩 10 分钟以上,下周就取消玩电脑的资格。

三

拖拉是人的劣根性,一般很难在短时间内消除,有时会伴随人的一生。先前我以为小熊的拖拉行为一定会反复,没想到的是,居然没有,最起码我后来再没有看到他的大名出现在黑板上。从定合约的 2 月份,到毕业的 6 月份,四个多月的时间,小熊再没少交过作业。本来做好反复"战斗"的准备的,小熊居然做得很好,这是我没有想到的。

后来我找家长了解情况,问起孩子是否有过反复,他爸爸说在家有过拖拉现象,但是,当家长提醒他要面对和老师签订的合约时,他就赶紧过去写作业了。家长很开心,感觉孩子像被施了魔法,乖乖地听话了。我窃喜:这魔法就是契约精神啊!

签订第一次合约两个月之后,我找小熊谈心,首先肯定他的努力和持之以恒,同时征询他的意见,是否同意就上课听讲的专注度进行自我约束。他考虑后,答应了,主动拟了"合约"并签字后交给我。看来,他是尝到了合约的甜头。虽然他在课堂上听讲的专注度稍有反复,但总体来说还算顺利。

我反复分析此个案,发现小熊身上的几个特点,是成功的必要条件。

1. 能力较强。小熊考进过提高班,说明他无论是智力,还是学习能力,都是不错的,是坏习惯导致他成绩下降。

2. 基础扎实。小熊以前成绩不错,出问题不到一年,知识没有较大的断层。此经验告诉我们,要时刻关注学生的变化,发现其成绩下降,要及时查找原因,家校联合,及时帮助孩子。

3. 相对诚信。小熊性格内向,平时沉默寡言。但是他在老师和同学心目中比较诚实守信,和同学相处融洽。这是能遵守约定的基础。

4. 自尊心强。之前小熊成绩一直不错,说明他对自己是有要求的。这段时间的成绩逐步下滑,是沉迷游戏造成的。通过谈话激发其自尊心,在老师和家长面前郑重其事地签字承诺,因未完成作业名字写在黑板上的难堪,都对约束他的行为起到了很好的鞭策作用。

另一个非常重要的条件,是家长很想改变孩子目前的状况,能够信守诺言,积极配合。

《你就是孩子最好的玩具》中讲到:"能解决孩子所有教育问题的万能方法是不存在的。父母必须自己判断哪种方法适合你的孩子。如果你能意识到自己的性格和脾气在左右你的决定和选择的话,将有益于你更好地了解孩子。当你发现教育子女的奥秘有一半取决于孩子本身的性格时,你会因此而放松心态。当然,另一半则要仰赖于你的教育技巧。"[1]

所以老师也要像父母那样,研究每个孩子的特质,判断哪种方法适合哪个孩子,才能有的放矢,实现有效教育。

---

[1]　〔美〕金伯莉·布雷恩:《你就是孩子最好的玩具》,夏欣茁译,南方出版社 2011 年版,第 25 页。

师生沟通 3——

丢掉"面子",是时候了

《现代汉语词典》(第 7 版)解释"面子"为:物体的表面;表面的形象,虚荣;情面。当个人的努力或付出没有得到理想的回报与结果时,有的人不是去积极地争取,却会寻找另外的途径来维护自己的"面子",也就是进行心理弥补。所以"面子"有着典型的社会意义,或与自尊,或与道德,或与个人期望等有关。

有的小学生也很受社会风气的影响,越来越注重"面子",已经到了病态的程度。但如果不顾实际,唯面子是从,就容易陷入爱慕虚荣的怪圈。个人心理学认为,有些孩子回避有难度、有益的任务,将注意力转向表面形象,这是孩子失去信心的表现。面对这样的孩子,我们该怎么进行正确引导呢?

一

这天,我请来了语喜的爸爸妈妈。

直接原因是语喜早上来到学校多次抄同学数学作业,这个学期他的各科成绩也宛如坐过山车,一路下滑。

我和语喜一家三口来到教室坐下来(学生们都去上体育课了),我看到语喜一直偏着头,后脑勺对着我,也不看他的父母,脸上表情十分僵硬,更奇怪的是虽然坐着,还两手叉着腰,一副"拽"样。我想缓和一下气氛:"语喜,你这个动作很酷哦。"他冷冷地看了我一眼,并不说话。"你知道老师为什么请家长吗?"

"不知道!"像吃了枪药,他的回答充满了火药味。

我正想着下面怎么说,没想到英语老师大踏步进来了,看到语喜一家,表情很痛苦地说了一个字:"差!"顿了顿,又说:"华而不实!"

我很尴尬:"语喜,咱们言归正传,老师为什么请家长,你还没想明白吗?"他更抵触了,脖子斗鸡似的梗起来。

我突然意识到我是不是流程不对,或者不该一开始就触及"请家长"这个敏感的话题。我有些忐忑了,思考着下面该怎么展开话题,打开局面。我正苦思着对策，无意中看到语喜的爸爸不停地抬腕看手表，好像有事。我想，他可能比较忙，就说："语喜，你明知道老师关心你，你却一直不说话，你爸爸还要去上班啊！"

突然，他横眉立目地叫起来："你把我爸爸妈妈喊来，同学们看见多没面子！"他爸爸妈妈闻听对视一下，神情也有些不安起来。

我的心"咯噔"一下，原来如此，我知道这个孩子平时很爱面子，但是没有想到连请来他爸爸妈妈谈谈他学习也不能接受，我有点后悔自己做事考虑不周，没事先征得他的同意，但是没有办法，我已经错过机会，就只能下次吸取教训了。

我想打破僵局，就笑着说："老师知道，平时你的作业一点都不少，订正也算及时，书写也都工整，老师似乎挑不出什么毛病，你也很满足于这一点。"

"每次周一把作文收上来，我改好后都会把合格的、不合格的分别摆放，你总喜欢偷偷翻看，只要发现自己在合格的那一摞，就非常兴奋，大喊：耶！好像胜利了，其实那不是你胜利了。你的作文选材多是套来的，淡而无味，我没办法为你修改，每次让你重新选材你也很抗拒，文章只能勉强过关，我很无奈，就选择了不让你重写。老师再评讲作文时，你因为过关了，也就不认真听了。你知道吗？我每每改到你的作文，心里就十分纠结：到底让不让你重新选材？要不要你重写？每次我都仔细掂量，实在不像话，我才让你重写。可是每一次听完评讲后，你重新写来的作文和原来也几乎毫无二致，连字数都相差无几。即使我要求你重新选材，写出来也是死水一潭，总感觉你的作文从一开头就是为了结束，完全是在走形式，我想帮你修改都无从下笔。"

我苦口婆心地说着，他的爸爸不停地抬腕看表，我受他影响，讲不下去了，就说："爸爸如果有事，请先走。"他爸爸说："我不是不关心孩子，一直忙着给孩子择校的事。但今天我上班要迟到了，抱歉！"然后拍了拍语喜的肩，带走了一阵风。

我定定神，看着稳稳地坐着的妈妈，希望她能针对孩子的表现发表一下自己的意见。她看我停下来期待地看着她，才捋了捋头发，慢条斯理地说："他在家很乖的。我们一直在忙着给他择校，希望给他上个好的中学。"

我感觉这对父母好像一直都没有抓住重点。平时我都十分注意保护孩子们的自尊，可是这孩子过度自尊，其实就是虚荣，所以决定试试反其道而行。

我对语喜说："你作业都是完成的，错题也都是订正的，为什么一检测你就错那么多呢？老师就是担心你的学业啊。我看到你的练习册上的答案，有不少都和标准答案一样，你不觉得奇怪吗？"

他拧巴着脖子，还是一言不发。

"假如这些作业（包括语数外）都是你自己独立完成，又大多正确，又为什么成绩下滑那么严重？有同学反映，你早晨来得早，会借同学作业抄，不知道是真是假。如果你真抄了同学作业，我想，那你一定是希望老师看到你整齐干净又正确的作业，从侧面说明你是个尊重老师的好孩子，也说明你希望给老师一个正面良好的印象。初衷是好的，可是，这样要来的'好'，结果一定不太好。因为你不是真的掌握了新知识，还养成了一种不劳而获的习惯，这会成为你今后学习的阻碍，当你经历一次次失败的考试，经历一次次失败的升学，会给你的心灵带来多大的伤害啊！"

我拿出第三单元的检测卷："你看，从基础到阅读再到作文，错误都很多。当你拿到这样的检测卷，你的'面子'还能维持下去吗？这难道不伤害你的自尊吗？"

刚才一直背对着我的面孔慢慢转向我。我趁热打铁："作为一名学生，凭自己的能力努力学习，不作假，不虚伪，不维持虚假的繁荣，做真真实实的自己，心底坦荡荡，脸上有阳光，多好啊！"

他低下头，伸出两手，狠狠薅住了额前的头发。

"刚才你也听到了英语老师对你的评价，昨天数学老师也有类似的说法。也就是说，现在从成绩的角度来说，你苦心维持的'面子工程'已经坍塌，那就干脆丢开它，把'里子'夯实。等后面再检测，靠着自己的努力提高了成绩，到时候老师给你正名。但如果你还是这样浮于表面，满足于抄袭别人的作业，满足于抄标准答案，满足于表面的繁荣，不但没有面子，恐怕连基本的尊严都无法维持，你回去好好想想，老师说的是否有道理。"

语喜的头垂得更低了，嘟哝了一句话，我没有听清楚。

二

这次约谈，爸爸从头至尾，只是不停地看手表，然后急匆匆去上班。其实我与家长联系时，就已经告知今天交流时间会比较长，问题要谈透彻。可是家长这次来，虽然证实孩子抄袭同学作业、抄标准答案，但我感觉他们仿佛没打算解决问题，可能也不觉得解决问题有多重要。思来想去，不知道家长在躲避什么，突然觉得自己在做无用功，情绪瞬间沮丧。

回想交流的过程，家长的反应让我不能释怀，他们俩反复强调着要给孩子择

校，但这段时间孩子越考越差却没有主动过问。我觉得如果孩子努力了，成绩还不理想，家长这样的反应是心态好，但知道孩子抄袭作业，各科成绩一直在下降，依然不谈孩子问题的矫正，还是一厢情愿谈择校，就有违常理了。

我不甘心，还想探探家长的真实想法。

"您现在知道了，也看到孩子的各科成绩在一路下滑，我想知道您后面打算怎么做。"面对孤零零留下来的这位母亲，我愁绪百结。

"老师，我也不知道怎么做，感觉孩子已经很努力了，在家也乖乖地写作业，我该怎么办呢？"她也在挠头。

面对妈妈的表现，我决定强行让她面对孩子抄袭答案的问题，于是，我给出以下几点建议：

1. 直面抄袭问题。首先回家和孩子长谈，找到他抄袭的原因，如果是自己真的不会做，就要寻求帮助。

2. 遏制过度消费。不要引导孩子追逐名牌。孩子十分爱打扮、穿名牌，每天球鞋都是新崭崭的一尘不染，常常在课堂上脱下鞋子用湿纸巾擦拭，同桌不堪其扰，为此告了几回状。他这样过度关注自己的外表，分散了学习注意力，家长要警惕。

3. 亲子智慧陪伴。鉴于孩子查看答案的问题，孩子写作业时家长尽量陪伴。不是那种坐在旁边指手画脚，也不是紧盯不放、唠唠叨叨，而是在不远处看书或者做事，营造一种温馨和谐的氛围，让孩子感觉到父母对他的关心，同时对他偷看答案也是一个约束。

4. 多观察勤沟通。平时多观察，发现问题端倪，创造机会、营造沟通氛围，亲子沟通交流。在与孩子坐下来沟通之前，要先结合问题思考，找准切入点，就问题与他探讨，给他充分发表意见的机会，在他表达的基础上恰当引导。这样做，一是让孩子感觉有仪式感，二是可以营造一个静心思考的氛围。

同时，我提醒家长：语喜已经是六年级学生了，差不多已经进入青春期，在和孩子交流时，家长要尊重孩子，言语不要过激，不可责备。当孩子出现问题时，及时告诉孩子家长内心的感受，让孩子感觉到家长对自己的爱和真诚，以此促进孩子内省。

语喜的母亲一一答应了我的提议，表示回去同爸爸商议怎么和孩子交流。我想等家长与孩子交流后，再找孩子谈心。

虽然问题不只出在孩子身上，但家长回到家能做到什么程度我不得而知。于是，我决定继续探寻真正的原因。第二天，我又找来了语喜，谈话交流。这一次，我首先道歉："对不起语喜，昨天请你父母到学校，老师忘记先征求你的意见，下次老师再请你家长，一定先和你商量。"他抬起头看看我，眼神里有疑问，可能没想到我会道歉。

"是的，老师有时候做事也会出错的，你肯原谅老师吗？"

他点点头，脸上的线条柔和了许多。

"昨天我们谈论的事情，回到家妈妈和你谈话了吗？"

"谈了。"

"关于成绩下降的问题，你有什么想法，能告诉老师吗？"

他顿了顿，有些艰难地说："我知道抄人家作业不对，我也知道查作业答案不对，但有时候我就是忍不住。在家写作业时，我想着快点做完，为了少订正，我就忍不住在手机上查答案。"

"你知道这是导致你成绩下降的原因吗？"我一针见血。

"知道。"声音低低地。

"知道错就好办了，虽然不去查答案，可能会觉得作业吃力，可是凭你的智慧,只要上课认真听讲,大部分作业还是能顺利完成的,就是需要动脑筋,需要一些时间。你从前成绩不是中等偏上吗?那时候是不是极少抄人家作业?"

"是的,我那时候没抄过同学作业。"他突然昂起头,像只骄傲的小公鸡。

"是什么时候,又是什么原因导致你开始抄同学作业的呢?"

"具体时间不记得了,大概两三个月之前吧。有一次我早晨来得早,教室里才来了几个人,我看到有同学在抄袭,后来我在家写作业遇到困难,就想着也可以到学校解决问题,于是就开始断断续续抄同学作业了。"

"在家手机查答案也是这个时候开始的吗?"

"是的。我突然发现了节省时间的好办法,而且作业又快又好,虽然每次我都告诉自己,这样不对,这是最后一次!可是一到写作业,我就像犯了瘾似的,控制不住自己这么想,只要能查到答案,我就查答案;查不到的,我感觉做起来有难度,我就想着第二天到学校借同学的看。"

"昨天妈妈怎么和你谈的?"

"妈妈批评了我,告诉我,这样下去,就是给我择校,我在多好的中学也学不好。"

"是啊,妈妈和老师都一样关心你,都希望你能对自己负责,今天你表现很好,认识到自己的问题,也很透彻地剖析了自己犯错误的心理,我相信后面你一定会严格要求自己。"

"是的老师。我妈妈也批评了我爱面子,我就是怕同学看不起我。"他低下头,下意识地捻了捻衣角。

"让同学看得起,不是你的衣着光鲜,不是你的球鞋亮丽,也不是你作业从不出错,而是你对待学习的态度和你的努力程度。虽然以前你成绩不拔尖,但是成绩还是中等偏上的,只是对待作文比较懈怠敷衍。老师希望你以后写作文时尽量从生活中选材,如果遇到困难记得向老师求助,老师一定帮你梳理生活,从中找到很好的素材,助你写好作文。"

"谢谢老师!"

我终于等到了这一句"谢谢"。

接连两次的谈话,后面渐渐看到了效果,孩子作业错误多了,但是成绩开始回升了。每次出现问题,基本能与老师坦诚交流。我想,老师对孩子的尊重,家长的督促,孩子的自我要求,都起了一定作用。

不久,我从交上来的习作练习中看到了他写的一篇短文,题目是《天字号机密》。

天字号机密

第6单元语文小测验,我得了90分。王老师分析试卷时,我发现错误的题,都是一分两分地扣,咦,若是把扣的分加起来,会不会多出两分呢? 拿起笔重新算了一下,啊,总共扣了12分,应该得88分才对呀!

我迅速向周围扫了一眼,没人察觉,哈哈,老天保佑,老班帮我多算了2分,我可不能把分数改回来,好不容易是"9"字打头啊!

我装作随意地将卷子握成个喇叭筒,不让同桌看见这"天字号机密"。

下课了,我赶紧将试卷塞进书包,跑出教室。

这一天,我面孔发热,看到老师我就躲避。回家的路上,我一直在想:要不要改呢? 还是不要吧,少2分就跌了一个档次呀! 可分数不改,我的心里就是不舒坦!

几天下来,那份试卷就一直像块大石头重重地压着我,我渐渐意识到这样做是不对的。对,我要主动找老师改分数!

下定决心的一瞬间,我感到灿烂的阳光照在我身上,浑身暖洋洋的,真舒服。

我在办公室门口伸头张望了一下,只有王老师在,赶紧跑过去,一鼓作气说了这件事。王老师笑着说:"老师知道你应该得88分,我给你90分,是给你最近的表现加的2分。"

我简直不敢相信自己的耳朵,原来老师并没有算错,幸亏我来找老师说明,不然老师会不会认为我是个不诚实的孩子?

"你最近上课听讲认真了,作业用心了,作业错误率也在渐渐减少,进步是必然的! 不过你发现分数不对过来让我改分,第一说明你很细心,自己又算了一遍,第二说明你是个诚实的孩子!"

读毕,我欣慰地笑了。这篇习作真好! 来自真实的生活! 我征求他的同意,在班级当范文读了,他好几天都笑眯眯的。不仅习作有进步,作文中对自己情感波动的描述也让我十分感慨。若是以前,他为了"面子",即使发现老师算错分,肯定也不会找我更改分数的——除非我把他的分数算少了。看来,他已经有了丢掉一直陪伴自己的"面子"的勇气!

三

　　无论哪个年龄段的孩子,都需要得到应有的尊重。老师不能因为孩子还小,或者其他原因,请家长配合时就自作主张,应该先与学生沟通好,再请家长。对孩子的教育一定要建立在互相尊重的基础上。

　　《掌控情绪》中认为,因为过于渴望受到关注,有的孩子有时不惜抬高或贬低自己。①尊严感比较强,比较偏向于表演型人格障碍。这样的孩子,当自我价值得不到认可,只有通过自己的外在魅力引起他人的关注从而得到认可。每个班级都有一部分这样的学生,只是轻重不同。适当地爱面子,也能正视自己的问题,对学习能起到很好的促进作用;但过分爱面子,就是一种病态了。这样的孩子,多数会有家庭环境的因素,所以,班主任做工作,要给予对方充分的尊重,首先在保护对方尊严的基础上进行,否则可能适得其反。

　　在和家长交流时,要首先充分认可"爱面子"积极的一面:这是高自尊的表现,合理利用,可以促进学生更加努力学习;但也要让家长明白,如果唯"面子"是从,为了维持"面子"而不惜弄虚作假,不但不利于学业,还会危及人品。那么怎么把握这个平衡,怎么以此提高孩子的进取心,唤醒孩子心中对真善美的追求,才是我们要研究的课题。

　　德国著名教育学家斯普朗格曾说过:"教育的最终目的不是传授已有的东西,而是要把人的创造力量诱导出来,将生命感、价值感唤醒。"马克思也说:"教育绝非单纯的文化传递,教育之为教育,正是在于它是一种人格心灵的唤醒。"因此说教育的核心所在就是"唤醒"。只有抛却羁绊自己成长的"面子",才能唤醒沉睡在心底的进取力,专心于学业,醉心于追求。

---

① 〔日〕冈田尊司:《掌控情绪》,刘善钰译,中国友谊出版公司 2021 年版,第 97 页。

师生沟通 4——

"踩！踩！我就要踩！"

班级是个集体，大家一起生活、一起学习，同伴之间难免发生误解或矛盾。当事情发生后，作为周围旁观的同学到底该如何自处？当有意无意的挑拨行为导致矛盾升级，作为班主任，该怎样去进行价值引领？这关系到孩子们以后如何与人相处，形成怎样的人际关系；也关系到以后孩子们情感是否顺畅，能否顺利度过青春期，是否能形成正确的社会情感。

一

一个周二的早晨，我还没进教室，就听到喧闹声传来。走进去发现，地面上废纸、试卷、书本……一片狼藉，副班长陈加一嘴里嚷嚷着："踩！踩！我就要踩！"一边用脚使劲踩着地上的试卷。围观的同学有的交头接耳，有的兴奋莫名地瞅着门口，好像在期待着什么……

我让他们尽快回到座位上读书，然后把陈加一叫出来问了情况。原来今天他刚进教室，庄全就告诉他，昨天放学后，小冉把他的东西都扔到地上了，他闻听勃然大怒，于是把小冉抽屉里的东西统统拽出来扔到地上，用脚使劲踩……

看到还没有平静下来的小陈，我知道现在让他把地上的东西捡起来不大可能，就请庄全去捡并整理归位。因为小冉还没有来，我先灭火，不能等小冉来了，火遇到油更糟糕。

我把小陈请到教室门外：

"小陈，你知道自己在干什么吗？"

陈加一猛地一踩脚："哼！他扔了我的东西，我就要扔他的东西！以血还血，以牙还牙！"

"你只听了庄全一面之词就做出如此过激行为，是不是应该问明白再说呢？如果不是小冉干的呢？"

"不是他是谁？肯定是他！昨天上午考数学，他偷看小林同学的试卷，我告诉老师的,他肯定怀恨在心!"

"这只是你的猜测,你能确定吗? 就凭人家一句话,然后你就无限联想了? 如果庄全说的和事实有出入,等小冉回来,看到你这么冤枉他,会有什么后果呢?"

"有什么关系? 大不了打一架! 哼!"他挥了挥瘦弱的拳头。

看他这么激动,恐怕说什么他都听不进去,也无法正常思考,那就让他先冷静一下吧。

我进教室安排好同学们早读,请小陈跟我来办公室。

我端给他一杯水并请他坐下来:"小陈,刚才发一通火,一定口渴了吧?"他不可思议地看着我,迟疑着不接。我微笑着说:"老师没有别的意思,你喝口水,冷静地想一想这件事的始末。"他这才接过水喝了一口,低下头沉默了。

早操半小时,我一直让他在办公室坐着喝水。没让他回到教室,一是因为他在同学们七嘴八舌中无法冷静,另一个原因是小冉已经来到教室,我担心两个都容易激动的孩子再惹出什么乱子。

早操结束,我看到他表情已经平静,就试探着问:"小陈你想过吗? 如果当时小冉进来,看到你正在疯狂地踩他的试卷,可能会怎么样?"

"……可能会打架。"

"你看到个别同学兴奋的眼神了吗? 你在使劲踩试卷的时候,人家一边兴趣盎然地看着你,一边看着门口,知道他们期待什么吗?"

"不知道!"

"你是个聪明的孩子,只要冷静下来一想就知道! 他们期待小冉快点出现在门口,以你当时的状态,难免和小冉一场大战! 这么免费的一出大戏,也许有人正期盼着呢!"

二

"还记得上周王小军跑过来告诉你的话吗? '小林骂你的,说你是个什么什么的。'当时你怒火中烧、大发雷霆,根本不辨真假,只想先和小林干起来再说,幸好我及时发现并制止了。经过调查得知,事实并非如此,记得你当时还说,幸好没找小林打架。俗话说吃一堑长一智,今天你怎么又冲动起来? 你看不出来这是赤裸裸的挑拨离间吗? 正因为你的是非不分,点火就着,才有人乐此不疲地找你告密，可你次次中招！不管人家说的是真是假，但凡你有一点理智，也应该看到了地上一大片试卷，出来进去的同学恐怕都无法避开，只有小冉一个人踩了吗？庄全没有踩吗？其他同学没有踩吗？这样打起来的结局是什么？不是他受伤就是你受伤，或者两败俱伤，然后家长来了，带着你们去看医生，你们受罪还要花钱、耽误学习，劳民伤财，你觉得能从中得到一点好处吗？"

"我……"

"再看看你每次与同学发生矛盾，周围同学的反应！你是班干部，平时应该是同学们的表率，可是你只要听说谁谁背后说你，你就不分青红皂白，像个炮仗一点就着。周围的看客，无论怎么表现，我们都无权责备，因为你表演了，人家也是这个环境的一分子，当然可以尽情观赏。但是看到一个班干部毫无判断能力，还没有一点包容之心，你能想象人家心里对你会做出怎样的评价吗？"

他抬头看看我，小声嘀咕："我才不在乎呢！他们是他们，我是我，他们怎么看对我有什么影响！"

"小陈，我不赞同你的说法，我认为影响会很大。你还记得当时我们竞选班干部有哪几个同学与你竞争副班长职位吗？当时是同学们的大力支持，你才得以选举成功，如愿当上了副班长。当然你工作也一直做得认认真真，得到同学们的认可。可是，只要涉及谁谁说你不好，你立即失去了独立思考的能力，屡次上当。

"这才两周的时间就有三次所谓的告密行为了。我如果没有记错的话，上学期也有过几次对吧？为什么同学喜欢到你这里来进行所谓的'告密'而不是找其他同学？难道是因为有关你的秘密特别多？"

他眨巴了几下眼睛："可能是我的人缘好吧。"

"是吗？如果你用脑子想想每次告密的后果，恐怕就不这么认为了。每次有同学来告密，你一定会立即相信并恼怒万分、遏制不住地大发雷霆，和人家大干一场。这不是个别同学非常乐意看到的场景吗？也许同学只是觉得好玩，问题是你在屡次上当后，还没有学会先稳定情绪，再去了解真相吗？即使你证明了告密者说的是真话，也可以选择多种处理方式，不一定非要找人家吵架、打架，用武力解决问题。你这样是在创造机会给旁观者看笑话呢！

"从告密者的角度看，只要听到有人背后诋毁你，不管三七二十一立即付诸行动，大打出手，这让告密者觉得他们'告的密'多么有价值啊！也让告密者觉得

这样可以博得你的好感！看起来他们好像多么高尚——打抱不平！可是事实上呢？你每一次'表演'，都让同学们看到一个'傻子'，不会分析、不会辨别、没有宽容、没有处理问题的能力，这对你的形象造成多大的损害啊！你毕竟是班级的领头羊啊！"

我的一席话，让他低着头不再辩驳。我知道，这说到了他的痛处。听了这么多信息，他也需要慢慢消化："今天老师并不要你作出什么保证，只希望你把今天甚至最近发生的事如实地告诉家长，听听他们的意见，看看老师说的是否有道理，之后咱们再找时间聊，好吗？"

望着小陈离去的背影，我思量着：下一步要解决"肇事者"的问题。

隔天，我请来庄全。

"我也是为陈加一好，为他打抱不平，觉得小冉把他的试卷都扔到地上不对。"

"你亲眼看到小冉扔他的试卷了吗？"

"我看到了。"庄全信誓旦旦，面孔憋得通红。

"你什么时间看到的？你确定亲眼看到他把小陈抽屉里所有的东西都拿出来丢地上的吗？"我穷追不舍。

"……我是放学出了教室后又回来取忘记的记录本,结果看到小冉正在他桌子旁翻他的抽屉。"

"这能说明什么? 能说明这满地的试卷都是小冉故意扔的?"

"……不能。"庄全突然像一只泄了气的皮球。

"那你就直接告诉小陈,小冉把他的东西全丢在地上用脚踩? 在你自己都没有弄清楚事实之前,贸然去告诉当事人,你觉得是负责任的行为吗?"

"我……"

"你告诉陈加一,试卷是小冉丢地上踩的,你希望小陈怎么处理?"

"我没有想过这个问题,我只是为陈加一抱不平。"

"今天早晨你告诉了陈加一,结果你也看到了,陈加一无法控制情绪,幸好我及时赶到。 如果小冉早点来到学校,你想过后果吗?

"就算这试卷真是小冉故意丢地上的,也是他故意用脚踩来泄愤的,你就可以直接告诉陈加一吗? 以小陈的性格,他听了这样的话,是不是一定会和小冉打起来? 是不是会让问题更糟糕? 如果谁因此被打伤了,你恐怕一定会被牵扯进去的对不对?"

"我——我——我——我真没想那么多。"他脸上一下子冒了很多汗。

"你不想并不意味着不会发生,你是六年级的孩子了,做事理应考虑后果。即使你不在乎他们俩闹成什么样,你一定会在乎自己在这件事中所扮演的角色、受到的牵连。如果事情闹大了,两家打起来,甚至警方都要介入处理,恐怕到时候你会被双方指责,还要接受警方的讯问!"

也许"警方"二字刺激了他,我看到他晃晃头,重重打了个寒战。

"前几天王小军告诉小陈有人骂他的事情闹得沸沸扬扬,我在班级特地开班会教育,希望同学们明白遇到类似的事情怎么处理。老师当时怎么说的,同学们对此类问题怎么展开讨论的,你还记得吗?"

他想了想,像背书一样大声说道:"如果发现 A 同学说 B 同学坏话,或者做了对不起 B 同学的事,谁看到了都要冷静分析,看是否对别人造成伤害,如果事情本身无伤大雅,就置之不理;如果担心出问题,就来告诉老师,绝不能直接告诉B 同学,以免事态扩大。"

"既然知道,为什么还要明知故犯?"

他低下头不说话了。

"你如果不告密,小陈最多发火骂几句,然后收拾自己的东西。你可以告诉老师你看到的事实,老师会去调查,然后会把他们俩叫到一起解决问题,这样既能解决问题,又不会闹出什么事端来。

"面对刚才教室里的一幕,现在想一想,你还认为这样做是为人家好吗?"

"……不是。"

"就算你确实看到小冉扔了他的东西,但是作为一个正直的同学,你可以装作没看到,然后悄悄告诉老师真相,让老师介入处理;也可以高尚点,帮他捡起来,掩饰过去,不让同学发生矛盾。当然也可以做完这些再告诉老师。"

不知何时,他脸上的汗已经干了,似乎陷入了深思。看他的样子,应该明白自己究竟错在哪里了。

小陈回家和妈妈交流后,第二天一早他妈妈和小陈一起来到学校,首先感谢我对小陈的教导。小陈说:"老师,现在我知道了,同学们喜欢找我告密,原来是他们知道我的弱点——我心胸不够宽广,乐意听到所谓的'坏话',他们这样做就是投我所好。我最大的问题是,一听谁说我坏话就激动,然后去找人家干仗。"

"当你下次遇到类似情况无法控制自己时,先在心里默念:1——2……30,默念30 秒后再采取行动。"我对小陈"面授机宜"。

小陈点点头回教室了。

他妈妈接着说:"冲动是魔鬼。小陈就是比较容易冲动,最近还特别容易动怒,在家里也是如此。""是的,六年级的孩子,已经进入青春期了。这个年龄,特别重视同龄人的评价,我们作为家长和老师都要多加关注,小心呵护,发现问题及时沟通,以便疏导情绪。"

三

朱小蔓教授在《情感教育论纲》第五章"情感教育的目标建构"中阐述:"9—14 岁的孩子,他们重视集体评价、社会评价、他人评价,珍视友谊,敏感性较强,心胸狭小,容易激动。"[①]

六年级的孩子,已经 11—12 岁,有近一半的同学进入了青春期或者准青春期,他们对来自同伴的任何评价都十分重视、"斤斤计较"。好的评价能让他们开

---

① 朱小蔓:《情感教育论纲》,人民教育出版社 2007 年版,第 131 页。

心,有时能成为前进的动力;坏的评价可能让他们瞬间崩溃,失去理智。这个时期,班级常有因为某某说谁坏话而闹出矛盾的现象;更有这种看似好心的传话而大打出手的事情发生。作为高年级的班主任,要在充分了解孩子们的年龄、生理、心理特点的情况下,时刻关注班级动向,遇到这类看似鸡毛蒜皮的小事,思考其利弊,抓住教育契机,进行个别交流、集体教育,将隐患扼杀在萌芽之中。让同学们逐渐学会约束自己的行为,学会自我教育,学会为他人着想,顺利健康地度过准青春期。

面对青春期孩子容易激动的特点,如果不能真正让他认识到问题的严重性,恐怕说破嘴都不会有效果。

老师在处理此类问题时,可以带领学生深入思考:告密的目的是什么？告密的结果是什么？告密后谁受害？谁受益？层层深入的分析,让学生认识到,自己这样做有百害而无一利,害了同学、害了自己,他就能从心底接受老师的劝告,以后遇到类似事件,他会一步步自问,然后判断是否要告诉老师,假如不告诉老师会导致什么严重后果,比如某同学爬到高高的围墙上,可能会有摔伤之类的危险,那么一定要及时告诉老师,目的是保护了同学安全;而有时只不过某同学说了另一同学坏话,无须追究,完全可以一笑了之。

师生沟通 5——

"谁动了我的椅子?!"

最近几年,对班主任工作的边界问题讨论挺多。大多数人认为,班主任工作的边界要清晰,不能跨越。我赞成班主任工作要有边界,但是在具体工作中,如果一触及边界就缩回来,对当事孩子来说,有点残酷。教育教学中,我有时遇到此类事件,往往于心不忍,却也是带着负罪感在做工作。我就是这样在犹豫和不安中,一次次跨越了班主任边界。

本故事中的张灵犀,本是个聪明、善良、可爱的孩子,却因为家庭问题几度被摧残,成为一个问题少年。多年的班主任工作,让我放不下、不忍心,于是在和孩子充分沟通的基础上,"越界"干涉了一把家庭矛盾。

一

今天戴老师要在我们班进行公开课前的"试上"工作,我一早就带领学生打扫卫生。四年级的学生拖地大多是轻描淡写,比较脏的地面都拖不干净,因为时间紧急,我就亲自动手。

"啊呀——"

一声惊叫,我抬头一看,袁晓在张灵犀抽屉里扫出一堆的空瓶子、干瘪的麻团、碎纸,再看看地面他坐的那一块,黑乎乎的脚印,大块的黑斑,特别脏。我把椅子拉出来,埋头一遍遍用力拖着。"谁动了我的椅子?!"一声大吼。我直起腰一看,是满头大汗的张灵犀跑过来了,口气十分不友好。

我有些生气:"我在你的座位拖地,还能有谁动你的椅子?"

张灵犀歪着脑袋斜着眼看着我并不说话。我接着说:"我不但动了你的椅子,我还从你的抽屉里清除了很多空瓶子、纸团、鸡腿骨头!"

"我忘记带回家了!"

"你会把这些东西带回家吗?"

"那又不是我的!"

我的火气"噌噌"往上冒："老师帮你清理,你还挑三拣四,你觉得我不动椅子能把这里拖干净吗!"

我接班也有一个月了,常看到这孩子眼里像有刺一样,看谁都不顺眼,看谁都想扎一下;说话像鸟腔,和同学打架事件几乎天天发生。

中午,侯堃跑来办公室告诉我,张灵犀又问他要钱了。我很生气,把张灵犀叫过来:"你为什么总问同学要钱? 人家欠你钱吗?""不欠!""你家缺钱吗?"

"当然不缺!"

"那为什么问人家要钱?"

然后再怎么问,他就仰着脸不肯说话了。

上午收来的作业,我在办公室批改。改到张灵犀的看拼音写词,60 个词语居然错了 47 个。

课堂上,张灵犀的坐姿永远奇特:两手伸得长长的,一会搭在前桌,一会搭在后桌,腰弓着,头歪着,两眼要么茫然四顾,要么若有所思。更令人无法忍受的是那两条腿:直直地伸向两边,远远地叉开,经常有同学被他使"绊马索"。张灵犀屁股下的凳子永远过的是"水深火热"的日子:那四条腿永远都是一个腿着地,其他三个腿悬空。他以独立的一条凳子腿为支点,整个身子前后左右地晃动,不将胖墩墩的身体拧成麻花状绝不罢休。

每次班级搞活动,都是张灵犀最放肆的时候,嘴里像安了台永动机,讲起话来没完没了。在操场上,更是不停地闹腾,和同学"打"成一片,作为班主任,一种深深的挫败感侵扰着我。

我绞尽脑汁,经过尝试发现,一般的说教对他几乎没有作用,即使表面服从,行为也没有任何改变。我有时绝望地想:这孩子心里怎么装了这么多怨气? 凭我怎样努力都无法改变呢?

我一直想找个机会走近他,想了解他这些冲天的怨气和怒火从何而来。

二

没想到机会来得很快。这天下午课不多,课间张灵犀和张晓发生了矛盾,我请他们来办公室,问怎么回事,张灵犀扛着脑袋,依然是那副气势汹汹的样子,哇里哇啦,说话不加标点,更不容别人插嘴。我听了半天,才弄明白,是张灵犀和几个同学踢毽子,踢到了张晓头上,张晓责怪他不道歉,他就和张晓打了起来。

我知道,今天的事,张晓好沟通,但是张灵犀一向讲歪理,他不会服软的,我必须想办法让他认错,才能打开处理的大门。

"你踢毽子,踢到张晓头上,道歉了吗?"

张灵犀根本就不回答我的问题,啰啰唆唆地说着张晓故意捣乱。我再问一遍:"你踢毽子到人家头上,是不是需要道歉?"

他居然大着舌头回答:"他站的不是地方,那里离我们太近!"

我的火又控制不住"噌噌"往上冒。这个孩子从来就不认为自己有错,认为别人都对不起他,让他认错非常困难。

但以往的经验告诉我,只要我一发火,问题就更难处理,我极力控制着自己的情绪:"学校的地盘,你可以站,张晓一样可以站啊,'他站的不是地方'这话从何说起呢?"

"我正在踢着毽子,他冲上来的,我为什么道歉?"他永远不按常理出牌,答非所问。

正好上课铃响了,这节课是综合实践活动课,我让他俩回到座位,说:"刚才张灵犀和张晓发生了矛盾,哪位同学目睹了全部过程?"很快有两个男生举起了手。我让他们各自把看到的过程描述一遍,并强调"只说所见,不说所想"。

两个同学的叙述差不多,我问张灵犀:"两位同学说的属实吗?"他低着头并没有反驳。然后我让全班小组讨论,这件事该怎么处理。很快,各小组纷纷发言:全班一致认为,张灵犀需要道歉。

在全班期待的目光中,张灵犀难得地哭了起来,边哭边揉着眼睛说:"对不起。"

我赶紧表扬:"小张同学知错就改,太棒啦! 同学们给他鼓掌!"

在热烈的掌声中,张灵犀低下了头。

这天早操排队时张灵犀和顾自立因为谁站前面谁站后面的事情又打起来了,我把他们俩喊过来,他们还像斗鸡一样吵闹个不休,我说:"继续吵,我喜欢看。"

他们反而停下来了,狐疑地看着我。

我说:"在前还是在后,影响你们什么了?"

都不说话。

"谁如果站前面,是不是能考一百分,是不是在同学面前更有威信?"

"……没有。"两人终于一致了一回。

"既然在前在后对你们没有任何影响,站在哪里又有什么关系呢?"

我转向顾自立:"你可以高风亮节一点:他想在前他就在前,我在后就是了,这能显示你男子汉的胸怀,他反而不好意思跟你争了。"又转向张灵犀,"你也可以心胸宽广一点:'他在前就在前嘛!我让着他,说明我有修养!'可是你们两个都不要男子汉胸怀、不要修养,为这点小事大打出手,不觉得丢人吗?"

顾自立挠着头,不好意思地笑了。而张灵犀脚尖踢着地面,闷声不吭。

晚上,我忙好家务,给张灵犀妈妈打电话谈了这件事和孩子平时的情况,他妈妈表示一定配合教育。我请她第二天抽时间来学校面谈。

第二天一早她就来了,我把张灵犀的种种表现告诉她,并且表示我为此很担忧。没想到她突然哭起来:"都是被他爸爸害的,他爸爸在外面有人了,我知道后很生气,让他断掉,但是他不肯,只要他回来我们就吵架,小张觉得他爸爸不要我们了,对他爸爸很凶。"

我告诉她,不要引导孩子仇恨他爸爸,一旦仇恨的种子种下了,就会结出恶果,将来你得罪他时,他对你也不会客气……我一口气讲了一个多小时。听了我的话,她告诉我,决定和张灵犀爸爸分手,这样恐怕对孩子还好一些。

晚上，我忙好家务，给张灵犀的妈妈打电话又谈了关于这孩子的情况，他妈妈表示一定配合。

给她打完电话，我想到：是破碎的家庭把孩子害成了这样，从这点来说，他生活在这样的家庭，值得同情！

晚上十点多了，接到张灵犀爸爸的短信："王老师，我今天回去看儿子，结果就因为我控制他玩游戏的时间，就被儿子发短信骂得狗血喷头，这孩子以后怎么办？我这个父亲失败啊！"

"孩子还小，不懂事，长大会明白的，我们老师也都知道你很想关心孩子。作为班主任，我会找个时间和他谈谈这个问题。"虽然我知道谈一次话改变不了什么，但是我不愿意放弃努力。

第二天放学时，我给张灵犀妈妈发信息告诉她晚点来接，放学时我留下了他。空荡荡的教室里，我们开启了一场对话。

"小张，知道老师为什么留下你吗？"

"不知道！"

"老师感觉你常常心情不好，不知道老师的感觉对不对？""对！"他回答得干脆利落。

"能告诉老师原因吗？""同学们总找我茬，他们都不喜欢我！"我一听，原来他认为自己不开心都是别人的问题，看来问题真的有点大。

"好吧，既然你认为老师和同学都对你不友好，我们一起回忆这两周发生的具体事情好不好？

"那天老师在你座位拖地时，还记得发生了什么吗？"

他眼皮都没有翻一下，我接着说："我帮你回忆一下，当时老师帮你清理抽屉和地面，你上完体育课来到班级，怒气冲冲地问谁动了你的椅子；还有一次，毽子踢到张晓头上，你不肯道歉；昨天早操你非要违规站到顾自立的前面，结果两个人大打出手……老师说的对吗？"

"也对也不对！"

"老师想听听哪里不对。"

"你说我怒气冲冲地，其实我就是问问谁动了我的椅子！踢毽子那个事他也有错。顾自立凭什么能站到我前面？我怎么就不能站到他前面？"

"挪动你椅子那件事老师没征求你同意就算老师错了;踢毽子的事情,虽然说张晓没有特意避开你踢毽子,可是砸到人道歉是应该的对吧? 至于早操队,因为顾自立比你矮,是刚开学时老师安排他站在你前面的。如果你想改变,可以找老师调整,是你强行站在顾自立前面才产生的矛盾。"

他低下头摆弄着自己的手指,不吭声了。

看着他可怜的样子,我有点心疼:"老师知道你是个善良的孩子,记得刚开学时,胡艳同学的书因为不小心被水打湿了,你忙着拿到太阳下去晾晒;体育课上有同学的腿碰伤了,你急忙跑到办公室问我要消毒水为他消毒……老师觉得你是个友善、有爱心的孩子呀! 看到你最近的表现,猜想肯定是因为什么事不开心,老师心疼啊! 能否告诉老师,最近有什么烦恼,看老师能不能帮到你?"我看他很犹豫的样子,赶紧说:"你不想说就不说,老师尊重你! 不过如果你选择告诉我,这也是我们俩之间的秘密!"我打消他的疑虑。

"我——我——哇——"他大哭起来,然后一发不可收,哭得昏天黑地,抽噎得快要憋过气去了,我一句话不说,任由他哭,只默默递纸巾——他需要发泄。

等他哭够了,就打开了话匣子:"王老师,我爸爸妈妈只要一见面就吵架、打架,他们俩白天、夜里不是吵架就是打架。爸爸只要回来,没有一天不吵架的。我夜夜都被他们吵醒,我怕极了!"说着又哭起来。

我抚摸着他的头说:"孩子,他们这样做太不像话了! 不过,大人的事情,孩子无法左右,你必须学会过自己的生活,让他们的矛盾慢慢化解。学校里有老师和同学,我们都很关心你。以后你有什么不开心,一定记得来跟我说,老师一直都关心你。我是你的老师,也是你的朋友!"他少有地凝重地点点头。

晚上,我给他妈妈打了电话,希望他们夫妻俩有空来学校一趟,我想跟他们交流一下孩子的情况。

第二天他们就一起来到学校,我告诉他们孩子现在的状况,让他们多为孩子考虑,没想到他妈妈打开了话匣子,噼里啪啦说个不停,都是张灵犀爸爸的种种不堪,两个人差点在我办公室里吵起来。我告诉他们:"你们俩之间的问题,我做老师的不好插嘴,但是你们即使要分开过,也要好好和孩子谈一次,告诉他,无论你们俩是分是合,永远都是孩子的爸爸妈妈,永远都爱他! 让孩子有点安全感,最起码让孩子感觉到不是世界末日。"

此后张灵犀的情绪好了很多,和同学打架的事情发生频率低了不少,后面再处理关于他的问题也相对容易了。他比较听我的话，但是其他老师，他还是待理不理的。

这个孩子智商不低，随着情绪的好转，他的成绩有了点提高，我甚感欣慰。可是好景不长，五年级开学后，我发现张灵犀的脾气见长，一开始我以为是暑假在家过得太放松导致的，后来我发现不对。有同学反映，他总是在同学面前有意无意地炫耀，还十分注重衣着品牌，有一次因为嘲笑同学穿的衣服不上档次打起来了。我思来想去，觉得问题的根子一定在家长那里。

我又一次请来他的爸爸妈妈，这次，两个人坐得远远的，我一看就不对。上次虽然吵得厉害，但是两个人还是并排坐着的，今天两个人故意把凳子搬开，我就知道一定又有了变故："今天请你们来，主要是因为小张同学和上学期比变化很大，他喜欢炫耀衣服品牌，炫耀爸爸带着他住五星级酒店，还嘲笑同学的衣服不上档次。我想知道，这个假期究竟发生了什么，导致孩子如此虚荣？"

我这一问，他妈妈立即炸了："我们俩离婚了！我不跟他过了！自从离了婚，儿子就不理他了，他就拼命讨好儿子，带着他下饭店、住宾馆、买名牌衣服，现在孩子一点学习的心都没有，天天就想着打游戏。暑假我上班，他就在家玩得不亦乐乎，既不上课外班也不写作业，我只要一提学习，他就跑去找他爸。他爸爸不管他学习，就知道满足他的无理要求！王老师，这个孩子我越来越管不住了！"

听了她的话，我明白了大半，爸爸自觉亏欠，补偿心理导致他无原则满足孩子的要求。在母亲的影响下，孩子觉得爸爸离开了他们母子，心灵上要找些平衡回来，就把这些无礼要求当成炫耀的资本。随着孩子年龄增长，他的要求会不断升级，做爸爸的哪会一直有能力满足他不断升级的要求？关键是这样下去孩子慢慢就堕落了！

我把这些道理讲给他爸爸妈妈听，希望他们正确对待孩子的需求，不要助长他的虚荣心，要引导他把心思放到学习上。

这次谈话，从小张后面的表现看效果并不明显。一次小张和同学又发生了矛盾，原因是其他同学在玩课间游戏，他想参加没得到允许，他就在游戏场地横冲直撞，把几个同学撞倒在地上，还有同学受了伤。

我找他谈话："小张，同学不让你参加他们的活动，你就找其他同学玩嘛，怎么干出这样的事？这样以后人家更不愿意跟你玩了！"

"他们为什么不让我参加！"一如既往地怒气冲冲。

"老师调查过了,这个游戏就需要四个同学,人员已经满了。你可以邀请其他同学玩啊!"我和颜悦色、平心静气。

"我试过了,没有人愿意跟我玩!"

"如果是这样的话,你就应该找找自己的原因了。同学们反映你喜欢谈名牌,还嘲笑同学穿的衣服不好,有这事吗?"

"我只是说说,并没有嘲笑!"

"每个同学的穿着都要看父母的承受能力,不能想穿什么就要什么。你看,你随便议论同学的穿着,大家担心被你嘲笑,才不愿意跟你玩。作为一名学生,主要任务是学习,吃什么穿什么都是应该由父母操心,记得你从前也是很朴素的孩子,和很多同学都是好朋友,现在大家都对你敬而远之,你也不开心。如果你想和同学玩,必须和同学友好相处才行啊!小学生是消费者,父母挣钱不易,要珍惜,以后求学要花很多钱呢!"

"我妈妈说,让我问爸爸要好衣服,让爸爸带我吃好的。"

"我不赞成你妈妈的观点,爸爸虽然和你妈妈分开了,那是他们之间的感情出了问题,但是他依然爱你,也永远都会供你读书。你爸爸现在要养两个家庭,负担很重,如果累垮了,以后谁供你读书啊?

"你爸爸不让你打游戏,是担心你误了学业。现在你已经五年级了,学习任务也重起来,如果不加倍努力,会跟不上,爸爸为你担心啊!"

"他才不为我担心呢!他心里没有我!"张灵犀重重哼了一声。

"这是气话,你明白的,如果爸爸心里没有你,怎么会冒着和你妈妈吵架的风险常常来看你?怎么会常带你买这买那的?怎么会看到你不学习这么痛心?他和你妈妈感情破裂了,天天吵架打架,你也受不了对不对?这都是大人之间的事情,因为性格不合,两个人硬要在一起,只会闹得鸡犬不宁,你也深受其害,这样他们彼此放过对方没什么不好。现在你爸爸妈妈都很疼爱你,你得到的爱比从前还多!

"以后爸爸来看你,如果你能像从前一样,知道心疼爸爸,你爸爸一定会更爱你!"

"可是我妈妈说,如果不问爸爸要钱,爸爸的钱就会给其他人花了。"张灵犀眼里布满了焦虑。

"不会的,爸爸心里自有一杆秤。你看,你才五年级,爸爸已经在为你上什么中学操心劳神了,上次你爸爸来找我商量,问给你找什么中学好,我建议给你买个学区房,你爸爸正在考虑买房子呢!你爸爸负担很重,恐怕要贷很多款呢!"

听了我的话,他终于低下了头。

后来,张灵犀的爸爸真的买了学区房,这件事对小张触动很大,我告诉他:你爸爸妈妈已经离婚了,为了让你读个好中学,他背负着那么大的贷款压力买了学区房,而他自己目前是租房子住的!

期末考试前夕,我给张灵犀妈妈打电话,告诉她怎样帮张灵犀复习迎考。

"王老师,感谢您为孩子做的一切,您种下的是善因,结的是善果,我和孩子永远都不会忘记您!"张灵犀的妈妈动情地说。

期末考试如期进行。这次的作文是这样要求的:我们每个人的身边都有这样的人在为我们开着方便之门,他们就像小小的嫩黄的桂花,悄悄地释放着幽香……我们常常被这样的人关怀着、感动着。仿照《飘香人生》的写法,写一个给你或别人"开着方便之门"的人,题目自拟。

我看到张灵犀写的是《腊梅飘香》——

又是一个冬天(,)我起迟了,而街上有(又)开始了堵车,只听"咚"的一声,前方出了车祸,妈妈的电动车也过不去,我就下来步行。我沿着路边往前走着,一阵香味钻进了我的鼻孔,原来是路边几棵腊梅开了。我十分中(钟)爱腊梅,因为我常常被它不拍(怕)寒冷、抗击风雪和高洁的品质感动。这时我想起了一件记忆非常深刻的事。

也是一个冬天,我家闹钟坏了,妈妈也因为生病在家没喊我起床,我一觉睡到了十点半。等我到学校一进教室,同学们就哈哈大笑!我正不知所措,只见王老师拍了下桌了(子)说:"安静,你快进来上课。"不一会儿就下课了。老师把我叫到了办公室说:"你下次可得早点来,家离那么近总是迟到,不怕同学们笑话吗?你看,同学们都正常上课,可是你却耽误了学习……"王老师和我谈了好长时间的话,还让我补写了耽误的作业,不会的给我耐心讲解,我十分感动,心想:"王老师对我这么好,她多么像梅花再(在)大雪里独自开放,来帮助我学习,她比其他老师上课更认真。"倾(顷)刻间我的眼框(眶)便涌出了一串串闪烁的泪花。

其实我们每个人的身边都有这样帮助我们打开方便之门的人。

　　我以前常常问自己到底什么才是高洁。现在我找到了答案：只有蜡（腊）梅独放一枝的品质才是高洁，王老师对我永不放弃的教育，一定会让我痛改前非，带来明天美好的未来！

　　张灵犀的作文虽然有多处错别字，还有的地方文理不通，可我却被感动得热泪盈眶，文中流露的真情让我动容。这一刻，我感觉付出的所有都有了回报——我在这孩子心里种进了一颗爱的种子！他也因此有了一颗感恩的心！

　　含着眼泪，我笑了。

<h2 style="text-align:center">三</h2>

　　心学家王阳明认为，心外无物，无须外求。张灵犀把毽子踢到同学头上，他肯定知道自己错了，他知道自己应该道歉，但是心里偏偏抗拒；他明知道责难老师帮他打扫卫生不对，可是他就要发泄；他明明知道对爸爸的欺负和压榨不对，可是他偏偏要报复……

　　当我引导他说出心里的郁结，说出自己心里的梗，他崩溃大哭……原来的刀枪不入，只是一种自我防卫，在此刻，他的心变得脆弱柔软。

　　《阿德勒谈灵魂与情感》第三章"超越自卑从孩子抓起"中写道："每当我们研究起成人的时候，总会发现：他们在儿童早期留下的印象是永远不可磨灭的，它会在他的生活样式上留下无法拭去的印记，而发展的种种困难都是由家庭中的敌意和缺乏合作引起的。"①

　　后来我了解到，张灵犀刚出生时，父亲就被证实出轨。张灵犀自小就在母亲对父亲不信任的环境中长大，慢慢由不信任发展到怨恨、敌对，这样的耳濡目染，让孩子生活在一个不合作、不信任的环境中。

　　孩子成长中，父母所营造的家庭环境至关重要。张灵犀在这种恶劣的家庭环境中长大，他习得的是人与人之间的不信任、不合作，这些又导致他在学校情感受阻，处处被排斥，更加剧了他的自卑。可是那种与生俱来的对优越感的追求，迫使他无法正视现实，拼命掩饰自己的问题，外在表现就是无论自己对错，都不认输。

---

① ［奥地利］阿德勒：《阿德勒谈灵魂与情感》，石磊编译，天津社会科学院出版社 2020 年版，第109 页。

　　张灵犀的这篇作文,让我感觉自己艰难的疗伤之旅终于有了点滴收获。借用王阳明先生"四句教"里的话来诠释,即张灵犀同学本"无善无恶心之体"、后"知善知恶是良知"。即良知是他与生俱来的天性,只是暂时蒙了尘,只要老师善加引导,拂去灰尘,他心里的"仁义"就可以自然显现。在与我多次沟通交流中,他逐渐体会到老师对他的关心,也认识到父母对他的爱。

　　这世界上没什么非黑即白,就像色彩的世界里,除了红黄蓝三原色,还有很多间色,这些间色在生活中呈现的美一点都不弱于原色。

　　我赞成班主任工作要有边界,但在工作中,我们碰到的问题太复杂,如果一触及边界就缩回来,对孩子来说,有点残酷。我曾不止一次、不同程度地干涉过学生的家庭矛盾,也许因为我遇到的都是善良的家长,也许家长们理解我的一片真心。总之,虽然过程曲折而艰辛,但家长最终基本愿意不同程度地配合并为之努力,让我感觉自己是个幸运、幸福的班主任。

　　撰写这个案例时,王阳明先生心学理论"四句教"一直萦绕心头:无善无恶心之体,有善有恶意之动,知善知恶是良知,为善去恶是格物。

　　这个理论对我们班主任工作同样适用。如果我们只有关心孩子的念头,却没有付诸行动,只"知"而因为触及边界而不"行",那算不上"致良知"。良知是要"知行合一"的。知道正确的道理并努力去实践就是知行合一,就是所谓的"事上练"。我们做教师的,教书的同时,育人功夫须臾不能偏废,这是时代的呼唤,也是为师者的良知使然。

师生沟通6——

"我反对这个结果！这不公平！"

在学生成长过程中,难免会遇到很多问题和困惑,有些是他们自身可以解决和克服的,有一些确实靠他们自身能力难以化解。如果不能及时妥善处理,这些负面因素将成为他们健康成长的隐患,因此,及时把脉学生成长中的心理困惑,积极疏导并帮助他们解惑是班主任极为重要的工作。

一

本周三的班会主题是"寒假活动交流"。四(6)班年轻的班主任李老师着实动了一番脑筋:她将全班分成六个小组,每个小组先组内交流,然后每组推选一位代表参加班级交流,再从民主投票中产生"人气奖",获得票数最多的代表,其所在小组成员都将免做一次英语作业。

"我反对这个结果！这不公平！"就在选票结果产生的刹那间,胖乎乎的李小猛突然站起来大声反对。李老师顿感疑惑:"票是大家投的,又是当场唱票的,完全透明公开,怎么会不公平?"小猛说:"第一组活动不如第二组好,却得了22票,这是因为第一组的学习成绩好!"李老师解释说:"这是民主选举,投票结果代表大家的意见啊。"小猛不依不饶:"就是不公平,不能给他们免作业!"李老师耐心安抚:"如果你还有不同意见,等下课后到办公室里我们单独交流,好吗?"

他没有回应李老师,竟然趴在书桌上,号啕大哭起来。

李老师很无奈,只好让同学们先写作业,请小猛来到办公室,好言安抚。一番"微风细雨",小猛的情绪终于平静了。

第二节课,李老师在班级宣布获胜小组的同学免作业。小猛又大叫道:"不行！就是不能给他们免作业!"李老师严肃地说:"小猛,刚才我们谈过,你也同意尊重大家的投票结果,怎么又反对了?"小猛根本听不进去,像只失控的小狮子,又开始大哭大闹,还把书、本子、铅笔盒稀里哗啦扔了一地。

二

课是上不下去了，刚入职的李老师急得向我求助。我大致了解后，就来到四(6)班教室，先捡起散落一地的文具，然后约小猛去书吧聊聊。选择这个地方也是有所考虑，因为这里安静，没有人来人往，环境宽松，容易安抚孩子狂躁的情绪，也有利于师生双方的顺畅交流。果然，一开始小猛充满戒备，我让他坐下，先说说事情经过，他警惕地朝墙角靠了靠，问："你要干什么?!"

我拍拍他的肩膀，真诚地告诉他："老师很赞赏你，你能在课堂上观察到选票和同学们的成绩有关，说明你很认真对待这件事，老师欣赏你这一点!"

"那李老师为什么还批评我?!"说着又委屈地哭起来。

"我知道你很委屈。"我赶紧共情。

他一听这话，哭得更伤心了。我赶紧递给他纸巾，耐心地等他情绪稳定。一分钟，两分钟，五分钟，终于，小猛哭声渐渐停止。我缓缓说道："李老师批评你，不是因为你这点做得不好，是因为你发表意见的时间地点不合适。"

"怎么不合适了?"

"这是班集体，没有任何证据证明这次选举不公平，你公开反对所有同学的投票结果，大家会误以为你因自己没当选而胡搅蛮缠，有损你的形象啊!"

"怎么就有损我形象了!"他小声嘀咕着，脸上的表情变得柔和一些。

"选举过程公平公开，你自己反对选举结果，会被同学们视为自私。至于每个人心里怎么想的，为什么会出现这样的投票结果，老师也不能完全知道。选举已经结束，只能尊重这样的结果，对不对?"

小猛抬起头看了看我，眼神有些迟疑："我只是觉得这样的结果不公平，不是为了我自己。"

"孩子，你承认过程是公平的，为什么觉得结果不公平?"

"我觉得第二组比第一组好!"

"第二组比第一组好在哪里?"

"第二组的不少同学把活动过程讲得十分精彩，而第一组对活动过程讲得不够细，感受说得比较多。"

"那大多数同学选第一组是什么原因?""……不知道，我猜是觉得第一组的同学成绩比较好，所以我觉得不公平!"

"这都是你自己的想法，不能代表大家。投票选举的规则就是要少数服从多数。"

小猛低下头小声嘟囔："我也没有代表谁……"

交流到这里，我判断这孩子只是表达自己真实的想法，没顾及对同学和老师的尊重、对课堂的影响。但我还是肯定地对他说："看得出来，你提意见就是出于公心。但你能否告诉老师，在反对投票结果的时候，你是以怎样的方式来表达的？"

他立即明白了我暗示什么，有些不好意思地说："是的，我太激动了。"

顿了顿，他接着说："但是李老师当着全班同学的面严厉批评了我，没给我留一点尊严，妈妈告诉我，每个人都有发表自己观点的权利，我发表自己的观点，她凭什么当着全班同学的面批评我？！"

我微笑着说："首先，老师表扬你。不愧是四年级的大孩子了，你经过思考，发现这选票和同学们活动中的表现不相匹配，于是就和老师、同学持不同的看法，说明你是一个会思考、有主见的孩子！你有独立思考和判断的能力，并且敢于表达，这对一个男孩子来说，是非常可贵的。"看到他脸色微红、低下了头，我话锋一转："但是，作为一个大孩子，还有一件事也很重要，就是学会用正确的方式表达自己的观点。虽然你不是针对李老师，但是在课堂上你质问老师，然后大哭大闹，你这样的做法肯定是不恰当的，给同学们做了不良示范。如果老师不在班级及时消除这些不良影响，以后可能会有同学仿效你，无视班级规则，给集体制造混乱，你肯定也不想生活在一个乱糟糟的集体里吧？"

他低下头，摆弄着手指，似乎有所领悟。

过了一会，我接着说："你不认同评选结果，李老师已经接收了这个信号。可是为了不影响大家上课，老师想请你到办公室里交换意见，你当时听从了老师的劝导，非常好。可是第二节课，你就反悔了。你有没有想过这让老师很为难？你有没有想过在老师心中自己成了一个不守信用的孩子？在课堂上，如果哪个同学有意见或者不满，就当众责难老师，毫不控制自己的情绪，这样的班集体变成怎样了呀？如果你是老师，你会不会无视集体投票结果，马上听从这个同学的建议？"

他没有回答，头垂得更低了。

过了一会，他突然抬起头："不是说人人平等吗？为什么我不能发表自己的观点！"

"你说得对！每个人都是平等的。你发表自己的观点可以，但你选择的场合不对。这不是讨论会，你当众逼着老师立即采纳你自己的建议，无视班级其他

40 多位同学的意见，你觉得老师如果这样做对大多数同学公平吗？

"如果按照你的逻辑，每个人都有发表自己观点的权利，刚才课堂上李老师发表她的'观点'，你就发怒了。我们发表观点的目的，是为了解决问题，如果不选择场合、不注意方式方法，一方面无法达到目的，另一方面还会带来负面效果，轻则让自己失去朋友、降低威信，严重的话，还会触犯校纪法规。今天因为你的任性，就影响全班同学两节课没有上好。

"老师觉得，你要学会思考一件事：每个人都不是一座孤岛，他的一举一动都会对周围的人和事产生影响。所以，怎样表达观点，在什么时机表达自己的观点，怎样和别人沟通、交流，是我们在成长过程中要学会的，你说对吗？"

他若有所思，但是并没有回答。

"也许你的猜测是对的，个别同学的投票标准可能真受平时成绩的影响，而不是看寒假活动是否出色。但是你在课堂上哭闹，不仅违背了自己的初心，还无法达到你的目的。"

我希望小猛顺着话题认真反思，找到症结所在，去寻找解决问题的途径。果然，小猛没有让我失望。他接下来的话让我又惊又喜："我知道错了，对不起王老师……但是以后我要想发表自己的观点，该怎么办啊？"

"就以今天的事为例，你可以下课后到老师办公室，说出你的困惑，真诚地和老师讨论如何让大家明确投票的标准，这才是解决问题之道。"

他若有所思地点点头："老师，如果李老师不听我的意见怎么办？"

"那就要看你的建议是否合理、是否有说服老师的能力了。"

"我能再问个问题吗?"

"当然可以。"

"以后我到初中、高中,如果也遇到同学发表意见或者投票不尊重事实,而是带着自己的目的去评判,而我提意见,他们也不听,我该怎么办?"

听了他的话,我觉得这是个有社会责任感的孩子,难能可贵。但如果不能与自己达成和解,不能从自身改变,说不定以后遇到难题容易崩溃。"当我们没有能力去影响别人,就只能改变自己。怎么改变呢? 首先求同存异:作为一个普通公民,我修炼自己的品德修养,严于律己,宽以待人;接下来,努力争当榜样,以各种方式去影响更多的人。当然,我们不可能强迫所有人接受自己的观点,但是我们可以尝试去说服、带动,让自己的坚守得到更多人的理解和支持,这就需要更强大的能力了。无论什么时候,我们都无法强迫别人,但是你可以努力学习,争取将来成为在某个领域拥有巨大影响力的人。"

他郑重地点了点头。对这样有社会责任感的孩子,我在他心里种下一颗积极向上的种子。

三

这件事,让我真正意识到,呵护孩子成长,不只是和风细雨式爱护,有时也需要激烈的思想观点的碰撞,教会他们思考,教会他们从生活点滴中学会自我教育,看到未来的自己。这是每个班主任的责任担当,也是必须具备的教育能力。

李亚娟博士的《觉醒情感:学校德育课程原点》在第四章《学校德育课程的建构与实施》中阐述:"处理学生情绪情感是教学的一个重要部分,学校情感德育课程目标包括培养儿童情感学习能力、学会处理自己情感经历的各种方法、学会控制消极情感的表达等。"[1]班主任是小学生成长过程中的重要他人,我们肩负着引领学生形成正确的人生观、价值观、世界观的重大责任。在孩子们遭受情绪情感的折磨时,我们要有能力及时解惑。只有不断学习,我们方能科学又不失温度地为学生解惑,才能成为学生成长道路上的引领者、班集体的守护者,成为他们的精神导师。

---

[1]　李亚娟:《觉醒情感:学校德育课程原点》,南京大学出版社 2020 年版,第 103 页。

师生沟通 7——

想说爱你不容易

　　每个班主任,或多或少都教过特别叛逆的孩子,他们厌学、淘气,最大的特点是和老师严重对立,把老师当成他的敌人并不断制造麻烦。当我们和这样的孩子相遇,该怎么办? 忽略、置之不理? 还是和他"敌对"到底? 当我们用科学的眼光去审视,发现他表面嚣张的背后,是深入骨髓的自卑、怯懦。他是用这种"先发制人"的方式自我保护,以此来对抗来自心底的自卑感。李亚娟博士在《觉醒情感:学校德育课程原点》中讲道:"当我们的生命情感与道德精神被尊重、被呵护、被激发、被唤醒、被指导而进行生长发展时,真、善、美就会充分展现在每一个人的身上,即相信对生命情感与道德精神的肯定是走向更幸福、更完善的基础。"[①]因此,启动心灵对话,引导其做情绪的主人,激活其内心对美好的向往和追求,就成了制胜法宝。

一

　　我教过的李勋就是这样一个典型的孩子。

　　我接班时,李勋读四年级。他的典型表现就是怕吃苦,但又希望表现出强悍的形象,因此是个矛盾体。平时上课随便走动、说话,喜欢欺负同学,厌恶学习,和老师的关系特别僵,只要看到老师靠近,他立即溜之大吉;只要老师找他谈话,他就一溜烟跑了。总之,要想靠近他绝非易事。

　　根据他的故事,我特意编写了四幕话剧,希望能对教育类似的孩子有所帮助(剧中苏远的原型即为李勋)。

---

① 李亚娟:《觉醒情感:学校德育课程原点》,南京大学出版社 2020 年版,第 179 页。

想说爱你不容易

第一幕

时间：星期一，放学后。

地点：四（3）班教室。

人物：苏远，王老师。

（苏远在教室乱转，一忽儿"嘿嘿嘿"跨着马步对着桌椅练几下拳击，一忽儿跑到讲台前在黑板上胡乱涂画。）

（王老师送完路队返回教室。苏远看到王老师，立即跑向后排，还不时警惕地回头张望，气氛有些紧张。）

王老师：苏远，老师和你聊几句行吗？（王老师边说边往苏远靠近）

（苏远疑惑地看着王老师，做出欲跑出教室的姿势。）

王老师：（和蔼又自然地拉住他的手，苏远想挣脱）来，坐下吧。（面对面坐下）苏远，今天过得开心吗？

苏远：不开心！

王老师：哦，为什么啊？

苏远：（气咻咻地）易之花碰掉了我的笔袋！

王老师：哦，原来是这样。你用了"碰"这个字，说明她不是故意的对吧？男子汉都有宽广的胸怀，老师相信你也很宽容，当时你是怎么做的呢？

苏远：我……我……我……（表情羞涩，支支吾吾）我把她的笔袋扔到楼下了！

王老师：（笑着）嗯，老师明白了，你当时做得不恰当，不过知耻近乎勇，你知道自己错了，这就是十分勇敢的行为，相信你下次一定知道该怎么做了！

（苏远挠着膝盖，低头不语。）

王老师：（话锋一转）苏远，你是不是想在国庆阅兵式中举标语牌？

苏远：（马上直起了腰板，警觉地看着王老师，犹豫着，突然大声地）我也能举，为什么不让我举？！

王老师：老师不知道你想举牌啊。你想举为什么不跟老师说呢？

苏远：跟你说也没有用！你们都不喜欢我！

王老师：（语重心长地）苏远，老师喜欢每一个同学，你也不例外。知道老师今天为什么要找你谈话吗？就是想了解你的想法，你怎么想的，不跟老师说，老师怎么满足你的愿望呢？你今天在教室里摔同学的笔袋、在操场上抢同学的牌子，都是不文明的行为，老师当时并没有批评你，为什么？就是想给你留面子，想等同学们走了以后，再和你沟通。你想举标语牌，说明你要求进步，只要和老师正确表达，老师怎么会不考虑呢？

苏远：（眼神中的对立变得柔和了一点，语气也变得小心翼翼）你说的是真的？

王老师：君子一言，驷马难追！

苏远：（一下跳起来，急切地）老师，那我明天可以举牌了？

王老师：（不动声色地）不可以，因为你昨天当着大家的面抢李萍的牌子，要是给你举，同学们会有意见。你必须明天当着大家的面给李萍同学道歉，老师才能答应你。你能做到吗？

（苏远用鞋底摩擦着地面，犹豫不决。）

王老师：你考虑一下吧，今天不急着回答我，明天早晨告诉我就行了。（朝窗外望了望）天晚了，我送你回家吧。

（拉着苏远的手走出教室）

（幕落）

第二幕

时间：星期二下午。

地点：学校操场。

人物：苏远，王老师，李萍，全班同学。

（音乐声中，王老师组织全班同学排练。王老师开始给8个同学发牌子。8个标语牌是在40厘米见方的硬质纸板上印好的彩色大字。）

（苏远焦急地看着老师手中渐少的牌子，急得抓耳挠腮。）

苏远：（突然地）Sorry!

（同学们停止动作，都惊奇地望向苏远）

苏远：（声音越来越高）Sorry! I'm sorry!

王老师：（欣喜地）苏远同学为昨天的行为道歉了，我们原谅他昨天的行为，好吗？

众同学：好——！

（同学们不自觉地鼓起掌来。）

李萍：（走上前，把手里的标语牌递给苏远）给！

（王老师赞许地望向李萍。）

[画外音：一二一、一二一……训练有序展开，苏远一开始还能认真举着牌子变换队形，可是时间一长，他就不耐烦了，开始在队伍里面左冲右突，把牌子不停地往上抛，然后接住再抛，同时还伴随着"噢噢"的叫声，训练被迫中断。

同学们：（七嘴八舌）老师，苏远的牌子砸到我了！老师，苏远撞到我的头了！王老师都不该让他举牌子，他哪里能做这么重要的事！哼！他捣乱得我们都训练不下去了，这样还怎么跟人家比啊！……

王老师：大家休息 10 分钟。（面对苏远）跟老师散散步吧。

（苏远闻听，马上想溜，被王老师一把拉住。苏远幅度很小地挣扎了几下，遂作罢。）

王老师：（拉着苏远，沿着跑道，边走边讲）当举牌手有什么感受？

（苏远低头不语）

王老师：（恳切地）举牌是你自己要求的，你连自己非常想做的事都做不好，同学们怎么评价你？以后你提什么要求，老师都要考虑一下，因为你说到做不到啊，你不是个守信用的孩子，不是吗？

苏远：（大声地）不是的！我守信用！

王老师：你既然守信用，答应老师做好举牌手，怎么做不到呢？你知道吗，如果你再这样下去，我们班倒数第一是肯定了，还有什么必要参加比赛呢？你看1、2、4、5 班训练得多整齐啊，同学们多么齐心协力，而我们班到现在还忙着整顿纪律，要不，我们班级弃权吧？

苏远：（挺了挺胸脯，斩钉截铁）不弃权！（声音又低了下去）老师，我再不捣乱了。

王老师：（抚摸着苏远的脑袋）老师相信你能做好，我们一起努力，好吗？

苏远：好！

王老师：（亲切地）来，我们击掌为盟。（两人击掌）那就继续训练吧。

（苏远跑向了同学们中间。欢快的乐曲响起，苏远和同学们和着节拍，一丝不苟地开始了训练。）

（幕落）

第三幕

时间：一周后的一天早晨。

地点：四(3)班教室。

人物：王老师，苏远，全班同学。

（王老师正忙着按名单收午餐费，讲台上都是散乱的零钱）

苏远：（突然跑过来）王老师，我想换20元的硬币。

王老师：（接过他手中的20元纸币）你自己在桌子上拿吧。

苏远：（迟疑地看看王老师，但发现王老师根本就没抬头，他就在一堆钱里忙乎了一阵）王老师，我换好了，你数数，对不？

王老师：自己数，老师忙着呢！

苏远：（犹豫着）老师，你不怕我多拿？

王老师：（王老师没有抬头）多拿？你才不会呢！

（王老师继续忙着收钱。苏远拿着一把硬币慢慢回去了。一会，他又回来了！）

苏远：老师我回去又数了一遍，发现多拿了1块钱。

王老师：（轻描淡写地）好的，放那吧。

（苏远将1元硬币放下，就一直站在老师旁边看着她找零钱，一会告诉老师找谁多了一块，一会又跑到另一个同学那里数老师找回的钱，生怕谁多拿了。王老师虽然忙着收钱，但将这一切尽收眼底。表面上平静如常，可内心却感动异常！）

王老师：（终于把钱收齐、数清）怎么多出来1元钱？（目视苏远）是不是你不小心多交了？

苏远：（猛然垂下头，脸一下子变得通红）不是我不是我……对了王老师，您还有什么事要我做吗？

第四幕

时间：半个月后的一天上午。

地点：校长室。

人物：李校长，苏远父母。

苏远父：（声音怯怯地）请问，校长在吗？

李校长：我就是，你们——？

苏远母：（语速很快地）校长，您好您好！

（苏远父母一人握住李校长的一只手，抖个不停，久久不放。）

苏远父：（真诚地）校长，我一定要好好感谢王老师，她对我儿子不离不弃，我

儿子现在喜欢学校了，而且，这次期中考试居然考及格了！

　　苏远母：苏远昨天回家提到学校的事，居然说到了"王老师"这三个字。

　　李校长：(疑惑地)怎么，这三个字特别吗？

　　苏远母：(不好意思地)从前在家里提到某位老师，他都是直呼其名。现在，他能主动说出"王老师"，这说明他从心里接受了王老师，我知道王老师肯定付出了很多！

　　苏远父：校长，王老师改变了我儿子！如果儿子将来能参加高考，我一定让他报考师范，成为一名光荣的人民教师！

　　李校长：(自豪地)其实，像王老师这样的优秀教师，在我们学校，在我们的城市，在我们的国家，还有许许多多……

　　(伴随李校长深情的告白，宋祖英演唱的歌曲《长大后我就成了你》由低到高，徐徐响起：……长大后我就成了你，才知道那支粉笔，画出的是彩虹，洒下的是泪滴……长大后我就成了你，才知道那个讲台，举起的是别人，奉献的是自己……)

　　(幕落)

剧终

二

苏远的故事讲完了,但李勋同学的故事却还在延续。

细究起来,李勋的所作所为和成长环境不无关系。他从生下来就是外婆带的,他外公外婆只有他妈妈这一个女儿,所以对李勋百般宠爱。从小他就学会自己出去买零食和玩具。他几乎没上过幼儿园,原因是他外婆怕他受不了约束。入学后才发现问题大了,他一刻都安静不下来。一方面,成绩很差、常常违反纪律被批评,让他十分自卑;另一方面,从小已经形成的优越感和自由散漫的习惯,让他在学校这个环境中一时无法适应。李勋时不时从正在上课的教室溜出去、跑出学校,导致他爸爸没法正常上班。

他的坏习惯很多。比如上课了,书还在书包里;有时不停地玩东西,撕本子、用刀切橡皮,把水杯里的水倒在桌子上再用纸蘸……总之,都是别人想不出来的玩法,因此他的座位下面永远脏得不可收拾。

该写作业了,他不会做,就直接旁若无人地下座位到同学那里去抄……

一、二年级的老师很为这个孩子苦恼,做了大量的工作,但来接孩子的都是外公外婆,不能理解老师的教育,于是家校矛盾产生了。孩子虽然调皮,但很敏感。老师的一个眼神,是褒是贬都了然于心,再加上成绩差,他自然也就对老师产生了不信任和敌意,和老师的关系也越来越差。

三

1. 抓住关键事件,启动真实情感

李亚娟博士在《觉醒情感:学校德育课程原点》中讲道:"当我们的生命情感与道德精神被尊重、被呵护、被激发、被唤醒、被指导而进行生长发展时,真、善、美就会充分展现在每一个人的身上,即相信对生命情感与道德精神的肯定是走向更幸福、更完善的基础。"[1]一次举牌手,一次收午餐费事件,让放荡不羁的孩子逐渐学会约束自己;一直自我怀疑的孩子,体会到被信任的奇妙感受。他被信任感动了,我也被他感动了!《觉醒情感:学校德育课程原点》一书中还阐述了:这些教育生活中的偶然性、重要性、典型性的事件,对儿童与青少年来说,都可以

---

[1] 李亚娟:《觉醒情感:学校德育课程原点》,南京大学出版社 2020 年版,第 179 页。

算"关键事件"。这些关键事件对儿童与青少年来说,是其情感学习的契机,教育者给予他们正向情感认同,指导其在负向情感中进行学习与成长,至关重要。我就是抓住偶然发生的这两件事,和李勋建立互相信任的情感,促成他的亲社会行为!

2. 启动心灵对话,做情绪的主人

李亚娟博士在《觉醒情感:学校德育课程原点》这本书中指出:情绪训练课程,就是在认知情绪的基础上,指导学生接纳自己的情绪,教给学生学习如何和情绪对话,如何做情绪的主人,如何保持良好的心情,如何应对消极情绪变化,并能够在消极情绪中进行学习,重新对自己进行理解、认识与反思,做情绪的主人。[①]

在李勋漫长的转变过程中,一开始没有像样的对话,直到大量的工作后,一次他趴在窗户玻璃外很羡慕地看着同学在帮我做事,我抓住这个契机,请他来帮忙。可是一直以来的自卑,让他不敢相信。在他对自己质疑的情况下,我非常肯定地告诉他没问题,并且交给他能力范围内的任务。这次任务的完成对他的触动很大,他真正的转变由此开始。从前看到老师就跑,现在总想往老师面前凑——他开始和老师亲近了。

3. 追求优越,唤醒自尊感

如果孩子对优越感的追求不能通过正常行为去表达,他必然寻求另一条路——通过不良行为去引起关注。

孩子们"追求优越感常常表现为争强好胜,许多追求优越感的孩子一开始都表现得雄心勃勃,但很快就放弃了努力和拼搏,因为其他孩子已经远远走在了前面,许多老师采取严厉的措施,或给他们打低分,想以此来激发他们潜在的雄心。这些对身上还残存一些勇气的孩子会奏效,但是对那些在学业上已经接近警戒线、已经陷入混乱状态的学生来说,使用这种方法会让他们变得更加愚蠢"[②]。

"另一方面,如果以温柔、关心和理解的方式对待这些孩子,他们会令人惊讶地表现出意想不到的智力和才能。通过这种方式转变过来的孩子,常常表现出更大的雄心,因为他们害怕回到原来的状态,过去的生活状态和无所作为像警示

---

① 李亚娟:《觉醒情感:学校德育课程原点》,南京大学出版社 2020 年版,第 165 页。
② [奥] 阿尔弗雷德·阿德勒:《儿童的人格教育》,张庆宗译,华东师范大学出版社 2017 年版,第 39 页。

信号一样，不断激励他们向前。"①李勋案例教育的成功，就遵循这个原则。在漫长的沟通过程中，利用他对优越感的追求，一步步唤醒他的自尊感，把他引回正确的轨道。

4. 参透自卑，科学疗愈

个体心理学认为，所有儿童都有与生俱来的自卑感，它会激发儿童的想象力，激励他们通过改善自己的处境来消除自卑感，改善处境的结果是减轻自卑感。从心理学的观点来看，这叫作心理补偿。②

有三类儿童可以清楚地说明补偿特征是如何形成的：一类是生来身体虚弱或者存在身体器官缺陷的儿童；一类是从小受到严厉管教，从未得到父母疼爱的儿童；一类是从小被宠爱无度的儿童。李勋就属于第三种类型。

儿童在学业上的失败，不如说是在心理上的失败。因为孩子在学校遭遇失败意味着他从一开始就对自己失去信心，变得气馁起来，开始回避有益的途径和任务，并时刻寻找另外的途径，寻找一条通往自由的快捷之路。他不选择社会认可的康庄大道，反而选择能够补偿其自卑感并获得优越感的个人小径。他选择的途径对失去信心的人来说极具吸引力，能够快速获得心理成功。与遵守规范相比，抛开社会和道德义务、违反法律而让自己变得与众不同且有王者风范要容易得多，尽管他表现得十分大胆和勇敢，但是选择途径、快速获得优越感的实质却是由于胆怯与懦弱。这种人总是做一些笃定成功的事情，并以此炫耀自己的优越感。③

作为老师，要独具慧眼，不要被他们五花八门的外在表现所迷惑，要透过现象看本质。当我们看到学生有以上表现，就基本可以判断，这个孩子有着强烈的自卑感。只有把他们在自卑心理影响下形成的补偿行为看明白，再通过日常生活中的种种对话、沟通，逐渐渗透关怀、信任，并适时抓住关键事件，进行真情对话，才能达到育人的目的。

---

①　[奥]阿尔弗雷德·阿德勒：《儿童的人格教育》，张庆宗译，华东师范大学出版社 2017 年版，第 40 页。
②　[奥]阿尔弗雷德·阿德勒：《儿童的人格教育》，张庆宗译，华东师范大学出版社 2017 年版，第 6 页。
③　[奥]阿尔弗雷德·阿德勒：《儿童的人格教育》，张庆宗译，华东师范大学出版社 2017 年版，第 10 页。

师生沟通 8——

"搜米搜米……搜米搜米……"

几乎每个班级都有这样的孩子:成绩不出众,但喜欢在课堂上表现"出众"。对老师的提醒、批评,一副破罐子破摔的样子。面对这样的孩子,我尝试从最小的问题开始沟通,利用破窗效应,引导其一步步认识错误。在此基础上,抛给孩子一件华丽的"睡袍",然后循循善诱抓"配套"。孩子基本会在老师一步步的计划实施中,逐渐完成对自己的正向期待。

"没有教不好的孩子"——这句话虽然颇具争议,但不可否认的是,每一个学生都有超强的潜力,都有成长的渴望,教师如果善于启动学生内在的价值机制,教育成功的概率还是比较大的。

有这样一则故事:18世纪法国有位哲学家叫丹尼斯·狄德罗,有一天,朋友送给他一件质地精良、做工考究的睡袍,狄德罗非常喜欢。可当他穿着华贵的睡袍在书房中走来走去的时候,总觉得家具要么破旧不堪,要么风格不对,甚至觉得地毯的针脚也粗得吓人。于是,为了与睡袍配套,他先后对家里所有旧家具都进行了更换,使得整个家焕然一新,终于配上了睡袍的档次。

一

11月末的一个周五,风和日丽,五(1)班正在进行每月一度的"感动班级人物"颁奖仪式。

两位主持人经过精心准备,正在宣读颁奖词,"搜米搜米……搜米搜米……",我站在班级的最后面,正在欣赏同学们设计的颁奖典礼,一个不和谐的声音传来,仿佛清澈的水中被人投掷了一块泥巴。声音好像来自教室中央,我悄悄来到这里,想看看是谁在发出"怪声"。刚走到中间,"搜米搜米……搜米搜米……搜米搜米……"又响起来,显然不少同学也听到了这个声音,前后都有同学往中间行注目礼。我赶紧循着声音找过来,可是声音突然消失了,我正在纳闷,"搜米搜米……搜米搜米……"声音又起,可是我看看同学们,大多都很严肃地观看讲台上的颁奖仪式,看不出来作怪的是谁。

"王老师,是方朗!"

周小孔显然看出来我的困惑,大声告诉我。我马上把目光射向方朗,只见他面无表情地看着我,我对他做了一个噤声的手势。

颁奖典礼继续进行,感动班级人物——周艺馨同学正在发表获奖感言。"搜米搜米……搜米搜米……"天哪!这个不和谐的声音又响了起来。我用警告的眼神看向方朗,希望他能有所收敛,可是他根本不看我,一会工夫,"搜米搜米……搜米搜米……"真是"狗吃糖稀——拖拖不断"!颁奖仪式被他多次打断,获奖的周艺馨同学站在讲台上张口结舌,不知所措。我十分生气,就把方朗请到门外,让他在教室门口反省一会儿。

二

下课铃响了,就是放学时间,我让同学们整理书包,赶紧出来排队。我把教材送到办公室,想回来送放学路队,还没走到教室门口,就看到方朗追着周小孔拳打脚踢,我知道肯定是因为小周告了他的状了。

我让小方在办公室等我,送过放学路队回来,我们进行了一次谈话。

"小方,你为什么打周小孔?"

"他告我的状!他就是个小人!我就要打他!"

"你觉得课堂上自己做得对?"

他不接我的话茬,歪着头强词夺理:"老师您说过,不要做打报告的小人!他周小孔就打我的小报告,就是个小人!我为什么不能打他?!"

"你记得老师曾经教育过你们不要做打小报告的小人,说明你是个听从老师教导的孩子,老师很欣慰。可是当时老师让你们不打小报告是基于班级发生的一件事说起来的,还记得是什么事吗?"

"记得,当时去科艺楼上信息课排队时,小曹踩到小孙的脚,小孙骂了小曹,当时小曹没听到,小马跑过去告诉小曹说:小孙骂你××了!小曹勃然大怒,就在楼梯上和小孙打起来,两人差点从楼梯上滚下来。您过来处理后,在班会课上特意以这件事为例,让我们不要做打小报告的小人。"

"谢谢你还记得那么清楚。当时小马同学去小曹那里打小报告,让他们打起来,导致事态扩大。其实如果小马不告诉小曹,这件事也就风平浪静过去了,虽然小孙不对,但马上就要上课了,不能耽误大家的学习。如果他不说,也不会对两个人产生多大影响;说了,造成的后果很严重,导致老师因处理问题耽误全班半节课没上成。

"遇到这样的事情,作为旁观者,需要衡量一下利弊。当时小马告诉小曹的目的,就是想在小曹面前做个'好人',可是却激怒了小曹,导致一大堆问题,其实完全可以息事宁人;今天周小孔是在老师反复寻找声音的来源未果,而你一直不间断地扰乱课堂,导致颁奖仪式无法进行的情况下指认你的。你好好想想,这两件事性质一样吗?"

"我不明白。"

"那我们再来理一下:小马不说,不会造成什么不良后果,大家好好上这节课,至于小孙骂人的事情虽然不对,可以下课后告诉老师教育她;小周不说,你就不停歇地'搜米搜米',我们的课堂就要停下来,大家准备多日的颁奖仪式就要搁浅,因为当时同学们都在寻找声音的来源,已经不关注讲台前面进行的颁奖仪式了。这样对比你明白了吗?"

"……明白了。"他挠了挠头,"小周不算做小人。"

"好的,你明白了这一点,就知道打周小孔不对了是不是?"

他重重点了点头。

"那么,你接下来怎么办?"

"我明天向他道歉。"他语调铿锵。

"那我们再来谈谈另一件事,你在今天的课堂上为什么总是发出'搜米搜米'的声音? 是不是对这次的感动班级人物评选出来的周艺馨同学不满意?"

"……"

"这是在班级海选的,是同学们投票选出来的,周艺馨同学一直为班级默默奉献,每天的午餐忙前忙后为同学们服务,那么乐于助人! 主持的两个同学也花费了大量的时间精力来策划和实施活动,你到底有什么不满? 为什么这样做?"

"我没有对周艺馨不满意! 只是当时很无聊才发出声音的。"

"颁奖仪式正在进行,你不停地打断,就是对周艺馨同学极大的不尊重,也是对主持人付出的不尊重! 更是对全班同学的不尊重! 五年级的孩子了,居然为了好玩和无聊,不顾老师的多次警告,反复在课堂上捣乱! 你有没有想过,你的行为影响了同学们的活动，影响了大家的情绪，扰乱了课堂纪律？"

沉默不语。

"你记得吗？上学期我们年级的足球联赛输了球，你是多么难过，当时你都哭了，可见你多爱我们这个班集体！可是今天我们这个团队的活动，你不但没有好好配合，而且在老师反复提醒下反复捣乱。我们的团队为什么总是被评为文明班级？那是班级每一位同学努力的结果！我们每月一次的感动班级人物活动，也是同学们投票决定的，你当时也投了宝贵的一票，说明你是支持的。可是，同学们从评选到设计颁奖仪式、写颁奖词、制作 PPT，准备礼物，烦琐的程序和内容，在繁忙的学习之余做了这么多精心的准备，多不容易啊！咱们从尊重别人的劳动这一点来说，也不应该反复捣乱啊！

"作为五（1）班的一分子，你还觉得今天做得对吗？"

他低下了头。

"你平时穿戴非常讲究，衣服、裤子都干净整洁，给人的印象永远是那么干练，可见你多么注重自己的形象。一个人的形象主要由两部分组成：一是衣着外貌，二是品德修养。你的衣着外貌都为你加分，你做得棒棒的！但是你今天的行为，会让同学们误以为你的品德修养有问题，会认为你是个没有爱心、没有集体观念、不懂尊重的孩子！你觉得一次随心所欲给自己带来这么大的损失值得吗？"

他低着头不吭声，我觉得他一定知道错了。有的情况下，和风细雨的滋润效果好，有时却必须触及灵魂。这次，我决定乘胜追击——刺激他一下。

"老师知道你一个小秘密，你很欣赏小童同学是不是？"

他愣怔了一下，然后艰难地点了点头。

"小童同学那么优秀，你今天的行为，小童会认可吗？每个人都有自己想得到的东西，你将来会有很多欲望，这些东西都不会凭空出现，肯定需要通过努力才可能得到。

"你只有对自己严格要求，让自己方方面面都很优秀，不但让小童欣赏你，还要让更多同学欣赏你！你积极努力，不但约束自己遵守纪律，而且犯了错误主动承认，让同学们看到一个积极负责、有担当的男子汉形象。你这样的表现，更会赢得老师的信任，你会有机会协助处理班级事务，你也可以站在讲台上，带领同学们学习、实践。到时候，不是你被选择，而是你拥有选择朋友的权利，你还会拥有更多其他的选择权，你会感觉超有成就感！当然，这些都需要通过你艰苦的努力，通过你一次次的历练，通过无数自我约束才能得到。

"王老师一直觉得你是个真正的男子汉，一直认为你有这样的毅力和决心，难道王老师看错了人？难道你真的是那么不求上进？真的想让自己'泯然于众人'？"

我苦口婆心一席话，他马上眼睛亮了，响亮地说："老师，我知道了，要想成为让人认可的人，必须付出艰苦的努力，而不应该随心所欲！"

"好样的！老师期待你的变化！"

此后，小方同学在课堂上开始约束自己，虽然时有反复，可是总体是不断进步的。一个学期后，他通过竞争，如愿成了班级的纪律检查员。

三

1. 面对小方反复违反课堂纪律，影响班级活动正常进行，打了同学还振振有词的情况，我退而求其次，引导他承认影响了正常的课堂秩序；和他一起回忆老师曾经的教育，关于"君子"、"小人"的事实依据，两相对比，在事实面前主动认错。

2. 在他承认犯错的基础上，我和他一起回忆他的"睡袍"——曾经他的衣着整洁干净，在同学们心目中良好的外部形象。那么内部呢？内部品质要和外部的良好形象相匹配才行！于是，内部的道德修养的提升就成了他迫切需要改变的内容。这时他才可能从心底对自己有了和外部良好形象相匹配的愿望。

3. 利用他希望得到同学欣赏的"秘密"来唤醒他内心对优越感的追求，启动内部动力机制。德国著名教育学家斯普朗格曾说过："教育的最终目的不是传授已有的东西，而是要把人的创造力量诱导出来，将生命感、价值感唤醒。"只有真正从情感上唤醒，才能让他更主动地追求高尚。

师生沟通9——

"你胡说！我从来没说过她好！"

在教育工作中,难免会碰到因情绪激动而难以沟通的学生,这时,我们不必急于立即解决问题。可以首先抑制住批评对方的冲动,"在心中默念1,2,3,…,10",如果能做到这些,调节情绪的第一步就成功了;然后搁置问题,转移注意力;再切换到和谐温馨的场景。经过这几步,一般孩子的情绪基本可以得到缓解,此时再去交流,就容易心平气和地解决问题了。我就经历过这样一个案例。

一

这天,空中一直飘着丝丝细雨,又湿又冷。

下午放学后,我留在办公室里一边批改作文,一边等待约谈的一个家长。刚改了几本,五(6)班的李老师进来了,后面跟着她班上的小吴同学,只见小吴十分激动,脸憋得通红,年轻的李老师看一时无法交流,就让他先到教室里坐着冷静一会,谁知两分钟不到,这个孩子就折回来了:"我冷静了!"同时指着李老师蹦出三个字:"你骂我!"

我被这句话惊到了,一时没反应过来,李老师也吓得不轻,结结巴巴说:"我——我——我没骂你!"

"孩子,李老师怎么骂你的?"

"李老师说,'你脑子有病!'"

"我——"年轻的李老师面色通红,喘息急促起来。我给李老师做了个手势,李老师马上心领神会,不再说话。

我让小吴复述李老师的原话,他说不记得了。"李老师是在班级骂你的对吧?""当然是的!""当时班级还有其他同学吗?""有!""既然这样,老师当众骂你,应该不止你一个人听到,班级还有谁离你最近?"

"我……我同桌,他肯定也听见了。"

二

因为已经放学了,我让李老师联系他同桌家长,李老师告诉我,他的同桌孙同学"弹性离校"还没有回家。李老师亲自把孙同学带了过来。

小孙刚进来,恰巧,小吴的爸爸也冒着小雨赶了过来,身上湿漉漉的。一时间,不足十平方米的办公室里满满当当。

小吴一看他爸爸来了,立即横眉立目地大叫:"你出去!"

"我出去干吗?"小吴的爸爸的尴尬、无奈……种种表情写在还湿淋淋的脸上。

"我让你出去你就出去!"然后又回过头来:"她骂我!"小吴用手指指着李老师说道。他爸爸很惊讶:"你从前不是说李老师很好吗?"

"你胡说! 我从来没说过她好!"

"你不是说李老师很关心你吗?"

"你闭嘴! 那是龚老师,不是她!"

父子俩你一句我一句地吵起来,我赶紧打断,安抚小吴先回教室休息一会,在反复催促下,小吴才万分不情愿地迈开了步伐,可刚到门口又折了回来。看到这些,我知道小吴肯定是不放心他爸爸和老师谈话,我赶紧说:"你想留下来就坐下。"并且拉一张凳子给他。

李老师这才有机会让孙同学说说上课发生的事情。孙同学说:"今天的英语课上,李老师在讲英语作业,小吴一直在下面折纸飞机,李老师看到了就说:'小吴,请你认真听讲!'小吴听了一会课,又开始在纸飞机上画画,李老师又说:'小吴,你抬起头听讲,今天的英语作业你错得不少,一会要订正。'李老师讲完作业,让我们订正好交上去批改。小吴交上去的订正是错的,李老师就说:'上课反复提醒你认真听讲,你就是不听,看看现在订正又错了! 你让同桌小孙同学讲给你听!'小吴拿着作业回来并没有让我给他讲,嘴里嘀嘀咕咕的也不订正。李老师看其他同学都订正完了,就问:'小吴,你订正好了吗? 拿来给我批改。'小吴动也不动,嘴里依然在小声说着什么,李老师就走过来,一看到小吴没有订正,生气地说:'小吴,你怎么回事? 嘴里嘀咕什么呢?'然后小吴就把本子摔在了地上。李老师说:'上课不听讲,这么长时间都不订正,老师说你几句还不行啊?'"

"就这些吗? 李老师还说了什么?""没有了。""李老师骂人了吗?""没有,但

李老师当时的确很生气,说话的声音比较大。"

我趁热打铁:"小吴,同桌说老师并没有骂人,只是大声批评了你,你刚才指责老师骂了你,怎么回事啊?"

小吴眼睛倔强地望着窗外,就是不说话。

室外雨停了,灰暗的天空似乎明亮了一些。

"老师对不起,我回家狠狠批评他。"

小吴的爸爸拉着一声不吭的孩子回去了。

三

事后,我和李老师探讨:

1. 尽量避免在课堂上激怒学生。作为老师还要学会察言观色,当学生情绪失控,不管是谁的责任,都不适合紧追不放。这时最好的办法就是搁置、冷却,"顾左右而言他"。只要他不影响别人都置之不理,决不能把同学们的视线吸引到这里,以免学生一下子爆发,做出不理智的举动来。

遇到这样的情况,提醒两次还不听,可以暂且听之任之,只要他不影响别人,等到下课再处理,在一个独立安静的环境里,孩子更容易反思自己的行为,这样师生之间的交流更容易推心置腹。

小学生年龄小,调节情绪的能力也比较弱,往往把"面子"看得很重,在大庭广众之下丢了面子,就容易故意和老师作对,小吴到办公室就用说谎的方式指责老师,以此标榜自己的"不弱于人"。

2. 当学生已经很激动,教师该怎么办呢? 无论当时学生的表现多么糟糕,老师都要坚守自己的底线——稳定情绪,绝不能被学生的情绪所左右。当老师冲冠一怒,就容易忘记自己的身份——教育者,和学生的情绪对立起来,容易导致场面失控,不但导致事态扩大化,更在广大同学面前失去了教师的威严,对以后的班级管理都会造成重重障碍。

3. 如果事情已经发展到了第三步——双方已经对立起来,学生情绪严重失控,双方都需要时间冷静,再次重拾话题时就更要把握谈话技巧。

比如这件事,经过排队放学,老师和学生都有了一个时间段来冷却情绪、理清思路。当再次坐下来讨论这个话题,双方也共同来到一个独立的环境中,避开了公众场合。为了便于解决问题,老师可以借机营造一个有利于情感交流的轻松环境氛围。

无论是在教室还是到办公室,老师都可以先请孩子坐下来,因为站着就是吵架的姿态。学生坐下后,老师倒一杯水递给学生,自己故意先去处理一下其他事情,等孩子坐几分钟后,再开始谈话。这时老师的语气一定要诚恳并且友好:

"小吴,今天英语课上,你哪里不舒服吗?"他可能回答:"没有!""哦,没有不舒服啊? 我看到你一直低着头,我一开始想提醒你好好听讲,这都是针对我们作业中容易错误的地方,对提高我们的英语水平很有帮助,错过这样的机会,你订正时就会遇到困难。"不要等他回答接着说:"所以今天老师在课堂上反复提醒你不听,老师就有点着急了,你想啊,老师多么希望你成绩进步啊! 你越不听,老师越着急,你能理解老师的心情及当时的做法吗?"

他如果说:"你当堂批评我,不给我面子!"老师就可以说:"是啊,我没有顾及你的面子,你当时一定很生气,这是老师的不对。不过当时课堂上时间那么紧,老师又不想耽误你们放学的时间,一着急就忘记给你留面子了。"

"不过,老师第一次提醒后,如果你知道自己错了,就应该在后面的时间认真听讲,可是你一直故意不听,结果导致作业不会做,老师能不着急吗! 老师是希望通过批评让你警醒,明白自己的任务就是学习,不要荒废时间,可是今天你一直都很抵触,老师很痛心,因为你错过了好机会。"

......

这样慢慢地引导，适时共情，学生的内心就会渐渐柔软起来，情绪也会慢慢消解，在情绪平稳的情况下，学生也容易思考自己存在的问题。以后课堂上再发生类似的问题，这个孩子就会想起老师所说的话，知道老师的动机是希望自己认真听讲，并无责备、羞辱等恶意，沟通起来可能顺畅许多。

总之，通过老师充满智慧的另辟蹊径，以软化学生坚硬的外壳，触及他的心灵，然后再动之以情、晓之以理，让他认识到自己的错误，问题往往就能迎刃而解了。

师生沟通 10——

"嗯——嗯——嗯——我要喝汤"

班级是个集体，集体中的孩子们在相处中，难免会有玩笑过度的现象，这种现象如果得不到及时制止，就会演变成精神欺凌。而处理这类问题一向是个难点，因为看似口头玩笑，可杀伤力却惊人。有的孩子长期被同学追着开这样所谓的"玩笑"，造成很严重的精神创伤及心理障碍，甚至不敢上学。我利用"禁果效应"处理这样的事件，发现居然很有效果。

一

这是个温暖的春天，阳光洒遍校园。中午，满脸汗渍和泪痕的小宁同学哭着跑到办公室找我，说班级的同学又欺负他了。这个孩子有点颤动症，常常上课时不由自主地发出"嗯嗯嗯"的声音，大多数同学都习以为常，但有那么几个男生总是以取笑他为乐。

我接班时就发现他们喜欢嘲弄小宁，给他起各种绰号，一群男生哄笑着追着小宁后面喊："嗯嗯嗯，呀呀呀，叽叽叽，呱呱呱！"如此等等，不一而足。我曾严肃处理过这个问题，他们答应再也不喊了。没想到今天他们居然又玩出了新花样。

二

我快步来到教室，把为首的小李同学喊过来："你怎么又欺负小宁了？""没有啊！"他瞪着一双无辜的大眼看着我。"没有欺负小宁，他怎么哭了？""我们又没有打他，也没有喊他的绰号，只是喊他的名字，不行啊?!"我一听，对呀，喊名字没错啊，名字就是用来喊的嘛。小宁又哭起来："老师，他们一直追着我喊赵一小一宁——赵一小一宁——，喊的声音时长时短的，怪腔怪调的，喊过就大笑起来，然后再变着腔调喊……"

说着又放声大哭。

我一听，气不打一处来，这些孩子！我禁止他们喊绰号，他们就创造出了新花样。我把这几个同学请过来问："这样喊人家名字干什么?"小李眨巴着眼睛说："只是喊名字,又不犯法!""你们倒是会避开地雷,但是你回答我,喊赵小宁干什么? 有什么重要的事情吗?"他语塞:"没……有。""没事为什么喊? 还不停地追着人家反复喊? 还边喊边笑,告诉我,目的是什么?""……好玩。"他终于说到了"点子"上。

"原来是好玩啊? 人家名字是给你玩的吗? 既然这么好玩,今天下午的活动课,我就让全班同学都来玩玩你的名字!"

"不要!"小李挨刀似的大叫,先前的锐气荡然无存。

"为什么不要? 你不是这样对待小宁的吗? 你可以想象一下,全班同学追着你喊着你的名字并且边喊边大笑的情景。"

他低下头不吭声了。

"还有你们几个,小李一喊,你们跟着一起喊;小李嘲笑,你们跟着一起嘲笑。都是五年级的孩子了,难道就没有一点是非观念? 不知道什么事情是对的、什么事情是错的吗? 就你们自己的成长来说,这是是非不分、人云亦云,将来也是随波逐流的人,还指望你们做出什么大事! 还记得我们背诵过的《论语》吗? '己所不欲,勿施于人',你们都不愿意被别人这样对待,为什么这样对待别人?"

他们各自看着自己的脚,鸦雀无声。

"你们把自己的快乐建立在别人的痛苦之上,这样合适吗?"

谈过话以后,小宁连着两周都没有来告状,正在我快要忘记这件事时,一天午餐,我正在给同学们盛汤,听到后面一排男生叽叽咕咕地在笑。我走过来,他们装作没事一般,故意面无表情地看着我,小宁站起来委屈地说:"老师,刚才他们在笑我!"我把询问的目光转向他们,他们依旧平静地看着我,小李说:"老师,小宁冤枉我们了,我们的确在笑,但不是笑的他!""那是笑的谁?"他们几个互相看看闷声不吭。小宁又哭起来:"小李说嗯——嗯——嗯——我要喝汤,他们几个都跟着这么说,说完就看着我笑。"

我困惑了:我都把话说这么明白了,他们什么道理都懂,怎么还要嘲弄人啊! 这样的孩子我该怎么教育? 我有一种"江郎才尽"的挫败感,好长一段时间一筹莫展。

有一天,我偶然看到了这个故事:

很久以前,在法国土豆被称为"鬼苹果",农民们都不愿意引种。一位农学家想出一个方法,在一块土地上种植土豆,并由一支穿着军礼服、全副武装的国王卫队看守,到了夜晚,卫队故意撤走。结果人们纷纷来偷土豆,引种到自己田里,通过这种方法,土豆的种植在法国得到迅速的推广。可见,人们都有违反规定、打破限制的倾向与癖好。也就是说,可能有些东西越禁止,就越引起人们的兴趣,比如某些电影、书籍越禁止越走俏。

看到这个故事,我豁然开朗,原来我自以为是地把各种道理讲给孩子们听,认为他们知道错了就会改,谁知道他们当时听进去了,甚至也觉得自己错了,可是过不了多长时间,好奇心驱使他们想出另外一种办法去尝试,看看老师和同学的反应,这些也许是不自觉的,可是他们忍不住诱惑,就像亚当和夏娃一样。

对于孩子来说,他们还未成年,好奇心重,越是得不到的东西,就越想得到;越是不让知道的东西,就越想知道;越是不让做的事情,就越想做。老师不让喊绰号,他们就喊名字;老师不让他们喊名字,他们就变着法地"指桑骂槐",他们肯定觉得这样其乐无穷。我悄悄找到其中一个孩子交流过,他说,也不是想欺负小宁,就是觉得好玩。

"禁果效应"告诉我们,不提倡的东西不要明令禁止使其变成禁果,而要通过适当的方式进行疏导和淡化。

怎么办呢?能否利用孩子们这种逆反的好奇心来提高教育效果呢?

我决定尝试一下。

我准备抓源头——解决问题。

首先我找小宁谈话:

"这次他们'嗯嗯嗯,要喝汤——'就是吃饭时无聊的哄闹,希望对方着急生气,以此取乐。所以,你不能让他们得逞。如果下次他们再有这样的行为,你就拼命忍住,当作没有听见。当他们看你没有反应,就会觉得没趣,自然就不会再做此事了。记住:不管心里多难受,也要装作若无其事!如果你能按照老师说的做,慢慢就能摆脱他们的纠缠。如果你觉得实在受不了,就过来跟老师聊天,咱们再想办法好吗?"

小宁懂事地点点头,同意了。

然后找为首的小李谈话：

"小李，自从老师跟你谈了话，你就没有喊过同学绰号，非常棒！老师觉得你懂得尊重了。这次'嗯嗯嗯'事件，老师相信你们不是针对小宁，我也批评了小宁太敏感了。但是呢，你们也是有错的，因为午餐时间，咱们班人多，说话哄闹，给人的印象是班级纪律松散，吃饭时说话唾沫乱飞，非常不卫生，对不对？"

这次谈话，我没有上纲上线，只批评他们不遵守午餐纪律，他的表情和瞬间认错的态度告诉我，他很意外。

后来，小宁来找过我两次，都是因为小李这几个孩子又对他说一些乱七八糟的话，当时小宁按照我的吩咐，不动声色，以不变应万变，事后悄悄来找我倾诉，我表扬并安慰了他，让他到班级不要给任何同学提这事，看看小李他们的反应。果然，班级风平浪静，小宁后来没再来找过我。我不放心，主动找小宁询问，小宁很开心，搓着手说："王老师，您这个方法真管用，他们现在已经不闹腾我了！"

真没想到，困扰我一个学期的教育问题，因为一个小小的计谋——欲擒故纵，居然迎刃而解了。这还得感谢小宁的全力配合。这次处理同学之间矛盾的过程，让我认识到，作为一名班主任，真的是学无止境。

三

这次事件，给了我很大的启发：不要把不好的东西当成"禁果"，人为增加其对学生的吸引力。

在古希腊神话故事中，有位叫潘多拉的姑娘从万神之神宙斯那里得到一个神秘的小匣子，但被告知绝不能打开它，这就激发了姑娘的好奇心，一种急欲探求盒子秘密的心理使她终于将它打开，于是灾祸由此飞出，充满人间。潘多拉姑娘的心理正应了一句俄罗斯谚语："禁果格外甜"。也就是所谓的"禁果效应"。

在心理学上，无法知晓的"神秘"事物，比能接触到的事物对人们有更大的诱惑力，也更能促进和强化人们渴望接近、了解的诉求。"禁果效应"跟两种心理有关：一种是好奇心理，一种是逆反心理，两者都是人类的天性。人们倾向于对自己不了解的事物产生好奇，而逆反则基于人们挣脱束缚、追求自由的天性。

小宁事件显然属于第二种，是逆反心理在作怪。在小宁被喊绰号后，我严令禁止给同学互起绰号，于是，喊小宁名字逗乐的比从前还多；在禁止喊名字之后，同学们就学着小宁不自觉发出的声音"嗯嗯嗯"来取乐。原因是，没有发布禁令之前，并没有很多人去关注小宁，在成为"禁果"后，却引来大量关注，同学们纷纷倾向于品尝"禁果"，造成了与"禁止"的初衷相悖的结果。

当我意识到这个问题，利用策略积极淡化问题，谈话促使小宁配合——无论同学怎么喊，都装作不感兴趣、不在乎，老师也不再强调关注，这一招让这些天天想着逗笑取乐的同学顿时失去了兴趣，小宁得以安宁。

欲擒故纵，信然信然。

师生沟通 11——

"是他……主动的。"

有的孩子到了小学高年级，开始对异性产生懵懂的情愫，这让许多老师和家长如临大敌，往往定义为"早恋"，并谈"恋"色变。其实，问题的关键不在于"早"，却应该反思早恋的源头，与其围追堵截，不如疏通引导，教会学生如何正确地处理"恋"。

当我发现有孩子喜欢异性，我首先解除其心理戒备，与之建立情感连接；其次，唤醒他的自我意识，明确心中的远大目标；再次，结合现实，意识到自己的过度沉醉带来的不良后果。这样一步步因势利导，化解早恋危机，引导学生从小情小爱的"恋"中走出来，探究如何处理自我、他人、家庭、社会之间的关系，走向真正的成熟。

我们班小钱和小玲的"早恋事件"，就是成功沟通的案例之一。

—

"啊！你的眼睛通透而明亮，如同一泓清泉，又像水汪汪的葡萄，让我百看不厌。啊！……"

上面这段话出自班长小钱的习作。这个学期，小钱好像变了一个人，整天一副魂不守舍的样子，往常学习上的"钻研精神"不见了，成绩退步厉害。但我发现他对衣着越来越讲究。学校规定进校园必须穿校服，但小钱有办法——在"脚"上做起文章，鞋子几乎天天不重样，时不时还用面纸在鞋面上擦拭，连鞋侧边也不放过，打理周到。

我觉察到小钱的问题，正打算找他谈心，可巧看到他习作上的这段话，更引起了我的警惕，也让我意识到小钱"巨变"的原因所在。

我调查发现，他和一个女生来往频繁，有同学告诉我，他们常常聊天到深夜，有时他还给这个女生发红包。这个女生原来虽然成绩不拔尖，但中等偏上，这段时间测验居然几乎都处于末尾。有同学公开说他们是"天生的一对"，他们并不否认。"习作事件"后，我认识到问题的严重性，请来家长谈心。家长听了非常着急，答应回去好好管教。面对家长和老师的高压，他们似乎不再来往了，我们都松了一口气。

可是，我渐渐发现，他们非但成绩没有提高，反而上课没精打采，甚至瞌睡连天。

我在班级访谈发现，原来他们悄悄转入"地下"状态，因为白天在学校不敢来往，回到家只要有空就聊天，男孩的妈妈把手机藏起来，他居然在夜里趁着父母睡着，偷偷到妈妈床头柜里把手机偷出来聊天。这样怎么可能有精力好好学习呢！

我知道，这又是一次教育的失败！

我错在哪里呢？

在莎士比亚的名剧《罗密欧与朱丽叶》中，罗密欧与朱丽叶相爱，但是两家有仇，遭到家人的强烈反对，他们并没有因为家长的阻挠而放弃，反而更加相爱，最后双双殉情。

这个故事启发我，人人都有一种自主的需要，都希望自己能够独立自主，而不愿意做被人控制的傀儡。[①]当别人把选择强加于自己时，就会感到自己的主权受到了威胁，从而产生一种抗拒心理，排斥自己被迫选择的事物，同时更加喜欢自己被迫失去的事物。另外，外力的干预，让他们感觉到有了共同面对的困难和遭遇，会更加团结一心，一致对外。青春期的孩子心理上感觉自己是大人了，可是各方面并不成熟，他们想做的事情遇到阻碍，更容易产生逆反心理：你们不让我这样，我偏要这样！

于是，我尝试另一种方法。

二

中秋节刚过，我把班长小钱请到办公室："老师今天找你谈话，是因为听说你很欣赏我们班的小玲同学，是不是啊？"

我没有用"早恋"这样的词，而是定性为"欣赏"。他抬起头，眼睛里尽是惶恐，手不停地在嘴边摩挲，一会又咬着手指，一会儿又歪着嘴，总之怪异的动作连

---

① 刘儒德：《教育中的心理效应》，华东师范大学出版社 2019 年版，第 237 页。

续不断。

　　看到他那么拘谨，我就笑着打消他的疑虑："你不要以为这是天大的事情，在你这个年龄，这样的事十分正常。你们现在 12 岁，身体的发育，意味着心理也出现变化，对异性欣赏也在情理之中。如果你没有任何变化，才不正常。"

　　一席话，小钱轻松了许多，脸上表情渐渐恢复正常，也不再咬手指了。

　　我看他紧张的情绪得到缓解，就接着说："你这个年龄喜欢一个女同学虽然正常，但是喜欢应该放在心里，就像欣赏花园里的花朵一样，大家都欣赏它的美。你遇见的每一个同学都有令你欣赏的一面，但是只能用眼睛去欣赏，不能想着去拥有。等自己心智成熟了，再去寻找属于自己的幸福。"

　　看到小钱听进去了，我接着进行第二步骤，希望能唤醒他的自我意识。

　　"每个人都会吸引和自己水平相当的人。你知道'圈子'这个词吧？成年人都有自己的圈子，这个圈子，就是由你的层次决定的，你没有达到这个层次，在这里就会被排斥。换句话说，如果你平庸，你圈子里的人大多是平庸的；如果你优秀，你圈子里的人大多是优秀的。你能否透露一下，将来你究竟想让自己在什么样的圈子里生存呢？"

　　"我当然希望在优秀的圈子里。"小钱仰起脸，不再回避我的目光。

　　"对呀！老师觉得你肯定有这样的觉悟！"我顿了顿，"可优秀的圈子排斥不优秀的人，所以，目前你这个年龄的任务就是充实自己的知识、提高自己的能力，让自己变得越来越优秀！

"我们一生都在不断追求美好的生活，路上风景秀丽，我们边走边欣赏，但是不能因此就忘记自己前行的目标。当我们被同龄人拉下很大的距离，再想追赶，就费劲了呀！你只有不断前行，成为别人欣赏的对象，成为别人眼里的美丽风景，才能达成自己的目标！

"人的精力和时间是有限的，如果你像现在这样，晚上不好好睡觉，浪费大把的时间，你的优秀绝对会大打折扣，那时，如果这个女生比你优秀，就会看不上你，离你而去！"

看到他若有所思，我征求他的意见，把女同学也叫过来，接着说："从上个学期，老师就发现一向对待学习十分认真的你们上课不认真听讲，左顾右盼。这样会耽误自己的前程呀！老师还发现一向表现稳重的你们，最近常常莫名地兴奋哄闹。昨天上英语课，临近下课，你们俩就跑出来和小蒋打闹，围着教室后墙疯跑，多危险啊！你们不但自己不守纪律，当时还硬把其他同学从教室里拖出来玩，人家想学习也不成，这些做法可是严重抹黑你们的形象啊！"

"是他……主动的。"半天，满腮桃红的小玲才从牙缝里挤出半句话。

看他们低下了头，我就话锋一转："老师给你们讲个真实的故事吧：从前我带的班级里，有一个男孩子，数学成绩非常棒，但是他英语不好，他喜欢的同桌英语很好，数学一般。男孩和女孩都有一个共同的理想：将来大学考到北京去！为了这个共同的理想，两个人优势互补、互相帮助，成绩越来越好。毕业时，两人同时考上了心仪的学校。"

"既然你们这么欣赏对方，就有必要真心为对方着想：互相鼓励，互相学习，互相帮助，为了更加美好的未来！"

这次谈话，让小钱很快从"旋涡"里走了出来，不再和小玲来往，成绩也慢慢提升。只是小玲的情绪有些低落，一时没调整过来。后来我数次家访，找小玲的家长沟通，和小玲谈心，功夫不负有心人，小玲也慢慢从低落的情绪中走了出来。这个学期末尾，两个进入青春期的学生基本恢复正常，把精力投入到学业中去了。

三

现在,早恋在小学高年级屡见不鲜,遇到这类问题,处理不当,就可能造成不良后果。我没有把"早恋"视为洪水猛兽,而是耐心倾听学生的心声,把对异性的兴趣巧妙引导到对美好事物的欣赏,同时让学生明白,要放眼未来。

当学生知道老师找他过来谈话是因为他"早恋",心里的恐惧和紧张可想而知。他们怀着这样的心理面对老师,即使你使尽浑身解数,也无法打开他紧闭的心门。越是这样,越容易和老师形成对立,一旦形成这样的对立态势,后面的工作就难做了。所以我们一开始要先解除他们的戒备,认可他们对同学的欣赏是人之常情。当他打开心门,与他建立了情感连接再进行心灵对话,就可以顺着他的思路,把他带出"早恋"的泥沼。

第二部分
爱的和谐——伙伴沟通

叙事：班主任在同伴沟通中的教育指导表达

李亚娟

　　教育者需要学会讲故事，因为每一个故事都是教育者行走路途中的痕迹，更是生命卷入他人成长的见证，这就是我们说的教育叙事。阅读王莉老师关于同伴沟通的教育叙事，我看到了她站在以人为本的立场上，以关注6—12岁儿童心灵成长为出发点和归宿点，眼中有儿童，注重把教养与教育统一起来，注重支持学生在多元的体验式活动中激活其社会情感学习与社会情感能力提升。王莉老师通过专业的教育生命叙事，给我们呈现出一位有爱、有情感素养，能走进学生心灵的教育者形象，也表达出她对学生交往的教育指导智慧。我们相信在王老师的教育故事里走出来的每一个主人公，都将是充满力量的少年。那么，班主任在同伴沟通过程中，需要哪些教育指导智慧呢？

1. 耐心倾听：在沟通中支持儿童充分表达

　　儿童与青少年只有生活在充满温情与仁爱的氛围中，才能生长出和煦、细腻、体贴的心灵。教育者最了不起的就是能够充满温情地倾听儿童，让儿童能够有机会把自己想说的话讲出来，有机会把能说的话讲清楚，有勇气把不愿意说的话充分地表达出来。在同伴交往的过程中，特别是发生情感冲突时，教育者首要的是要了解事件的发生、发展与解决过程。有效的办法就是专心地倾听，在沟通的过程中给儿童表达的机会与权利，支持儿童充分地表达自己的想法，在倾听中引导儿童进行自我陈述、自我发现、自我反思。王莉老师是"倾听能手"，因为她的专心倾听，才会有"小平变形记"，才会有孩子们的"己所不欲勿施于人"，才会有孩子们慢慢学会"咀嚼孤独"。这就是教育者无条件地积极关注儿童成长过程的教育倾听，我们都听到了儿童成长的声音。

2. 细心理解：在沟通中发现儿童行为逻辑

小学阶段年龄跨度大决定班主任在这六年中需要做一个细心的观察者，在细心观察中收获对儿童的理解，在基于儿童立场的理解中发现儿童的行为逻辑，这是班主任的"真功夫"，这个功夫来自教师对儿童的爱与关怀。譬如，因为爱孩子，王莉老师才能捕捉到校园生活中同伴之间因为错误认知导致的"欺凌"，才能援助那些被欺负而往往不敢诉说的孩子，才能制止同伴之间的"心灵暴力"，才能发现并指导孩子学会自我保护，勇敢寻求帮助。正如她自己所说："作为教育者，要怀有一颗仁慈的爱心，去多观察，一旦发现端倪，及时多方了解，争取获得双方家长的支持。"同伴沟通中儿童的行为逻辑，教育者需要准确理解，若能够通过叙事的方式，"深描"出儿童行为背后的认知、情感，不仅有利于教师理解儿童，更有利于教师反思自己的教育智慧。

3. 悉心引导：在沟通中矫正儿童行为

教育者除了耐心倾听、细心理解，在同伴沟通中，还要做到悉心引导，通过教育支持、教育关注、教育指导、教育留白、教育反思等过程，不断地强化与矫正儿童行为。王莉老师对一些同伴交往有障碍的孩子，去除成人已有经验与成见，不给孩子贴标签，而是充满无限责任，用心关心他们，理顺他们的情感，寻找学生行为问题的症结，对症下药，注重解锁儿童成长的密码，进入"少儿频道"，全心投入，合理引导，引领孩子走出情绪阴霾，在丰富的活动与多元的沟通中矫正儿童的行为，帮助儿童找到自我，建立起积极的自我认知，逐渐开启新的成长旅程。同时，还做到充分地与家长进行悉心沟通，她提醒与帮助家长明确成人的言行举止直接影响儿童的认知、情感倾向，当孩子面对交往困惑时，家长需要学会与孩子沟通。

综上，班主任在同伴沟通过程中的主要角色是倾听者、发现者，更是引导者。提升同伴沟通的倾听理解能力，提升集体与个别教育效能的过程，就是班主任的教育叙事过程。因此，班主任的生命教育叙事里，能够让同伴沟通发生"神奇"的教育力量，这种力量有助于师生共同生长，彼此长情陪伴。

伙伴沟通 1——

"他们都欺负我!"

　　每个小学生都带有自己家庭的烙印,因此也都有各自不同的性格特征。这些不同的个体聚集到一起,难免会发生性格碰撞、矛盾冲突,教师在处理时介入的方式和时机选择都要十分谨慎。我就处理过这样一对小伙伴的案例。我先从矛盾分析法入手,教会学生辩证地看问题,引导彼此接纳不同、学会尊重,并巧借同伴冲突,在处理矛盾的过程中培养学生的情感觉察能力、移情能力和情感表达能力,培养他们合理地表达交往需求的良好习惯,以此提升其社会认知水平,促进学生形成健康人格。

一

　　一天中午,我正伏案批改作业,苗老师急火火闯进了办公室:"王老师,不得了了,胡小成和冯军在楼梯口打起来了! 胡小成拿着一根钢棍,追着冯军打……你快点去,晚了就出人命喽!"

　　我以百米冲刺的速度跑到教学楼的三楼,看到胡小成脸色发紫,手拿钢棍,"呀呀呀"地耍着把式,而冯军双手捂头,一脸惊恐。"住手!"我一声断喝,上前把钢棍夺了下来。"跟我走!"带着两人回到办公室。

　　"说,为什么又打冯军了?"

　　听我一问,胡小成鼻子一抽,居然"呜呜呜"哭了:"冯军诅咒我妈死……"

　　我转向冯军:"是这样吗?"冯军低下了头。"你这孩子,不知道胡小成的妈妈正在住院吗?"

　　"不知道。"冯军的下巴抵住胸口,很是委屈:"胡小成老说我家穷、没钱。他为什么说我? 他看不起我!"

　　胡小成顿时叫了起来:"你老说我腿短、个子矮!"

　　我忍不住笑了:"明摆着你又高又胖,冯军又矮又瘦,他说矮你也生气? 太没有气量了吧?"

不料胡小成又嚷起来:"你家就是穷! 我爷爷家有几百亩地、几套房子、几百棵梨树、苹果树、桃树,你家有吗?"

我看两人又要吵起来,就对冯军说:"你先回教室,一会我喊你再过来。"

冯军一走,我问胡小成:"你刚才讲的所谓财产,都是你爷爷的,对吗?"

"爷爷说了会给我!"胡小成一脸豪气。

"你爷爷(那是他外公,只是称呼爷爷)肯定说了,我不怀疑。但是,哪怕你有万贯家财,也不会送给冯军,冯军也没有问你借钱对吗?"他点点头。"那你的钱财和人家有关系吗? 既然没有关系,你向人家炫耀,还侮辱人家贫穷,到底想达到什么目的?""没有什么目的。"

"你是否想过,以后的日子还长,这些土地是否都给你,也是未知数。即使将来你爷爷真的都给你了,你就打算守着这些梨树、苹果树过日子吗? 这些财富看起来不少,可若干年后,这些钱也许就不值得一提了,就像我读师范时,班上有的同学家是万元户,在当时,那是所有同学都仰视的。现在这万元户,还有那么牛吗?"

"可……可我家确实比冯军家有钱。"胡小成头低了下去,声音已小了许多。

我循循善诱:"你知道吗? 无论多么有钱的人也没资格看不起别人! 每个人都要靠自己的双手去创造美好生活,你凭着长辈的财富,在这里炫耀,恰恰说明你不自信! 作为一名学生,真正能体现你价值的应该是学习的能力和努力的程度,而不是炫耀不属于自己的东西! 你这是自卑心理在作怪!"

"你如此向往财富,那么更应该努力学习,将来靠自己的能力和智慧让财富增长。你回去好好体会老师说的话,有不同想法可以来找我辩论。"

听了我一席话,胡小成耷拉着脑袋回教室了。从那沉重的脚步声中,我分明读出,他小小的心田已掀起了道道波澜……

二

处理过"钢棍事件"不久,很快发生了另一件事:冯军和胡小成宛如一对冤家——在体育课上冲突起来。体育老师是一位实习的年轻人,矛盾发生后,便把两人赶鸭子一样押送到我的办公室。

看着两个无比激动、吵闹不休的孩子,我先不处理,决定让他们坐下来,各自想想自己错在哪里。谁知这话一出口,两个人异口同声:"我没有错!"然后都极为不爽地白了对方一眼。

我知道，两个人都在火头上，现在说什么都没有用。既然都认为自己没有错，那就坐在老师的办公室里享受一下空调吧。

我不再搭理他们，开始批改作文。下课铃响了，首先是冯军坐不住了，悄悄用眼角瞅着我，我装作没看见，继续埋头批改作业。终于，他忍不住，说："老师，下课了！我能出去玩了吗？""不行，你们俩的问题还没有处理好呢！再说，刚才你们打架是上课时间啊！影响了老师和同学上课，你们却认为自己没错。"听了我的话，他们极不情愿地坐下来继续沉默。

上课铃响了，这节是英语课，两个人都不安地扭动起来，并不时偷偷看向我。

这次是胡小成忍不住了："王老师，先让我们上课吧，这节是英语课，下课我们再过来。"

望着两个低头耷脑的小伙伴，我微笑着点头。

下课铃一响，他们就自觉过来了，这次两个人的表情平静了许多。我觉得谈话的时机到了。

"你们今天在体育课上犯错误了吗？"

他们互相对望了一眼，欲言又止。

我一看这样子，知道有所松动，就趁热打铁："好吧，你们还没有想好，就坐在这里继续思考吧。"

不到一分钟，他们又坐不住了，两个人除了互相对望，也不时地偷看我。终于，冯军先开口了："老师，我错了，我不应该上课打架。"

紧接着，胡小成也小声认了错。

我严肃地看着他们："你们不但严重影响了全班同学上课，体育老师因为你们不得不中断教学，把你们送过来。先不谈你们打架的原因，先就课堂纪律来看，你们做得对吗？"

两个人又互相瞅瞅，都低下了头。

我顿了顿："只说一句我错了还不够，必须知道错在哪里，好好想一想吧。"

两个孩子成为"宿敌"由来已久，经常冲突不断，就像水火一样不能相容，也不知道给他们处理过多少次鸡毛蒜皮的问题了，但在课堂上起冲突还是第一次。我想：这次一定要想办法打开他们心中的那个结。

既然两个人都避重就轻，我就要引导他们认识到自己身上的问题。于是，我分别谈心,打算"各个击破"。

三

"冯军,你们两个常常冲突不断,今天老师想了解一下你心里的想法。"我直奔主题。

冯军眨巴眨巴眼睛:"胡小成欺负我!每次我想加入他们一起玩,他都不同意,还动员其他同学反对我。有时在我的强烈要求下,其他同学同意了,他就想办法在中途把我踢出局,好几次打架就是这个原因。今天上体育课,我在他前面,中间还隔着两个同学,当第一节体操之前问'Are you ready?'需要应答时,我大声应答'Yes!',他立即跑过来狠狠地踢了我一脚。我只是按照要求应答的,又没犯错误,他居然又来欺负我,我当然不能怕他!"

"我知道你们两个不合拍,但是,你想过没有,他为什么老是针对你呢?有没有你自己的原因?"

"绝对没有!每次都是他主动冒犯我的!"

我想,一定不是他说的这么简单,应该另有原因。我决定再找胡小成谈谈。

我请来了胡小成:"他大喊大叫,影响到我们,我气不过,就跑过去踢了他一脚,有错吗?"

我听到他说"我们",就问:"只影响到你一个人吗?"

"不是,大家都听到了。"

"既然大家都听到了,为什么只有你一个人去踢他?况且他离你那么远!"

他支支吾吾了半天才说:"他太讨厌,平时都黏着我们!"

"他只是想跟你们玩,为什么你愿意跟其他人玩,却不愿意跟他玩?据说你每次都不想让他参加,即使参加了,也会中途把他踢出局,是不是?"

"不是我踢他出局,是大家都想这么做!"

"大家都排斥他,'大家'中踢他出局的为什么唯独是你,不是别人?"

"我受不了他!"胡小成突然大叫一声。我先吓了一跳,但马上平静地看向他的眼睛,可能被我的眼神感染,他很快收敛了狂躁,归于平静。

"能否告诉我你讨厌他的原因?"我继续深入。

"因为他每次玩赢了就高兴地乱跳,嘲笑输的一方;如果玩输了,就赖账,非要重来,死都不认输。谁愿意跟这样的癫子玩!"

听了他的话，我猜想这可能就是真正的原因了。

接着又请来冯军："好多同学都不乐意和你一起玩，你想过原因吗？"

"他们都欺负我！"

"我了解过，他们认为你总是不遵守游戏规则，没有担当，只能赢不能输。只要输了，就反悔，有这事吗？"

"那是因为他们对我不公平我才输的，我怎么能承认不公平的结果呢？当然要反悔了！"冯军抖着瘦小的肩膀，一副委屈的样子。

"每次都这样吗？"

他坚定地说："每次都是！他们都喜欢作弊！"

"是不是每次你都有他们犯规的证据，当场抓住犯规者没有？"

"没抓住过，因为他们都不让我看见！"

我明白了，人家犯规只是他的猜测，便说："孩子，每个游戏都有规则。既然是规则，凡是参加的人都要遵守，不然游戏就无法进行下去。你既然想参加，就应该有充分的思想准备接受游戏的结果。在游戏中，只要你没有抓住别人作弊的证据，你都必须接受结果。但是你在毫无证据的前提下，反复推翻游戏结果，参加游戏的所有人都认为你破坏规则，导致大家不愉快，久而久之就不同意你再参加游戏了，同时你也成了别人眼中的另类而被孤立。"

"我又不是故意的。"声音弱下去了。

"什么叫男子汉有担当？大丈夫赢得起也要输得起，这是游戏，更是做人。你在游戏中破坏规则，同学们就不会接受你，群体就不会接受你，这是你痛苦的根源。就拿我们班集体来说，我们的主要任务是学习，那么，按时完成各科作业就是我们这个集体最基本的规则。但是你有时不写作业，有时忘记带作业，有时不交作业，老师反复跟你谈心、请家长配合督促。每次你都答应得好好的，但很少能说到做到，有时即使完成了，字写得也无法辨认。于是，老师们总是找你补作业，你少了很多课间休息时间，有时还请家长来学校交流，因此你也不开心。

"你看，无论是学习任务的完成上，还是课间游戏中，你总是破坏规则……遇到问题，你多选择苟且和逃避。这样的做人做事方式，导致你不但在人际交往中失败，学习成绩也比较糟糕。无论是对待学习还是和同学相处，既不守信用，也不守规则。冯军，你觉得自己需要反思吗？"

"我……"

"就说这次吧，胡小成因为你大声回答，就上来踢你，他肯定不对。但是，他为什么那么讨厌你？要是别人大声回答'Yes!'，恐怕他不会使用暴力。这是因为在他心中，你就是个破坏规则的人，他不喜欢你，于是就抓住机会以泄心头之'愤'。你认可老师说的吗？"

"你不必马上回答我，先回去好好想想今天我们的谈话内容，你也可以找爸爸妈妈、好朋友探讨这件事，过几天我们再交流，你想好了也可以直接来找我谈，好不好？"听完我的话，他默默地走了。

与冯军谈完，我再次请来胡小成，让他谈谈自己错在哪里。他沉默了半天，才用低得不能再低的声音说："我不该打他。"

"你为什么不该打他？"

"……违反纪律。"简直是挤牙膏。

他只说出来是违反纪律，至于为什么不应该打冯军，他并没有想明白。

"你多次说过，冯军每次影响的都是'我们'，就说明他无论怎么不守规则，对所有同学都一视同仁，并没有单独针对你，对吗？"

"对！"

"可是别的同学都没有这样天天盯着他，也没有天天和他起冲突。就拿这次打架来说，离他最近的同学都没有发声，也没有打他。这是为什么？"

"可能他们并没有觉得他大喊大叫特别讨厌吧。"胡小成瞄了一眼窗外飞过的小鸟，又赶紧把目光收回来。

"还有其他原因吗？"

"可能他们怕老师批评，不敢违反纪律。"

"继续，还有别的原因吗？"

"我……想不出来了。"这个又高又壮的男生挠了挠圆圆的脑袋，好像要挠出对付老师的招数。

"你觉得冯军声音刺耳，他们同样也会觉得刺耳，但是他们选择沉默，我想请你去问问靠近冯军的同学，为什么他们选择沉默。"

听了我的话，他迟疑了一下，就出去了。一会工夫，他回来告诉我："他们一个说，因为怕违反纪律受批评；一个说，觉得冯军就是这样一个人，喜欢弄点动静出来，不理他就行了。"

"你分析一下，这两个同学当时为什么没去责怪冯军。"

我让他坐在椅子上思考，我继续批改作业。大约十几分钟后，他终于开口了："老师，我觉得第一个同学是怕违反纪律，想做个好学生；第二个同学是认清冯军的为人了，就不想理他了。"

"看来你用心思考了，第一个同学肯定是想做个好学生，所以不轻易违反课堂纪律；你对第二个同学的评价我不赞成，因为你也知道冯军的为人了，怎么还是去踢他一脚呢？你想想，当别人对你造成了影响或者困扰，你选择忍让，这叫作什么？"

他歪着头想了一会："我想起来了，应该叫宽容！"

"对啊！这就叫宽容！冯军只是有点难以控制自己，并不是坏人。老师和他谈过，他也知道自己这方面的毛病，一直想改，但是一直做得不好，他自己也十分苦恼，有时还会因此大哭。如果同学们都不选择宽容，天天和他起冲突，大家痛苦，他也痛苦。

"我认为这两个同学，一个是不愿意违反课堂规则的；另一个是对待同学的缺点选择宽容，你认同老师的看法吗？"

他若有所思地点点头。

"你看，这两个同学用行动告诉你，应该怎样对待像冯军这样有点特殊的小伙伴。"

我接着说："我们每个人都有个性，都有别人不能容忍的缺点。这些不同个性的同学组成一个集体，如果大家想在集体中愉快地学习、生活，就必须学会尊重别人、求同存异。冯军有你无法容忍的缺点，你同样也有别人难以容忍的缺点，你知道是什么吗？"

他疑惑地看看我，摇了摇头。

我启发他："你长得胖乎乎像个大熊，你同桌常常被你挤得缩在角落里，你上课喜欢随便说话做小动作，影响同桌听课，虽然她一直被你困扰，但是人家有没有骂过你、打过你？虽然也来找老师反映过，有没有说过不愿意和你同桌？"

"……没有。"

"是啊，为什么？是人家懂得忍让、宽容，懂得尊重同学的个性。因为她知道，谁都有缺点，都需要别人的宽容和谅解。"

分别谈话后，我又把两个孩子请到一起，交流的原则是：不指责别人，只谈自己的错误。

有了前面谈话的基础，两个孩子见面居然相视一笑。我想，这笑容仿佛一道闪电，撕开了阴霾的天空，让温暖明亮的阳光洒进心田。我知道，他们的疙瘩解开有望了！

果然，两个人都从自己的问题出发，很愉快地承认了自己的错误，并谈了自己今后努力的方向。往昔短兵相接的场面没有了，有的只是诚恳的自我批评，气氛融洽。

四

当老师遇到学生之间的冲突时，往往会急于处理。如果矛盾双方已经冷静下来，并能理性思考，可以马上处理。但是，如果双方很激动，正在剑拔弩张，那么就创造条件，适当搁置，让双方过热的情绪逐渐冷却下来，在双方回归理智之后再处理，这样容易让学生回忆思考自己在这次事件中的不当之处，回归理性。

任何团队中，遵守公共规则，是加入这个团队的基本要求。从小处说，班级是一个团队，你是团队的一分子，你只有遵守班级约定俗成的规则，才能在班级立足；从大处说，整个社会就是个大团队，你也要遵守社会规则，才能融入社会的主流。

一个孩子如果从小就不守规则，长大了就容易到处碰壁。在一个班集体中，每一个个体都有自己的精彩,同时也有自己的不足,这才构成一个异彩纷呈、百花齐放的团队。在这样的团队中,要懂得尊重他人的个性,用一颗宽容的心与同学、伙伴友好相处,才能自己情感顺遂,同时他人情感顺遂。像冯军这样的孩子,还属于正常孩子,相处起来不算困难。目前由于融合教育的提倡,几乎每个班级都有真正特殊的同学,对待这些特殊的同学,更需要一颗博大、宽容之心,学会爱,学会接纳不同,这样才能有利于同学们健康成长。

游戏是孩子的天性,他们和同伴的交往就是从游戏开始的。也就是说,他们的社会情感是从游戏开始培养的。

小学生来到一个新的班级,几乎都是在和同伴游戏时建立了各种关系。于是在游戏中遵守规则,就成了大家判断是否受欢迎的标志。

通过游戏,学生慢慢不再以自我为中心,开始学会互相理解,开始相互间的交流、交往;随着年龄的增长,开始在集体中尝试扮演各种社会角色,在规则中学习、生活,并尝试着制定规则,这样,学生的社会情感才得以健康发展。

伙伴沟通 2——

"屁股下面的秘密"

　　小学班级中有取笑同学、捉弄同学的现象，当事人还"恶人"先告状，这当属于轻度欺凌现象。面对这样的同伴矛盾，该怎么处理？教学生涯中，我碰到这类案例，会先通过双方在场交流沟通、澄清事实，引导学生换位思考，然后通过分析由此造成的各种危害来启发良知，一般情况下，可以取得不错的效果。以下就是我处理的这类案例中的一个。

一

　　一天下课铃刚响，蒋含就冲进办公室："王老师，沈晓瑶把我的钢笔坐断了，你看！"说着，就把手上一支碎裂的钢笔递给我。果然，这支钢笔已经竖着裂开了，而且里面的墨囊也破了，成了干瘪的"粉条"。蒋含手上、脸上，都有蓝墨污染的痕迹。听他说钢笔是坐碎的，我觉得蹊跷，就让他把沈晓瑶喊过来当面了解。

　　又高又壮的沈晓瑶踢踢踏踏进了办公室，茫然地看着我。奇怪的是，他两手一直放在屁股后面。

　　"沈晓瑶，你怎么把蒋含的钢笔坐断了？"我把"坐"字说得特别响亮。

　　"我也不知道怎么回事，就把他的笔坐断了。"

　　"你坐哪里了？"我很好奇，钢笔应该在书桌上呀！

　　"我座位上。"

　　"你什么时候坐的？"

　　"上课铃一响，我回到教室里就坐下了。"

　　我不解，转脸看向蒋含："怎么回事？他坐在自己的座位上，也能把你的钢笔坐断，你的钢笔放哪里的？"

　　"我——我——我放他座位上的，我还提醒他别坐，但是他看也不看就坐下去了，结果就把我钢笔坐断了！"

　　我想想不对，一支钢笔不至于一坐就断，就问："钢笔是怎么放的？"

"老师,他是竖着放的!"看得出来沈晓瑶生气了。

我听了火直冒,真是岂有此理! 钢笔竖放,明摆着想恶作剧:"可你考虑过后果吗? 幸亏钢笔脆弱,被沈晓瑶坐断,假如结实的话,接下来会发生什么呢?"他并不答话。

"你们刚才上的什么课?"

"音乐课。"蒋含讨好地抢答。

"这堂课需要写作业吗?"

"不需要,但是我想画画。"透过厚厚的镜片,蒋含翻着眼睛看向天花板。

"音乐课不需要写作业,即使你想画画,也不会在人家屁股下面画吧,那你为什么把钢笔放到同学屁股下,还竖着放?"

蒋含扯了扯眼镜腿:"我放他凳子上,告诉他不要坐的,他就是不听!"

"上课铃响了,老师进来要上课了,他不坐下怎么上课? 你如果不愿意按照常理把笔放在桌子上,也应该放自己凳子上,怎么放到别人凳子上? 别人的凳子上课时间是给你放笔的? 那沈晓瑶坐哪里呢?"

蒋含刚才还振振有词,这时被我问得声音已经渐渐弱下去:"我就是想……想和他开个玩笑。"

"哦,那你刚才气势汹汹地来找我告状也是和我开玩笑吗?"

蒋含挂着"蓝彩"的小脸"腾"地红了。

"老师,他常常欺负我,有时在我坐下时,还抽走我的凳子,害得我跌跤;有时上课在背后挠我痒痒,我一笑,老师就批评我;有时在我背后贴纸条,上面写着'笨蛋'!"

沈晓瑶越说越激动,说到后来,已是眼泪汪汪了。没想到一件小事,牵出来这么多鸡毛蒜皮。今天这件事已经十分清楚了,是蒋含想捉弄沈晓瑶,没想到反把自己的笔弄坏了,他不甘心,想让沈晓瑶赔他钢笔。

二

我问蒋含:"如果有人这样对你,你愿意吗?"

"我……我……"

"你觉得今天该来告这个状吗?"

"……"

"就算来告状，也应该是沈晓瑶来告，因为你差点伤害了沈晓瑶！假如是更坚硬的材料做成，沈晓瑶一屁股坐下去，我想，你们两个现在都不会潇洒地站在这里，对不对？"

"老师，我……我没想到……"

"你是非不分，黑白不辨，还来告状，真不知道你是怎么想的！"

"我……我……我……"

刹那间，蒋含的眼里噙满了泪花。

一直忙着处理矛盾，忘记问沈晓瑶为什么一直捂着屁股。当我让沈晓瑶回教室，在他转身的一刹那，我忍俊不禁：他卡其色的裤子被染得光怪陆离，屁股成了"蓝花脸"——不用说，那是墨水的"功劳"。怪不得他一直捂着呢！

我让蒋含坐下来，问他："现在，你知道自己错在哪里了吧？"

"我不该和沈晓瑶开玩笑。"

"今天这已经不是玩笑的问题了，首先是场合不对。上课铃已经响了，你觉得这时大家应该干什么？"

"上课。"声音弱弱地。

"对呀！是课堂，就是应该好好上课啊！课堂是公共场所，是老师和同学进行教学活动的地方，你却在开'玩笑'，心里完全没有一点纪律观念，扰乱了课堂，耽误了同学们上课，让整个班级大受影响。

"今天沈晓瑶只是坐断了钢笔、染脏了裤子，还好没有受伤。你想想，竖着放的钢笔，很容易伤到人，假如钢笔戳伤了身体，一方面是同学因受伤而痛苦，你心里也会内疚呀！另一方面也给你自己的家长带来麻烦：你父母要带沈晓瑶去看病，又是赔偿、纠纷一大堆，父母也会责备你对不对？"

"……"

"本来老师在批改作业，可是却要停下来为你们处理问题。你看因为自己的玩心重，可能会影响到这么多人，你就一点都不觉得羞愧吗？

"你一句'开玩笑'，就把这件事轻描淡写解释过去了。可是同学们专注学习的心涣散了，却记住了你在这件事中的所作所为，这样的印象永远地刻在了他们的心里！你是不是亲自破坏了自己在同学们心目中的美好形象？

"所谓玩笑，一定是无伤大雅，两个人都能接受的结果，目的是给双方开心取乐。可是你这个所谓'玩笑'，只有你自己觉得开心，对方觉得十分痛苦。你把自己

的开心建立在别人的痛苦之上,你觉得这还是玩笑吗? 对方会觉得你是在欺负他!"

我洋洋洒洒讲到这里,蒋含已哭成了小泪人,一张小脸也变成"花脸猫"了。

我让蒋含回教室,把沈晓瑶叫来。这次,沈晓瑶把上衣系在了腰上,遮挡住了难堪的屁股。我问他每次被蒋含捉弄时什么感受,他说比打针还难受。我说你能把自己当时的感受写出来吗?

他扭扭捏捏地答应了。

两个孩子重新坐在了我的面前,我让他们针对钢笔事件,读一读自己书写的感受。

沈晓瑶:"下课时我在外面玩,上课铃声响了,我赶紧冲进教室准备坐下上课。可是我刚一坐,'咯嘣'一声,屁股一阵疼痛,我心想坏了,是椅子出问题了吗? 我不顾老师异样的眼神,赶紧扭头看屁股下面发生了什么事,这时就看到一支碎裂的钢笔躺在我的椅子上,墨水已经流出来,裤子也染脏了。我知道闯祸了,肯定把谁的钢笔坐断了,我又羞愧又紧张,不知怎么办才好。突然听到蒋含在'吃吃'地笑,我拿起钢笔一看,破损的笔帽上刻着个'蒋'字。

"一下课,蒋含就嚷嚷着让我赔他钢笔,我心里很惶恐:我只是坐在我自己的座位上,怎么就闯祸了呢? 这可如何是好啊! 我要是问妈妈要钱赔偿人家钢笔,妈妈一定要狠狠惩罚我,还会因为多花钱,几天都不给我买好吃的……这节课都没有听进去。我刚走出门，就发现同学们都用奇怪的眼光看着我屁股笑，好像我是个怪物。我偷偷用手一摸，在屁股上摸了一手的蓝墨水。我很生气：蒋含老是这样欺负我，我该怎么办？谁能帮帮我？我告诉过妈妈，她说如果谁骂你，你就骂他！谁打你，你就狠狠打回去！可是上课又不能打架，他也没有打我，我不知道该怎么办。"

平时在课堂上沈晓瑶不喜欢举手发言，他是个相对内向的孩子，少言寡语，没想到能写出这样的文字。我让他读给蒋含听，读到后来，他自己哭了。

蒋含先是静静地听着，后来看到沈晓瑶哭了，神色就有些慌张。他下意识地望向门口……

"沈晓瑶，你还想对蒋含说什么，现在就说，不用担心，蒋含如果前面知道因为他的'玩笑'导致你这么痛苦，可能也不会这么做了，对吗蒋含？"

"是的老师，我错了。"

"蒋含，你以后别跟我开这样的玩笑了，如果你想跟我玩，我们下课到外面做游戏。你每次抽走我的凳子，我都摔跤，有一次摔得很厉害，仰面跌倒，头碰在后面的桌子角上，碰了好大一个包，疼了好多天，回到家还不敢跟妈妈说。现在我每次想坐下，都担心凳子不在屁股下，有时要看看凳子才敢坐下来。"

蒋含写的内容并没有惊人之处："对不起沈晓瑶，我真的没想到会对你造成那么多伤害，如果我再犯这样的错误，让老师惩罚我！"

两双带有蓝色印迹的小手紧紧握在了一起……

三

心学家王阳明在《传习录》中讲道："既去恶念，便是善念，便复心之本体矣。譬如日光被云来遮蔽，云去光已复矣。"[①]意思是说，既然除掉了恶念，就是善念，恢复了本体。教育的本质就是去除恶念，唤醒人心中的善念。教育者就是要帮他们驱赶蒙在心上的"乌云"，让善念显现出来。

我觉得一个孩子搞个恶作剧开开玩笑无伤大雅，但欺负同学，就是乌云遮盖心灵的表现。只要让他认识到自己心灵被乌云遮住并且帮他驱赶，他自然就知道什么样才是"本体"状态。

---

① 王阳明撰著，谢廷杰辑刊，张靖杰译注：《传习录》，江苏凤凰文艺出版社 2019 年版，第 238 页。

伙伴沟通 3——

一勺还是两勺？

　　面对同学之间"公说公有理，婆说婆有理"的矛盾，教师该怎么处理？我采取分别谈话的方式，先与他们分别结为"同盟"，理顺情感；然后转移话题，移花接木，让关注焦点转移到同一问题的不同领域和角度；最后在缓解情绪的前提下，再请两人面对面，互相解释自己的行为并求得对方谅解。经过这三步曲，问题大多会得到解决。

一

　　这天午餐我不值班，刚想起去食堂吃饭，"咚"的一声，门被推开，一个满头大汗的男生气喘吁吁跑到我面前："老师，武建和魏旭延打起来了，刘老师也劝不住！"

　　我赶忙跑向教室。同学们都挤在教室外面的走廊里看热闹，我让他们各自归位，这时才看到武建和魏旭延像斗鸡一样，在刘老师左右手舞足蹈，好像刚才的"战斗"还没过足瘾。

　　我赶紧把他俩带到办公室。

　　"谁先说？"我开启了"断案"模式。

　　"我！"武建赶紧接话。"老师，魏旭延欺负人！从前一直都是每人两勺汤，我今天也看到他给前面的同学打两勺汤，为什么只给我一勺？"说完，还得理不饶人地斜瞅着魏旭延。

　　我哭笑不得：原来是为了一勺汤！

　　"老师，刚开始盛汤的时候，我的确给每个同学两勺汤，可是后来，我发现桶里的汤越来越少，如果再盛两勺，后面的同学就喝不到，于是，我就灵机一动，改为一勺汤了。虽然是一勺，但我尽量盛满，其实比那两个半勺也就略少一点。我就是想匀给后面的同学，让大家人人喝到汤！谁知武建不理解我的良苦用心，非要我给他再添一勺，我给他解释，他不听还打我，我一片好心，被他当成驴肝肺！"

说到这里,魏旭延抽抽搭搭地哭起来。

我总算听明白了。

我说:"小魏,你先回去给大家盛汤,收拾好汤桶你再过来。"小魏抹着眼泪回去了。

二

我拉个凳子让小武坐下:"老师现在和你谈话会不会耽误你吃饭?"

"我吃过了。"

"汤你喝过了吗?"

"我不想喝了。"他回答得干脆利索,好像早就等着我这样问他了。

"那好,咱们聊聊今天的打汤事件,你觉得今天小魏错在哪里呢?"说着我倒了一杯水递给他。

他歪头看着我,似乎在揣测我的真实意图,我也笑眯眯地等待他说。"老师,其实这个汤我也不是非喝两勺不可,中午的冬瓜海带汤我也不喜欢,我就是觉得他欺负人!"

"他具体怎么欺负你的? 说给老师听听。"

"以前同学打汤都是两勺,可是今天他就给我打一勺;如果他给每个同学都打一勺,我也没有话说,为什么前面同学他给了两勺,到我就是一勺呢? 这不是欺负人是什么?"说着,脸色又变了。

"他是从你开始才给打一勺,你前面的同学都是两勺对吗?"

"对!"

"当你提出来这个问题,小魏当时怎么回答你的?"

"他就是说汤不够了! 汤不够为什么一开始不能少打点! 到我就不够了? 他就是故意的!"

"老师理解你的心情,如果是这样,看来你生气有道理。"我赶紧认同他的情绪。

"小魏今天是第一次给同学打汤对吧?"

"嗯,是的!"

"这说明小魏没有打汤经验。我想小魏第一次值日,他按照以前的惯例,给每个同学打两勺汤,也许他每勺汤都打得比较满,也许今天食堂给的汤就是比以往少一些。总之，我们是不是可以姑且相信他可能是真的担心自己第一次值日，就有同学喝不到汤?"

"我不这么认为! 为什么从我开始!"他还是纠结。

"那么我问你，你后面的同学都打了几勺呢?"这个问题很关键，我定定地看着他。他愣了一会，才万般不情愿地说:"应该是一勺。"

"凡事都有起始，只能说你正好赶上了，给你打的时候小魏恰好意识到两勺汤不足以打到最后一位同学，他才改变了打汤方式。就算他故意从你开始打一勺，那你后面的同学不也是一勺汤吗? 他没有厚此薄彼。"

……小武沉默着，依然满脸委屈。

我见这样解释他还不能释怀，就打算以退为进:"退一步说，就算小魏今天真的是欺负你，鉴于全班同学都排队等着喝汤，你是不是也应该先压住火气，等小魏完成打汤任务，你再找他理论呢?"他还是昂着头不说话。

"你只不过少喝一勺汤，又不是完全没喝到，这点委屈就受不了，你觉得这像个小小男子汉吗? 如果你能多点宽容和耐心，完全可以等到明天午餐时，验证一下他是欺负你还是巧合。如果明天依然从你开始打一勺汤，就可以判断他的确是在欺负你，那时再来质问他也不迟啊! 可是，今天小魏是第一天值日，好多同学都能理解小魏做得不完美，你却因此大闹，搞得大家吃饭中断，汤也没有喝到。"

我顿了顿:"今天你这样在大庭广众之下一闹，同学们都不吃饭了，跑出来看热闹，同学们在议论:'为了一勺汤打起来了!'我记得几乎每周，都会有个别同学因种种原因喝不到汤，却没有出现像今天这样的打架场面，你可以想象一下，同学们会不会认为你小肚鸡肠、斤斤计较?"

我步步深入，直至说到他的心坎上。小武听了这些话，脸上一阵红一阵白，不过我看得出来，他的情绪已经基本平静了。

我觉得可以继续拨动他的心弦:"今天的事件，不但影响到同学们吃饭的安宁，还被检查午餐纪律的同学扣了分。你觉得那一勺汤重要，还是你自己的形象更重要呢? 你觉得那一勺汤重要，还是自己的名声品行更重要呢? 你觉得那一勺汤重要，还是集体的荣誉更重要呢?"面对我连珠炮般的发问，他呆呆地看着我，愣了片刻，才低下了头，轻声说:"那一勺汤一点都不重要，完全可以不喝。"

看表情就知道，这次他真心不在乎那一勺汤了。我让他回到教室休息。正

好小魏也处理完值日事务,脚步匆匆赶过来了。

"小魏,今天的打架事件,你觉得自己有处理不当的地方吗?"我开门见山。

"老师,我觉得自己没错。我真不是欺负他,我就是突然发现桶里汤不多了,看到后面还有长长的队伍等着,我突然慌了,觉得万一到后面同学没有汤喝,大家不要怨我吗?!这个职务是我自己争取来的,今天第一次值日,就让好多人喝不到汤,大家肯定会看不起我的!所以我就决定给后面的同学每人一勺汤,我当时忙得满头大汗,眼睛只盯住勺子,完全没有注意到从谁开始的。"

"你第一勺汤的确是从小武开始的,你是不是没做任何解释就从他开始变成一勺了?"

"是的,我觉得不需要解释,因为后面我都会给一勺汤。"

"你觉得不要解释,可是就出问题了呀!现在你还觉得不需要解释吗?请记住,有些话可以不说,有些话却是必须说!"

"是他太计较了!人家后面的同学都没说什么,就他……"

"是啊,看起来他的确很计较,可是他前面的同学确确实实都是两勺汤,他后面的同学你给几勺他还没看到啊!他怎么知道你不是故意的呢?"

小魏这才低下了头:"当时我很慌张,完全没有想到要先给他解释。"

"不仅仅是给他一个人解释,还应该给他后面的所有同学解释。解释要放在变化之前。另外,当他责问你的时候,你是不是解释了?"

"没有,因为他一看到给他一勺就大叫起来,还抢我的勺子,我不给,他就一边夺勺子一边骂我,我忍不住就和他打起来了。"小魏说着眼圈又红了,顿了顿,"如果我先解释一下,可能就打不起来了。"

"所以啊,你本来是满腔热忱地为同学们服务,想把工作做好,初衷是善的,应该表扬你。因为第一次没有经验,很容易做不完美,当出现了问题,要动动脑筋,冷静而妥善地解决问题。即使前面忘记解释了,当小武不冷静夺勺子骂人时,你如果马上请值班老师过来,问题也会得到妥善解决。所以啊,你今天太不冷静,你觉得老师说得有道理吗?"

"是的老师,我第一天值班,应该先向从前盛汤的同学请教,但是我太过自信,觉得打汤谁不会!刚才我去问了前面值班的同学,他告诉我,虽然都是两勺汤,但是每一勺都不满,如果两勺都盛满,肯定不够。我知道自己工作不细致,出了问题不冷静,老师对不起!"

"你无须向我道歉。你有没有想过,今天的事情,可能还会给你带来负面影响?"我微笑着,循循善诱。

他抬起头困惑地看着我。

"今天因为盛汤打架,又是你第一次值班,同学们会不会怀疑你的工作能力?怀疑你处理问题的能力? 记得你申请值日的时候,是获得同学们支持的啊!"

"我从没有考虑过这些,对不起老师,我马上向小武道歉。"

两个人分别谈话结束,我看到各自都认识到自己的错误,这才把两个人一起请过来坐下。

"你们俩刚才打架了,同学们现在都议论纷纷,肯定觉得你们俩以后关系会僵,你们有没有什么要和对方说的?"

他们你看看我,我看看你,扭扭捏捏,就是不说话。我耐心等待。过了好一会,还是小武打破了沉默:"对不起魏旭延,我没考虑到你是第一次值日缺乏经验,认为你故意针对我,是我小肚鸡肠了,其实那一勺汤喝不喝都没有关系,我太计较了。"

"我也有错,我第一次值日太过自信,就没事先向同学请教打汤方法。刚才我去问过了,这两勺汤很有讲究,每一勺都不满,如果第一勺 7 分满,第二勺只能 4 分满;如果第一勺 6 分满,第二勺也就 5 分满,总之,两勺汤都不满。我却给前面同学打满两勺,当发现桶里的汤快要见底了,我额头上的汗都冒出来了,没想到跟你商量,就直接减为一勺,导致你误解,都是我工作没做好、没做细,对不起!请你原谅我!"边说边站起来,给对方鞠了一躬。

"我更不对了,我不体谅你没有经验,直接认为你欺负人,还动手抢你的勺子,我给你道歉!"小武也慌里慌张站起来,给小魏鞠了一躬。两人弯腰互相鞠躬,比赛似的。

两个人的矛盾全部化解,后来小魏还主动给后面值日打汤的同学传授经验。我觉得通过这件事,两个人都成长了。

三

1.《教育中的心理效应》提到,美国临床心理学家艾尔伯特·艾里斯提出情绪 ABC 理论,他以一句很有名的话作为 ABC 理论理念上的起点:"人不是为事情困扰着,而是被对这件事的看法困扰着。"

所谓 ABC,A 是指事件(Accident);B 是指信念(Beliefs),指个体在遇到诱发事件之后,对该事件的想法、解释和评价;C 是指这件事发生后,人的情绪和行为结果(Consequence)。通常人们会认为,人的情绪是直接由诱发性事件 A 引起的,即 A—C。ABC 理论则指出,诱发事件 A 只是引起情绪的间接原因,B 是更直接的原因,即 A—B—C。[①]

现在我们用这个理论来剖析一下小武心情的变化原因。当小魏同学给他一勺汤时,他并不一定是为了少喝到一勺汤而大打出手,而是对少给一勺汤的原因不满而勃然大怒。所以,了解到这些,老师在处理此问题时,就可以针对这样的误解而疏导,让他明白,是被自己错误理解对方的动机而带进沟里了。当一步步引导他弄清楚了自己对"B"的判断失误,那种恶劣的情绪自然就烟消云散了。

2.平时在班级进行这类教育,同学们大都会认为,这有什么好说的,道理哪个不懂!但是遇到事情,就钻进了"死胡同"——"他为什么给我一勺汤?""他为什么不理解我?"两个人各自都想着"理"在自己这边,哪能有理智换位思考?哪里有理智分析当时的状况?所以,遇到这类问题,班主任首先要让孩子们冷静下来,然后分别谈话。通过分析问题的症结循循善诱,引导孩子认识到问题所在。

---

①　刘儒德:《教育中的心理效应》,华东师范大学出版社 2019 年版,第 203 页。

由于老师的引导,他们在一次次冲突中学会怎样分析问题、处理问题,遇到矛盾如何去与对方沟通化解;学会遇到问题冷静处理、换位思考,如此逐渐形成良好的生活能力及社会情感。以后再遇到类似问题,会从过往经验中汲取教训,少走弯路。

3. 在孩子们的成长过程中,像这一类因鸡毛蒜皮的小事吵起来、打起来的情况很多。这样的冲突,正是教育的良好契机。关键是老师要能敏锐地认识到问题的紧迫性与严重性,把握学生的心理动向,不动声色地引导沟通。不能各打五十大板,草草批评一顿了事,要让每个孩子从发生的事件中认识到自身问题,认识到自己思想上、行为上的问题,习得沟通技巧,避免互相敌视,影响人际关系。

伙伴沟通 4——

"摸"出来的蜕变

不少班级中，都有比较强横的孩子，好像不去惹是生非就难受。但是从阿德勒个体心理学的角度分析发现，这源于内心的自卑感。因为自卑情结过于强烈的人，会觉得自己生活在一个充满敌意的国度里。为了保护自己，他总是"先发制人"。在他潜意识里，是想通过这样的方式引起别人的关注，却也由此放弃了社会兴趣。

如果一个人总是不断地与他人争吵，害怕如果自己不主动出击，就会受到别的孩子的攻击，那么，我们就会发现他对环境充满敌意，这种孩子桀骜不驯，他们认为顺服就意味着屈从。他们认为彬彬有礼地回应他人问候很丢脸，因此他们往往傲慢无礼地应答。他们从不抱怨，因为他们把别人的同情视作对自己的羞辱。他们从不在别人面前哭泣，本该哭泣的时候却哈哈大笑，给人一种缺乏感情的印象。①

事实上，这是一种害怕表现软弱的标志，任何残忍的行径都离不开暗藏的软弱。内心强大的人是不会对残忍感兴趣的。这样的孩子需要得到鼓励，并且要让他们明白，他们的行为只不过是害怕流露软弱的表现而已。

以下案例中的秦嘉就有类似这样的问题。

面对这样的孩子，我们教师该如何引导呢？

一

"老师，秦嘉打我的头了！"

"老师，秦嘉薅了我的辫子！"

"老师……"

---

① ［奥地利］阿尔弗雷德·阿德勒：《儿童的人格教育》，张庆宗译，华东师范大学出版社 2017 年版，第 80—81 页。

这是一节音乐课。音乐老师刚踏进教室门槛,班上同学纷纷义愤填膺地状告秦嘉。

音乐老师为了不耽误其他同学上课,把秦嘉送到我的办公室。

在班级,秦嘉称得上一霸,他总喜欢打同学,尤其是比他弱小的同学,不但在班级如此,在全校也因此而闻名。他的所作所为是典型的"把自己的欢乐建立在别人的痛苦之上"。

四年级我刚一接班,老师们就告诉我他是个"难搞"的孩子。我决定一边关注他,一边等待沟通的契机。

二

第一天上课,他就不安分了,可能是要试探我这个新老师吧。我正在上语文课,突然发现他座位空了——啊?人去哪里了?我心里一紧,听说过他上课喜欢偷偷溜出去玩,有时还去其他班惹是生非。为了不引起混乱,我不动声色地安排好同学们写作业,就赶忙出来寻找。但是教室门口没有,走道里没有。我急出一身汗,回到班级想问问他附近的同学,却突然发现他在自己的桌子底下趴着,屁股撅得老高,仿佛一只午睡的熊宝宝。我松了一口气,他看看我,若无其事地从桌子底下爬出来,坐回座位上,我也若无其事地回到讲台继续上课,好像什么都不曾发生,但是我的心里沉甸甸的。

放学后,我把秦嘉留下来,想和他聊聊。我送过放学路队,回来看到他正在一个同学抽屉里翻找什么,我没理会,拉着他坐下:"秦嘉,今天上课你怎么爬到桌子底下了?是不是哪里不舒服?"

"嗯——嗯——"他嗯了几声,也没有说出个所以然。

我用询问的眼神一直看着他,希望听到他的回答。他先是把头别过去不看我,坚持了一会后,发现我一直微笑着等他回答,他捏了捏鼻子,终于开口了:"没有不舒服,是我的笔掉到桌子下了,我去捡笔的。"

"捡一支笔需要那么长时间?你掉的又不是一把米,需要你一粒一粒捡起来。"

看我连连追问,他慢悠悠把头转向了窗外,盯着榆树上婉转歌唱的百灵鸟,玩起了深沉。

他淡定地一言不发,我只好作罢。今天他虽然没有回答我实质性的话,但是我的问话最起码让他明白我知道了他的心事,希望他明天有所收敛:"秦嘉,天不早了,老师今天不和你聊太多,你妈妈在门口等你呢。希望你今天回去想一想,以后课应该怎么上。"

他没有回答我,"嗷"的怪叫一声,直接跑了。

几天后的一节科学课,铃声刚响,秦嘉就从后面座位上站起来跑到讲台上做了个鬼脸,然后绕一圈再回座位的时候,用手把右边一排边上所有的同学的头"收割"了一遍,顿时,班级闹哄哄一片责骂之声,老师进来正好看到这一幕。同学们纷纷告状,老师知道,不处理无法平息,只要处理就耽误一节课,无奈只好把秦嘉送到我的办公室。

秦嘉重新和我单独面对,却是从教室换到了办公室,陌生的环境让他身上的戾气消减了三分。

我并没有马上处理,而是搬一张凳子请他坐下,然后就忙着批改作业。虽然不看他,但我眼睛的余光发现,一开始他一直偷偷看我,发现我不理他,眼睛就开始在办公室里四处张望,继而就开始坐立不安起来,脚在地上搓来搓去的,身子不停地扭来扭去。总之,小动作不断。

十几分钟过去了,我看他越来越不耐烦了,就请他来到一个空教室里,面对面坐下来,问:"秦嘉,今天是科学课,你怎么到办公室来了?"

"我也不想来,是刘老师送我来的!"

"刘老师为什么不让你上课啊?"

"他们太讨厌,都反对我!"

"同学为什么反对你? 刚才的语文课同学们也没有反对你呀!"

"……因为……因为……他们……"他支支吾吾。"我只是给他们开玩笑,并不是真的打,我又没有用力,只是轻轻地摸了一下他们的头,他们就不让我上课,哼!"

"看来同学们并不懂你,你只是和他们玩,是轻轻摸的对吗?"他眼睛一亮,赶忙点点头。"那这样吧,下面一节是语文课,我就让刚才反对你的同学用你和他们玩的方式来和你玩——每个人也轻轻摸一下你的头,这样打个平手,他们就不反对你了,你肯定能接受对吧?"

"……我……我担心他们会重重地摸。"

"你放心,我会告诉他们要轻轻地,并且在旁监视。"

"……那,好吧。"

终于,上课铃响了,我来到教室,告诉同学们:"刚才秦嘉是和大家玩的,你们太不理解他了,现在秦嘉为了表示自己并无恶意,就让刚才被摸头的同学排队来轻轻摸一摸他的头,这样你们能原谅他吗?"

"能!"

异口同声,同学们异常兴奋,跃跃欲试。我让他们排好队,一个个经过秦嘉旁边的时候,轻轻摸一下他的头,结果刚刚摸到第四个,他就大叫:"停!停!"

我制止了同学们的摸头动作,问:"怎么了?还有好多同学没摸呢!"

"老师,我不想让他们摸了。"他垂下眼睑。

"为什么?他们摸重了吗?""没有。""你说摸头是和他们玩,现在同学们也在和你玩呀!"

他红着脸低下了头,小胸脯剧烈地起伏。一贯霸道的他何曾受过这种"洋罪"啊?!我知道今天目的达到了,就让同学们各自回到座位,开始上课。

放学后,我把他留下来。送完路队回来,发现今天他乖乖坐在自己座位上等我。"秦嘉,对今天的摸头事件你怎么想的?"

"我不是不让他们摸我的头,是我觉得不舒服。"

"你在课前摸了好多同学的头,他们被你摸得舒服吗?"

"我不知道!"

"你自己都无法接受的事,怎么可以强迫同学们接受?"

"我……我……只是想和他们玩玩。"

"平时课间我也没见你和同学们在一起玩,今天上课时间怎么用这种方式和同学们玩呢?"

"他们都讨厌我,我想跟他们玩,他们都不带我,只要他们做游戏,我要参加,他们就躲开我,我恨他们,一群自私鬼!"

"你在班级没有一个好朋友吗?"

"有,小兵和小勇是我朋友,他们有时跟我玩。"

"那你就跟他们玩不是挺好的吗? 干吗非要去招惹其他同学?"

"他们俩下课常常被老师叫到办公室补作业或者订正作业,这时我就没有人玩了。"说着他低下头。

我知道,秦嘉说的这两个孩子学业有点困难,老师关注多一些,再加上秦嘉也常不写作业,三个人很难凑在一块,这是事实。

半晌,秦嘉抬起头,脸上已是可怜巴巴:"老师,他们俩成绩也不好,我们三个经常一起玩,大家都说我们是'逃员三结义',看不起我们。"

"秦嘉,你想跟其他同学玩吗?"

"当然想,但是他们不跟我玩,还看不起我!""你有没有想过同学们为什么不跟你玩?""他们看不起我成绩差呗。""我觉得不一定,你看,小林成绩和你差不多,但是他的伙伴挺多的呀,我下课护导的时候,看到不少同学和他玩游戏呢!"

"我也不知道,反正他们都不喜欢我!""你喜欢打人,听说好多同学都被你打过。虽然今天你说是和大家闹着玩的,但是人家没有允许啊! 同学中不少有被你打过的经历,还能喜欢跟你一起玩吗? 在你面前,他们没有安全感啊!

"你说小兵是你的好朋友,可是,前几天你追着他打,小兵吓得躲到了办公室,你还要进来打他,其他同学都是看到的,大家会不会认为和你做朋友太危险了?"

"那是因为小兵骂我笨,我才打他的。"他的腮帮子不停地鼓胀,里面似乎堆积着无穷的怨气。

"君子动口不动手,怎么能随便打人呢? 不管什么原因,都不能用拳头来解决问题。这样做的结果就是班级同学都离你远远地,你从此失去了伙伴,在人群里成了最孤独的那一个。"

看到他皱着眉头，若有所思的样子，我及时刹车："今天咱们就谈到这里，你回去好好想一想，自己为什么没有伙伴，再想想自己是不是很希望有更多的同学跟你玩。我给你一周的时间考虑，然后我们再约谈。"

这次谈话，感觉对他影响还是不小的。此后的几天时间里，都没有发生大的事件，当然他也没来找我交流。

一个周五下午的体育课，秦嘉又被班干部送来了，原因是自由活动时踢伤了一位同学的腿。这次被送来，和以往被送来时趾高气扬、一脸不耐烦不同，他是低着头进办公室的。我最近正好想找他谈话，他却送上门来，我不会轻易让机会溜走。

我问他怎么回事，他解释："今天体育课自由活动时，他们踢足球，我要参加，小豪第一个跳出来反对我！我气坏了，我也会踢，他们从来都不让我参加踢球，凭什么？我一生气，就踢了小豪。"

"上次咱们谈话到今天有多久了？"

"有三周了。"他脱口而出。

"你不是答应老师一周后来找我聊聊的吗？这么久了，怎么没来？今天如果不是踢了人，是不是还不来找老师？"

"我想来想去，觉得同学们不会接受我，他们一直都讨厌我，不会和我做朋友的，我不敢来。"

"你不试试怎么知道？当然，就像今天这样因为人家不让你参加活动就动手打人，同学们的确不会愿意和你做朋友的，但是如果你改变自己，不再随便动手，让大家看到你切切实实的变化，大家就不会那么排斥你了呀！"

"这段时间，我一直在想王老师和我谈话的事，我都一直克制自己不动手，老师你看这一段时间我都没打人。但是今天小豪太欺负人了！明明其他同学都没有表示反对，他偏说不要我，结果我又不能踢球了！"

"你也说了，其他同学没有明确反对你踢球，说明这些同学心里觉察到你的变化，对你印象也逐渐好起来，这是你最近克制、努力的结果啊！我估计他们在考虑是否让你参加的时候，因为小豪的一句话，你又没忍住而大打出手，结果让这些对你刚有些好感的同学又退回去了。你觉得今天打人损失大不大？"

他的脸色明显地暗了："老师，你说这些同学今天没有明确反对我，就是因为看到我的变化对吗?"

"我觉得是。"

"那我后悔了! 老师,以后我一定控制自己不动手了,同学们会不会重新接受我?"

"我认为一定可以,只要大家看到你的变化,肯定愿意和你玩的。另外,今天你打了人,也许是你改变大家看法的一个机会。你从前打人从不道歉,今天打了小豪,愿不愿意当着全班同学的面道个歉? 如果你在全班同学面前诚心道歉,我觉得应该能挽回自己在同学们心中的不良影响。"

"我愿意。"没想到他毫不犹豫地答应了,看得出他多么期待被大家接纳。

接下来的一次班会课上,他当着全班同学的面,向小豪道了歉,并别出心裁地送给小豪一袋旺旺雪饼,小豪不好意思地接过来,马上表示原谅他了。

我担心他的变化不能一下子引起大家的关注,因为他毕竟是很久以来不受待见的孩子。我就悄悄给全体班干部开了个小会,告诉他们秦嘉的决心,让他们关注秦嘉的变化。另外我安排了几个男生干部每次小组活动时带上秦嘉,让他感受有伙伴合作的快乐。

有了我的刻意安排,后面的团队活动秦嘉不再被排除在外。在学校的活动比较好安排,有老师全程陪伴,问题不大,有一些小矛盾当即就处理了。他在和同学们活动时,并不是很强势,还是比较听从组长安排的,有时做得不到位,大家也能原谅他。分配任务时,尽量给他一些简单容易的,所以还算顺利。

校外的活动以往同学们从不考虑他,已经成为惯例。这次快放暑假时,他来找我,期期艾艾地向我表示想参加同学们暑假的小团体,正好我们班暑假安排一个综合实践活动:调查十字路口闯红灯的情况,我安排秦嘉也参加活动,并且和秦嘉约定,遇事冷静,不可动手,有问题有矛盾回来找老师解决。还特意和家长沟通,让他妈妈作为活动志愿者参加。整个活动下来,他都十分积极,乐意做事,表现得很开心。

有了这个基础,我想进一步改变。原来老师因为他上课影响别人而让他一直单人独坐,我觉得这是他随心所欲的一个重要原因之一。无论从内容上还是形式上,他都是被大家嫌弃的人,心灵的创伤无法一下子疗愈,我想尝试一点点推进。我决定从环境因素改变开始,给他安排一个同桌。他的不自觉,恐怕普通同学一下子无法接受他,我想从班干部做起。在征求班干部的意见后,让他们自愿报名,每人和秦嘉坐一周试试。先报名的是那几个性格比较温和的男生。在我的关注下,一周相安无事。但是小问题也是不断的:秦嘉有时课堂控制不住自己,说闲话、做小动作,旁边的干部就碰碰他手肘作为提醒。这期间只有一个男生干部,怎么都无法和他相处,我就让他放弃了;后面是女生和他同桌,没想到他反而和其中几个女生成了好朋友,毕业还互送了礼物。

一个学年过去了,他和同学们的相处越来越好,有时也会和班干部发生纠纷,但是多数时候他都没有动手,各科老师也都告诉我秦嘉上课有了很大的进步,各科作业基本能按时完成,我感到教育有了很大的成效。

正当我暗自窃喜的时候,期末考试前发生了一件事,让我十分沮丧。

那是考试前一周的一天放学后,我送了路队回来,刚到办公室倒了一杯水还没有来得及喝,就听到吵闹的声音由远而近,我赶紧出来看,只见一个老年人背着书包,牵着一个哭泣着的低年级的小男孩。老人怒气冲冲,边走边嚷嚷:"这是哪个班的孩子? 这么坏! 我孙子又没招他惹他,他凭什么打我孙子! 他班主任呢? 还管不管?"

我一听,心想坏了,是不是我们班的孩子惹事了? 果然,老人是在别人的指点下来找我的。我赶紧让老人坐下,让她消消气慢慢说,到底怎么回事。

事情原来是这样的:她孙子放学后要在体育馆练羽毛球,所以并没有跟着放学路队出去,她是来陪孙子练球的。因为教练还没有来,她孙子就在体育馆门口玩,这时,一个高个子男生冲过来踢了她孙子一脚,当时孩子就被踢倒在地,痛哭流涕,然后那个男孩子就跑了。

我仔细询问了这个孩子的特征,我猜想是秦嘉,为了确认,我打电话给他妈妈,让他妈妈把秦嘉送回来。

"秦嘉,刚才放学老师送路队你不是已经出门了吗? 怎么回来打人的?"

"我觉得想上厕所,就回来上个厕所的,看到二年级的周同学,我就……"说着,声音渐渐弱下去。

"秦嘉,这个学期,你的进步很大,从前班级没有人愿意和你玩,现在同学们愿意和你做朋友,你也融进了大集体,过得是不是比从前开心?"

"是的。"

"那今天为什么又打人? 而且还是低年级的同学?"

"……老师,他是我家邻居,他就住我们小区。前天我上厕所碰到他,他笑话我。"秦嘉振振有词,然后低下了头。

"笑你什么?"

"他当着好多同学的面说我学习差,在家挨揍!"

我看向他妈妈,她不好意思地说:"是的,他爸爸脾气不好,有时会打他。"

听到这里,我知道这孩子的暴力倾向可能和家庭有关。我告诉她孩子这学期的变化,告诉她现在班级里同学们也不讨厌他了,希望能停止家庭暴力,不要给孩子做个坏榜样。

后来,他妈妈和他爸爸约好过来找我,我首先肯定了孩子这学期的进步,希望他们配合老师对孩子正面教育,如果遇到孩子作业不写或者其他问题,不要使用暴力,实在解决不了可以来找老师。接着又谈了家庭暴力对孩子成长的负面影响。他们表示以后在家不随便动手,有事多进行沟通。

三

自卑情结过于强烈的人,会觉得自己生活在一个充满敌意的国度里,他们变得只关心自己,而不考虑他人的利益,缺乏必要的社会兴趣。这就相当于两个经历死亡威胁的人,一个人选择成为刽子手或者掘墓人,他渴望主宰生死,成为埋葬他人而不是被埋葬的人,但他走向了对生活无用的那一面;另一个选择成为医生,他不只自己与死亡做斗争,也帮助其他人这样做。根据阿德勒的观点,秦嘉就是这样,一开始他为实现自己的目标选择了错误的方法,错误在于他放弃了社会兴趣。[①]

在以往的经历中,他总是通过逃学、打人、不完成作业等行为成功达到引起老师和同学关注的目的。这就是他总是做出怪异行为的原因。

参透这样的心理因素,我就抓住一次意外事件——摸同学的头这件事,以其人之道还治其人之身,让他尝尝被同学摸头的滋味。虽然同学们只是象征性地摸了一下,可是他很快就感觉到了不适并大声叫停,他肯定尝到了被羞辱的滋味。我就是想用这个事实告诉他——你所用吸引大家注意力的方法已经对别人造成了伤害!这样做的结果是和自己的目的适得其反的。这次事件,对他触动

① 郑世彦:《看电影学心理学》,广西师范大学出版社 2018 年版,第 54—55 页。

很大,他的转变也是由此开始的。

　　这件事后和他的沟通,让他不得不说实话——他恨这些同学不接纳他。借助他渴望被同学接纳、想融入集体的想法,通过心理暗示,他自己尝试改变了一段时间,一直到体育课上在环境的刺激下,他终于忍不住故病复萌——使用暴力踢伤同学。有了前面他的短短一段时间的改变,我这次谈话就有了说服他继续努力的依据——多数同学这次并没有反对他加盟,说明他的努力很有用。为了继续被更多的同学们接纳,在我的据实鼓励下,他才再次鼓起勇气,更加努力约束自己。

　　我充分发挥班集体的影响力。我号召班干部轮流和他同桌,关注他的表现。他肯定觉得老师对他特别关照,他感觉成功引起了老师的关注。我暗示他不要丢老师的脸,让同学们认为老师包庇他,应该通过自己的努力让老师为他而自豪。班干部们也十分配合,比较包容他的缺点,所以这一招的尝试也是比较成功的。他就在和这些同学的交往中,提高了交往、沟通能力,初步培养了社会情感,改变了因自卑导致的各种怪异行为。

　　有了初步融入班级的经历,他对自己更有信心。于是,我动员同学们在课外活动或者综合实践的时候邀请他参加,再加上家校合作,及每次活动前我对他的叮嘱,他逐渐学会和同学和谐相处,在活动中分配到工作,也做得十分卖力,渐渐地,他与几个同学成了好朋友。

　　一个孩子之所以成为这样的孩子,不只是他自己的责任,一定是家庭、学校、社会三方的环境共同合力的结果。我一直致力于育人环境的改变,也初见成效。这次他打邻居孩子的事件提醒我,家庭环境绝不可以忽略,如果想要真正改变他,只靠学校的力量孤掌难鸣,需要家长的改变与积极配合。

　　直到毕业秦嘉的成绩也没有达到理想效果,但是从三四十分,到六七十分,有时还能冒个 80 多分,是个不小的飞跃。对他的成长来说,成绩并不是最主要的,关键是他学会了和周围的人正常沟通、和谐相处,这才是他将来持续获得幸福的能力。

伙伴沟通 5——

揪心的"保证书"

校园欺凌,是这个时代绕不开的话题。家长和老师都不希望看到欺凌现象的发生。但有时候校园欺凌非常具有隐蔽性,只要当事人不举报,很可能一直在老师的眼皮底下暗流涌动。当欺凌现象已经发生,教师该怎么处理? 家长该如何自处? 笔者认为,引导受欺凌者自我觉醒、鼓励其直面问题,才是真正的解决之道。张晓荣事件就是我处理过的典型案例。

一

张晓荣,是四年级时从四川转来的漂亮女孩,长得瘦瘦高高的。她妈妈送她到教室,让她做个自我介绍,她目光闪烁,怎么都不肯开口。我觉得可能是初来乍到,有点腼腆,就没有勉强她。

刚开始,就是觉得张晓荣不爱说话,并没有什么特殊的地方,成绩在班级属于中等偏上。听她妈妈说,在四川,她还是班干部。我想,可能是陌生环境导致她不敢表达,就常鼓励她上课大胆举手发言。可经过多次的谈话和鼓励都没有看到效果,当然,成绩也是不好不坏地维持着。

转眼间到了五年级,开学不久,一天中午刚吃过饭,几个男生跑来告状:张晓荣午餐值日给同学送餐时,总是绕过他们几个不送。我问原因,几个同学抢着说,是李红不让她送的。我就很奇怪,让他们说清楚。

事情原来是这样的:每次中午吃饭,轮到张晓荣值日时,她先跑到李红那里问:"我送给谁?"李红如果不回答她,她就一直站在旁边不走,直至得到指令。

我听了感觉很好笑,觉得不大可能。于是,我来到教室里了解了一下,结果很多同学都证明这是实情。不但如此,还有几个同学神秘地告诉我,李红让张晓荣干什么,她就干什么。

二

这天放学后,我正在办公室备课,值日生小田跑过来,神秘兮兮地告诉我:"王老师,我跟您说个事,我们班的李红欺负张晓荣了。"

"怎么欺负的? 我怎么不知道?"

"今天下课,李红让张晓荣在教室里站着,不让她出来玩;有时还让张晓荣站到教室门口。"

我感觉不可思议,便用怀疑的目光盯着小田说:"如果李红这样欺负张晓荣,她怎么从来都没有告诉过我? 也没有告诉过她妈妈?"

小田看我不信,急得面红耳赤:"我发现罚站好几次了,其他几个男生也发现了,如果您不信,您下课去教室里看看就知道了。"

我觉得小田不可能无中生有。下课时间,我有意到教室查看,的确看到张晓荣站在自己座位上耷拉着脑袋不知道在干什么。"晓荣,你在干什么? 怎么不出去玩?"她惊慌地抬起头,目光躲闪:"我不想出去。""你站着不累吗? 坐下吧。""不用,我就是想站着。"她虽然回答很流畅,但明显地不安。

我看问不出什么,和她聊几句就离开了。但是我越发不安:凭直觉这孩子是有问题的,也许小田说的是真的。我又叫来小田和几个男生询问,他们都说真的是李红让她站着的,具体为什么,不太清楚。我又把张晓荣周围的几个女生叫过来询问,她们有的说不知道,有的说的确常看到晓荣在座位上站着。

我想:是不是晓荣当着大家的面不敢说? 于是,放学后我把她单独留下来,想问个究竟,谁知无论怎么问,她都咬定一句话:没有任何人欺负她。她看我很疑惑,就解释说:站在座位上是因为她坐累了,想活动一下腰。我问:"听同学说,李红欺负你?""没有的事,李红是我好朋友,她保护我!"

过了几天,我护导时又看到了张晓荣站在自己座位上,整个课间一直都在站着,直到打铃上课才坐下。我心里又犯起了嘀咕:这不正常啊! 不像是仅仅"活动一下腰"。看来她有"难言之隐"。我想:她不告诉老师,肯定会和妈妈说的。于是,周二上午去五台山体育馆上游泳课,学生们由教练带进去训练,我把她妈妈请了过来。

这是个单亲家庭,在晓荣还没出生时她爸爸就去世了,是妈妈和外婆一起把她带大的,在我接班半年前才从四川转入我们班。妈妈工作十分出色,虽然一个人撑起全家,但是家庭经济条件还是不错的。我夸奖了她女儿的乖巧懂事和聪明,她妈妈听了很开心。接着,我问了孩子有没有跟她提过受欺负的事。她妈妈听了立即圆瞪双眼:"王老师,我女儿从没说过谁欺负她,您知道了什么? 是不是有同学欺负她?"

我看她那么紧张,赶紧安慰:"我就是关心一下,听几个男生说李红让晓荣下课站在座位上,但是您女儿坚决否认,不知道孩子在家跟您讲过吗?"

"您说李红啊?"她笑了,还大大地松了一口气:"她是我女儿的好朋友,她保护我女儿不受其他人欺负呢!"

"好的,我知道了,但是有空了也麻烦您和孩子聊聊天,问问班级情况,问问李红是怎么保护她的,有没有欺负行为,如果有,请您一定告诉我!"

张晓荣妈妈爽快地答应下来。

这次谈话过去了一个多月,一个周一的早晨,晓荣的妈妈打来电话,说晓荣不能来上学了,肚子疼。我也没有在意,可是周二晓荣来得比较晚,第一节课上一半了才来。随后她妈妈的电话就到了:"王老师,晓荣早晨起来吃早饭还好好的,谁知道刚送到学校门口,她就不愿意进学校了,其实她这个情况隔三差五好几次了,都被我劝进去了,但是昨天她怎么都不肯进学校,哭得稀里哗啦的,我不忍心,就带她回家了。但是今天早晨又是这样,我就觉得真有问题了,今天在门口给我闹腾了一阵子,还是被我送进去了,请您关注她,如果有什么不适,请您及时联系我。"

放下电话,我陷入了沉思:这孩子不正常啊! 怎么一到学校门口就肚子疼? 一定有什么让她害怕进学校的原因,是什么呢? 是不是小田说的欺凌? 下课铃一响,我赶紧到教室去看,她并不在教室,我放心了,说明没人罚她站。也许我想多了,我安慰自己。

此后,晓荣隔三岔五地请假不来,她妈妈说她真的肚子疼。直到有一天早晨,我刚到办公室,小田就神秘兮兮地跑过来:"王老师,您看!"我接过一张手掌大小的纸片,只见上面密密麻麻地写满小字:

保证书

李红,对不起!我错了!我向你道歉,我以后再也不敢了!我以后考试再也不会超过你,我保证比你考得低!我以后做作业一定会故意做错,一定不会得优,我已经跟我妈妈说了,等暑假我让妈妈带我们出去玩,以后妈妈买的好吃的,我都给你吃。我以后做作业一定要比你慢,如果比你交得早,请你惩罚我!

再次乞求你的原谅!!!

某年某月某日 张晓荣

看着纸条,我心痛得无法呼吸:这孩子怎么这么能忍? 我和她妈妈多次盘问,她都不说实话,李红到底对她做了什么?

我颤抖着手,拿起电话,拨通了双方家长的电话,当他们都站到我面前,看到这张纸条时,晓荣的妈妈浑身颤抖,语不成句;李红的爸爸妈妈脸色严肃,十分尴尬。两个孩子也都来到办公室站在这里,看了这张纸条,谁都不再抵赖,也不再申辩,低着头,默不作声。

　　办公室里的空气紧张而压抑，在我们中间就好像悬浮着一只鼓胀的气球，随时都可能发生爆炸。

　　面对这残酷的事实，李红妈妈首先发声："对不起，晓荣、晓荣妈妈，我们做家长的疏于管教，给您和孩子造成了伤害，我和她爸爸给您道歉！"边说边对着晓荣妈妈深鞠一躬。

　　家长十分通情达理，诚恳道歉，并表示回家一定好好教训自己的女儿。晓荣的妈妈哭得说不出话来，对他们的道歉，还是点点头。

　　李红家长走后，晓荣的妈妈向我提出一个要求："王老师，现在我知道您一开始发现的问题是真的，我女儿一直不敢告诉我，到现在严重厌学，天天哭闹着不进学校，我已经被她闹得心力交瘁，无法正常工作。今天知道了真相，李红的妈妈说回家教育，我不知道教育效果，但是我要保证女儿不再受伤害，我要求换一个班级，离开李红的视线。"

　　我告诉她，我不同意换班级，孩子们已经六年级了，一共也只有半年多的时间就毕业了。再说，我也没有权利答应她，我告诉她，这件事要汇报校长，让她等待答复。

　　不出我所料，校长不同意换班，并让我妥善处理好这件事。

　　晓荣妈妈还是不甘心，亲自找了校长，校长告诉她："正确面对困难，是对孩子品质的锤炼，你事事呵护，她不可能永远躲在你的羽翼下，当她需要单独面对这个世界的时候，会怎么样？你想过吗？"

　　校长的一席话，让她铩羽而归。

　　看着一脸失望的晓荣妈妈，我说："对不起，我没有及时制止晓荣被欺负。虽然我早有察觉，但并没有得到验证，当事人都不承认，包括您也不支持我的观点。但是，这件事不应该以晓荣换班级收场，原因有以下几点：

　　1. 这次欺凌事件，让晓荣受到了严重的心灵创伤。但是伤害她的李红刚才也认错并表示悔改，她的爸爸妈妈也很重视，态度诚恳，承诺回去也会严厉地批评教育。

　　2. 我也会时刻关注，并且请班干部监督，我保证以后晓荣不会再受欺负。

　　3. 晓荣还是个孩子，这件事恐怕在她的心灵已经留下了伤疤。从心理学的角度来说，解铃还须系铃人，在哪里跌倒从哪里爬起来。如果不能在原地解开这个疙瘩，而是采取逃避——换班的方式，这件事将会影响她的一生，导致她的心灵伤痕永久性难以修复。

4. 其实，这件事并不复杂，是晓荣一直不敢面对、不会求助，久而久之，才造成了如此恶果。如果她勇敢一点，一开始受欺时就告知老师和家长，再或者当老师发现端倪，一次次关心她时，能坦诚地告诉老师，或者直接大胆地告诉家长，事情不会发展到这个地步。现在事情见光了，妈妈还不让她直面问题，要给她换班级来逃避，将来她遇到困难就会选择逃避，遇到问题永远没有勇气正面抗争，这将严重影响她将来的身心发展。

5. 这件事已经发生了，我作为老师，一定会多方关注，妥善解决问题，一定不会让这样的事情再发生，您相信老师一次可以吗？"

听了我苦口婆心的一番分析，她点点头："好吧王老师，我相信您！其实您早就发现也做了大量的工作，可是孩子不敢说才到今天的局面，不能全怪老师。如果说责任，我觉得责任更应该在我身上，我一贯都是教给孩子能忍则忍、能躲则躲，不要惹事，没想到孩子被我带得这么懦弱。王老师，您说的句句在理，我听您的！"

这件事后，我重新安排了座位，把晓荣调到前排，安排一个能干的女同学跟她同桌，还特意安排班级的男生女生各两套班子，专门关注晓荣和李红。值得欣慰的是，直到毕业，都没有发生一点问题，晓荣的状态也一天天好起来，后来再也没有发生肚子疼不愿意上学之类的"蹊跷事"。

孩子毕业后，晓荣的妈妈特意发来一段信息："王老师谢谢您！幸好您坚持不让晓荣换班，您是对的，孩子现在勇敢多了，她生活得很快乐，现在在初中有好几个真正的好朋友了，是您的专业和敬业让孩子走出阴霾，也给我这个不称职的家长上了一课，再次感谢您！"

三

小学校园里伙伴间的"欺凌行为"屡见不鲜，但以"保护神"的姿态对被保护对象频繁实施欺负的做法却比较少见，其危害性也更大。前者的所谓欺负仅仅是皮肉之苦、口舌之争，而后者的欺负因其"华丽外衣"的隐蔽性，更能伤及幼小的心灵，出现孤独、恐惧、成绩下降、自尊心受挫、失眠等负面影响。

同样，实施欺负的一方，若不及时制止，往往会因"尝到甜头"而得寸进尺，进而"称王称霸"。长此以往，也会严重危害自己的身心健康。

　　面对"欺负行为",班主任要明察秋毫,及时干预,将其消灭在萌芽之中。要教育受欺负的一方勇敢面对,不能逃避,消除恐惧心理。另外,要加大对重点学生的监管力度,防止"死灰复燃"。再者,要经常与家长沟通,赢得家长的支持与配合。如此,才有助于小学生健康成长。

　　校园欺凌有时十分隐蔽,并不都是以肢体暴力的形式出现的,而这种心灵暴力才最伤人,被欺负者往往不敢诉说,担心更大的报复,只有默默孤独地忍受,直到问题严重了,才被发现。制止这种心灵暴力,需要老师有一双慧眼,更需要教师平时教育引导孩子们,学会自我保护,面对欺凌,勇敢寻求帮助。作为教育者,要怀有一颗仁慈的爱心,多观察,一旦发现端倪,及时多方了解,争取获得双方家长的支持。

　　精神分析鼻祖弗洛伊德曾经说过:"本我在哪里,自我就在哪里。"①也就是说,问题在哪里,我就必须在哪里成长。弗洛伊德还曾提出,个体的创伤会造成一种强迫性重复,这种强迫象征性地反复体验着消极经历,表明个体想要努力消除或者征服过去的不幸。因此,在对待校园欺凌问题上,在学校老师可以管控的范围内,要引导受欺凌学生勇敢面对。只要学生选择直面问题,在家长和老师的帮助下,大多都能达到"反欺凌"的目的。只有这样,才能慢慢治愈心灵的创伤。

---

① 　郑世彦:《看电影学心理学》,广西师范大学出版社 2018 年版,第 49 页。

伙伴沟通 6——

小平"变形记"

现在提倡融合教育，正常班级群体中几乎都有身体或智力有点缺陷的学生，无论这个集体多友善，无论大家怎么关心他（她），可自己的"独一无二"，注定了他（她）的自卑、孤僻和多疑。随着年龄的增长、学生自我意识的增强，班级同学对他（她）关照越多他（她）就越自卑，有时还会选择消极的方式"刷"存在感。老师只有读懂学生的内心需求——价值感的追求，才不会用"感觉满意"搪塞他（她），而会用"表现满意"唤醒他（她）。

一

送走一个毕业班，新接了四年级一个班。刚开学就发现班级有个孩子很特殊，听说因为从小的一次摔跤，导致他腿部残疾，上下楼比较困难，平时同学们都会抢着扶着他上下楼。他从不操心自己的琐事，班级孩子们已经形成习惯，从来没有同学嘲笑他，也没有同学欺负他，从一年级到现在，他一直在接受同学们的帮助，却从没履行过值日等义务。我非常佩服原来的班主任，把这个班的孩子带得如此有爱。

接班后，我一直忙碌在新班级的各项工作中，一晃就到了五年级。这天课间操，同学们排好队下楼，我站在队伍的最后面跟着，等同学们都下楼了，我突然发现小平还留在楼梯口，我忙走上前："小平，你怎么不下楼啊？"

小平眼泪汪汪："老师，他们都不管我了！"

我很奇怪："是不是大家没注意到你啊？"

"不是的，他们刚才都不愿意帮我下楼了！"小平的泪水顺着脸颊流下来。

我知道一定事出有因，就扶着他下楼，来到后操场。虽然他不能正常做操，但一直是跟着集体下楼，站在队伍后面自由活动。

来到后操场，我就把他的同桌小钱叫过来："小钱，今天你们怎么把小平丢在楼上了？"

"王老师,我们都不想扶他了!"

"为什么?"我看着气呼呼的小钱,感觉奇怪。

"他越来越讨厌了!"小钱斜视着小平,还跺了一下脚。

我本希望是大家疏忽,原来真是小平得罪了大家。这么有爱心的一个班级,不能丢了这个光荣传统,我决定好好了解一下原因。

下午放学后,我把几个班干部和常常帮助小平的同学留下来,想了解一下具体原因。同学们有的说,他越来越胖了,有时候没扶好,他就发脾气骂我们笨死了。他的同桌说:"他有时上课不听讲,就找我说话,我不理他,他就在我书上乱画。"坐在他后排的同学说,小平撕碎了纸就扔到后面,让他不要扔,他偏要扔。他的同桌接着说:"我更倒霉,他不但上课讲话,还天天把碎纸扔在地上,导致我的座位很容易脏而被扣分。"

同学们七嘴八舌,越说越激愤。我问:"这些事情,怎么从来不告诉老师?"

"从开始上学,我们就在一个班,老师教育我们要互相帮助,他行动不便,我们都乐于帮他。不知道为什么,小平这学期变化很大,不但长高长胖不爱学习了,脾气也变得暴躁了。我们想告诉老师,又担心您批评我们不包容。"班长表情复杂地表白了一番。

了解了情况,我的心情十分沉重。看来问题出在小平身上。其实开学以来我就发现他的成绩悄悄下降了,看来这是个连锁反应。

同学们对小平的指责,其实我应该早有察觉,想想我也是太粗心了。前几天值日生过来汇报,说几次检查卫生,都发现小钱和小平的座位下面最脏,各种碎纸贴在地面很难清扫,当时我还批评了小钱,小钱只说不是他丢的,没想到是这么回事。

不过,虽然我猜测同学们反映的情况差不多属实,但我还要找小平核实:"小平,从一年级到现在,你和同学们相处都很融洽,为什么最近大家不愿意帮助你了?"

"可能——可能——可能因为我太胖了吧?"

"你有没有想过其他原因?"

他没有马上回答我,低头摆弄着衣角。我看他不愿意多说,就想给他思考的时间:"同学们对你一直很友好,也常争着帮助你,我感觉你过得也开心,常常能看到你可爱的笑脸。可是最近大家不愿帮你了,我希望你能好好反思一下,是不是哪方面做得不恰当？老师不要求你马上回答,但回去要好好想一想,你肯定也希望恢复和同学们之间的融洽关系,对吗?"

勾着脑袋的小平重重点点头,我把小平送回教室之后,就打电话和小平妈妈沟通了此事,小平妈妈表示会和孩子一起分析原因。我告诉她:"不要主动找小平讲,要让他先开口,更别告诉孩子我事先和您沟通过。"

我希望小平主动找爸爸妈妈谈心,这样孩子才能感觉受到尊重。

小平是第三天才来找我的。排队放学时,他爷爷已经进来接他了,他让爷爷在教室里等着。送完路队,我远远地看到小平正在办公室门口等我。我请他坐下,然后微笑着看着他,等着他开口。

"王老师,我那天一回家就向爸爸妈妈汇报了这件事。他们也认为同学们一改从前的做派,一定是我做错了什么。我认真回忆发现,同学们对我态度的转变是从升入五年级不久后开始的。一个暑假,我个子长高了,身体也更胖了,同学们扶我,也越来越吃力了,我觉得他们肯定嫌弃我了,我也越发讨厌自己,有时心里烦躁就对他们发火。其实我知道这样做不对,可我总控制不住情绪,有时吵起来,他们就把我丢在一边不管我了。"

小平的声音渐渐弱下去,头也低下来了。

"你能这么坦诚地和老师说心里话,真的谢谢你! 这说明你知道自己做得不恰当对吧?"

他点点头。

"小平,你觉得还有其他问题导致你和同学关系紧张吗?"

"……想不出来了。"

"老师也询问了班级同学,说课堂上你找周围同学讲话,影响了同学听讲,有时对同学不满意就会撕纸乱扔,有这事吗?"

"同学们从前对我很友好,我即使有点错误大家也能原谅我,现在总嫌弃我,同桌小钱尤其对我有意见,还指责我不讲卫生,还扬言要找老师调座位,不想和我坐了。"

"他的指责有根据吗?"

"我只是不开心时会撕纸,其实地上的纸屑也不全是我丢的,我觉得很冤枉!"

"有时你丢了,恰巧被同学看到了,就在大家心中留下了不好的印象。所以只要有纸，大家第一个就想到是你，对不对？"我故意淡化事实。

"对！"

"你想改变这种不良形象吗？"

"当然想，但我担心他们还是用老眼光看我。"

"不会的，想一想同学们五年来对你多好啊！怎么可能随便冤枉你？你也说了，有时你自己随心所欲，破坏了自己的美好形象，只要你有决心改过，让同学们看到一个崭新的小平，一定会重新接纳你！"

小平和我交流中，多次提到他变胖了。小平本来就是需要大家照顾的孩子，内心多少有些自卑，他先是担心自己的体重给同学们造成压力，当他看到这种想法成为现实——大家搀扶他的时候的确越来越吃力时，自卑让他心理崩溃了。他发火骂人，表面上看是对同学的不满，其实是对他自己的厌弃，他用这种自暴自弃，补偿来自心灵的焦虑。

有些脾气暴躁的人并不是性格使然，而是通过这样一种形式舒缓内心的自卑感。之所以体现出脾气暴躁，是因为缺少处理事情的耐心；之所以没有耐心，是因为缺少克服困难的勇气，本质上是认为自己不行，主观上从来没有相信过自己。因此脾气暴躁、情绪波动较大的人多存在自卑感。

自卑感有积极的一面，如果战胜和超越了自卑感，就会走向积极的人生，而如果没有,那么就会走向消极的人生。

可以想象,电影《功夫熊猫》中的熊猫阿宝被追杀时,身处劣势,内心充满了恐惧和不安全感,为了消除这种令人不适的感觉,摆脱无法忍受的困境,阿宝的心中暗生一个目标——让自己变得强大起来。弗洛伊德指出:"个体的创伤会造成一种强迫性重复,这种强迫象征性地反复体验着消极的经历,表明个体想要努力消除或者征服过去的不幸——失败了就是神经症,成功了就是英雄。"①

小平为什么这么暴躁,首先是埋在他心底的深深的自卑感,虽然一直都隐藏在那里,看起来他和同学们相处融洽,乐于接受同学们的帮助,可他是个男子汉,他和同学们一起接受来自主流社会的教育——男儿当自强。可是自身的缺陷,让他一直处于被照顾的境地,其实他内心是不快乐的。每个人都有被需要的精神需求,在班级这个集体中,他从没有体验过这种感受。可随着年龄的增长,他的需求层次也在逐渐升级,当他发现这种精神需求得不到满足时,他崩溃了。

二

找到了问题的症结,我决定尝试疗伤之旅。我认为要解决小平的问题,首先要帮助他战胜自卑,体验到自己的价值。我对小平的纠正从正面着手,先让他在某方面尝试获得成功。不能让他成为"神经症"患者,而要让他成为"英雄"。

我先设定一个目标:给他一个小小的成功。恰好班级每月一次的感动班级人物评选即将进行,我决定让他参与策划和实施。

平时每一届设计者都是自我推荐报名,两人为一组,我就悄悄地让班级一个女同学小妮去找小平组成一个筹备小组。小平虽然成绩不怎么好,但是电脑玩得"很溜",小妮邀请小平和她一起筹备这一期的感动班级人物,从海选到设计方案、颁奖词、制作 PPT,一系列工作很繁杂。上一期的同学做得不错,获得了大家的一致好评,对这一期的策划者来说更有挑战性。果然,小平非常开心,也积极主动地努力。听他妈妈说,最近回到家,什么娱乐都暂停了,一心筹备这个活动,有时还征求他爸爸的意见。这一期感动班级人物颁奖大会,他俩做得很成功,获得同学们一致好评。

这一忙,就是两周的时间,活动结束,小平脸上的笑容多了,感觉和同学的关

———————————

① 郑世彦:《看电影学心理学》,广西师范大学出版社 2018 年版,第 49 页。

系也缓和了许多。关键是这两周值日生只来找我汇报一次小平座位卫生问题。我觉得努力总算见到了一点成效。

此后,小平脸上的笑容都自信了好多,眼睛也变得亮晶晶的。

我知道,这仅仅是开始。

往常,因为小平总需要大家的帮助,他几乎没有体验过被需要。一个只单方面接受帮助而自己无力去回报的孩子,一定十分渴望体验价值感。

这一次的活动成功,让小平追求成功的火苗燃起来了。我和班干部秘密商讨,有同学提议让小平当教室卫生巡查员,让他尝试为同学们服务,时时体验自己存在的价值。我觉得这个主意不错,他因为行动不便,下课在教室里活动比较多,正好发挥了他的优势。

这周五选班级卫生巡查员的时候,好多同学推荐了他,他兴奋得脸都红了。在同学们的掌声中,小平走马上任。从没做过值日工作的小平,开始"事必躬亲",看得出来他很开心。我安排了"前任"手把手地教他。经过一周的带领,他已经得心应手了。后来,常常看到他"趾高气扬"地在教室里提醒同学们保持卫生。

自信心是建立在"表现满意"的基础上,不是建立在"感觉满意"的基础上。[①]小平觉得自己对别人毫无价值,当然无法自信。经过参与设计活动、为班级服务,他感觉到自己也有为集体贡献的能力。可是,作为一名学生,成绩是绕不开的话题。小平成绩的下降,多少也影响了他的自信心。我决定在学习上再拉他一把。

过了一段时间,我找小平谈话,首先表扬了他最近的表现,特别是卫生巡查员工作的出色。这次谈话,小平的脸上一直是阳光灿烂,可当我提到他的成绩时,他的神色立即就"晴转阴"——黯然神伤:"老师,我的成绩下降了我知道的,可是不知道为什么,我也努力了,成绩还在退步。"

在征得他同意的基础上,通过协商制订了计划:一是上课专心听讲,不说闲话。二是独立完成作业。遇到困难可以问老师——我也和英语老师、数学老师

---

① ［美］马丁·塞利格曼:《教出乐观的孩子》,洪莉译,北京联合出版公司 2020 年版,第 28 页。

达成了一致。三是回到家先完成作业后再玩。他都一一答应了。

我打算乘胜追击。小平还有一块心病，总觉得同学们讨厌他，现在因为胖和坏脾气，和同学关系紧张起来，导致大家不愿意和他做朋友。我觉得要想让小平恢复正常，必须理顺他的伙伴关系。

我首先表扬他："最近你表现特别好，班级卫生很出色，时刻保持教室干净整洁，我们班这两周卫生不但没有扣分，还加分了呢！这都是你的功劳！为同学们服务很辛苦吧？"

"不辛苦，我很开心！"

"同学们也都夸你工作做得棒棒的！"

他不好意思地低下头："老师，我会继续努力的！"

"记得我们最初谈心时，你提到同学们讨厌你是不是？"

"是的。"

"你觉得同学们现在还讨厌你吗？"

"……不知道。"

"现在去专用教室有没有同学帮你下楼？"

"有。"

"你和同学们是不是感觉像从前那样融洽？"

"……不知道。"声音弱下去。

我觉得要提高小平的自信心，必须消除他心中的困扰——总是觉得同学们讨厌他，觉得他不受大家欢迎，总以为自己给别人带来麻烦。这段时间的工作，已经让他脸上有了笑容、眼睛里有了亮光。但是提到伙伴关系，他还是不自信。为了消除他的顾虑，我决定在下个月的感动班级人物上，助推他一把。

"现在你每天检查卫生累不累？"

"不累。本来我多数时间都在教室里，我可以随时查看教室卫生。"

"你做得非常棒！老师觉得你在检查卫生时，如果看到有些同学座位上的垃圾，你不但能提醒他们，当他们不在教室的时候，是不是可以帮他们简单清扫？"

"可以的，没问题！"他有些兴奋。

"记住，量力而行，不要太累。"

这次谈话后，他的确尽责尽职，从前无所事事、和同学纠纷不断的大男孩不见了，取而代之的是总能看到他在教室里勤勉巡查的身影。

这个月末感动班级人物的海选课堂上，同学们纷纷把手中宝贵的一票投给他，47 个同学，他居然得票 39，毫无悬念地当选了。上个月是他为别人策划，这个月他站在了领奖台上，看到他那羞涩的笑容，我比他还开心。

在以上工作的基础上，开始鼓励他控制体重。他身高不足 1.65 米，体重接近 170 斤，这也是他自卑的一个重要原因。因为小平腿脚不便，大运动量不太容易，我和他妈妈协商，主要从调整饮食开始，再加上检查卫生时走动多一些，小平又变得阳光了，和同学之间的关系也越发融洽。期末，他悄悄告诉我，一个学期他体重减了 20 多斤！现在他又交了几个好朋友！

此后，小平的成绩也开始慢慢回升，班级主人翁的责任感也越来越强，听到他笑声的机会越来越多。

我的努力没有白费，在和小平的一次聊天中知道，从前老师不让他值日，他也觉得理所当然，可是却越来越不快乐。后来当了值日生，浑身充满了力量。他现在才知道卫生保持多么不易，自己再也不随便丢垃圾了。

三

心理学研究认为：器官有缺陷的孩子，饱受病痛和身体虚弱的折磨，他们沉溺于自己的世界中，认为外部世界冷漠、充满敌意。[1] 一直以来，小平对班集体只有索取，没有付出。随着年龄的增长，他的自我意识增强，认识到自己对别人来说是负担，再加上假期后自己体重、体型的变化，让他更加不能接纳自己，心理上很难与自己达成和解。正是这种无能感，让他产生了强烈的自卑。

遇到这样的孩子，我们只安慰他或者对他更好，不但解决不了问题，还会让他更自卑。我们要正确解读孩子异常行为背后的需求，找到问题的根源，对症下药。小平的自卑来自精神需求没及时得到满足，因此，班主任就一步步制订计划并实施，促进他接纳自我，与自己和解，在自我价值的实现中获得精神生长。

---

① ［奥］阿尔弗雷德·阿德勒：《儿童的人格教育》，张庆宗译，华东师范大学出版社 2017 年版，第 69 页。

伙伴沟通 7——

"摆渡"札记

孤独感是人类与生俱来的,但很少有人喜欢孤独。在小学阶段,有的孩子非常孤独,但每个孩子孤独的原因却不尽相同。有这样一类孩子,他(她)遵守纪律、学有余力、成绩优秀,但没有玩伴,虽然使尽浑身解数,仍然无法融入集体。这时,就需要教师做好"摆渡人":转换视角,以满腔爱心和专业知识,成为倾听对方心声、化解对方心结的"伙伴",去疏导、抚慰、引领,助孩子跨过这一段阴霾重生之路,拥抱美好的明天。

一

我们班圆圆很聪明,有时课堂上她并不听讲,而是看她喜欢的课外书。她学有余力,作业常常在别人刚做一半的时候就全部完成,而且正确率较高。但她有些孤僻,和同学们关系紧张,却喜欢和我在一起。每天一下课,只要我在室外护导,她就一直陪伴在我身旁,几乎形影不离;有时也会跟进办公室继续跟我聊天。

课间时间毕竟有限,她常在中午我值班盛饭时问我:"王老师,我能问个问题吗?""不能,打饭时说话不卫生,等一会盛好饭再问。"大多时间,她都能回到座位等待我忙完。有一次,她问过后就一直不走,我让她回去先吃饭,她就站在我旁边草草把饭吃了,我知道她肯定又有迫切想问的事。终于等到全班同学吃上饭,我刚端起碗,她就说:"老师,你为什么那么虚伪?"我吓了一跳:"你从哪里得出老师虚伪的结论啊?""上语文课,你让我们读书我们就读书,你让我们思考我们就思考,你让我们回答问题,我们就纷纷举手回答……"

"你认为这就是虚伪?那你觉得老师怎么做才是不虚伪?"万万没想到这个"跟屁虫"对我的意见还挺大。

她摇摇头:"我也不知道。"

有次我护导,一下课她就冲到我面前:"王老师,问您一个问题,为什么您对同学们不能一视同仁?"

"我尽量做到一视同仁的啊! 如果老师哪里不对你直说。"

"您教育小勇遵守规则不要乱说话,却容忍我天天提问题。"

"因为你们各自的底色不同,小勇天性爱自由,上课管不住自己,我要引导他遵守规则;而你,上课遵守纪律,成绩优秀。允许你提问还有以下原因:第一,你的提问都在课间,并没有影响大家学习,我是你的老师,有解答疑惑的义务。第二,你没有玩伴,老师想做你的朋友。第三,你知识面宽,热爱哲学,我可以和你讨论苏格拉底、柏拉图、孔子等,这也促进我学习,当然不能'一视同仁'了。"

"哦……"她若有所思。

我怕她不明白,就说:"圆圆,你知道《论语》中'因材施教'的故事吗? 子路问:闻斯行诸? 子曰:有父兄在,如之何其闻斯行之? 冉有问:闻斯行诸? 子曰:闻斯行之。公西华很疑惑。子曰:求也退,故进之;由也兼人,故退之。意思是说教师要从学生的实际情况、个别差异出发,有的放矢地进行个性教学,使每个学生扬长避短,获得最佳发展。因材施教就是指针对学习者的志趣、能力等具体情况进行不同的教育。你明白了吗?"

"嗯。"刚好上课了,她就摇着小羚一蹦三跳地跑了。

后来圆圆告诉我,她回去研究了《论语》中的这段话,明白了因材施教的道理。

有一次测验,我看到圆圆的试卷作文,其中有这样的语段:

> 如果你一大早起床,却发现没有人在家里——在街上——在车上——在世界上任何一个地方,这会是多么奇妙的事情! 无尽的思考只能领人走向哲学,或者说成功。

> 从某一天起,我变得苍白了——或者说是没有了一个可以信赖的同龄人。哦,这真是愚蠢的失败! 魔鬼! 我敢说在此之前有多少人争着与我为伍,争着分担我的痛苦。为什么我总是从欢乐中获得悲哀? 我从来,而且现在都没想过怎样去交朋友!

> 我陷入了极度恐慌——这曾使我想尽办法去挽回。我向那些曾经对我微笑的人诉说,换来了别人的不理解。我将这些化为文字,让它们像小溪一样流淌,它们置之不理。我希望通过优秀的实力来为自己解脱,但他们更加

讨厌我。

看到她的作文,我吓了一跳,我只知道她喜欢和我讨论,我还以为她不屑于和同学们玩,没想到她这样孤独痛苦。

这天我护导,她又跑过来和我聊天,我就问她:"圆圆,我读了你的作文了,你每天和老师聊天,是你不愿意和同学聊天,还是同学们不乐意和你玩?"

"我想也没有用,他们嫌弃我!一年级时同学们还是跟我玩的,大约二年级前后,同学们渐渐疏远了我。曾经一起玩耍的朋友找到了新玩伴,有些朋友和我交往时显出极不耐烦的样子,还有一些尽量避免和我讲话。我也想参加他们的游戏,却发现他们十分冷淡。有一次,我见女生们在玩球,便也想去玩。领头的同学看也不看我一眼,说:'这里人满了,到别处玩吧!'我瞅了瞅这个队伍,才五个人,一定能带上我,但我不敢多说什么,急忙离开。

"同学们三五扎堆,在一起聊天、运动、游戏,我只能望着自己孤单的影子发愣,我多希望那个影子是我的朋友啊,她能跟我说话、陪伴我学习读书……我多么想冲进欢乐、冲进朋友带给我的享受中,可我追求多少次,现实就反击我多少次,所以从三年级您一接班,我发现您很温和,就常常找您聊天,我觉得您就是我最要好的伙伴。"

"其实你还是应该融进伙伴之中,和同龄人交朋友。"

"但他们排斥我,我该怎么办?"她一反平时和我聊天时的自信,痛苦地问我。

看着她一脸疑问,我的心很疼。能够想象一个女孩子独自咀嚼孤独的滋味。我想了想,便从各方面分析:"你问过同学们为什么不愿意和你玩吗?"

"我没问过,即使我去问,他们也不会告诉我,因为他们不愿意和我说话。"

"老师去了解一下原因,你同意吗?"

"同意,老师您不要说是我让您了解的。"

"这个当然,你不用担心。"

二

此后,我约谈了好几个同学,有男生,有女生,有优等生,也有后进生。他们有的说:"圆圆的确想跟着我们玩,但是她总喜欢下命令,我们都不喜欢!"还有同学说:"以前,圆圆参加过我们的游戏,但是我们分好组,她这一组输了,她就反复埋怨那个导致输掉的同学。"还有男生说:"圆圆太厉害,不像个女生,如果让她参加游戏,她不高兴就会发脾气!"

私下里,我和几个班干部谈话,他们对圆圆也有着一肚子的意见:"我们不喜欢跟她玩,她总让我们听她的,好像她成绩好就高人一等似的,还动不动就说一些奇怪的话。"

关于"奇怪的话",我也听过。有天中午我在教室刚给学生盛好饭,圆圆突然来到我身边:"王老师,我能问你个问题吗?"我点头。"上帝是万能的吗?上帝能否制造一块他自己也举不起的石头?如果上帝能制出来,那么他不是万能的,因为他有一块石头举不起来;如果上帝不能制造一块他自己举不起来的石头,那么他也不是万能的,因为有一块石头他制造不出来。老师,你说上帝是不是万能的?"

我问她哪里来的这样稀奇古怪的问题,她说是从家里的哲学书籍中看到的,我陷入了沉思。我渐渐地发现,圆圆喜欢的课外书,与其他孩子偏向看少儿书籍不同,她嗜好高深的哲学类书籍,这也许是她常常会冒出一些"奇思怪想"的原因所在吧。

不仅是"奇怪的话",圆圆还经常做些"奇怪的事"。比如,她喜欢坐 83 路公交车,她能报出 83 路公交车的所有车号及所停站点,她有时会提前一站下车,然后追着公交车疯跑……

经过与她多次谈心、和家长沟通,我感觉所有这些,可能源于她的孤独。自二年级起她就独自乘坐 83 路公交车上下学,在学校没有同伴,在路上同样孤独。她无法从现实世界找到精神伙伴,而 83 路车,每天陪伴她两次,虽然不能与她互动,但不会排斥她,不会让她痛苦。当她告诉我这些时,我一点都不惊讶,我真正地疼惜她、理解她——这也许就是她愿意找我这个大伙伴谈心的原因吧。

我耐心地给班干部分析了圆圆的情况,告诉他们:"你们都是班级干部,团结同学是你们的责任,应该用一颗宽容的心接纳不同性格的同学。你们和圆圆一起玩试试,如果实在玩不到一块老师也不勉强。"

"这周我想安排几个同学跟你玩,你愿意吗?"一次下课我问她。

"当然愿意。"她听了十分高兴。

我不忘叮嘱:"你和同学做游戏时,如果有同学犯错了,或者做得不够好,你不要责备人家,要心胸宽广,善待别人,能做到吗?"

"能做到。"

"游戏就是玩的,是为了开心,如果输了,就认输,这是游戏规则,大家都要遵守。如果你不能遵守,下次同学们就会排斥你。"

她听说同学们愿意跟她玩,满口答应了。此后,我安排的同学会邀请她参加活动,我也看到了她和同学们在走廊一起玩耍的身影。但是仔细观察,也会发现她刻意讨好的神情,双方好像都在笨拙地表演,看起来都不尽兴。但是无论如何,她迈出了第一步。我想,也许时间长了,一切就水到渠成了吧。

期间,我郑重找她谈心:"你读的哲学书太多,我理解起来都感到困难,更不要说同学们了。如果你想有玩伴,小学阶段尽量不要和同学谈哲学。"

"可是,可是……"她欲言又止。

"圆圆,你的知识比较驳杂,你感兴趣的东西同学们不懂。比如你跟我谈的哲学悖论,同学们听了一定觉得你很怪异——因为他们对哲学界的悖论一无所知,你不能奢望他们理解你的思考,也不能奢望他们能听懂你在说什么。那么,人家听不懂、不理解时,会感觉自己尴尬和无知。你和同学相处时,如果只谈大家感兴趣的话题,就容易被接受。虽然这样做你不痛快,但你要想融入群体,就不得不做取舍。至于这些高深的哲学,可以来找王老师谈,你觉得这个主意怎么样?"她的眼睛亮了:"好的王老师,我试试吧。"

有段时间，我护导的时候她没来找我，午餐时间她也是静静地在自己座位上吃饭看书，我想可能和同学玩得不错，我心里暗自高兴，觉得我的努力没有白费。直到有一天我看到她的作文——

王老师让我心胸宽广、善待别人，我赞同，也感到心里豁然开朗。于是，我在很大程度上注意了自己的行为：随和地与人交往，原谅同学的错误，关心他人，帮助他人。然而他们虽然愿意跟我玩，都对我冷冷的，我的笑脸常常碰到冰冷的表情，无论我怎么努力，依旧融不进同学们的圈子。我觉得自己已经十分屈尊了，可是无论自己怎样阿谀奉承，都换不来她们对我善意的笑脸。我努力让自己少看哲学类书，但有时又忍不住，我太喜欢它们了。日复一日，我等着友谊之门向我敞开，好几次也试图推开它，但它依然紧闭。我的父母、老师尽力帮助了我，却没多大作用。

知道吗？这就是仇恨的力量。我毫不怀疑是我的骄傲自大和傲慢无礼使我失去了朋友——所有的长辈都这么对我说。我决心放下尊严——做什么？我必须学会阿谀奉承，才有可能被人信任。我表达的方式是那么拙劣——你不可想象，简直不可思议！流言蜚语像蚊子一样在我耳边嗡嗡作响。我毫不怀疑我学有所成，但他们排挤我，甚至包括前辈们。妒忌！仇恨！怒火！他们带着这种态度来看我，我却像一只小鸡似的可怜地看着他们。有谁能够理解我？

我快要疯了。我将精神完全寄托于幻想之中。现实不需要我去面对——我是一个学生。我灵魂深处不停地劝我从孤独中寻求高洁，表面上则卑躬屈膝地伪装。这是一种无与伦比的压力——我最新"快乐"的源泉！

我开始了理性思考——我是一位完美的独立思考者。我的全新思维从极度痛苦中脱颖而出，并接近了理性。死亡算什么！朋友算什么！没有人探测过我心灵深处，这就是无穷欢乐！我只想思考而不去考虑其他琐事，我只认识了世界之悲惨而不是人间的所有的快乐。他们只要不写作业就高兴，我呢？就算是负担巨大，我也在我高洁的理性上骄傲，冷酷地看待这个世界——裁决它！

我转弯抹角地找到了朋友，一个大朋友，以至于那位勤劳的使者对我的表达很不理解。这只是极乐世界的终点。那位朋友是谁？干什么的？都无人能理解,这也是我为什么每天感慨悲惨世界的原因——听好,不是扯淡!如果有人能够理解我与83路公交车的感情,他才是冷静看透痛苦的哲学家。我才不在乎他们的嘲笑呢。虽然我是孤独的,但我是人类,我完全有资格思考、与不可思议的事物谈话,这也是一个人喜欢对着活动的车厢倾诉的原因。

　　既然问题本身解决不了,我就放弃去解决它,逆来顺受。我过惯了孤独的生活。然而我依然渴望朋友,我相信通过不断改善,一定能使情况变好。

　　这篇作文让我震惊、沮丧:我的努力失败了。圆圆这样和同学相处,维系的就是我对同学们提出的要求和压力,这无论对其他同学还是对圆圆,都不公平!

　　后来我找班干部谈了这件事,他们也敞开心扉:无论心里怎么说服自己,就是不喜欢圆圆,又不能假装喜欢。我知道,很多东西是强求不来的,我可能一直在做徒劳的努力。

　　这次我真的黔驴技穷,感觉这是一次漫长而失败的沟通。我尤其心疼圆圆,她还这么小,就要咀嚼孤独,脑子里整天翻江倒海,不然怎么会流泻出这样矛盾而痛苦的文字。但转眼就六年级了,随着她阅读量的增加,她的"早慧"更让她感觉同龄孩子的幼稚,她无法真正融入集体生活。

　　圆圆依然每天下课来找我谈心,我们聊得很愉快。但我知道,她内心很渴望有真正的同龄朋友。当所有的努力都失败后,我默默心疼着,也继续努力着,在我有限的能力范围内,给予她友谊和关爱,以缓解她来自心灵深处的孤独。

　　毕业前的最后一个学期刚开学,圆圆就找到我说:"王老师,我很想争第一。"

　　圆圆的想法让我惊喜,这可是她第一次真正跟我谈成绩呀!这个孩子学习不费劲,但她的成绩虽好,却很少考到总分第一,因为她兴趣不在学习上。我故意问:"为什么?"

　　她趴在我的耳边,悄悄说:"我要证明自己!"她脸颊绯红,眼眶里跳动着罕见的小火星。我赶紧鼓励她:"你肯定能做到!"

　　一次测验,我出了这样一道作文题:请围绕"成长的烦恼"这个话题写一篇习作,要大胆写出自己的心里话。

　　不出我所料,圆圆写的是《咀嚼孤独》。

　　文中字里行间流泻出的文字,依然孤独而痛苦。她在文末写道:"幸好有王老师,她不嫌弃我,一直听我诉说,让我的孤独和痛苦的心得到些许安慰。"

在快毕业的时候,我找她进行过一次长谈:"圆圆,你快要毕业了,老师很舍不得你这个朋友——跟你聊天很愉快。但你总要成长,总要前进,奔赴你美好的前程。我知道,小学六年,你并不开心,最耿耿于怀的就是没有交到同龄朋友。不要遗憾,你马上就要进入初中了,到了那里,是个新的天地,有更多优秀的孩子,肯定有欣赏你的朋友出现,相信老师,你一定会找到心灵相通的伙伴。"

圆圆毕业后第一个新年,她妈妈给我发了一条短信:"敬爱的王老师,我虽然是哲学博士,可在教育孩子方面,远远比不上您,您有教育高招。感谢您在过去的日子里给予圆圆的关爱和帮助,她现在好多了。新的一年到来了,祝福全家永远幸福、健康、快乐!"

看过这则短信,我激动难抑。作为小学教师,我没有什么"高招",有的只是一颗对每位孩子永不言弃的浓浓爱心罢了。

圆圆毕业后的第二年教师节,她到学校找我玩。她长高了,一袭果绿色连衣裙把她衬托得亭亭玉立。我最关心她是否交到朋友,她高兴地告诉我交到了好几个朋友。看到她灿烂的笑容,我很欣慰。临走,她说:"王老师,感谢您在小学几年做我的朋友,让我度过那段孤独的日子,我已经想好了,将来在心理学方面发展,我一定会在这方面做出成绩的。"

三

教师是育人的行业,不同于工人制造产品,也不同于工程师设计方案。因为这些工作对象都是没有互动能力的"物",只要设计合理、正确实施,都可以收获成功。教育像农业,要根据不同的土质、气候、时机等选择播什么种子、什么时机播种,播种后也有很多辩证管理等关键环节。有时教育工作比农业还要复杂得多,因为教育者面对的是千差万别的孩子,他们家庭背景复杂、个性迥异,进行教育时不可能"一视同仁"。

孔子说"因材施教",这个"材"就是每一个独特的教育个体。怎么才能做到因材施教?就需教育者拥有与时俱进的教育能力。阿德勒在《儿童的人格教育》中认为:"每个案例都要区别对待。然而,如果有一大批精通心理学、能用同理心来看待这些孩子并愿意在学校帮助这些孩子的教师,那么,这些孩子的问题解决起来就会变得容易很多。"①我对这段话深有同感。

作为小学班主任,不但要了解每个年龄段学生的生理特征、心理特征、情感特征,更要了解每个阶段过渡期容易出现的"异质"问题。了解这一时期在情绪、情感上有自我确认的需求,有对来自同伴的认可、集体归属感的强烈需求,然后针对性教育引导。

对各方面都不成熟的小学生来讲,孤独的滋味无异于独处一间密不透光的黑房子里,长久得不到关注,会严重影响身心健康。日常生活中容易受到关注的往往是后进生,更让人担忧的却是这类有隐蔽性问题的孩子,他们学有余力,成绩优秀,遵守纪律,这足以让"身兼数职"的班主任直接忽略这极少部分孩子的精神需求。

但我们是教师,关注每个孩子的成长是我们的责任。我们应该满怀爱心,凭借专业知识帮他们跨过这一段阴霾重生之路。也许走过这段坎坷,后面就云开雾散、风清月明了。到那时,友谊之门终将会向他们敞开,我们也享受这幸福的"摆渡"之旅。

---

① [奥]阿尔弗雷德·阿德勒:《儿童的人格教育》,张庆宗译,华东师范大学出版社 2017 年版,第 185—186 页。

伙伴沟通 8——

"我家的小狗只咬她"

同学之间的矛盾各种各样，深入了解其矛盾原因才是妥善处理问题的关键所在。当两个同学之间矛盾过于纠缠、持续时间过长，就要引起我们的重视——有可能受到了外界因素的干扰。通过家访、校访的方式，厘清孩子家庭环境，找到导致孩子之间矛盾的因素并加以肃清，能起到立竿见影的效果。

一

我们班的荣君皓和杨静雨同学总是矛盾重重，常常为一些鸡毛蒜皮的小事不是吵架就是打架，像仇人一样。特别令人不解的是，他们俩这么仇视，还互相关注，奇怪的是两人相互间"我的眼中只有你"。调解过几次后，我有些失望。再三考虑后我决定家访，看能否从家长那里找到问题的根源。

一个周五的下午，放学后我先来到荣君皓家，一进家门，他妈妈就说："你看王老师您来了，我们家的虎子就很友好，每次杨静雨来了，它就会咬她，还会一直叫个不停。谁好谁孬，它一下就分清。"

我看到，脚边有一条浑身卷毛的咖啡色泰迪，在用小巧的黑鼻头嗅我的鞋面。"别怕，这是虎子在施行'吻礼'，是对客人的最高礼遇。"荣君皓妈妈的一番话让我哭笑不得。

"杨静雨经常来你家吗？"

"没错，以前她差不多天天来，现在隔几天也会来一回，她很喜欢我们家，这孩子！"女主人嘴角翘起，自豪感油然而生。

我有些奇怪，这两孩子天天吵架，形同仇人，还暗中串门？但是我没好直接问，而是询问了一些荣君皓的学习情况、在家的表现，待女主人放松了心情，我才重新提到了杨静雨。

我直奔主题："俩孩子在学校总吵架，像仇人一样对着干，孩子回家说过吗？"

"知道一些，我们住一栋楼上，他俩常常在小区里一起玩，可以说是光屁股开始一起长大的。其实也没有什么大矛盾，杨静雨从小就喜欢来我家玩，每次来了就不想走，有时还在我家吃饭。"

"是不是荣君皓有时也到杨静雨家吃饭？"

"没有，君皓不喜欢到她家，偶尔去了她也没有留过君皓吃饭，这孩子！"

"他们俩在学校总是吵架，孩子和您说过原因吗？"

"说过，就是一些鸡毛蒜皮的事情。以前杨静雨来到我家，直接去拿君皓的玩具就玩起来，问都不问，有时君皓要玩她都不给，唉！"说完叹了口气。

"现在呢？现在还这样吗？"

"不知咋的，杨静雨这一年确实来得少了，君皓回来也常常说杨静雨不支持他，在学校专和他作对，这孩子！"

我猛然想起刚进门时女主人说的那句话——我家的小狗只咬她，我问："你们住在一栋楼上，平时，你们家长之间有交往吗？"

"孩子小的时候，我们交往比较多，当时两个孩子一样大，我们常抱着孩子在小区玩，小区有个亲子活动园，里面的滑滑梯、秋千、风火轮都被我们玩腻了。只是现在孩子大了，也不需要我们家长带着了，我们就各忙各的，反而没怎么见面了。"

我又问了一些家庭情况，就告别了荣君皓妈妈，上了两层楼就来到了杨静雨家。按照约定，杨静雨妈妈也在家等着我。我问了杨静雨在家的一些学习情况，就切入了正题："杨静雨在学校和荣君皓常常吵架，甚至打架，我经常给他们调解，但是没过几天又出问题了。杨静雨跟您说过原因吗？"

"也说过的，她说荣君皓总是针对她。比如说选班干部投票，其实你投不投是你的自由，完全可以保密，干吗要告诉杨静雨你没投她票呢？这不是找茬吗？"没想到，当她听我问起孩子吵架的事，她一改刚才的温和，嗓门都提高了。

看来家长是受了孩子的影响，也有些怨气。我决定来家访，就是因为发现两个人的关系很奇妙，互相不待见。可是令我不解的是，既然关系紧张，不理对方就行了，为什么俩人还非常关注对方，时刻不忘作对呢？

我提出自己的疑问，杨静雨妈妈长叹一声："他们从小一起长大，小的时候还蛮好的，互相串门，在一个幼儿园，后来小学也在一个班级，但是不知从什么时候开始互相疏远了，还常常闹矛盾。"

"你们两家家长之间有交往吗？"

"孩子小时候我们抱着孩子一起玩过,后来孩子上了幼儿园,有时他妈妈没空我也帮助她接过孩子;再后来上学了,互相串门就不要我们家长陪着,我也就任由她自己来去,不过问了。"

"您还记得他们俩真正的矛盾是从什么时候开始的吗?"

"大约在二年级前后就开始了,不过那时还是常常互相串门的,后来矛盾越来越大,杨静雨回来说他们家很小气,不给她玩荣君皓的玩具,闹了矛盾荣君皓还让狗咬她,我听了有些生气,就不让杨静雨去他家了。但是偶尔杨静雨还是会偷偷摸摸去,回来又不开心……这楼上楼下的,我们两家大人抬头不见低头见,有时实在躲不开,也是互相打招呼的……"

我踏着夜色回到家,坐在书房里伏案沉思:综合他们两家的意见,孩子的矛盾和家长的态度有很大的关系。

其实孩子年幼少知,心智尚不成熟,在交往的过程中都会发生这样或那样的矛盾,只要没有外界干涉,他们很快就会重归于好,不会那么执着地"记仇"。这次家访,我发现两家之间虽然当着我的面没有直接表达不满,但是能听得出来,都不满对方。两家人住楼上楼下,爱答不理频频发生,更是几多尴尬、几多烦恼。平时听了孩子带有主观"感情色彩"的诉说,家长心疼孩子,可能难免会当着孩子的面指责对方,这样孩子不停地接受家长的负面熏陶,久而久之,就把不满的种子埋在心里,于是就出现了学校里的各种对立。有了这些猜测,我就分别找孩子谈了心,在我的引导下,孩子的描述果然印证了我的想法。

3—8 岁属于儿童期。朱小蔓教授在《情感教育论纲》中认为,这个年龄的儿童,道德发展以自我为中心,总体上可以称之为"我向性"阶段。[①]这个年龄期的孩子,在情感上需要并力争得到成人的支持、赞许和爱抚等情感,成人的情感态度、是非标准是儿童情绪发展的参照系。

因此,在这个年龄段,是最容易被家长的情绪所影响的。

双方的家长都会随意表达自己的不满情绪,于是孩子们受到影响是很自然的事。

二

了解到问题的根源,我决定再次家访。

---

① 朱小蔓:《情感教育论纲》,人民教育出版社 2007 年版,第 129 页。

　　我首先来到荣君皓家，和他妈妈进行了深入交流，我分析了两个孩子在学校矛盾的性质——互相关注，但互相敌视。总是希望自己比对方好，把对方比下去成为他的人生目标。看他这么关注杨静雨，对于杨静雨比他好的方面，比如学习进步受表扬了，他就不舒服，要么来告状，要么变着法找茬和杨静雨吵闹。这样的心态，让他忽略了班级美好的风景，忽略了自己生活中还有那么多重要的东西需要追求，还有那么多美好的生活要自己去创造。这是一叶障目不见泰山！这个"叶"，就是狭隘的嫉妒心理。当保持这种心理状态久了，还会形成习惯，将来离开这个环境，依然会延续这样的做法，造成非常糟糕的人际关系，让孩子情感、事业都不顺，这才是最可怕的！

　　狭隘心理的形成，将会导致他将来灰暗的人生，我们当父母、老师的，一定要引导孩子心胸宽广，看到对方的优点和长处，将来的人生才充满光明。

　　荣君皓妈妈听完我的话，很是震惊："没想到孩子之间的矛盾，还会导致这么多的问题，还会影响将来的人际关系。王老师，谢谢您为了我家的孩子，多次来家访，我一定好好配合教育，让他做一个心胸宽广的孩子。"

　　我告诉家长，既然明白了利害关系，下决心让孩子从这个心理阴影中走出来，那么就要在孩子面前刻意消除以前的不良影响。如果孩子再回来诉说杨静雨如何如何和他过不去，家长首先要安抚孩子的情绪，然后反向思考，从正面解释对方的行为,让孩子学会正向思考问题。

从荣君皓家出来,我直接来到杨静雨家,和杨静雨妈妈进行了类似的交流,杨静雨妈妈也是知书达理,一点就通,马上明白了该怎么去引导自家孩子。

和家长的沟通目的达到了,也就相当于啃下了硬骨头,剩下的就是到学校分别找两个孩子谈心。有了家长的支持和配合,再分别沟通,果然收到很好的效果。

三

在学校生活中,同伴之间发生矛盾,实属正常,关键是老师要有敏锐的觉察能力。当发现他们之间的矛盾偏离了同伴间正常相处的轨道时,就要探寻根源,继而通过家校合作解决问题。

当了解到同伴之间的矛盾来自家长,就需要分别与家长沟通,然后动之以情、晓之以理,让家长明白,自己的言行可能影响了孩子的同伴关系,导致学生在学校情感不顺畅。这种矛盾长期存在,会影响人际交往,影响孩子正常的判断能力,影响学习成绩……所以作为班主任,练就一双慧眼很重要,对问题追根溯源更重要。有问题及时发现、及时处理,才能保证同学们在集体中愉快学习、健康成长。

伙伴沟通 9——

"我是一面镜子"

同伴之间本应该是团结友爱的,可是班级中偏偏有这样不和谐的音符——歧视,总寻找一切机会羞辱同学。我校心理辅导室接待的来访者案例中,有相当一部分与同学间的校园冷暴力有关,被排斥、孤立、故意针对、挑唆、谣言中伤、冷漠等,这些行为不利于构建和谐校园,对施暴者和受害者都有不同程度的心理伤害。因此,发现此类问题,班主任必须正确引导,积极矫正暴力言行,促进其学会接纳和善待他人。

一

这天是期中测试,刚考完第一门功课,中间有半个小时的休息时间,压抑了两节课的同学们一哄出了教室,在走廊里玩得很开心。我收了试卷刚到办公室坐定,张明宇泪眼婆娑地进来了:"老师,郝平说我家很穷!"

张明宇的话一点过渡也没有,我很奇怪,问怎么回事,张明宇边擦眼泪边说:"他说:'张明宇,你家是不是很穷?'我问他凭什么说我家很穷,他说:'我看到你妈妈朋友圈里的照片,你妈妈抱着你弟弟站在水泥地上,你家不是木地板!'我告诉他那不是我家,他说:'你妈妈抱着你弟弟能上哪里去?那就是你家!'"

张明宇一口气说完,又呜呜哭了起来。

我又好气又好笑,马上就要进行下一门测验,居然还有闲心管人家穷不穷。

我让他把郝平说的话写下来,安慰他尽快回教室准备测试。

二

放学后我特意留下了郝平:"你说张明宇家很穷,是吗?"

他不吭声,眼神茫然地盯着半空,表情寥落。

嗯,他这种做派是要把自己包裹起来,刀枪不入呢!我拿出张明宇写的内容让他看:"这是不是你说的?你凭什么断定人家穷?"

他脸颊微红:"我看他妈妈朋友圈里的照片,是水泥地。"

"你没有手机,怎么看到他妈妈朋友圈的?"

"是我妈妈手机上的。"他的头更低了。

"你常常看你妈妈的手机吗?"

"不是我主动看的,是昨天晚上吃饭的时候妈妈让我看的。"他微垂的眼帘张开了,眼睛突然有了聚焦。

"我们先不管人家穷不穷,先说说你这样做对不对。马上要测验下一门功课,你不好好冷静一下准备迎考,却还在想这些与学业无关的闲事,你不觉得会影响你的发挥吗?"

他晃了晃脑袋,答非所问:"这又不是我说的,是我妈妈说的。"

"且不论你妈妈是否真说了这话,就算真说了,你也应该考虑一下这样的话是不是对同学造成了伤害,该不该说出来! 你们背诵的《论语》中有'己所不欲,勿施于人'这句话,你还记得意思吗?"

"记得,就是说,自己所不愿意接受的,不要施加到别人身上。"

"你愿意听到别人来嘲笑你的缺点或者短处吗?"看他没有反应,我试图说得更通俗一点。"你喜欢被别人嘲笑吗? 还记得上学期你和同桌之间的矛盾吗? 当时英语考试成绩出来后,同桌小宇就看着你的试卷笑了笑,你差点和他打起来,你说他嘲笑你考得差,小宇当时只是看着你的试卷笑笑,你都忍受不了,今天你反复逼着人家承认家里贫穷,是不是做得过分了呢?"

沉默……

"据我所知,平时你和张明宇常在一起玩,春游秋游,你们也在一个小组,你们也算是朋友对吗?"

他点头,但仍旧沉默。

"既然是朋友,就更不应该做这样的事情。如果朋友生活真的有困难,你能帮则帮,不能帮表示同情即可,怎能反其道而行之——加以嘲笑呢? 何况人家也是衣食无忧,无须你操心啊! 你当着众多同学的面,貌似证据确凿地指认人家穷,还逼着人家承认,这样羞辱同学,还算好朋友吗? 古今中外的好朋友颇多佳话,中国古代有管鲍之交,国外有马克思恩格斯之可贵友谊,让我们看看人家怎么做的:

"管仲年轻的时候家里很穷,又要奉养母亲,鲍叔牙就找管仲一起投资做生意。管仲投入极少的本钱，分钱的时候却拿得最多！

"后来鲍叔牙支持的小白当上诸侯王，决定封鲍叔牙为宰相，可他却说服小白推荐管仲当了宰相。

"马克思去世后，恩格斯出版了《资本论》的第二、第三卷。马克思生活很困窘，恩格斯宁愿经营自己十分厌恶的商业，也要维持马克思的生活。作为友谊的结晶，《共产党宣言》就是他们共同起草的。

"这两个故事里的人物都是名人，他们彼此帮助、互相包容，传为佳话。作为好朋友，你不但没有帮助张明宇，还当众羞辱，让他颜面扫地。你还能被称为朋友吗？谁还敢和你做朋友？

"再说，哪位同学家里是贫穷还是富有，都和你无关，合得来就做朋友，合不来就远离，歧视羞辱为哪般？你学习上不用功，成绩不够好，张明宇成绩好，有时还帮助你，从来没有嘲笑你学习差啊！你这样做对得起朋友吗？你好好想想，等你想通了来找我，咱们再聊聊。"

过了几天，郝平没有来找我，我认为郝平肯定知错了，只是不好意思来找我，再让他思考几天吧。谁知道，一周后的一节体育课上又发生了一件事。

体育课才上到一半，张明宇就闯了进来。我看到他一只脚跳着进了办公室，原来是一只鞋的鞋底掉了。我赶紧给他爸爸打电话，让他送双鞋子。我刚放下电话，就看到张明宇眼泪啪嗒啪嗒直掉，忙问他怎么了。他哭着说："刚才上体育课，我鞋底跑掉了，郝平看见了就喊：'快看，张明宇的鞋底掉了！哈哈哈哈……'其他同学也跟着笑起来。"

我安慰他，不用在意，郝平也许并不是要嘲笑你，只是觉得鞋底掉了好玩而已。

张明宇家长很快就送来了鞋子，到下午大课间时，张明宇来找我："王老师，你上午说郝平并不是故意嘲笑我，但是刚才他又当众羞辱我：'张明宇家穷，鞋子都买不起，你看鞋底掉了还穿！'他太欺负人了！"

我也认识到问题的严重性，我本以为上次谈话是有效果的，看来我有些自以为是了，郝平并没有因上一次事件接受教训，也许根子不在孩子身上。

两件事，虽然不能画等号，但是属于同一类，都是价值观问题。但是，学校教

育永远代替不了家庭教育，只有家里、学校里统一标准，教育才能奏效。

为此我请来了郝平的爸爸妈妈。

郝平同学的爸爸妈妈衣着光鲜，看起来十分体面。他们到来时，我正在班级带领同学们早读。看到他们来了，我叫上郝平到走廊交流。谁知道郝平的爸爸左右瞅了瞅，抬头看看摄像头，小声说："王老师，我们在走廊里说不大好吧？让熟人看到了多不好意思！"

我想他说得有道理，就一起来到阅读书吧谈话。

我决定从上次朋友圈照片事件说起："今天请来家长，就是想和您一起探讨一个问题：作为家长，除了给孩子基本的生活保障以外，还有什么更重要？"

两人对望一眼，然后郝爸爸干咳一声，想了一下才说："应该是学习吧？因为学习关系到孩子的前途，老师，我说得对吗？"

"您说得没错，但是还有一个方面更重要，就是做人。我认为教给孩子方正做人才更重要。前一阵，小郝同学嘲笑张明宇，说在他妈妈手机上看到张明宇妈妈发的朋友圈，张妈妈抱着他弟弟站在水泥地上，于是当众宣扬张明宇家里很穷并取笑。我处理过这个问题，也跟他谈过了。但是，昨天张明宇上体育课时鞋底掉了，郝平又带头嘲笑，回到教室后，又公然嘲笑张明宇家里穷买不起鞋子。所以今天请你们过来，就是想得到您的支持，希望家校合力给孩子一个正确的做人观念,学会宽厚待人。"

听了我的话,两人的脸色都沉下来,低着头半天默不作声。而站在一旁的郝平更是抓耳挠腮。我看陷入僵局,就决定给他们讲个故事:

有一天,苏格拉底的弟子聚在一块儿聊天,一位出身富有的学生当着所有同学的面,夸耀他家在雅典附近拥有一片广大的田地。

当他吹嘘的时候,一直在旁边不动声色的苏格拉底拿出一张地图说:"麻烦你指给我看,亚细亚在哪里?"

"这一大片全是。"学生指着地图得意扬扬地说。

"很好! 那么,希腊在哪里?"苏格拉底又问。

学生好不容易在地图上找出一小块儿来,但和亚细亚相比,实在是太微小了。

"雅典在哪儿?"苏格拉底又问。

"雅典,这个更小了,好像是在这儿。"学生指着一个小点儿说着。

最后,苏格拉底看着他说:"现在,请你指给我看,你那块广大的田地在哪里呢?"

学生忙得满头大汗也找不到了,他的田地在地图上连个影子也没有。

他很尴尬地回答道:"对不起,我找不到!"

人生天地间,与天地相比,人永远是微不足道。因此,我们应该以一颗谦卑的心来面对所有的人和事。

讲到这里,我把视线转到正埋头抠手指甲的郝平:"如果你和更富有的人家相比,是否也是穷人呢? 如果有更富有的同学以此来羞辱你,你会多么难过! 将心比心啊! 人要谦虚,要懂得人外有人山外有山的道理啊! 苏格拉底的这个学生,炫耀自家的大块田地,苏格拉底用这样的方式告诉他,这样做多么无知! 老师今天也想告诉你,一个人的修养和学习成绩哪个重要,也许家长更看重学习,但是将来能让你立足的更多的来自你的人格魅力、品德修养!

"回头说说你羞辱张明宇的目的。因为看到人家照片,由此断定是穷人,还强迫人家承认。我不明白,就算他承认自家穷,你又得到什么了呢? 无非是满足可怜的虚荣心罢了。可你知道自己对同学的歧视,导致你丢失的是什么吗? 你丢失的是谦逊、仁爱的美德!"

郝平爸爸尴尬地说:"老师,孩子不懂事,我们家长有责任,回去我们一定要好好教育。"见郝平妈妈没有表态,我说:"当时和张明宇发生冲突的时候,郝平告诉我是妈妈这么说的,我知道这是孩子解脱自己的借口,作为妈妈,不可能做出这样的事来,因为这样做就是害了自己的孩子。班级的其他同学都有一双雪亮的眼睛,也有自己的判断能力,妈妈不会陷自己孩子于不仁的!"

三

班主任不但要关注后进生、关注心理有问题的孩子,更要关注歧视现象。有的校园欺凌,是源于歧视,歧视更伤人!

电视剧《三十而已》里的主人公顾佳,一位四岁孩子的全职妈妈,费尽心力让儿子进了上海市最好的幼儿园。这天幼儿园进行美食活动,小朋友楠楠突发癫痫倒地,很多孩子受到了惊吓。因为幼儿园为了保护孩子隐私,没有告知大家孩子有病。突发的癫痫给小朋友们造成了一定的恐慌。顾佳和儿子也被吓坏了,她回家后先耐心安抚儿子,告诉他以后遇到类似事件如何正确应对,自始至终没有让儿子的认知里出现"歧视"两个字,这样的处理让观众感到暖心。

歧视是一把双刃剑,一把伤人伤己的刀。顾佳认为歧视不仅会对孩子造成伤害,还会给其幼小的心灵植入歧视观念,对孩子心理品质造成负面影响,而她的做法让孩子懂得接纳和包容。

《三十而已》中,家委会想让患癫痫病的孩子退学,多数家长人云亦云,顾佳没有附和,做了第一个发声的家长。最后院长也被顾佳的言行所感动,经过慎重考虑,学校留下了楠楠。顾佳认为,不要因为自己的孩子被发病情形吓到,就剥夺另一个孩子接受正规教育的资格。面对这起事件,顾佳没有责怪,更没有退却,而是疏解孩子的恐惧,并告诉他如何去帮助、如何与这样的孩子成为好伙伴。

由此可见,言传身教是对孩子最好的教育。央视纪录片《镜子》中有一句话:我是一面镜子,我的面孔,能照出我是如何忠实于父母,无论外表还是内心,与他们是多么的相似!

这句话让我久久难忘。对于未成年人来说,在父母的帮助、指导、引领下,才有可能学会从错误中习得经验,在历练中获得进步。

伙伴沟通 10——

"聪明"的"好议人者"

对于同伴之间的矛盾，有时班主任做工作即可化解；可有的矛盾来源于家长的教养方式，班主任就必须与家长深度沟通。整天担心孩子累了、饿了、受委屈了等，就是对孩子的控制。"过度担心自己的孩子，就等于诅咒。"当家长明白这些道理，就会配合学校，支持孩子"事上练"，纠正教育偏颇，促进和谐人际关系的形成。

一

"老师，李建元又取笑我了！我不跟他同桌了！"小柚哭着来到办公室。

原来是德法课上，老师让小组讨论问题，李建元却在下面小声说："如果选美的话，小柚肯定倒数第一！"见周围同学反应并不激烈，又接着说："没有人喜欢跟小柚同桌，王老师却安排我和她坐，她一个人占两个人的位置，你们看，挤得我都成纸片人了……"

终于，周围的同学忍不住哈哈大笑起来。

我叹了口气，刚接班时这孩子因为没有同桌，背书、小组活动都不方便，家长找我，希望儿子能有个同桌，我就说服小柚做了他的同桌，一开始他还挺开心，可是没过多久就犯了老毛病，总把取笑小柚当成自己的乐趣。

他常常自恃聪明，有时带头喊同学绰号，有时拿别人的缺点开玩笑。高矮胖瘦、成绩好坏，都成了他取笑的理由。班级哪里有一点风吹草动，他都能立即发现，俨然是个"明察秋毫"的人。

记得刚开学时，因为小敏生病请假，小华天天在微信上给他发作业，小敏病好以后，就送给小华一盒巧克力表示感谢。李建元看到了就大叫："看！小敏送给小华定情信物了！"导致全班同学都好奇地来看什么"定情信物"，因此小华眼睛都哭肿了。

类似的事情，总是发生在他的身上。上课总是魂不守舍，把注意力放在别人身上。这不,刚下课,就跑过来告状了:"王老师,刚才音乐课上,魏银在下面骂老师!"我一听,问题有些严重,到教室一调查,原来是魏银在欣赏歌曲时自言自语,他没听清楚,就想当然地认为魏银是对音乐老师不满,来告状了。

别看他告状和奚落别人时那么神气,其实他很孤独。小团队活动都不接纳他,甚至课外做游戏大家都排斥他,有时还遭到几个高个子同学的联合攻击。一下课,他自己孤零零转来转去,时不时到人群里捣乱一下,招致大家对他更加反感。刚接班时,我感觉他成绩还可以,接受能力也不错,不理解咋这么多问题,于是就挺关注他。随着对他的了解,我终于找到了大家不待见他的原因。

接班后的第一次秋游,同学们自由分组,他没有悬念地落了单。我把他安排在班长那一组,可是他吃饭时嘲笑一个同学:"你带的什么呀?像猪食,嘿嘿。"还不注意公共卫生,餐巾纸和鸡蛋壳随手丢在草地上,害得其他同学帮他收拾垃圾。我几次跟他谈心,都效果甚微。

二

一天课堂上做句式练习,一开始李建元就和同学发生了矛盾,处理过后同学们埋头做,我批改作业。下课时其他同学都交了作业,只有李建元才写了一半,我把他留下来继续完成。他爸爸在放学路队里没有找到儿子,就跟我进来了,我告诉他李建元上课常常不听讲,今天练习课忙着和同桌画三八线耽误了作业。他一下就火了:"写什么写!早干吗去了!我小时候谁都不怕,班主任面子还要给的,你上班主任的课居然敢不听讲?不听也要做个样子,连个样子也不会做吗?……"

李建元爸爸反复说着"做样子、给面子"。我就让他带儿子回家了。

一个雨天的中午,李建元呼啸着跑过来告状,说小孔打伤了晨晨。我一了解,原来是李建元挑拨小孔,说晨晨喜欢小孔心中的"女神"。李建元希望通过这个计策,让小孔受到老师的惩罚。我问他为什么这样做,他恨恨地说:"我恨小孔!"

第二天早上来到学校,就看到李建元身旁脸色阴沉的爸爸妈妈,我请他们进来坐下,他们根本不坐,站着晃来晃去,焦躁不安。我问他爸爸今天来有什么事吗?他像个火山一样喷发了:"晨晨往我儿子碗里吐口水的事你知道吗?""我知道,但是……"我一句话都没有说完,他就对着李建元大吼:"你个怂样,你怎么不把碗儿砸到他头上?你怎么那么怂?……"

李建元爸爸吼声如雷。我也听明白是李建元回家说了谎,但看他激动地无法交流,就以上课为借口让他们先冷静一下。

这次事件让我认识到,李建元要想和同学们回归正常关系,没有家长观念的转变,我怎么做恐怕都是徒劳。为了李建元,我决定和家长进一步沟通。

通过两次家访,才了解到李建元的家庭环境:爸爸在家说一不二。交流中只要李建元的妈妈说的稍微不符合他爸爸的思路,立即遭到训斥……我觉得要想改善李建元和同学的关系,需要与他们一家三口分别沟通。

这天,李建元告诉我他爸爸休息,放学后我就和李建元一起"三顾"他家,首先想和他爸爸谈谈关于"面子"的问题。

我让李建元去房间写作业,先单独和李建元的爸爸交流:"那天您去接李建元,反复责令孩子给班主任'留面子',要孩子学会'做样子'。今天我特地来和您探讨一下这个问题。"

"我没别的意思,就是希望他尊敬老师。老师辛苦讲课,都是为了他们好,他却在下面捣乱,所以我让他学会给老师面子,即使是做样子,也要做出来,要学会尊敬老师。"

"非常感谢您!这说明您是一位尊敬老师、通情达理的家长。您这样做我很感激,但是您所用的方法可能害了孩子。您让孩子用这样的方式去尊敬老师,即使孩子领悟了您的初衷，也无法通过这样的方式达到目的，还会养成表里不一的虚伪习惯。"

"孩子那天被留下来，是因为他没有完成作业，这是他上课没有用心的结果。李建元很聪明，但是成绩一直处于中游。他上课不听讲，有时和同学闹矛盾，多数时间都监视着周围的同学谁谁违反了纪律，下课到老师那里告状就有了依据，这仿佛成了他来学校的目的，他为此全力以赴，乐此不疲。这些怪异行为导致李建元不被同学们所接纳，常常被排除在团体之外。

"人都是群体动物，每个孩子天生都希望在群体中有自己的位置。当他无法通过正常的途径获得成功，他就只好走旁门左道——以嘲讽同学、不停告状、疯狂打闹的方式来引起大家的关注了。"

"那……王老师，那我们家长该怎么做？"

"每次遇事家长都要冷静，多方了解弄清事实，不能单听孩子的一面之词，你应该知道自己的孩子有'言过其实'的问题，如果别人有错，要教育孩子学会宽容，对弱者要友善同情，不可嘲笑奚落。当您了解到孩子为了维护自己，获得家长的赞扬而回家撒谎，您要对孩子有所惩戒，告诉他诚实的可贵。

"那天早上，因为李建元告诉您晨晨无缘无故往他碗里吐口水，如果是我，也难免愤怒。但事实是李建元撒谎了，他只说了后来晨晨吐口水，自己先捏造事实导致晨晨挨打却只字不提。"

听了我的话，李建元爸爸的眉毛缩成"川"字。

"作为一个成年人，孩子这样说，您有没有想过他话中的水分？有没有想过先找老师核实确认一下？"

"不瞒您说，我一向都相信他，没想到他会骗我。"说着，他的脸色暗了下去。

"其实家长常年在社会上打拼，有着丰富的社会经验，不可能没有任何辨识能力，孩子撒谎是很容易被识破的。但您为什么总被儿子骗呢？原因是您的溺爱蒙蔽了双眼，孩子正是抓住了这一点，居然次次得逞。您只要一听到儿子受了委屈，根本不会去辨析真伪！"

"我真没有想到他猫大的年纪，也会骗我。回来我已经狠狠批评了他。不是我心疼他，是他容易吃亏。你别看他长得人高马大，什么用都没有，让他学足球，他怕苦怕累，我也担心他损伤关节，就放弃了；觉得游泳不伤膝盖，是最健康的运动，可是每周的游泳课，他都找各种理由赖着不去，我不在家，他妈妈拿他没办法,唉!"

"孩子生在您的家庭,您有责任培养教育他。一个大男孩,健健康康的,什么苦都不能吃,什么累也不能受,您就由着他的性子来,学什么都半途而废,哪里还能培养出坚韧不拔的毅力!孩子小,没有自我约束和自我教育的能力,需要家长的正确引导。现在他都五年级了,体育课、早操都是懒洋洋地挺着个大肚子,只要老师不监视,那些动作他连比画一下都不肯,这都是您患得患失培养出来的啊!"

"孩子这样,我们的确有责任。自从他生下来,他妈妈就辞掉工作在家照顾他,吃得饱穿得暖,从没受过半点委屈。从一年级开始到现在,有同学欺负他,都是我替他出头。"他低头看着暗淡的地砖,半是骄傲半是愧疚地说着。

"正是您的过度保护,才让李建元处处吃亏受排挤。正常孩子在和同伴相处时,都可以摸索着学会相处之道。但是您常常为他出头!您什么都为他做了,他自己就不需要动脑筋和同学相处,他只要动脑筋讨好您就够了。同学们都说,不要跟李建元玩,他爸爸很厉害!您的保护,让孩子只学会事事依靠您,自己无须思考,无须亲自解决问题。他在学校不被认可,他回到家就编造事实获得您的表扬和保护并以此作为心理补偿。在一个集体里,他没有学会和同伴相处,大家不接纳他。您想保护他不受一点委屈,但结果适得其反,让他受了天大委屈啊!您这样做,看似是对孩子的保护,其实质就是对孩子的控制,您的爱,成了孩子成长的羁绊!"

"老师,我真没想到会这样!平时都是他妈妈专职管他,她从来都没有告诉我这些问题,我不知道孩子在学校里这样可怜。"

悄悄坐在一旁的李建元妈妈委屈地说:"这些老师们都和我说过,但是我不敢告诉你,怕你发火——你脾气大!"

"您看,李妈妈不敢告诉您实情,李建元不敢和您说实话。您训斥李妈妈,找同学理论,看起来一切都是为了孩子,却害李妈妈对您隐瞒实情,李建元编造瞎话取悦您。所有这些直接导致李建元越来越缺乏学习能力、缺乏沟通的能力、缺乏与同学相处的能力……

"人具有社会性,渴望归属感,渴望被认同。但是同学们什么活动都排斥他,他心里多难过!他看哪里人多,就到哪里捣乱,更加激起同学的反感。人家越反感,他越捣乱,越捣乱同学更反感……您的儿子春游、秋游都没有伙伴;出去参加综合实践活动,没有小组愿意接纳他;假期家长组织活动,都不会通知他。看起来他很活泼,其实他内心很孤独、很惶恐。他有时也拼命讨好大家,仍然得不到大家的认可,他很困惑,不知道问题出在哪里……

"其实李妈妈早已认识到问题所在,请我给孩子安排同桌。我安排小柚跟他坐,小柚人很温和,不排斥他,有时也和他玩。但是他丝毫不知道珍惜,用各种方式取笑小柚太胖来吸引同学的目光,因此小柚也拒绝和他同桌了。

"这种状况,即使孩子再聪明,也不可能有好的学习成绩,因为他内心的孤独、惶恐撕咬着他的神经,让他惶惶不可终日,根本无法安心学习。"

"王老师,我真没想到对孩子的保护成了变相的控制,以后我该怎么办呢?"

"从心理学角度分析,李建元就是不知道怎么与周围的世界达成和解。他不知道通过怎样的努力才能被大家接纳,才能获得威信。他选择了错误的方式去完成正确的事情,结果可想而知。您应该好好反思自己的教养方式。

"第一,让他体验到价值感。训练他吃苦、锻炼坚韧不拔的毅力,从生活中的每一件事做起,比如游泳,让他坚持下去,绝不能半途而废。

"第二,请您和孩子谈谈说谎的害处,当孩子说了实话,您要大力表扬鼓励,即使闯了祸,也不要过多责怪,让他接受教训即可。

"第三,引导他学会正确处理问题。当他诉说受到的委屈,麻烦您先去核实再问他怎么处理,然后和他一起冷静地商量处理方式,不要一下子火冒三丈,把简单的事情搞得复杂无解。

"第四,夫妻同心。儿子有问题,妈妈及时告诉爸爸,引导孩子学会面对问题。在孩子的教育上,父母同心协力,都不可缺席。

"第五,教育孩子不要随便告状,告状就是孤立自己。另外,课堂上眼睛要盯着老师,不要盯着同学。频繁告状——而且大都是鸡毛蒜皮的小事——你会和同学们形成敌对关系。

"第六,一方面,您教给孩子处理问题的理念;另一方面,逐渐放手,让孩子自己学会走路!"

我请李建元从房间出来,看他小心翼翼的样子,不用说,方才我们的一番对话他应该听到了。

我让他坐在我对面:"刚才老师和你父母沟通十分愉快,这学期我们在背诵《论语》,老师看了你的视频,你背得很流畅,还要感谢你的父母大力协助,也说明你很用功。老师还知道你也买了《孔子传》，里面有老子送给孔子的一句话：'聪明深察而近于死者，好议人者也。'你能否告诉老师这句话的意思？"

"我……我不太明白。"

"没关系，你去百度查查。"

一会工夫，他出来告诉我："一个人为人既冰雪聪明又善于深入观察问题，这本是好事，但因为他好议论人、好评价人，因此被议论和被评价的人才要去陷害他、要置他于死地。"

"是啊，观察细微，看到什么缺点，就拿人家的缺点开玩笑；看到同学犯错误，就去告状，虽然不至于招来祸端，但是你也因此挨过打。没人喜欢告密者，所以你十分孤独，常常被各种团体排除在外，你不觉得难过吗？就拿暑假野营这件事来说，班级绝大部分男生都去了，但是没有人通知你，后来你知道了既生气又难过，还来问我，我只好推荐你参加了一个校外的夏令营。"

"是的，他们都不邀请我参加活动，以后我一定管住自己的嘴，要多看人家的优点。"

"平时你喜欢揭同学的隐私刷存在感。让你一下子改掉不容易，但是要努力，老师也会督促你，爸爸妈妈也会提醒你。我们一步一个脚印地坚实走下去，到毕业季，相信你会让老师和同学们刮目相看的，好吗？"

这次沟通，效果很好，在很长一段时间里李建元告状都极少，但和同学们的关系依然没有多少进展，不过他和同桌小柚和解了，下课他常常和小柚玩，总算有了些进步。

阿德勒在《儿童的人格教育》中认为："除了人格统一之外，人性另一个重要的心理事实是追求优越感和成功。"[①]但是儿童追求优越感有不同的方向。那些心理发展没有受到阻碍的儿童将对优越感的追求引入有益发展的轨道，他们取悦教师，守规矩，努力成为正常的学生；也有一些儿童总想超越他人，表现在令人难以置信的执着努力中。他们在追求优越感的过程中常常夹杂着膨胀的雄心，这种雄心容易被人们忽视，因为我们通常将雄心视为孩子不断努力的美德，这是我们犯下的一个错误。因为过度膨胀的雄心会影响孩子的正常发展，会使孩子

---

① ［奥地利］阿尔弗雷德·阿德勒：《儿童的人格教育》，张庆宗译，华东师范大学出版社2017年版，第31页。

产生紧张心理,短时间内还能承受,但时间一长,压力就太大了。[①]这一类儿童只想着超越他人,却不能与同伴友好相处,在游戏中,他们总想着指挥别人,不愿意服从游戏规则,并以傲慢的态度对待同学。

只想着超越别人,但是由于家长的教养方式导致他缺乏吃苦精神,成绩一直无法满足他的雄心,这成了他心中的痛,他转而追求在其他方面被关注。他选择用各种方式引起同学们和老师的注意,迫使老师不得不把很多精力用在他身上,并以此获得心理上的满足。

但他的这些行为以及由此留在师生心目中的印象,没法让他获得价值感、归属感,没法形成正常的社会情感。他对自己不满意,但又无法超越自己,于是以一种畸形的方式找平衡,形成恶性循环。

三

1. 对于同伴之间的矛盾,有的在两个孩子之间就可以解决,有的必须和家长达成共识才能解决。解决此类问题,首先要让家长明白对孩子所谓的"爱"、"保护",会严重阻碍孩子的健康成长。

2. 家长已经形成的教育理念和教育习惯,不是一朝一夕可以改变的。实践证明,即使家长十分认同老师的教育理念,但在执行过程中习惯使然,也会慢慢"偷工减料",一步步回到原来的轨道。为了教育效果的持续,老师要做好打"持久战"的准备。每次遇到孩子的新问题,就要分析原因、性质,做好与家长的沟通工作,争取家长持续不断地支持与配合。因为说和做,是两个不同的层面。唯心哲学家陆九渊和著名心学家王阳明的心学理论最大的区别就是"事上练"。对于学生来说,只有从小坚持过,才有可能形成坚韧不拔的意志品质。

3. 老师要让家长明白,整天担心孩子累了、饿了、受委屈了、被老师批评了等,都是家长试图控制孩子的心理造成的。有位心理学家说过:"过度担心自己的孩子,就等于诅咒。"这并不是耸人听闻。当家长明白这些道理,和老师配合把孩子带到正确轨道,就变得容易多了。

---

① 〔奥地利〕阿尔弗雷德·阿德勒:《儿童的人格教育》,张庆宗译,华东师范大学出版社 2017 年版,第 34 页。

伙伴沟通 11——

"我就是没碰！"

班级是个公共场所，在学习生活中难免发生意外碰触。遇到这类问题，有时班主任会按照自己的主观判断去处理，这可能不但无法解决问题，还会导致双方矛盾加深。那该怎么办呢？班主任应首先放弃自己的思维假定，创造宽松自由的对话环境，在对话中引导矛盾双方发现自己因思维假定而导致的过分防卫态度，唤醒当事人理性思维，再选择恰当的沟通方式，就容易达到和解的目的。

可如果一开始双方就形成了对立的"思维假定"，在为自己辩护的过程中，把思维假定和自己本身等同为一体[①]，就容易把处理矛盾演变成互相攻击。生活中常常看到这样的情形：两个孩子在愈演愈烈的冲突中，早把冲突的原因忘了，渐渐执着于互相怨恨。

一

班级午餐时光。饭菜都盛好了，今天的餐后水果——橘子也分发到位。同学们埋头吃饭，井然有序，我也在讲台前坐下来开始吃饭。

"你碰掉了我的橘子！""你的橘子绝对不是我碰掉的！"突然急促的对话传来，我放下饭碗赶紧过来。

"就是你碰掉的！我亲眼所见！""你胡说！我就是没碰！"两个人的语速越来越快，已经分不清谁在说话了。我拉开"斗鸡"一样的两个女生，问怎么回事。

"老师，是这样的，我刚剥好一个橘子放在桌角，祝小溪从后面过来，把我的橘子碰掉在地上摔烂了，她不肯承认还那么凶！我可是亲眼看到的！"秦笑笑连珠炮一样大叫。

我看看祝小溪穿的衣服，是一件粉红色的羽绒服，非常蓬松宽大。秦笑笑坐在过道的边上，我目测一下，两个桌子之间距离最多有 35 厘米，即使侧身过，以

---

① ［英］戴维·伯姆著，［英］李·尼科编：《论对话》，王松涛译，教育科学出版社 2004 年版，第 41 页。

祝小溪的衣服宽度也是极有可能碰到的。况且剥好的橘子放在最外边桌子角上，我心里认为，她碰掉的概率还是很大的。

看着两人互相敌视的目光和面对我时期待的眼神，我还是决定先搁置问题，征求了她们的意见，等放学后再处理。

二

送走放学路队。

"今天你们俩为橘子事件在班级吵闹，到底怎么回事，谁先说？"

"我先说吧，"秦笑笑说，"她把我的橘子碰掉了，她根本就不承认！"

"你当时气冲冲指责我碰掉你的橘子，我根本就没碰！你冤枉我！"

小祝依然怒气冲冲，显然没打算和解。我看今天想顺利解决问题有点难，就想分别对话，于是让秦笑笑先回家。

"有没有发现今天你穿的羽绒衣特别宽松？"

"怎么了？"她警惕地看着我。

"羽绒衣服十分蓬松，在两个桌子狭窄的空隙之间走过来，你能保证不碰到一点吗？"

"我能保证！我就是没有碰掉她的橘子！"她眼睛瞪着我，突然对我也充满了敌意。

我立即反思，一上来就直接认定她的衣服可能碰到了桌子，就等于直接断定她有错，看来我自己也掉入了思维假定的怪圈。我马上调整思路和她共情：

"我能想象，你应该是很小心地穿过两个桌子之间的对吗？"

她没有说话，但是眼神柔和了不少。

"老师从没断定橘子是你碰掉的，只是就事论事分析当时的几种可能。你想啊，无非两种可能：一种不是你碰掉的，一种是你碰掉的。但是这两种截然不同的结果对处理今天的问题一点影响都没有！"听到这里，她不解地望着我。

"如果直接否认是你碰掉的，就是今天这样的结局——让大家看笑话。你这个中队学习委在同学们心目中一直都是很有威信的，好多同学在悄悄以你为榜样。但今天这一吵闹，同学会怎么想？人家并没有亲眼看到，是相信你，还是相信秦笑笑？其他同学并不知道真相，只能议论纷纷！你太执着于'她冤枉你'，她太执着于'你错了还抵赖'，你们这样下去永远都解决不了问题！就算是弄清了真相,不是你碰的,她冤枉了你,你就成功了吗? 其实是两败俱伤! 因为这样吵闹严重影响了自己的形象!”

她缩了缩脖子,好像感觉到了寒意。

“其实是不是你碰的,一点都不重要,事情的结果是橘子掉了,只要你俩都摒弃执念,把目光集中在‘橘子掉了怎么办’上,问题很快就能得到解决。比如说:对不起,我没感觉到,不知道是不是我碰掉的,但是你的橘子没有了,我的橘子咱俩一人一半——这样做,效果又会如何呢?”

“又不是我碰的,为什么要说对不起?”

“这个怪老师没有说清楚,但我们可以模拟一个打电话场景,我打电话找李群,可是不小心拨错号,拨到你家了,你来接电话,我说:‘您好,请问李群在吗?’”

“对不起,您打错了!”她很自然地回答。我伸出大拇指赞道:“你真是个善良、有修养的孩子! 你瞧,是我错拨了你家电话,你开口就是对不起,说明了什么? 这是礼貌,这是个人素养! 所以面对小秦摔在地上的橘子,无论和你有没有关系,你都可以用刚才那句‘对不起’表示同情。说一句‘对不起’不一定就是你的错,只是安慰对方的一种方式。况且这样做你没有损失,还能得到同学们的尊重和问题顺畅解决。”

“可是,如果这样,所有人都会认为橘子是我碰掉的!”

“觉得是你碰掉的又如何? 你又不是故意的。大家反而会觉得你很勇敢——勇于承担责任! 这样,小秦即使万分愤怒也不会再对你发火。同学们一定会十分佩服你的宽容大度以及处理问题的能力。老师这样说你同意吗?”

看到她迟疑地点了点头,我趁热打铁,讲了一个小故事:《客厅里的爆炸》。

一对父女去朋友家做客,恰遇朋友家一暖水瓶在没有人触碰的情况下意外爆炸,而更巧的是在水瓶爆炸的那一刻,朋友刚好不在身边。这是生活中的一个意外,一般人可能会做出这样的选择:跟朋友解释,水瓶爆炸与自己无关。但那位父亲居然大大方方向朋友承认水瓶是自己碰到摔破的,并向朋友表示了歉意。朋友不但爽快地原谅了他,还反复安慰他。

“生活中就是有这么一些小事,会把人置于不尴不尬的无奈境地。面对如此尴尬,抛弃别人‘故意冤枉你’这样的想法,致力于解决当前的问题,才是正道。

你想啊,秦笑笑会不会为了冤枉你故意自己弄掉橘子?""那倒不会。""所以,秦笑笑为她吃不成橘子而生气。你只要不执着于是不是你过失造成的,转而关注解决具体问题,还会这样生气吗?""嗯——不会了。""那她橘子吃不成了,你有办法吗?""这个好办,讲台上还有好几个剩下的橘子,跟老师说一下,拿来一个就解决了,或者我的分一半给她都没关系。""你看,这样一处理,多么简单!"

她终于笑了。

第二天,我又约秦笑笑:"小秦,你回去怎么想的?"

"我想昨天和小祝吵架不太好。"

"怎么不太好?"

"为一个橘子吵架不值得。"

"这样想说明你想通了,懂得凡事权衡得失,从大局考虑了。"我适时表扬她。

"但是老师,橘子真的是她碰掉的,她就是耍赖,只要她道歉就行,可是她不但不道歉,还强调绝对不是她弄的,我就是咽不下这口气!"

我引导她移情:"你从她的角度想一想就明白了。她很小心地穿过走道,在努力避开碰到什么,她以为做得很完美了,你突然说她碰掉了橘子,她心里怎么都不能接受。她并不是撒谎,而是真的以为没碰到。从这个角度看,她觉得你就是冤枉了她。她当时穿着宽大蓬松的羽绒服,对于软软的羽绒服,碰到桌子上的橘子,是完全没有感觉的,所以从她的角度看,她没有错。"

她满脸疑惑，好像还没有明白。

"她没有错，你也没有错，到底谁错了？自从你的橘子掉地上后，你们俩从思想上就开始对立起来。在为自己辩护的过程中，在心里把对方当成了敌人，在心里固执地坚守着自己的设定——对方就是敌人。争执中，早已经忘记是为了一个微不足道的橘子争吵，渐渐演变成互相攻击，离解决问题越来越远。如果任由你们这样吵下去，恐怕你们俩真的成了仇人，你觉得这样值得吗？

"橘子没有了，可以选择不吃，也可以告诉老师再拿一个，损失都很小，更不会在班级掀起轩然大波，影响大家就餐，影响自己的心情，影响同学关系，影响自己形象。其实大家议论的不是橘子，而是你们两个的执念及由此导致的敌对状态。一个橘子影响自己在同学们心中的形象，是不是有点得不偿失？"

"老师，对不起！"

这时，我让她到教室把小祝叫过来。

"老师现在想知道你们俩对昨天这件事是怎么想的。老师希望听到实话。"

小祝："对不起老师，对不起小秦，我当时太激动了，不应该把你当成假想敌人。昨天吵架我有责任，其实就算我没碰掉橘子，也不该那么激动，不就是一个橘子的事情嘛！我居然就一根筋地吵个不停。"

小秦："对不起小祝，是我不对，橘子掉了就掉了，不吃又怎么样！我固执地认定是你碰掉的，太小气了！其实我就是对剥了半天的橘子有点执拗，转不过弯来。就像你说的，一个橘子的问题，谁对谁错都不是大问题，反而我的执拗才成了大问题。我们这点小事，搅得全班同学和老师都没有吃好饭，对不起老师，我知道错了。"

然后两个人你看我我看你，都不好意思地笑了。

三

这件事处理完了，可是我心情并不轻松。生活中这样的小事常常发生。发生了这样的事并不可怕，如果一开始就形成了对立的"思维假定"，并在为自己辩护的过程中，把思维假定和自己本身等同为一体，就容易把处理矛盾演变成互相攻击。生活中常常看到这样的情形：两个孩子在愈演愈烈的冲突中，早把冲突的原因忘了，渐渐执着于互相怨恨。

1. 当两个同学之间因为这样的鸡毛蒜皮的事发生了矛盾，老师首先要在心里做出判断：

事件造成了什么后果？如果是无伤害事件，先弱化谁是谁非等问题，通过对话引导两人走出对立的思维假定，客观理性地思考解决问题的方法。

2. 教师首先摒弃错误的思维假定，客观理性地对话学生，在对话中启发学生认识到自己被思维假定所误导，放下执念，与对方共情，致力于问题的解决。

3. 伯姆认为："当对话结束之后，人们可以改变他的观念，也可以不改变。对话的要素就在于此——它让大家认识到每个人心里想的都是什么，但并不对人们的想法下任何结论或判断。思维假定于是就会从中显露原形。"[①]在这次橘子事件的争端里，如果不是彼此的思维假定碰撞，两个孩子未必能够发觉支配着自己行为和情绪的思维假定——当他们内心对抗时，所表现的行为更倾向于具有攻击性，而这次还算不上对话的处理却给了他们这样一个反思的机会。而正是借助思维假定的镜子，才看到了自己思维当中的偏见、对抗。虽然我还是下了一定的评判（认为这样的想法是一种小气的表现），但促使孩子开始反思自己的思维，却也是可贵的尝试和启示。

如果我们的德育实践中，也能时时提醒自己，透过自己的和学生的思维假定的镜子重新看待问题，也许德育的成效会大有不同。

---

① ［英］戴维·伯姆著，［英］李·尼科编：《论对话》，王松涛译，教育科学出版社 2004 年版，第 24 页。

第三部分
爱的联结——家校沟通

边界：班主任教育行走的表达

李亚娟

　　班主任的教育行走方式是多元的，家校共育已成为提高教育实效的方式。家校合作一体化行动助力学校道德教育效果提升。但是，新时代背景下班主任还需要继续思考、把握教育的时空边界。

　　王莉老师定期通过问卷调查、个别访谈、集体访谈、班级教育叙事与案例研究等方法，充分了解现实生活中儿童情感与道德发展现状，基于现状调查结果分析，有针对性地明确班级与家庭教育策略。具体如下：

1. 价值对话：家校持续交流

　　有经验的班主任教师都深深地体会过，面对家庭与学校之间存在的不信任、不支持、不理解、不坦诚等问题，唯有持续不断地进行价值对话，才能逐渐建立起家校时空中的相互信任、支持、尊重与坦诚。而家校之间持续进行的情感交流，相互之间形成尊重、互信的情感教育价值认同最终实现的教育目的就是儿童的成长。王莉老师写的 12 个家校沟通教育故事里，正是她为儿童的"未来计"，致力于教出乐观的孩子，帮助孩子正视自我等教育价值表达，这些教育价值通过与家长持续进行对话，尊重实现家校合作，共同支持儿童的发展。其实，价值对话也应该是每一位班主任、家长需要修炼的教育能力，教育者在对话的过程中不断地进行自我修正、自我反思，才能逐渐明确家校之间的教育边界，掌握好教育边界，才能使家校之间的价值对话更有力量。

2. 共同行走：家校协同互助

　　班主任需要明确学校与家庭是情感教育的命运共同体，需要彼此合作、互相支持、和谐沟通、共促发展。无论是在家庭，还是在学校、班级中，儿童的情绪情感与其行为有重要的联系，或者说情感直接影响其行为，儿童情感教育需要其在各种情境体验中完成认知、经验与表征等能力提升。因此，家校共同行走、协同互助至关重要。同时，更需要明确家校在教育过程中各自的边界，明确各自的侧重点。不能因模糊的教育边界耗尽班主任的教育能量。王莉老师因为把握教育的边界，所以能够坦然面对家长的"责难"，应对家长的"过度给予""过度包办"，提醒家长"学会示弱"；因为把握教育边界，做到了帮助孩子学会保护自己，教会孩子拥有责任心，让孩子在接纳的过程中学会正视自我……班主任的影响力在与家长协同面对教育挑战中实现了互助，共同行走，并肩前行。

3. 情感互助：家校紧密合作

班主任在家校沟通过程中，也要注意明确学校与家庭之间的紧密合作需要寻找"多媒体"，譬如，班主任注重与家长共同交流如何通过阅读、劳动、公约等方式营造情感教育氛围，在班级与家庭中协同互助，共同为儿童与青少年储蓄情感教育能量和资本，形成自我情感教育能力。譬如，也要注重家庭与学校共同制定参与学生情感教育学习的计划制订、过程监控、结果评估等方面的情感教育指导工作等。

同时，班主任与家长还需要情感互助，在面临儿童日常学习、交往、生活中的关键事件时，能够有意识地进行相互提醒，学做有准备的教师、有准备的家长，不断地学会自我觉察，做好自身情绪管理、自我情感调适，方有可能提升自我教育效能。

综上，我以为教育边界是班主任教育行走的表达。无论是对教育者，还是对受教育者来说，都需要在合适的距离、合宜的时空、合适的教育中才能获得成长。班主任在家校沟通过程中，需要做到持续的沟通交流，实现"有价值"的对话；需要明确家庭与学校是情感命运共同体，协同共进；需要紧密合作、情感互助，共同做好教育者的情绪管理、情感调控，能够在教育生活中把握好教育边界，让家校沟通更有分寸、更合宜，彼此助力，协同支持儿童与青少年的完整发展。

家校沟通 1——

"您为什么批评我最狠?"

小学阶段,家长对孩子的关心事无巨细。当孩子回家倾诉对老师的种种不满,家长很难理智思考、求证,于是对老师的责难就在所难免。每当发生此类事件,老师应当首先理顺孩子的情感,引导孩子认识老师的良苦用心,然后再对话家长。先分解目标,从最容易接受的谈起,继而让家长明白:第一,孩子要逐渐学会独立面对困难,遇到问题,理智观察、思考、实践、求助;第二,学会端正人生态度,培养宽容心、耐挫力、沟通能力等,这样才能培养孩子良好的社会情感,形成健康的人格;第三,教会孩子学会沟通、及时求助。

—

这天下午放学,一个家长接孩子时要跟我谈谈。我们来到教室坐下,她先是客气地寒暄了几句,很快就进入正题:"我女儿非常幸运,遇到您这样的好老师,这样负责,这样严厉! 我小女儿就没有那么幸运了,她老师对孩子学习的要求也没有您这样强硬。"我总觉得她说的话不大对味,果然,话锋一转:"娇娇说,班长小杨总是特别讨厌,美术不好、音乐也不好,还趾高气扬地当班长! 美术和音乐老师都偏袒他,给他打优,其实他不应该得优的。"

她顿了顿,见我没搭话就接着说:"您让娇娇每天早晨帮一个后进生检查背诵,我不表示反对,因为每个班干部都有帮扶对象,娇娇作为副班长也是应该的。但是你分给娇娇的这个同学太讨厌了! 不好好背诵,还埋怨娇娇盯得太紧了! 我告诉娇娇,如果他再埋怨你,你就不要帮他了!"

她再次停下来,仿佛在积攒力气,但很快就吸了一口气说:"我家娇娇还说老师不喜欢她,和同学发生矛盾您批评她最狠!"

听到这里,我确定了这位家长是来表达不满的。但我也明白,此时解释无效,我也不想做徒劳的努力,只说:"孩子如果对同学有意见,或者对老师有意见,都请孩子来找我,只要我处理不当,一定会纠正的,明天我就找孩子谈谈,了解一下情况,好不好?"她再三表示感谢。

娇娇妈妈走后,我仔细梳理了她的表述,应该是这几层意思:一是对班长不服;二是埋怨老师不公;三是对我安排她女儿帮助后进生不满意。最后得出结论:老师不喜欢她女儿,所以批评她。

她要表达的主题是老师不喜欢她女儿:因为老师不喜欢她,才给她安排了不满意的帮扶对象;因为老师不喜欢她,才批评她。

二

1. 对话孩子

我知道妈妈的不满都来自娇娇,认为老师是针对她才向妈妈倾诉的。我决定先就"批评她比别人狠"这个问题进行沟通。

我回想了一下,最近一次批评她是因为她疯狂地追赶一个男生,拼命拉扯着那个男生的衣服领子,说是因为男生嘲笑她。了解得知,原来是几个女生在玩"跨大步"游戏时娇娇摔倒了,那个男生在旁边看到笑了。

"娇娇,老师最近批评你多不多?"我把她叫到办公室,开门见山。

她摇晃着两根小辫子,眼神躲闪。

"还记得两天前你追小陈的事吗?"

她微微仰起脸,轻轻点点头。

"当时老师狠狠批评了你,你对这件事有什么看法?"

"没什么看法,当时不该追小陈。"

"你妈妈来过了,老师今天想听听你真实的想法,如果老师不对,一定会向你道歉。"

她犹豫了一下:"当时您主要是批评我的,他先嘲笑我,我才追他的。您为什么批评我最狠?"

"你们俩性格不同,你外向、大胆、泼辣,凡事不高兴就打回去。可是小陈平时内向、胆小,这次看到你摔倒了,只是笑了,并没有做很过分的事情。"

刚说到这里,上课铃响了。

正好这节课上的是《读书要有选择》,解释"因人而异"这个词时,有同学就提到了孔子的因材施教,我突然联想到和娇娇没有谈完的问题,就问大家:"谁能举例说说孔子因材施教的故事?"

因为我们班的同学不但读了《论语》，还研究了孔子，对这类故事比较熟悉。

果然，就有同学站起来回答：子路问："闻斯行诸?"子曰："有父兄在，如之何其闻斯行之?"冉有问："闻斯行诸?"子曰："闻斯行之。"孔子截然相反的回答使得另一个弟子公西华大惑不解，子曰："求也退，故进之；由也兼人，故退之。这是说，冉有比较懦弱，所以我就鼓励他，推他走快一点；而子路个性好胜，所以我就有意抑制他，让他缓和一些。"

"孔子就是根据学生的个性，在回答问题时有针对性地加以引导的。"我总结："尽管弟子们有各自不同的性格、禀赋和才能，但在孔子的教育引导下，都能得到较好的发展，学有所成，为当时的社会、经济发展、道德进步和文化普及提供了丰富的人才资源，这都得益于孔子的教育智慧。同学们也有不同的性格和禀赋，老师在处理问题的时候也会因'人'施教，目的都是希望每个同学能摒弃自己的缺点，发扬自己的优点，成就精彩的人生。"

说完这些，我看到娇娇两手托腮，若有所思。下课我打算再找她继续谈，不料她直接来到我面前："老师，我知道您为什么批评我多一些了，我不怪您了!"

解决了这个问题，我想进一步解决关于班长的音乐、美术成绩"造假"的问题。我走访了音乐和美术老师得知，打分都有严格的依据和标准。

然后我找来娇娇："你是怎么认定小杨的音乐、美术成绩有假的?"

"我觉得平时他唱歌有些跑调，画画水平也不高，怎么得优秀的?"

我带着她首先来到音乐老师这里，音乐老师解释说："小杨的音乐知识测试达到了优秀等级，他平时作业都很认真，虽然唱歌天然条件不太好，但音准还是对的，而且通过了钢琴 10 级，老师是综合打分的。"

美术老师也肯定了小杨：虽然他美术天赋一般，但是他的作业精益求精，是他的努力让他得到了优秀，说着，美术老师还拿出了小杨的作业给我们看。

听了两位老师的解释，娇娇沉默了。我告诉她："如果对老师或者同学有什么不同意见，可以去沟通，只凭着主观感觉判断，并且把自己的不满告诉家长，容易产生不必要的矛盾。"

看到她羞愧的表情，我安慰道："没关系，你也是本着公正的态度才提出疑问的，只是有了疑问应该直接来问老师，因为问题都是来自学校，如果你发现问题及时来找老师沟通，妈妈就不会纠结此事并为之担心，你说对吗？"她若有所思地点点头。

"你是副班长，当初班委开会决定帮助后进生的时候，你也是投了赞成票的，对帮扶对象不满意，告诉老师，可以调整，也可以放弃。你找妈妈抱怨，妈妈解决不了问题，多为你担心啊！"

"我当时的确想帮助他们，我又是副班长，有这个责任。但是我让他背诵，他不会背还发牢骚，作业不会做也来找我，他影响我学习了。"

"大多数班干部都能克服困难，想办法帮助后进生，有时他们遇到困难会来与我协商。你也看到了，好几个后进生都取得了明显的进步，这都是大家齐心协力的结果。如果你觉得自己无法克服这些困难，随时告诉老师暂停，因为这些都是建立在自愿的基础上的。"

"我也没说不帮他，只是有些不开心，和妈妈说说。"

"如果你想继续帮扶，就要想办法克服困难，比如找他沟通，还要锻炼自己的包容心，用你积极的一面影响他；如果你想放弃，老师一定尊重你的选择。"

"老师，我不放弃！"

"娇娇，老师一直都在，如果有困难或者困惑，一定记得来找我。如果你真的受不了也如实告诉老师，调换帮扶对象或者放弃帮扶都很正常。等你困惑的问题解决了，再告诉妈妈经过自己的努力将问题解决的过程，让妈妈为自己女儿的成长而自豪！今天回去，能否把我们俩之间的交流告诉妈妈？"

她重重地点了点头。

2. 对话家长

孩子的心结打开了，虽然我让娇娇回去和家长交流此事，但孩子的传话只是代表了她的态度转变，并不能代表家长已经真正解开心结，我依然决定找家长沟通。

我请来了娇娇的妈妈："您上次过来反映的情况，我都一一调查了解过了，也和娇娇做了沟通。""是的，孩子昨天和我聊了这事。"娇娇妈妈略有愧色。

"娇娇一直是个有责任担当的孩子。当初班级开会研究决定班干部帮扶后进生，娇娇是极力赞成的。当她遇到困难，就忍不住抱怨，这对一名小学生来说，是十分正常的。因为她从来都没有独自面对困难的经验，更没有自己想办法解决问题的勇气，这时候，孩子如果求助，无论家长还是老师，都要恰当引导，教孩子遇到困难学会积极想办法。孩子在解决问题的过程中，会理性观察、思考、实践、求助。这些过程，是非常可贵的成长经历，它会让孩子获得成功感，体验成功的快乐。孩子的格局，也在这样的锻炼中越来越大。

"帮扶后进生这件事，看似给班干部增加了负担，但是他们的收获却是潜在而丰富的。现在的孩子，家长陪伴、包办比较多，孩子遇到困难，也都是家长帮助解决，不让孩子受半点委屈，导致孩子习惯性地在团体中希望得到同等待遇。可这是集体，集体有集体的规则和运行路径。如果在集体中一点委屈都不能承受、一点责任都无法承担，即使成绩再好，也无法获得归属感和成就感，无法得到尊重，这属于马斯洛五个需求层次理论中的高层次精神需求。孩子在集体中，就是通过这样的活动，实现对优越感的追求，也在这个过程中，形成积极健康的社会情感。

"我告诉孩子，在学校发生的问题，有困惑或困难，一定要先找老师。如果孩子没找老师解决，而是选择直接回家向家长诉说，您可以先让她回忆具体事件，趁机在她的描述中找到解决问题的突破口。比如可以这样问：老师为什么事批评你？描述老师批评的具体语言。如果从孩子的描述中发现自己的孩子过于娇气或者偏颇，就和孩子交流谈心，进行正面引导；如果发现老师真的偏心、同学真的过分，再来联系老师当面沟通。

"人在社会中难免受委屈，教孩子学会承受一点委屈，对他将来漫长的人生是有益无害的。李玫瑾老师在她抖音视频里说：'要从小给孩子一些挫折教育，让他脱敏，让他有抗击打能力，长大了才不会因为一点不如意就跳楼跳江的，才

能坚强面对生活中的挫折和失败。'

"孩子在成长中,他每天都在学着自处。当他能独自面对问题、独自妥善解决问题,他才是真的长大了。

"当孩子回家告状,父母也可以先让他自己找老师沟通、阐述自己的想法。当他要真正面对老师了,就不会像对妈妈倾诉那样随意,一定会先思考,理清关系,衡量自己错误大小,是不是应该被批评;接着思考,怎么对老师阐述事实,表达自己的看法;然后考虑这样做符合不符合自己的身份……这样多方面考虑问题,孩子在思考、交流、思辨中渐渐提高了处理问题的能力。

"娇娇作为副班长,平时就和班长不太合拍。其实她的本职工作就是与班长配合,协助老师做好班级管理工作,可她有时把注意力放在挑剔上。从她的角度看,仿佛她的判断很有道理,但是给同学打什么等第,那是老师分内的事。所以,从这个角度来说,她有点越权,形成这样的习惯,将会让她收获更多的烦恼。

"孩子年龄小。但我们做老师和家长的要时刻保持清醒的头脑。当孩子抱怨老师不公,不管是否属实,家长都可以先正面教育,告诉她什么才是一个学生应该关心和努力的方向,在没有证据的情况下,不可以随意猜测,引导孩子保持良好的心态,然后再去弄清事实。

"娇娇平时善良活泼、快人快语,和一般同学相处没有问题,可是和比她优秀的或者有点小问题的同学相处,就有些费劲了。实际上这次娇娇回家向妈妈诉说,就是想打退堂鼓。孩子从小到大,是个不断学习的过程,从小锻炼和各式各样的人相处,这对她以后的学习、工作、生活都会有很大的帮助。"

我的一番开导让娇娇妈妈露出了笑脸:"王老师,您讲得有道理,我回去好好消化!"

三

1. 当发现家长比较隐晦地表达对老师的不满,老师就要重视了。针对家长反映的问题,要一一调查分析,确实存在的问题,要尽快整改解决;对家长误解的问题,要分别解释,不要等家长的不满升级了,造成家校矛盾。

处理这些问题,应该先从根源抓起。真正反映问题的是学生,那么就要首先与学生沟通,带领学生去分析、澄清,理顺情感。然后再凭借调查结果,与家长沟通。

2.具体问题解决了,这只是第一步,最重要的处理环节还在后面。学生发现问题,并且对家长表达了不满,往小处说,是这个孩子在思考问题、看待问题、处理问题的方式方法上需要帮助;往大处说,就是这个孩子的世界观、人生观、价值观需要扶正。那怎么与家长顺畅、有效沟通,达到家校共育的目的呢? 老子的《道德经》第六十三章中说"图难于其易,为大于其细"。就是说,处理事情要从容易之处先入手;要想做大事者,要从细微小事先做起。所以,遇到这类事件,先要分解目标,从家长最容易接受的谈起。

我首先从面对困难时,教会孩子观察、思考、实践、求助,学会独立解决问题谈起;接着从耐挫力、综合表达能力、人生态度等方面,培养孩子良好的社会情感,一一道来。只要开头顺畅,后面的沟通就会水到渠成。

3.最后,要引导家长学会正确面对问题:当孩子回家倾诉对老师的种种不满,第一,家长应该理智思考、求证,理顺孩子的情感,引导孩子认识老师的良苦用心;第二,引导孩子遇到问题困惑主动向老师求助。只有这样,才能促进学生健康人格的形成。

家校沟通 2——

爷爷的短信

有的家长，用"自己的方式"爱着孩子，但这样强势而武断的爱，实质上成了一种"控制"和"枷锁"，已经给孩子带来了一定的心理创伤和行为障碍，也给老师的教育带来了一定的困难。

面对这种情况，教师怎么帮助孩子？面对这样的家长，究竟该怎样沟通？我尝试：第一步设法取得家长的认同，第二步澄清事实，第三步纠正教育理念的偏差，然后在此基础上实现教育引领。这一系列步骤，就是用事实提醒家长：当孩子对自己的表现不满意，你越鼓励、欣赏，他们越气馁，自信心降得越低。只有"表现满意"方能"感觉满意"①。

一

这天接到一名学生家长的短信：

王老师您好！

我是李翔翔爷爷李一猛，我是一名军人。我的孙子李翔翔在您的精心教导培养下，德智体等各方面都有明显提高和进步，我们全家深深感激，特为您的教育和教导水平点赞！

李翔翔的爸爸是缉毒警察，在执行任务时因公牺牲，在世时因工作业绩突出，年年被单位授予"优秀共产党员"和"先进工作者"荣誉称号，他爸爸临终时对李翔翔寄予很大的期望。

我们家翔翔，家庭要求严格，李氏家族家传、家训、家教一直严于始终。他是个好上进、爱表扬、想鼓励的孩子，对王老师的严教特别尊重和服从。我们全家也积极配合和支持您。您每天、每次对他表扬和鼓励的话语，都当

---

① ［美］马丁·塞利格曼：《教出乐观的孩子》，洪莉译，北京联合出版公司 2020 年版，第 27 页。

成喜事汇报给爷爷奶奶和妈妈,内心特别高兴和兴奋。

翔翔有个性也任性,需要老师多从正面引导和鼓励,弘扬正能量。其他小同学今后向您反映他的不良行为,敬请王老师找他个别谈话,千万不要在同学大众面前严批。他很要面子,孩子长大了懂得尊严和自尊了,这是好事,可能前几年单独座(坐)的原因,在您的关心下调整了座位,我们很满意和高兴并感激。与同学合坐可能还有磨合期,请王老师和其他全体同学给予关照、关心、关注和爱护!让翔翔多出头露面,多发言,多表现!期待他天天快乐开心!

二

1. 一度家访

这则微信促使我重新梳理翔翔的教育问题。

我知道他从小失去了父亲,爷爷奶奶宠爱无比,几年前妈妈重组了家庭,但并没有带走孩子。孩子的教育几乎全靠爷爷。

上学期例行家访时,我就特意约爷爷在家,可当我到达时,唯独爷爷不在。我从奶奶躲闪的眼神和吞吐的解释中感觉他不想见我。

我接班时翔翔单独坐在教室最后面,听说自一年级至今基本都是单人独坐。这个孩子智商不低,但上课心神不宁,到处撩人讲话,对周围的同学造成很大的影响,我理解前任老师的无奈。

2. 二度家访

去年接班时,翔翔的奶奶婉转表达了孩子很想有同桌的愿望。我觉得一个孩子小学生涯中没有过同桌,从没尝试过和别人近距离相处,是不利于成长的。

没过多久,班级一个同学转学去国外了。我觉得这是个机会,但考虑调座位后的教育必须得到家长的支持和配合方能成功,为此进行了二次家访。这次他爷爷奶奶都在。可能因为实现了家长的愿望,其同桌是很不错的班干部,他奶奶反复表示感谢,而一身戎装的爷爷高大、挺拔地站着,一手叉腰,一手握对健身球,面对墙壁上悬挂的一帧全家福做沉思状。我今天目的很明确:制订翔翔与同学磨合期的家校合作计划。于是我十分严肃地说:"李爷爷,今天我过来主要是和您沟通……"

李爷爷马上打断："调到前面就好了！"

我接着说："调到前面，给了他同桌，环境的改变，他可能会好一阵子。但是对一个孩子来说，他已经单独坐了几年，习惯已经形成，等新鲜感一过可能还会故态复萌，希望家长时时提醒孩子，顾及前后左右的同学，严格遵守纪律。如果以后孩子回来告诉您一些相关矛盾，您记得及时和我沟通……"

"那是自然，我们翔翔知道好歹，昨天他回来就说了，王老师对他最好！我们全家十分感谢王老师。"说着就把翔翔从小卧室拉过来，先让他走了几下"正步"，然后命令他"立正"，给我鞠躬，见孩子鞠躬有些敷衍，马上让他重新鞠 90 度的躬。然后爷爷开始畅谈孩子小时候聪明可爱的具体事例。因为时间有限，其间，我几次想打断、与他商讨家校合作的具体计划，均没有成功。

我看天色不早了，便起身告辞。翔翔的爷爷立即让孩子站起来，并喊："立正！敬礼！"翔翔也马上站得笔直，给我敬礼。面对军营式的礼节，我感动之余也觉得礼节过重，想赶紧出门。我刚要跨出门，谁知爷爷几步跨到我前面，说："王老师，感谢您关心翔翔，这个孩子寄托了我们全部的希望，您应该给他挑重担！给他做个体委吧！您多表扬鼓励，他肯定能做好！"

听了他铿锵有力的话，我赶紧做出回应："如果翔翔有做体委的愿望，他应该参加班干部竞选。我们刚刚竞选过班委，他并没有报名。我明天和翔翔谈谈，如果他自己有这个愿望,我们和他一起向这个目标努力!"

这次家访我感触颇深:李爷爷是个很有教养的军队老领导,但同时也有些困惑:这样的军队作风是否适合四年级的小学生呢?

果不出所料,没过几天,李翔翔就和同桌闹起了矛盾。课堂上,他又开始"左右逢源",同学、老师们纷纷告状,我找他谈心并严厉批评他不守信用,答应的事没有做到。因为这些,李爷爷提出的让孩子当体委的要求暂时也没有考虑。

这天早晨,翔翔爷爷给我发来的信息就是要表达三点:第一他家是"名门望族",对孩子有严格要求;第二怪老师太严厉了,不该当众批评,伤了孩子的自尊;第三希望老师多鼓励、多表扬。

为了翔翔,我决定三度拜访李家。不管能否沟"通",为了孩子,我必须尝试一下。

3. 三度家访

放学后我和翔翔一起来到他家,就翔翔爷爷信息中的观点进行了交流。

首先我肯定了翔翔调座位后有进步,然后感谢家长一直以来对老师工作的大力支持。

然后我转向翔翔:"翔翔,今天是来探讨问题的,如果觉得老师下面所说不属实,或者老师的观点你不认同,你要马上反驳或质疑好吗?"他点点头。"自接班以来,老师一直十分关心你,只要你有一点进步立即表扬;你上课发言,无论对错,老师都肯定你的学习态度。但是当你在考试中影响别人,当你课堂上不听讲、找别人讲话,老师会眼神制止;当你不理不睬时,用语言提醒;再次不听,老师只好当众批评了。如果老师听任你的作为,影响你自己的学习,是对你的不负责任;如果老师不及时终止你的不良影响,是对全班同学不负责任!因为班级是个集体,课堂是公共场所,翔翔,你说对吗?"

他望了爷爷一眼,才面对我犹豫着点了点头。

"昨天我们语文练习课,你做了一会作业就偷偷绘画,我看到后及时提醒你抓紧时间做题。可没一会工夫,你又去看后面同学的答案并因此遭到投诉。翔翔,还记得老师怎么批评你的吗?"

"记得,您说:'大家都在做题,你反复影响别人,难道你不要完成作业吗?'"

"是的,在多次打断同学们写作业的情况下,我不能不处理,但我把注意力引到你影响完成作业上,故意忽略你偷看同学答案的行为。老师这样做就是为了给你留面子，保护你的自尊心。放学后，我才和你谈了考试守纪律、诚实做人的事对吧？"

这次他没有看爷爷的脸色，很爽快地点点头。

"老师把你调到前面，就是相信你能克服控制力差的困难，但是你让老师失望了。"

一席话，让翔翔低下了头。

接下来，我转向翔翔的爷爷："所以，为了孩子的健康成长，老师的批评的确应该避开同学，给孩子充分的尊重和尊严。但是课堂上具体情况要具体对待，在屡次示意不止的情况下，就不得不批评制止，这也是为了您的孩子，也是为了别人家的孩子，希望您能理解。

"之前翔翔一直单独坐在教室最后，恐怕以前的老师这样安排，就是因为他的自我约束问题。开学时奶奶提出要求，我考虑虽然翔翔自控力差些，但从学习中的互动、培养健康交往心理的角度考虑，孩子都需要同伴，老师也有责任和义务引导孩子摒弃陋习。所以和他谈过话之后，就把他调到中间，也安排了同桌。

"因为以往的习惯问题，调整座位后，孩子感觉各方面受到约束，必然会不舒服，遇到问题我会及时关心、沟通；家长也积极配合，理顺情感。非常感谢李爷爷发现问题，能及时联系我。"

听了我的一席话，翔翔的爷爷微闭双目，沉默了。他没有再要求我多表扬鼓励、不要当众批评之类的话。

过了一会，李爷爷响亮地咳嗽一声，还是婉转地旧事重提。这次没直接提出让翔翔当体委，只说让我考虑给孩子当个领队，并再三保证，家长一定配合老师的工作。面对这位执着而令人肃然起敬的老军人，我答应下来。

我思考再三，告辞前，讲了一个真实的故事。我以前教过一个男孩，他爸爸常年在国外工作，跟着全职妈妈。家庭受西方教育理念影响，对自由平等很是推崇。妈妈尤其看不起国内教育，整天挂嘴上的就是西方教育怎么重视孩子的自尊、自由、多表扬、多鼓励、给孩子自信等。孩子的英语成绩不错，其他功课平平。妈妈给孩子上的兴趣班是弹钢琴。她告诉我，她很少批评孩子，基本是鼓励、欣赏。可是在班级中，我感觉她的孩子并不自信。

一个周一，她来给孩子请两天病假，但两天后孩子来上学时脸上还有淤青。原来那天晚上妈妈让他练考级的曲子，他畏难不愿弹奏，母亲就鼓励他："你一定能行的,你很棒!这次考级肯定没问题!"谁知孩子勃然大怒:"你每次都这么说!可我上次练了一个暑假都没通过!这次我还过不了!"然后怎么都不肯弹了。母亲终于忍不住,动手打了孩子,孩子也崩溃了:"你总是骗我什么都很棒,可是我什么都不行!"两个人冲突很厉害,孩子碍于脸上淤青,不愿上学,母亲只好给他"请病假"。后来不管妈妈怎么鼓励,他再也不愿意弹钢琴了。

美国积极心理学之父马丁·塞利格曼在《教出乐观的孩子》中强调:增强自尊感是十分令人喜悦的,但是不先获得与现实世界交往的好成果,而企图直接得到"感觉满意"就是将因果关系颠倒了。[①]

几度春秋,几多沟通,聪明的翔翔不愧为军人后代,成绩稳步上升,各方面的表现也逐渐向好。

三

与翔翔爷爷的沟通,让我思考了很多。面对这样自身很优秀,却有些溺爱孩子的家长,究竟该怎样沟通?第一步我设法取得家长的认同,第二步澄清事实,第三步纠正教育理念的偏差,然后在此基础上才能实现教育引领。

我在沟通中向家长传达这样的理念:

1."表现满意"和"感觉满意"完全是两个不同的概念,由此对孩子的影响也是截然不同的。

2.不能在"表现满意"的基础上鼓励,不但无法给孩子带来愉悦感,相反,可能会让孩子感觉更加挫败。

本文中,李爷爷本着"从正面引导和鼓励,弘扬正能量"的初衷,是希望孩子"感觉满意",并从中获得快乐,汲取继续努力的动力。但美国积极心理学之父马丁·塞利格曼在《教出乐观的孩子》中阐述:"'感觉满意'并不是真的满意。如果父母与老师只重视孩子的感受而忽略了孩子的所作所为,比如掌控感、坚持、挫折与无聊以及应对挑战,这使孩子更容易抑郁。"[②]亚里士多德有个超越时空的观念:"快乐不是一种可以与我们所作所为分开的感受……除了正确的行动之外,快乐是无法从其他任何方式中得来的。"[③]

---

① [美]马丁·塞利格曼:《教出乐观的孩子》,洪莉译,北京联合出版公司 2020 年版,第 27 页。
② [美]马丁·塞利格曼:《教出乐观的孩子》,洪莉译,北京联合出版公司 2020 年版,第 23 页。
③ [美]马丁·塞利格曼:《教出乐观的孩子》,洪莉译,北京联合出版公司 2020 年版,第 27 页。

也就是说，我们必须对学生行为是否正确及时反馈。只有教会孩子"表现满意"，才能实现"感觉满意"。当孩子表现好时，他们才会从中获得愉悦感，得到应有的自尊。如果盲目要求老师用多表扬的方式弘扬"正能量"，而忽视了对错误行为的纠正，孩子很难按照我们的预期成长。

当孩子对自己的表现不满意，你越鼓励、欣赏，他们越气馁，自信心降得越低。所以，尽管孩子们的心智发育还不太成熟，但是他们也并不好哄骗，不是立刻就能把不愉快的真相忘掉，或者盲目相信和事实不符的鼓励。

因此家长不能自欺欺人，要给孩子一个明确的是非标准。一味地抛出"很好!"、"不错!"、"你很棒!"、"相信你能行!"、"继续努力!"等"豪言壮语"，是要误人的。

3. 家校之间的矛盾多是由老师和家长之间信息不对称造成的，造成信息不对称和沟通渠道不畅有关。最常见的是父母听信孩子的一面之词。当老师试图解释，家长会说：我怎么能不相信自家的孩子! 也有父母相信耳闻目睹的所谓事实，其实是断章取义式的片面"事实"。面对这种情况，教师要巧妙智慧地澄清事实，提醒家长鉴别真伪，对孩子的健康成长负责。

4. 术业有专攻，教师是个专业性很强的职业。教师对什么样的教育和引导将会导致什么样的结果有一定的预见性，而家长基本上是第一次做家长，经验不足，那就需要尊重专业性，与老师及时沟通、协商，密切配合，以达到良好的教育效果。

家校沟通 3——

"您当年真的那么优秀？"

俗话说"好汉不提当年勇"，可是父母们却反其道而行："你看你，这么好的条件还不好好学习，当年我……"其目的本是给孩子做个榜样，但这种以对比的方式进行完美榜样示范，不但起不到积极作用，却适得其反：一种情况是可能让孩子自惭形秽，继而产生逆反心理，索性破罐子破摔；另一种情况是孩子可能对父母的完美形象高度质疑：父母吹牛！

作为父母到底该怎么做呢？我就处理过这样一个案例：

一

一节《道德与法治》课上，说到父母的养育之恩，小凡突然举手说："老师，你说我妈是不是吹大牛？"同学们齐刷刷把目光转向了他。我忙问他怎么回事。

"我妈说她上小学时，语文考到 99 分，回家都要挨一顿打。都考 99 分了！还是语文！！还要被打一顿！！！我爸更搞笑，说当年是全校最棒的种子选手，哪怕只选一个人去参加数学竞赛，肯定就是他。妈妈还帮着他吹牛，说我爸当年高考那可是某市的状元，这不是吹牛是什么？！"

他这边意犹未尽，其他孩子便纷纷举起了手，七嘴八舌。一个孩子等不及地嚷嚷："我妈说，她当年在班级可是学霸，老师多么多么喜欢她，在家里如何割草喂猪喂羊操持家务，这哪里是人？分明就是女神嘛……"引来同学们一阵哄笑。

"我爸天天让我做一大堆作业，完成了学校的，还有兴趣班的，完成了兴趣班的，还有他自己布置的。我只要有一点不乐意，他马上开始说他当年如何在很差的条件下刻苦学习、成绩优秀的'光荣历史'……"

群情激愤。我示意他们放下手，冷静下来，但是他们情绪很难平息，同学之间互相控诉着父母的"滔天罪行"。

孩子们实在太激动了，说着就开始跑题了，控诉的不只是父母的自夸，还有其他……

下课后，我找到最先挑起"战争"的小凡："你为什么在课堂上指责你的爸爸妈妈？"

"哼！他们总是打击我！今天早晨我吃过饭正要来上学，妈妈让我再背一遍课文，我说来不及了，晚上再背，她就开始唠叨她当年怎么'今日事今日毕'等等，我反驳了几句，她就追着我打到学校门口！"

"那也不至于让你在课堂上控诉爸爸妈妈，影响多不好！"

"王老师你不知道！他们什么都好，我什么都不行！全家我最'菜'！我姥姥常常吹嘘她女儿是学霸，让我好好向她学习。小时候考不到满分就打一顿，我妈还从来没有怨言！哪像我，不让说一句，一说就炸毛！成绩不好，整天要妈妈在我后面催这催那的！"

"你爸爸呢？他也这样说吗？"

"对！我爸总是对我不满意，不但说这些，在我面前还唉声叹气的！我都烦死了！"

和小凡聊过，我陷入了深思：如今的孩子怎么了？对父母有"深仇大恨"吗？父母们当年是否真如自己所说的那么优秀？到底哪里出了问题？

为了了解真相，我决定走访几个典型同学的家长。

我首先约小凡妈妈，告诉她课堂上发生的事。她沉默了一会终于开口："我们告诉孩子的都是事实，没有夸大其词。平时也教育他好好努力，他虽然抵触，也只是行动上怠慢。可是只要说到我们当年的优秀时，他就炸了。因为爷爷奶奶已经去世了，他就找姥姥求证。姥姥告诉他：'当年你妈妈一直在全年级名列前茅，偶尔考不好就要惩罚。'本以为他求证后，应该发愤学习，向爸爸妈妈看齐，哪想到他大发雷霆：'好啊！你们都那么完美，这个家里三口人，就数我最差，我就是个差生！你们怎么遗传的？我永远都好不了……'然后又哭又闹，好久才平息。"

我又约了另一个课堂上反应强烈的孩子家长。"老师，您说的情况让我感到很羞愧，我们并不是要吹嘘，主要是想树立正面榜样。当年我在学校，语文比较好，数学一般般，所以，我基本就是说我语文怎么学习的，想让他汲取经验，数学因为不太好，我就不怎么提数学，倒不是存心欺骗孩子，就是觉得学得好的功课告诉孩子经验，学得不好没必要提；他爸爸正好相反，理科成绩比较好，文科成绩比较糟糕。他爸爸主要和他谈当年他怎么学习数学的。没想到这孩子不但没有想着学习我们的优点，还这么痛恨我们的做法。"

约谈了几家,基本是这两种情况。第一种情况比较少,第二种情况占多数。大部分家长当年都是普通学生,有的考上大学,有的高中也没上,极个别家长连初中也没上完。他们告诉自己的孩子当年自己的优秀,无非是为了给孩子树立正面的榜样,让孩子从中获得积极向上的"正能量"。

家访后,我陷入了沉思:为什么不论家长说的是否属实,都事与愿违,还激起孩子强烈的不满? 看似在给孩子灌输"正能量",孩子们为什么全都持怀疑态度?还因此更加叛逆?

究竟是哪里出了问题?

二

实施有效教育,必须家校合作,有的放矢。鉴于班级家长普遍存在的问题,我专门为此召开一个特殊的家长座谈会:"家庭榜样教育大家谈"。我先说了课堂上发生的事,问一问各位家长:"您当年真的那么优秀?"然后抛出两个主题:1. 父母怎样和孩子谈论自己? 2. 怎样做好新时代榜样教育?

通过讨论、发言、争论,明确教育观念:家长在孩子面前脱下伪装,还原一个真实的父母形象,以赢得孩子的信任和尊敬。

父母是孩子身边最亲近的人,生活中所有的细节都无法逃脱孩子的眼睛。孩子眼中看到的都是生活琐事,即使父母有多么了不起的行为也表现在单位工作上,但这些孩子接触不到,也理解不了。因此也不会相信那个在家里随随便便、邋邋遢遢、整天被妈妈批评的爸爸多了不起;也不相信平时买菜烧饭、洗衣打扫、唠唠叨叨的妈妈曾经是班级的学霸,更是和榜样不沾边。

父母真实的形象,孩子心中自然有数,家长大可不必把自己包装得那么完美! 完美的父母,让孩子备受打击! 就像小凡说的:"他们什么都好,我什么都不行! 全家我最'菜'!"父母的做法,无形中给孩子一个悲观的性格。《教出乐观的孩子》告诉我们:"当你批评孩子或者当着孩子的面批评自己时,必须十分谨慎,因为你在塑造孩子自责的解释风格,有两项规则你需要注意:第一项规则就是准确,第二项规则是应以乐观的解释风格来批评孩子。"[1]

补偿心理——"好汉不提当年勇"。这句谚语道出了做人的准则。提"当年勇"一般代表着现在不"勇",才需要用"当年勇"来补偿。孩子很敏感,当父母总

---

① ［美］马丁·塞利格曼:《教出乐观的孩子》,洪莉译,北京联合出版公司 2020 年版,第 38 页。

是告诉他自己当年多么了不起，还让孩子以自己为榜样，孩子会想：你当年那么优秀，现在还不是这样?!

善于偷懒的妈妈容易养出勤快的孩子。民间有个共识：妈妈越勤快，孩子越懒惰。因为妈妈把每件事都做得好好的，从不要孩子操心做什么！是勤快的妈妈把孩子养懒了！因为懒，谋划少、做事少，能力就差！妈妈可以懒一些，但同时必须具备教育和引领的能力，这样培养出来的孩子往往更勤快，这是经过实践检验的。

那么问题来了：家长和老师该怎么引领？

学会示弱。在孩子眼中，父母越强大，他们的依赖性可能越强，懂得向孩子示弱的父母反而成就了孩子的"强大"。父母一定要理解，示弱并不是软弱，示弱也是一种智慧。父母借助孩子渴求独立的心理，适当地向孩子示弱，给孩子一定的自主权，激发孩子的雄心和信心，对孩子的成长更有利。

学会偷懒。善于偷懒的妈妈容易养出独立的孩子，怎么个"偷懒"法呢？凡事都留给孩子思考探索和完成的部分，由易到难，循序渐进，逐渐培养孩子独立完成的习惯。偷懒的妈妈并不是真的懒，而是运用智慧培养孩子独立担当的能力。

在孩子心中种下乐观的种子。生活中我们与孩子相处时，可以有意无意展示父母的成功和失败，不管是以前的，还是正在进行的，这有利于孩子的成长，有利于孩子增长阅历，有利于和孩子融洽相处。当然，这些信息一定是经过认真挑选的。在对失败的解释上，一定要慎之又慎：因为你教会孩子的解释风格，将对孩子一生起着举足轻重的作用。也就是说，您对孩子输入的信息，不能只是完美光鲜的，应该有生活中的磨难、失败、坚持。但是要注意解释风格是积极的。在这样的理念引领下，似乎在不经意之间，给了孩子正确引领。

什么是解释风格？"乐观的基础，不在于励志词句或是胜利的想象，而在于我们对原因的看法，我们都有对原因的习惯性看法。"这就是解释风格。"解释风格从儿时开始发展，如果未经干预，就会保持一辈子。"父母的影响何其大也！做父母的要重视自己给孩子心中种下的是乐观的种子还是悲观的种子。[1]

表达期待。父母们总希望孩子优秀，所以才煞费苦心树立完美榜样。殊不知，缺陷美也可以说是期待的美，期待实现完形的美。在美学上，经常把缺陷当

---

[1] ［美］马丁·塞利格曼：《教出乐观的孩子》，洪莉译，北京联合出版公司 2020 年版，第 40 页。

作一种美(比如断臂维纳斯)。俗话说,人无完人,金无足赤。有了缺陷才更真实,有了缺陷才能让人有所思有所悟,有了缺陷才能感觉到人类追求完美、进步的最深层的呼唤和力量。在与完美的对比中,缺陷使人感觉到追求进步、追求美的需要。

心理学上的"皮格马利翁效应"揭示了期待在相当程度上影响着学生的自信心和学生的自我效能感。正如皮格马利翁效应,身边的榜样就是学生旁边的美女雕像,家长的期待是促成美女雕像复活的诱因之一。①

家长可以利用聊天时间,鼓励孩子确立学习的目标,写明自己某一科目或者某一方面的榜样,什么样的坏习惯需要改正,什么样的好习惯需要坚持等。然后阐述选择该同学作为榜样的理由是什么,决定从哪些方面入手去接近乃至超越心中的榜样,最后再给孩子以指导和激励。指导孩子从哪些方面努力,公开表扬、鼓励,并表明对他的期望。

缺憾的美才是最有亲和力、最容易被接受的。父母是孩子的第一任老师,孩子所有习惯和细节处理的方式几乎都是在父母的潜移默化中习得的。父母可以通过不完美的榜样,对孩子表达更高的期待。

———————————

① 刘儒德:《教育中的心理效应》,华东师范大学出版社 2019 年版,第 146 页。

努力归因。以榜样的"相似性"为依据，引导学生进行努力归因，提升学生的自我效能感。学生中也存在这两种情况：一是比较努力的孩子不够优秀；二是部分成绩优秀的孩子不够努力。

所以家长们很担心这些学生会自暴自弃：我努力了也没用，成绩与智商相关，某某同学平时看起来学得少玩得多，成绩却比我好。于是得出这样的结论：成绩和努力无关！这是悲观的解释风格！这样的风格容易形成抑郁性格。

面对和榜样的差异，乐观的孩子进行"努力"归因，通过更加勤奋的学习缩小和榜样的差距；悲观的孩子倾向于进行"能力"归因，失去学习的动力，并不断为自身的失败找借口。

作为家长，一定要牢牢抓住学生和榜样之间的相似性、差异性，分解目标，分别追赶。通过相似性告诉学生"你能行！"，通过差异性向学生揭示"做到这些方面你才能行！"。

正向强化。有效的榜样教育大体遵循这样的心理机制：榜样认知——榜样认同——信息保存——行为固化，行为固化是榜样教育的临门一脚，有时如同足球场上的竞技，临门一脚的无力会导致功亏一篑。

班主任可以以班会课为契机，不断强化："某某学生努力了，所以他进步了！"班主任表扬的艺术也值得深入思考。因为对于小学生而言，有些简单的口头表扬收效甚微。我想还可以通过以下方面进行正强化：

其一，借其他科目老师之口进行表扬，某某老师曾经说过……这样引用，能给学生更多表扬的"真实感"，同时有利于提升学生学习这门功课的热情。班级里曾经有一个令人极为头疼的孩子，我就是用这样的方法一步步改变了他，当然，这需要各科任课老师的密切配合。

其二，将"榜样以及榜样学习先进个人"的事迹记录于班级日志之中，班会课进行专门评论。

其三，为进步明显的同学拍照，贴在教室或者发到班级群里。包括"榜样照片"和"榜样信息"，让他的进步在他自己心中定格，在每个同学心中固化。

三

对于小学生的教育，家长往往起着决定性作用。教育的艺术，在于鼓励、鼓舞和唤醒。基于家长的教育地位，要想唤醒学生，首先要唤醒家长正确的教育意识、有效的示范意识。

1. 己正方可正人。做父母的都喜欢教育孩子怎样做人，可是他们要求孩子做的事情，自己做起来却常打折扣。比如，教育孩子在公共场所不要大声喧哗、不乱丢垃圾、不闯红灯，但是自己明知故犯；教育孩子做正直无私的人，但有时自己却言行不一。一位家长把从单位带来的水笔给孩子用，孩子说："你公物私用，还教育我呢！"听听这语气，带着明显的鄙夷。

身教胜于言教。可是，家长们自己的言行相互背离，孩子对父母的人格逐渐产生了怀疑。俗话说，"己身正方能正人"。父母的这些行为，落在孩子眼睛里，都是导致不信任的根源。

2. 摒弃家长作风。不能以家长的角度观察孩子、分析孩子的行为根源，喜欢以"我是长辈"自居，觉得自己是父母，说的做的孩子必须无条件服从。

父母是孩子的长辈，这仅仅是辈分问题，绝对不等于说的话都是金科玉律。孩子们接受的都是现代教育，他们满脑子都是平等思想，可是父母们思想深处还是封建家长作风作祟，孩子们的叛逆当在情理之中。

3. 慎树完美榜样。在孩子潜意识中，会拒绝接受父母的优秀。因为他觉得只要承认，就必须听从这个"榜样"的一切指挥，还要向"榜样"看齐！在他们心中，承认父母是榜样，就等于失去了自我。这是孩子们发自内心抵触的原因。那么父母在树立榜样时一定要慎重，要孩子自主选择榜样，不可以把自己当成榜样硬塞给孩子。

父母和孩子朝夕相伴，父母所有行为，光明的、阴暗的，他都看在眼里，可是父母嘴里把自己说得那么完美，只能给孩子一种虚伪的印象。

因此，家长们切忌把自己树成完美的榜样。

家校沟通 4——

手表里的妈妈

　　小学生年龄小，刚步入学习生涯，需要家长从旁协助及正确引导，以养成良好的学习习惯和生活习惯，养成正确的思维习惯和独立判断能力。但有的家长没有掌握好这个"度"，如影随形地"跟"着孩子，仿佛要把自己缩小了住进孩子的"手表"里，随时随地指挥，让孩子没有了喘息的空间。这种高"控制"，可能会造成子女负面心理，如过度依赖、焦虑、低自尊等。面对来自这样家庭的孩子，教师该怎么办？

一

　　放学后刚送完路队，卫生值日生急匆匆跑过来："王老师，王旭妈妈发火了，你快去！""王旭妈妈在哪里？""在手表里！"我一下子懵了，经孩子提醒，我才想起来，因为课堂上王旭手表响了，同桌告诉我他一直在玩手表，我就收过来准备放学再还给他。

　　但是一忙，放学时忘记还给他了。送了路队回来就发生这样的事。我一溜小跑，刚进办公室，就听到"王旭——王旭——王旭——你说话啊！不要吓妈妈——王旭……"。我马上拿起桌上那只哇哇叫的手表："王旭妈妈，我是王老师。"

　　"我家王旭呢？手表怎么在你手里！"她极为焦躁地大喊。

　　"因为上课王旭玩手表被我收上来，放学时忘记还给他了。"

　　"你凭什么收我家王旭的手表？我家王旭必须戴手表的，我现在找不到他了，我就这一个孩子！我们家不戴不行的，他必须戴手表的！必须的！我只有这一个孩子，找不到了！我现在双手发抖，连手机都拿不住了！我……"

　　她在电话里喊得声嘶力竭，仿佛到了世界末日。我被吵得心慌，只好说："请你冷静，王旭妈妈！"她情绪更加失控："我怎么冷静，我就这一个儿子，就因为你收了他的手表，找不到他了！你要负责！"

我被吓得失去理智,一时忘了刚刚放学。赶紧问:"孩子平时怎么回家的?"

"他自己走回家。"

听了这话,我很快恢复了思考能力:既然一直都是自己回家,今天应该也不会有问题,就说:"今天我送路队到门口,他也是自己回家的呀!"

"可是因为你收了他的手表,我找不到他了!"

"难道平时他是用手表走回家的吗?!"我被激怒了,口不择言。

她不回答我,还是拼命嚷着找不到了。我再次强迫自己冷静:"您家里有电话吗?"

"没有。"

"您平时怎么和家里联系?"

"家里有监控!"

"请您赶紧调监控,看看孩子到家没有?"

突然她没了声音,我焦躁地等待着······"王旭,王旭,你到家了孩子? 赶紧写作业······"很快,她那高亢的声音就又响起来。

我知道她在监控中看到儿子到家了,长长地松了一口气。

我接班后,还没有见过王旭家长,我一直想找个机会跟她聊聊。看到孩子安全回家了,我想接着跟她聊聊:"王旭平时上课有时会睡着,尤其是下午,根本无法听课。昨天上午第二节上语文新课,他一直困得睁不开眼,我提醒两次,没有用,让他出去用冷水洗脸,回来站着听才好一点。"

她马上问:"今天?"

"昨天上午第二节课!"

后来她又问了两次:"哪一天?"我都有点怀疑自己是否表达清楚了。

终于,她听明白了:"我让他在课外兴趣班上很多课,晚上让他学习英语、奥数,等等,所以 10:30 以后才睡。"

"孩子睡这么晚,白天就会精力不够。"

"我经常跟班级优秀孩子的家长交流,他们的孩子学什么,我就让他学什么,我知道上课不听讲,我不能老是跟着他,所以,就让他课外班多上一些,这样以课外带动课内,应该不会差。"

"你这样做会害了孩子! 因为小学是习惯养成的阶段,养成独立思考、专注听讲的习惯,是他将来发展的基础。浪费大量的课内时间,去课外狂补,让孩子没有喘息的机会,怎么能对学习感兴趣!"我也有点急了。

"因为他在学校不行,所以我才在校外这样用功。"

"学校的课程才是根本,这里才是孩子成长的阵地,你应该配合学校提高孩子的学习兴趣,把他的习惯养好,这才是受用一生的资本。"

谈了一会,发现我们俩完全不在一个频道,只好作罢。但这次交流,让我隐约感觉王旭的很多问题来自家庭教育理念,有必要和家长进行一次面对面的交流。我跟她约好,一周后见面聊。

二

这次见面约在书吧。在这安静的环境下,谈话进行得却十分艰难。无论我怎么努力,王旭妈妈脸上寒霜密布,眼睛紧紧地盯着我,嘴里却一直夸赞王旭英语成绩的优秀。

我边听边寻找着突破口。我想到王旭上课极少抬头听讲,就打断她的滔滔不绝:"今天请您来,主要是想和家长达成一致,我们共同努力,改善孩子上课思想不集中的状况,您能配合吗?"

"不能! 我家孩子说,他就是不想让老师关注他,他希望老师看不到他! 我要尊重孩子的意见,不想让他不舒服。"她瞪着我,回答得斩钉截铁。我顿时感觉无比颓丧——今天的约谈恐怕也是白费劲,但我不甘心。

"您觉得他现在舒服吗? 他时刻担心,甚至希望老师看不到他,这不是一个正常孩子的反应,孩子们大都希望受到老师关注,这是他紧张、焦虑、不自信的表现。其实他是担心达不到老师的要求,才选择逃避。这是一种十分脆弱的心理状态,不敢接受任何挑战,如果他将来遇到您也无法解决的问题,他会崩溃的。"

"他爸爸就是这样的性格,依然干得不错,在单位是个领导!"

"我没说孩子长大没出息,但是为了孩子的身心健康,他各方面都需要锻炼,比如耐挫能力。他迟到了,您不是跑过来跟我解释,就是打来电话为他说情,您完全可以让他自己找老师,让孩子在生活中学会沟通!"

我看一时很难让她接受这个观点,我就抛出了一个以为她会重视的问题:"不知道您是否了解孩子在学校的状况,王旭在学校受欺负。"

她马上就说:"我就是教育他要远离垃圾人,我要他不要和这些人一般见识,所以他没有自尊心,从来都无所谓。"

我说："有同学把他的头往垃圾桶里按,他却不反抗。"

她竟然微微一笑:"男孩子在一起哄闹很正常。"

听了她的话,我觉得不可思议,就严肃地告诉她:"他必须学会应对来自周围的人际关系问题,不然很危险。"

"王旭像他爸爸性格,没办法。他爸爸在单位是领导,干得挺好的。"她答非所问,又是"他爸爸"。

我听不懂她要表达什么,怎么会面对孩子被欺负无动于衷,还用各种理由来解释?这个母亲究竟在想什么?想到上次在电话里反复问同样的问题,就再一次强调:"王旭不注意自己的行为,导致同学欺负他,前几天有同学把他的头按进垃圾桶,他都不敢来告诉我。"

她突然叫起来:"什么?是谁?是谁把王旭的头按进垃圾桶?我找他去!"

我舒了一口气,她终于听懂了,可是看到她这样激动,反而不敢告诉她实情了。看我没有回答她,她马上把王旭叫过来,怒目圆睁,用手拉着她儿子来回摇晃:"你说,是谁欺负你!你说——你说——"

王旭被她吓得面色苍白,直往后退,双手抱在胸前,整个身体蜷缩成了一团,仿佛在抵挡着什么大危险。我惊呆了,马上说:"王旭,老师在上课,赶紧回教室!"

　　送走王旭的妈妈,我惊魂未定,但是思虑再三,鉴于王旭母子的情况,我觉得有必要家访,见见孩子的爸爸。

　　没想到约时间家访,就花了老牛劲。我和王旭妈妈联系,表达了我要家访的意思,她马上说:"孩子爸爸忙得很,白天晚上都不在家。"我问她是否晚上不回家,她又说:"每天都回来的,就是晚,工作太忙了,当领导就是不一样。"我说要等到王旭爸爸在家我才去家访,让她约好王旭爸爸联系我。

　　结果,两周过去了,我多次催促,她都告诉我约不到,后来看到我的锲而不舍,就直接告诉我不可能见到孩子爸爸。我感觉她不希望我家访,就问王旭要了他爸爸电话,直接打过去。孩子的爸爸态度很温和,说随时等老师来家访。

　　那天放学后,我依照约定来到他家。近距离坐在我的对面,王旭眼神闪烁,他爸爸也有些腼腆。我问:"王旭,你在班级玩伴比较少,你是否知道同学们为什么不愿意跟你玩?"

　　"不是的,他有很多玩伴,我们有时邀请同学出去爬山,有时去英语角都有玩伴……"不等王旭回答,他妈妈抢先发声。

　　她一直喋喋不休地说着,我不得不打断:"不是一个概念,你邀请同学去一起活动,大家也许会去的,因为王旭不会伤害别人,他很善良。但是平时在班级没人愿意跟他玩,无论是小团体,还是平时跳绳做游戏,都会把他排除在外,对吧王旭?"

　　王旭诚实地点点头。

　　"校园欺凌大家总是觉得应该是打骂,其实有比打骂更伤人的,就是精神欺凌,而且不容易引起重视。现在王旭在班级不但被个别同学打骂,还有精神欺凌存在。"

　　"不是的,我有朋友。"王旭可能觉得没面子。

　　我问他:"这个朋友会不会跟你说知心话? 会不会下课大多时间选择跟你玩?"

　　"我告诉他的,不要和同学说实话。"她妈妈马上解释。

　　我试图就用这样的方式告诉他的父母,孩子人际交往出了问题,但是很显然,他妈妈都不觉得重要。

　　"今年春游,宣布消息以后,你欢呼雀跃,但是当我宣布自由分组时,你神色黯然，期期艾艾地来到讲台说：'王老师，春游我不想去了。'我大吃一惊，刚宣布春游时你欢呼得最响。我问为什么，你说因为没人和你一组。我说：没有关系，老师和你一组。"

我望着王旭，他低下了头，面孔通红。他应该在回忆当时的场景：春游时，他一直跟着我，我看着揪心，就把他安排在班长的小组，但是吃饭时我观察，他依然孤零零一个人坐在垫子边缘，没人和他分享食物。

"一个孩子，应该自有同龄人的交往的密码和乐趣，如果有选择，他不会喜欢和成年人在一起。您告诉我他不求上进，但是我们在竞选大队委时，他犹豫再三，在我的鼓励下登台演讲，希望大家选他，结果是他得到了 14 票。他在日记中写道：'从前都觉得大家看不起我，没想到我鼓起勇气参加了竞选，还有那么多同学投我的票，虽然我落选了，但是也十分开心。'这是王旭的心声，他一直十分渴望大家的接纳。没有同伴的认可，最起码也要有一两个同学的大力支持，他才能心情舒畅，因为人都是群体动物。

"情感教育专家朱小蔓教授认为：9—14 岁的孩子刚刚迈入少年期，从对父母的依恋，对长辈的依赖、信任，过渡到重视外界评价、珍视友谊。这个时段如果不能让他形成自尊感，对他将来的健康成长影响很大，有可能导致他消极、懈怠、自暴自弃，甚至抑郁。[1] 作为父亲，您因为忙而鲜少陪伴，孩子在校的情况居然一无所知，如果以后孩子在人生中遇到难以逾越的坎，恐怕也不会向您求助。"

他爸爸若有所思："是的，我从前都没想过这样的问题，我也很内向，我小时候是在农村长大的，父母从来都不管我，所以我也没有管过他，没想到还有这样的问题。"

"时代不同了，环境发生了很大的改变。另外，孩子需要爸爸多关注，需要您的陪伴，才能有健全的身心，希望您百忙中抽时间陪伴孩子，了解他的需求，指导他和同伴交往。"

"说老实话，我也不会交往，我比较内向，如果我情商再高一点，事业上肯定比现在更好。谢谢老师这么关注我家孩子，我一定会按照老师的指导去做。"

最后，我面对王旭妈妈："希望您放开手，不要如影随形地跟着孩子，就像您给孩子戴的电话手表，只要离开一会，就焦虑不安。您随时在手表里喊话，我听

---

[1]　朱小蔓：《情感教育论纲》，人民教育出版社 2007 年版，第 131 页。

得都心惊肉跳,何况孩子? 他的懦弱,和您的做法是不是有关系? 刚才我和王旭对话,您一直在替他抢答,其实您可以从旁指导,让孩子慢慢学会自己处理问题,学会自己交往。"

两个多小时后,我离开了王旭家。亲自送我下楼的王旭妈妈不停地说着"谢谢!"。能感觉到,今天的家访,对她触动很大。

后来王旭的妈妈很高兴地告诉我:"我现在也能出差了,以前都不敢去,总是要照顾儿子。现在我出差,他爸爸会管儿子!"说着,我难得地看到她笑了,其实她笑起来真的很美。

三

1. 直面问题,释放焦虑。陈述清楚孩子的问题所在,以事实证明孩子在这方面存在的问题,面对面沟通交流,打破他妈妈赖以维持的面子,让她避无可避,引导她直面问题。

2. 打破神话,加入同盟。一遇到问题,他妈妈就抛出一个证明——"他爸爸"。这时,与爸爸结成教育同盟,就可激活原来的教育"死局"。

面对工作小有成绩、把教育责任都推给妈妈的爸爸,我尽量打动他,让他认同我的做法,配合老师把教育孩子的责任扛起来。

我当着他们夫妻的面,和孩子确认在班级中的现状:比如受欺负、没有同伴的沮丧;用情感教育理论中儿童少年的成长中的情感需求来打动他,希望能触动他们的心。

3. 摒弃控制,正确引导。面对妈妈的高控制,我用事实告诉她,您的爱,让孩子在全班同学面前出丑,在同学们鄙夷的目光中生存。这样"保护"下的孩子,容易养成处处依赖的坏习惯。妈妈爱得真切、爱得过度,让孩子窒息,形成过度依赖、焦虑、低自尊等负面心理。面对来自这样家庭的孩子,我又一次跨越了班主任的边界。

家校沟通 5——

以"爱"之名

高尔基曾说过："爱孩子这是母鸡也会做的事，但要善于教育他们，这就是国家的一件大事了，这需要才能和渊博的生活知识。"父母都爱孩子，但整天把孩子捧在手心里，事无巨细、毫无原则地呵护着，会导致孩子自私冷漠、自卑怯懦、无责任意识。这样过度的爱，使得处在心理和生理发展关键期的孩子身心得不到健康发展。面对这样的家庭教育，班主任能做什么呢？

一

小姜同学成绩很好，几门功课总是在班级名列前茅。这次班委改选，他顺利当选为学习委。

按照惯例，新当选的班干部轮流做值日班长（主要负责班级纪律、卫生等，时长为两周），一来让他们都尝尝当家做主的滋味，二来是考验他们的责任心。但是两个月下来，我发现有的班干部做得非常好；但也有班干部没有履行参选誓言，不愿意花时间和精力去为班级做事，最为典型的就是小姜同学。

小姜作为值日班长，早晨常常忘记值日，中午一下课就跑出去玩，多次谈话后依然如故，好像出去疯跑比什么都重要。

有一天，小姜的同桌小韩来到办公室里问我："老师，虽然我没有当选班委，我想代替小姜当值日班长行吗？"看着他恳切的眼神，我有些担心小姜不答应，但让我没有想到的是，小姜竟然同意了。小韩非常负责，每天早早来到学校，把教室桌椅排得整整齐齐，教室、包干区打扫得干干净净。唯一一天发烧请假，还让他妈妈打电话给我，安排人替他值日。后来我问小姜："小韩代替你做了值日班长，你怎么想的？"他说："有点不爽，但还好吧。"虽然这样说，但是飘忽的眼神泄露了他内心的不安。

几天后上午的一节数学课上，小姜被数学老师送到办公室，原因是他不顾正在上新课，和同学大谈打游戏心得。

来到办公室，看起来他有些紧张。我批评他不该影响老师上课、同学听讲。谁知伶牙俐齿的他为自己辩解："是朱雄伟先说的，我跟着他一起说了，凭什么只把我赶出教室？"他愤愤不平。

"老师也许疏忽，没看到他违反纪律。但如果你遵守纪律，你会被送来吗？"

"不会。"

"既然老师没有冤枉你，你只对自己的问题负责，别人干了什么无须你操心。"

当天上午第三节音乐课上又出了问题。这天是几个城市的"联盟赛课"。音乐教室在另一栋楼，老师让他们先上厕所，然后尽快去音乐教室上课。但是小姜和几个男同学上课铃响了才想起要上课。音乐教室在三楼，与厕所之间有很长一段距离，结果他们都迟到了。下课后他们被送到我办公室。

"明知道是公开课，为什么还拖延时间导致迟到？"

他们你看看我，我看看你，都不说话。

"问题解决之前，音乐老师禁止你们上课。犯了错误就要承担责任，改正了就可以上音乐课了。"

"我们很快就上完厕所了，是小姜谈游戏的，我们听着听着就忘了时间，直到听到铃声。"最后进教室的一位同学开口了。

我转向小姜："是这样吗？"

"不是我自己说的，他们也都说了！"然后他就黑着脸，不说话了。

"是你先说的！"几个同学指责他。

这天下午，一位来自广东的英语老师借我们班上了一节英语课，课堂上送给每个发言积极的同学一个小礼物。一下课小姜就开始攻击老师："这个老师情商太低！就是不喊我们发言！"另一个没发言的同学随声附和。"教得不咋样，还来比赛，她肯定得不到奖！"

两个人一唱一搭，边说边笑。一个同学看不惯，把这事告诉了我。

一天两次谈游戏影响上课，拿不到奖品不找自己的原因却责怪老师。我决定和家长见个面，全面了解小姜的情况。

二

"今天请您来，小姜告诉您原因了吗？"

"没有,他只说老师请我来学校。"坐在我对面的小姜妈妈扭头看了一眼小姜,小姜赶紧低下头。

"小姜,告诉妈妈昨天发生了什么。"他不说话。"昨天上午第一节数学课,你为什么被老师送过来? 音乐课为什么迟到? 下午来自广东的英语老师上课,你下课后说了什么?"

我连珠炮般抛出这些问题,小姜却轻描淡写地把这三件事说了一遍。但是在描述的时候,他不忘为自己辩解:"是他们要求我谈游戏的,他们也谈了,为什么就只请我妈妈来?"

"一天时间内,发生这三件事的,除了你还有其他同学吗?"他这才低下了头。

"老师今天请家长来,不完全是为了这三件事。前段时间,你成功当选了班委,但是班委轮流做值日班长,你做得怎么样? 两周的时间做完了吗?"

"没有,不是我不想做,是小韩抢走了我的值日班长!"

"小韩为什么没抢别人的值日班长?"

"……"

我转向他妈妈:"小姜在竞选宣言中,信誓旦旦地告诉大家,只要他当选,就全心全意为同学们服务,做好自己分内的事。"又转向小姜,"小姜,告诉你妈妈,你的竞选宣言实现了吗?"

他吭吭哧哧,脸憋得通红也没说出一句完整的话。

"你依然每天早晨来得很晚,你组值日生工作都做完了,也不见你的影子;下课你安排的同学也没在教室里值守,你也无影无踪;你们的包干区一片狼藉,你满校园疯跑,玩得不亦乐乎,仿佛这些都和你没有关系。从你当值日班长,我们班天天被扣卫生分,我反复提醒无效。平时你学习委的工作,大多是其他同学帮你做的。这种情况下,小韩提出要代替你,面对小韩的挑战,你无动于衷,玩得更欢了。我问你有什么感受,你不是说还好吗? 当初参加竞选也是你自愿的呀!"

他低头无语。

见小姜低着头不吭声,我想问问他在家的表现:"小姜妈妈,孩子在家除了写作业,生活会自理吗?"

"哪里需要他做事? 只要他好好学习就行了。"

"可是,孩子都五年级了,十几岁的少年,做点力所能及的事是应该的,也是他自身成长的需要。"我顿了顿,"正因为您没让他承担过任何责任,他才缺乏该有的责任意识。他竞选了班委，却没有能力承担班委的工作，他的职务只能被别人取代，虽然嘴硬，这一天三次上课捣乱，我猜应该和被替代有关。"

"他在家很自信的，正在准备参加华杯赛。"说着，还提高了声音。

"恰恰相反，他在学校总是躲着老师的眼睛，这可不像自信的表现。同学能从他手里抢走机会，是因为人家做好了完成任务的准备。"

我转向小姜："你没有了职位，却更加放肆，不但自己不学习，还无视大家的课堂，不自爱，也不懂得尊重。好多同学都有了自己的专职，争着为班级做事，你却越来越游手好闲，心安理得地享受大家为你提供的服务，对吗？"他依然低头不语。"在班级，老师不敢轻易把重要的任务交给你，因为你会耽误事。"

在谈话中，我还注意到一个细节：这位做妈妈的不时用手去捏儿子的手，放在手心里不停地摩挲着，很好地诠释了什么是"爱不释手"。从眼神看出来，儿子也十分乖巧地享受着。

看着这母子俩，想起刚才妈妈进来看到小姜时，无视我的存在，马上走过去帮儿子拉拉衣服、提提裤子，小姜看到我盯着他，很不好意思，但是他并没有制止妈妈的这些琐碎行为，只是往后躲，眼睛怯怯的，丝毫没有了课堂上的嚣张。

我终于明白，这个智商很高的孩子怎么越来越走偏呢？原来是家庭教育的理念问题！

谈话过程中还有个细节，本来妈妈和小姜都坐在老师的椅子上，后来一位老师回来了，我就让小姜到教室搬一张凳子给自己坐，没想到他妈妈马上站起来往教室跑，我不解："您干吗去？"她边跑边说："搬凳子。"她居然跑去自己搬，而她近一米七的儿子呆呆地站在那里，一动不动。

我说："您看，我让孩子搬一张凳子，您都代劳，可见在家里应该是衣来伸手饭来张口吧！"

"我是妈妈，理应照顾好儿子！"

"可是孩子总要长大的，你无微不至的照顾，会销蚀儿子的能力！"

"孩子在您这样的照顾下，竞争上班委却不能履行职责，终被别人取代，这是十分糟糕的体验。将来面对一些挑战，也许他会像这次一样选择逃避！这次被取代后，他违反纪律的情况明显增加，可见他对自己应该是不满意的。

"你看，在广东老师的英语课上，我看得清楚，他没有得到发言的机会，和不自信有关。确实，几乎每次他都举手了，可是他的举手，总是有些犹豫，比别人慢

半拍,好像是迫不得已而为之,老师一定是先关注第一批果断举手的同学,这样的同学很自信,回答的正确率也很高。小姜成绩不错,他应该第一时间可以举起手,可是他每次举手时间的延迟导致他一次都没有争取到发言的机会。他因此十分挫败,这也是他课后贬损老师的原因。您有没有看出来,小姜非常希望被关注,希望得到老师的青睐,希望得到发言的机会。可是因为他缺乏责任心,影响他丢了职务,心情不爽,其实就是自信心降低,所以课堂上本应该抢着发言,他也表现得有些迟疑。”

“发言和丢职务有关啊?”

“对!小姜成绩不错,说明他很要强。可是,您没有刻意培养过他的责任意识,因此他无法做好班委的工作,这是习惯使然,并不是他不要好。可当他被取代后,他感觉到了挫败,尽管表面上云淡风轻,嘴上不愿意承认失败,可是内心并没有那么轻松。对优越感的追求又不允许他平庸,那么他就转而用错误的方法去追求关注——违反纪律、奚落老师!”

谈话结束,在我强烈要求下,她答应让儿子送回凳子,小姜搬着凳子出办公室时她作势站起来帮儿子开门,被我制止了,可是她的眼睛一直目送儿子搬着凳子的身影消失。

三

1."爱"培养自私。我曾经和小姜谈心："妈妈要上班还要照顾你，你知道妈妈每天为你做过多少事吗？""没什么要做的吧？妈妈在家就是做饭。"溺爱，让孩子不懂心疼父母，让他对父母所做的事熟视无睹。比如，妈妈去帮他搬凳子，他就傻傻地站在那里等着。由于长期被宠溺包围，孩子不会将心比心，不会换位思考，凡事以自我为中心。这样的习惯影响人际关系，也容易遭遇失败。

2."爱"培养自卑。妈妈过分的照顾和关爱，让孩子除了学习以外，从没尝试过独立完成一件稍有难度的事，没有体验过努力带来的成功。这样的孩子面对困难就会退缩，久而久之，就会从心底确认自己能力不足，形成自卑的个性。

3."爱"销蚀责任感。无论是值日班长，还是学习委的职责，他都没有好好履行。他完全没有意识到自己是班委，把竞选的誓言忘得干干净净。可是当真的被取代后，他又受不了了；当他被老师责罚，他不知反省，反而责问老师，希望把责任推到别人身上。

这样以"爱"为名，行"不爱"之事，恐怕是家长最大的失误。真希望被"过度之爱"浇灌出来的花朵，也能禁得住风霜雨雪的侵袭。

家校沟通 6——

"我的包包又丢了！"

常听父母对孩子说："你的任务就是好好学习，其他事不要你干！"在父母和祖父母事无巨细都包办下长大的孩子，自主能力的缺乏、依赖习惯的养成，会严重影响同伴关系，导致人际交往受阻；还会影响将来获得幸福的能力。面对这样的孩子，需要通过家校沟通来纠正偏颇。小杨同学，就是这类孩子的典型。

一

这年暑假，我带五年级的孩子去韩国游学。经过报名、筛选，最终成行。对去韩的各项要求及注意事项，多次开会、讨论，并做了详细的布置，他们对自身的行为要求也都明确于心。

因为各种原因，我只能独自带 15 名学生前往韩国。我们的第一站是某城市，晚上住在机场附近的一个酒店，准备第二天一早登机。来到酒店，我就带领孩子们进入大堂办理入住手续，然后按分好的小组分发房间号。看着孩子们陆续进入电梯，去各自楼层的房间，我刚松了一口气，电话就响了："王老师，我的行李箱不见了！"

打电话的是小杨，她说着声音就哽咽了。

"我刚刚看着你拉着行李箱进的电梯，怎么会不见了？"

"我进了房间才发现没有拿行李箱。"

"是不是在电梯里？"

"嗯。"

"不要着急，我帮你找。"

我赶紧按下刚才她上的那部电梯，发现她的行李箱正老老实实待在电梯里。

我把行李箱送到她房间："你下电梯怎么不拿行李箱？"

"我……我没想起来。"她盯着红色行李箱发呆。

"你发现行李箱不见了，知道忘在哪里了吗？"

"知道。"

"知道怎么不去找?"

"……"

回答我的是长时间的沉默。

我们到达韩国已经是下午了。办好入住,我带着他们来到一个快餐店,吃完饭我就招呼他们别丢下东西,千万带好包包。这时有几个孩子要上洗手间,我就在门口等着,我数了一下人都到齐了,就带他们回酒店。我们是步行来的,大约20分钟后进了酒店大堂,我突然发现小杨身上没有背包:"小杨,我怎么记得出门时你带背包的?"

"啊——"她突然叫起来,"我的背包不见了!"

"刚才你们吃饭的椅子上我都检查过了,没有包,你想想忘在哪里了?"

"我挂在厕所了。"说着低下了头。

我把他们送回房间,然后跑步十几分钟来到餐厅的洗手间,看到背包好好地挂在洗手间里,不禁松了一口气。

后面几天的时间,我都十分注意小杨,无论到哪里,出发的时候我都反复检查她的东西,还好相安无事。

回来的前一天晚上,同学们都吵着要去商店给朋友买礼物,我带他们来到商店购物。我们买好东西也9点多了,我再次点名确认,每个同学都兴高采烈地抱着大包小包。我们带着"战利品",边说边笑回到了酒店。

第二天一早,我们集合上车准备去机场,谁知道小杨和她的室友迟迟没有下楼,我来到她房间,泪眼婆娑的她看到我:"老师,我的包包又丢了!""什么时候丢的?""可能是昨天晚上。"听她这样不确定,我觉得还有一线希望,就问她室友:"昨晚回来是否看到小杨的包包了?""没注意! 她整天磨磨蹭蹭的,什么都不整理,床上都是乱七八糟的衣服,哪能发现她少什么东西!"说着,还对小杨翻了个白眼。

我让她找找护照在不在,万幸! 在箱子里。因时间的关系,马上要出发去机场,没法去商店找了。

7天的行程,小杨丢了三次东西。游学期间,每天早上都要按时起床去学校,她极少整齐下楼。有一天,我们等得快迟到了,她才慢悠悠下楼,可是头发还是乱的,扣子也扣错了位置。

我问:"你怎么还没梳头?"她说:"没有梳子!""宾馆里不是有梳子吗?""我不知道。"这时一个同学拿出梳子,我帮她梳好头发。

去学校的路上,我打电话给她妈妈:"怎么不提醒孩子带梳子?""带了,在她随身的包包里,王老师,她不知道,都是我帮她收拾的,您告诉她,包包里还有风油精、湿纸巾等用品。"

小杨是班干部,成绩优秀。平时看起来很能干,对班级一些事务也比较热心。完全没有想到,走出家门会是这样。

记得出发那天,车子停在校园里,其他同学有的爸爸或者妈妈送来行李,有的孩子自己早晨来上学就带了,唯有她,是爸爸、妈妈、爷爷、奶奶全体出动,一家4口围着她一个,有的给她背包,有的往口袋里塞东西,有的不停地说着什么。同学们大都已经上车了,我在旁边等着,她一家人还在那里忙乎。我去催了好几次,她才一脸傲娇地冲出重围上了车。

联想到她这次的表现,可以想象这孩子平时恐怕被照顾得过于无微不至。我觉得有必要和家长沟通。

于是我准备去家访,因为只有这种方式才能接触到她家所有的成员。

二

放学后,我和小杨一起来到她家,一进门,她爸爸妈妈热情招呼我,围着围裙的奶奶旁若无人地端来了一杯水:"孩子,渴了吧? 快点喝了!"

"不喝!"

小杨硬邦邦地回应,然后目不旁视地走进自己的房间。

我看奶奶脸色尴尬,赶紧转移话题:"是不是每年假期的出行计划从没有让孩子操过心?"

妈妈说:"孩子功课那么忙,都是我们计划好去哪里,做好一切准备,孩子上完课就出发了,从来没有想过让孩子参与规划。"

"每次出行,孩子的行李自己收拾过吗?"

"没有,她不会收拾,再说让她收拾也是乱得要命,还不如我自己收拾得快。"

"出行途中,孩子自己的行李自己负责过吗?"

"没有。难得出来,一般我们是几家结伴而行,行李等都是父母负责,孩子们只负责玩。"

　　我把孩子去韩国这几天发生的事一件件说给家长听。"其他孩子自理能力方面多少都有些问题,可是像小杨这样的孩子却不多。她的室友反复抱怨她耽误时间,不能按时集合,到处乱糟糟。这种自理能力的缺乏和不良的生活习惯,造成同伴关系紧张。"

　　"我每年都带孩子出行,她和同伴玩得很好啊!"

　　"是啊,平时在班级小杨各方面也很好,为人大度,性格随和,和同学相处也不错;您带孩子出行,因为由您照顾着,一切生活方面都无须操心,她又天性活泼善良,肯定和同伴玩得很好。但是,当这些完全需要她自理时,问题就暴露了。"

　　"我们都觉得孩子还小,从没想那么多。"

　　"习惯都是从小培养的,这些看起来都是生活细节,一时觉得没有那么重要,因为我们目前都把目光集中在孩子的成绩上。低年段还处于儿童期,道德发展处于'自我中心'阶段①,这个时期,孩子基本能听从家长的安排;现在五年级,已经进入了少年期。这时期,随着孩子自身成长、自我意识的增强,当家做主的愿望也越来越强烈,家长如果还继续为孩子做好一切安排,孩子逐渐也会产生反抗情绪。"

　　"您说的没错,我也发现了,小杨这两年开始不听话了,有时会反驳我们的意见,奶奶对她那么好,她也开始有抵触情绪。"

　　"对吧!您也注意到了变化。只有家长适时恰当地引导,她才能学会自我管理,才能有成功感和自我确认感!不然,严重的挫败感会让她越发暴躁。这次出行,她的情绪和在校时大相径庭,我想,这和无法掌控自己生活的'挫败'感有直接的关系。

————————————

① 　朱小蔓:《情感教育论纲》,人民教育出版社 2007 年版,第 129 页。

　　"更糟糕的是,这种不良习惯和自主能力的缺乏也会逐渐影响学习成绩。等有一天,孩子拒绝家长指导她的学习,她的成绩也会受到影响。

　　"这种不良习惯和自主能力的缺乏同样会影响人际关系。每个孩子如果在家已经养成随心所欲的习惯,当独自和同学相处时给别人造成了麻烦,人家不可能像父母那样包容,而肯定会指责她,这时矛盾就发生了。

　　"刚才奶奶和孩子的交流您也看到了,孙女当着老师的面顶撞了奶奶。家长对孩子没有原则的'好',会让她体会不到幸福。幸福是什么? 幸福＝价值感＋归属感。当她给同学带来了麻烦,她的价值感就被削弱了。在知乎上,获得高赞的是:有一种幸福,叫'被需要'。

　　"孩子面对奶奶每天无微不至的照顾,心烦气躁。因为她无法感觉到自己的存在价值,她不觉得那是'恩',当然不会有尊重! 民间有句古话,叫'医不叩门',说的就是这个道理。医生不能敲门主动去帮人家治病,如果只是医生以为人家有病,当然不受欢迎,也不可能赢得尊重。《扁鹊见蔡桓侯》这个故事就说明了这个道理。

　　"也请您转告奶奶:孩子大了,她知道自己是不是渴了是不是饿了,当她想吃想喝的时候,自然会问您要,或者自己去拿,孩子十几岁了,奶奶求着为她服务她不痛快,奶奶被顶撞一顿心里也不痛快。"

　　"是的,有时候也顶撞我。"

　　"习惯是一种顽强而巨大的力量,它可以主宰人生,英国哲学家弗兰西斯·培根说过:'人自幼就应该通过完美的教育,去建立一种良好的习惯。'这次出行提醒我们,前面的教育出了问题,需要及时调整和改变了。"

　　"我们一直都觉得她学习比较累,不想再让她有别的负担。从没觉得培养自理习惯有多重要,只要学习成绩好就有好前途。我小时候也没有人刻意培养我自理习惯,可是我长大了什么都会。"

　　"您的认知有偏差。您的父母没有有意识地培养您,但是您从小是不是都帮父母做事的?""是的。""您小时候没有一群人专门为你服务,所以您在磨炼中早已学会自理。学习重要,自理习惯也非常重要。1978 年,75 位诺贝尔奖获得者齐聚巴黎。有记者问其中一位:'在您的一生中,您认为最重要的东西是在哪所大学、哪所实验室里学到的呢?'这位白发苍苍的诺贝尔奖获得者平静地回答:'是在幼儿园。'记者感觉十分惊奇,又问道:'为什么是在幼儿园? 您在幼儿园里学到了什么？'‘我在幼儿园里学会了很多很多，比如把自己的东西分一半给小朋友，不是自己的东西不要拿，东西要自己放整齐，饭前洗手，午饭后休息，做错了事要表示歉意，学习要多思考，仔细观察大自然。我认为学到的东西就这些。'实际上大多数科学家认为，他们终生所学到的最主要的东西，就是早年养成的良好的习惯。"

"谢谢老师能来家访。其实我们也发现问题了，她逐渐对我们的计划各种不满意，动不动就发火，嫌弃爷爷奶奶总是围着她转，嫌弃我管得太严，不给她自主的空间，我也有些不知所措。如果一下子放手，又怕她失去管束，成了脱缰的野马；不放手，矛盾也越来越多，问题也越来越多，老师，后面我们到底该怎么做呢？"

"这次出行，小杨明显感觉到自己和别人的差异并开始对自己不满。可是她不明白为什么会这样，莫名对你们发火。这次去韩国，整个行程中她不断出问题，几乎没有顺心过，孩子大部分时间是紧张、郁闷的。这不完全是她的错。却可以成为教育的契机。我想，您可以从以下几个方面开始尝试——

1. 自己定闹钟自己起床。床铺自己整理。如果她没按时起床，故意不提醒，作为班干部，如果迟到几次，恐怕自己就重视起来了。

2. 孩子每天放学回来，不要端水送水果，她什么时候要吃，让她自己准备；如果学习实在忙，也要让她开口求助。

3. 作业完成后自己检查，学会对自己负责。

4. 她带回来的班级的任务，请她自己完成，您最多从旁指导。

5. 每天书包自己整理，忘记什么都不要送到学校，让她学会承担后果。

6. 每个假期的出行，都征求她的意见，定下旅游目的地，出行路线自己查，计划自己定，最后完成出行攻略。出行时，自己行李自己负责，家长不要代劳。

不要怕耽误孩子的学习时间，没有人能一直学习，中间是要休息的，休息的时候做这些两不误。当这些习惯养成了，能力增强了，凭着孩子聪明的头脑，一定会收获幸福的人生！"

三

《儿童的人格教育》明确指出，祖父母们和所有人一样，都希望证明自己还有用，还充满活力。为了证明这一点，他们总是干涉孙辈的教育，他们极度溺爱孩子,用一种近乎灾难性的方式证明他们懂得如何教养孩子。[①]祖父母的宠爱导致他们成为问题儿童。

因为父母忙,有的孩子从小由祖父母带大,有的还一直由祖父母照顾生活起居,孩子被宠得毫无自理能力,更无法接受来自他人的意见。这和祖父母过度干预孩子的教育有很大的关系。

无论家庭条件多么优越,都不可包办代替。从小培养孩子各方面的能力,培养孩子良好的自理习惯,是有识之士的共识。

孩子能力的增长需要依靠自身的探索和实践,即使失败,他会一次次地重复、突破,其间认知能力得到发展,直到掌握本领。可是由于家长的包办代替,孩子被父母的爱囚禁在一定范围内,一次次被剥夺成长锻炼的机会。通过自身努力换来成功,是孩子获得自信的最佳途径。可是家长总是提前为他做好一切,让他"少走弯路"。然而不经历风雨怎能见到绚丽的彩虹?

其实,每个孩子有探索周围世界的天性,但在包办代替的环境下,孩子会逐渐放弃努力。当孩子年龄增长,开始有了自我意识,产生逆反心理,就会坚定地选择逆着父母的意志行事。

被宠溺包围的孩子,像温室里的花朵,看起来很美,但缺乏韧性和经历风雨的能力。

所以,真正爱孩子的家长,应该逐渐放手,致力于培养孩子的自主习惯,还孩子自由探索、自我发现、自主实践、自我提升的机会和空间,顺应自然规律,让他们身心健康,成长为对社会有用的人。

---

① ［奥地利］阿尔弗雷德·阿德勒:《儿童的人格教育》,张庆宗译,上海华东师范大学出版社 2020 年版,第 158 页。

家校沟通 7——

"我以后出门一定要带着武器!"

孩子走向社会,难免会遇到人世百态,包括"危险的人"和"危险的事"。有的家长教育孩子面临危险时要"溜之大吉";而有的家长却要孩子勇敢地"以牙还牙"。究竟该怎么引导,我觉得要视具体情况而定。

我在教育生涯中,就遇到过这类典型案例。我通过循循善诱和场景比喻,让家长明白,教育孩子要理智宽容,学会暂避风险。

一

周一早晨,司马明一到学校就跑到办公室找我,诉说着他受的委屈:星期天,他骑车出去玩,没想到在慢车道擦过一个行人,他还在发愣,那人一拳把他从自行车上打倒在地,同时嘴里还骂着脏话。当时他又气又怕,慌忙爬起来骑着自行车跑了。然后就问我:"老师,他为什么打我,他为什么打我!"嚷着嚷着就委屈地哭起来。

我说:"你骑车碰着人道歉了吗?"

"没有,因为我没来得及反应!"

"第一时间就应该道歉,这是嘴边上的话啊!"

"可是我当时没有反应过来,就被他打了!"

"这么暴躁的人好像不太正常,恐怕精神有点问题。"我给他分析。

"为什么? 为什么不正常就可以打人!"他的脸上写满了委屈和不甘。

恰巧早操铃声响了,我出门带队到操场,因此就中断了这次谈话,他也没有再来找我,我一忙就把这事给忘记了。

这周是半命题作文:《面对( )我不怕》,司马明写的是:《面对坏人我不怕》。题目没有问题,但是内容让我看得大跌眼镜——

　　周日，我在马路上骑着车溜达，路边一簇紫荆花开得正艳，我侧头看花分了个心，只听"咣"地一声，（车子碰到一个人）我还没有反应过来，心口就挨了一记闷拳，我爬起来，只见一个穿着红色羽绒服的高个子，约莫30多岁的男人在路边破口大骂："你他妈的怎么骑车子的，你他妈的要是成年人，老子早把你挂倒了……"诸如此类。听这话还是个南京人，我当时就懵了，眼睛直勾勾的（地）盯着他，心里不知道在想什么，直到他说了一句："你不服气还是滴啊？"

　　"小朋友快走波，甭理他！"目睹了全过程的一个路人提醒我，我才反应过来，掉转车头，赶紧溜了。

　　我泪如泉涌，一路上我把他骂了个千百遍。从前虽然也听大人讲过坏人的故事，但是这盘（次）还是头一次见，心里不停地埋怨自己：你真是没有用，他骂你你不会骂他吗？你平时的那股狠劲到哪里去了？你一个小孩子碰了他一下能怎么样？现在逆来顺受了，真没用！其实我在埋怨自己的同时也很奇怪，周围那么多路人看见一个大人欺负一个小孩竟然无动于衷？唉！世态炎凉啊！

　　看来出去玩时还得带上武器以防危险，注意安全。细细想来，那家伙可能还是个Robber（小偷），以此盗窃，幸而我未被偷。回家告诉了妈妈这个遭遇，妈妈教育我：再遇到这种人，他骂你也骂，而且要比他凶；他打你也打，别怕他！打骂完了赶紧跑，自己不能吃亏。

　　只不过，我经历了这件事以后，越发想要一套间谍装备了，特别是在眼镜上的摄像机。

　　看了他的作文我吓一大跳。天哪！五年级的孩子，他妈妈居然鼓励他遇到坏人一定要打回去，还要带着武器……这思维！不过可信度不高，我觉得他是为完成作文随便写的，但鉴于他和我说过此事，我还是担心，就请他来办公室："你见过一个正常的成年人对小孩子这样大爆粗口还动手打人吗？更何况你没有碰伤他，只是擦了一下而已！"

　　他梗着细细的脖子，振振有词："见过！"

　　我无语。只好继续启发："面对这样一个显然不正常的成年男人，如果你和他打起来，谁吃亏？"

"不知道！我以后出门一定要带着武器！我以后一定要锻炼身体！我以后要全副武装,谁打我我打谁,谁骂我我就骂谁!"他越说越快,越说嗓门越大,两眼瞪得溜圆,似乎正喷射着熊熊烈火。

他这思维很危险,会吃亏的,我觉得有必要和他的父母见个面。

二

第二天,他的爸爸妈妈就来了,我们约在书吧见面。我把孩子的作文拿给他们看,他们看完奇怪地看着我:"老师,怎么了? 司马明的作文写得不合格?"

"孩子写的都是真的?"

"是的。"

"这么说你们星期天就看过了对吗?"

"看过了。"

"写得怎么样?"我望着这对年轻的父母,心潮起伏。

"挺好的!"两人对望一眼,掩饰不住地自豪。

"您儿子说,他要和坏人对打对骂,以后要随身携带武器刀具,谁骂他,他就骂谁;谁打他,他就打谁! 你们认可这样的行为吗?"

"当然认可! 我儿子为什么不能还手?"妈妈抢着回答,爸爸直点头。

我惊呆了:"能! 当然能还手! 问题是你儿子才 11 岁! 而且那么瘦小,鼓励他和一个看起来不正常的成年人对打,我还真佩服你们的勇气! 当你儿子被打伤打残,你到哪里找人理论? 岂不是受到的伤害更大? 即使找到这个人,如果他被鉴定为精神病患者,对自己的行为不负责任,你们这样教育对得起儿子吗?"

这时,他们俩你看看我,我看看你,没有说话。

"当问题发生了,要审时度势,这个情况下示弱方能保全自己。"

做妈妈的听了我的话,有些不满:"因为他强我就让我儿子憋着? 不过我已经告诉他自保方法:打得过对方你就打,打不过就赶紧跑。"

"在混乱的环境中,能不能做出正确的判断,你还真敢相信一个 11 岁的孩子! 万一估计错误,他愤然打过去,被人家打了,他还有能力、还来得及逃跑吗? 如果发生这样无法挽回的错误,你们如何面对?"

"不还手多憋屈,心里气啊!"他爸爸终于插了话,带着情绪。

"是的,儿子莫名被欺负了,谁都会生气。可人生没有一帆风顺的,不可能什

么都适合自己的心意。我们都能快乐接受好运;坏运来了,我们要想办法化解,化解不了就只有调整自己的心态坦然接受,把损失降到最低,这才是正确的人生态度。如果哪天你不小心踩了一坨狗屎,难道你因为生气,就对着狗屎又打又骂,然后再咬它一口?难道这样你就解气了?我想,如果这样,你面对自己浑身沾满狗屎的臭味,肯定十分后悔。

"作为父母,我们要保护好孩子,一般情况下,孩子小时候外出我们要陪伴,如果不能陪伴,要教给他自我保护的技巧。看到这样眼神不太正常的人,要躲着走。真的碰到了,能呼救就呼救,能逃跑就逃跑。不能教孩子硬碰硬。具体情况具体对待,不能教条。不分析具体情况,只知道教给孩子'勇敢',那是要付出代价的!不考虑斗争成本和双方的力量悬殊,那是做无谓的牺牲!

"我也明白,孩子回来一定十分委屈,因为他并没有给对方造成重大伤害。可是,毕竟是碰到了别人,孩子应该及时道歉,这才是您要让孩子养成的良好习惯。一方面这是人的基本修养,另一方面也可以规避危险。也许对方是个正常人,只是脾气暴躁,或者正好心情恶劣。如果及时道歉,也许可以化解一些怨气。

"孩子受了委屈回来,作为家长,可以及时疏解孩子的情绪:男子汉要有宽广的胸怀,这个人也许很可怜,是个精神病患者;这个人肯定碰上了很糟糕的大事,心情不好;这个人是个素质很差的人,他生活不如意,把怨气撒到别人身上,我们要学会宽容和原谅……我们不跟他一般见识，不跟他计较！如果他真是个坏人，肯定有人会来整治他的。"

良久，妈妈抬起头来："王老师，听了您的话，我觉得自己修养也不够，只顾着心疼孩子，被气昏头了，忘记问孩子，碰到别人是否道歉。不管对方是个什么人，孩子骑车碰到了，即使只是擦到边，也应该道歉的。您的分析让我明白，遇到特别危险的人，要教孩子避开，即使吃点亏也要及时逃走，以免遭受更大的损失。"

"是的老师，我们不该这样教育儿子，这样教育就会害了他。"他爸爸真诚地说道。

三

1. 对家长：教育孩子理智宽容。遇到类似的家长，我们做老师的要及时沟通、设法说服，让其认识到为解一时之气，对孩子造成的伤害可能是无法挽回的。

作为家长，首先自己要理智，一切要从孩子的安全出发，不逞一时之能。教育孩子及时道歉，化解危险、保护自己。

教师遇到这类案例，及时在班级普及教育，让孩子们提高抵御外界伤害的能力。

2. 对孩子：要学会礼貌待人，遇事学会隐忍、暂避风险。如果无端吃了亏，及时止损。柔弱的小学生，无法与强大的外力抗争，就要先躲过危险，保证自己的安全，然后调节失衡的心理。如果纠缠一时的得失，可能会遭受更大的损失。

家校沟通 8——

教出乐观自信的孩子

每个家长都希望自己的孩子乐观向上,具有良好的心态。可当孩子回家表达对老师的种种不满,家长往往会顺着孩子的思路"推波助澜",解释为"永久性"的动机,殊不知,这样会把孩子引入歧途。遇到问题,应尽量引导孩子回到具体事件,然后针对细节,分析其中可改变和不可改变部分,把孩子往可控的、积极正面的方向引领,教育孩子学会辩证地看问题。当错在自己时,必须负起责任并且尽力修正行为。

一

一个六年级的孩子回家抱怨:老师越来越懒惰了,昨天复习时的默词,每个班干部改了 5 份,从前都是老师自己改的。

妈妈:"老师再让你改,你就说要赶着写作业,回家还有妈妈布置的课外作业要完成。"

一个四年级的孩子刚换了一位语文老师,回到家抱怨:这个老师不如原来的老师好。原来的老师讲课妙趣横生,对知识点反复讲解,现在的老师讲课古板生硬,讲完就不问了,太不负责任!

妈妈:"不要理他,这样的老师不值得尊敬! 你自己好好学习,不要指望他!"

一天晚饭后,一名一年级的孩子正在写着作业,妈妈突然看到老师发来的短信:今天下雨,到教室外面蹚水的孩子有某某某……请家长配合教育。

妈妈:"这个老师真是的,孩子不就是下课出去玩一会吗? 明摆着不喜欢我们家小玉,下着雨就不能出来了吗? 真是小题大做!"

类似的事件屡见不鲜。

二

作为家长,我们希望自己的孩子具有什么品质? 将来是个什么状态? 过什么样的生活？确定了总体目标和方向，再探讨合适的培养方法。

美国积极心理学之父马丁·塞利格曼在《教出乐观的孩子》一书中有这样一段话：如果有人问我儿童最需要的品质是什么，我会说乐观、兴趣和习惯，并认为这是最重要的儿童教育目标。没有浓厚的兴趣，就没有成长的动力；没有良好的习惯，就没有成长的保障，而兴趣与习惯都离不开乐观这个基础。马丁·塞利格曼认为，孩子是否乐观是教育成败的根本标志。①

那么，怎样培养出乐观的孩子呢？

父母究竟怎样做，才能培养出乐观的孩子？可以参考以下几种最常见的情况：

1. 当孩子回来抱怨老师懒惰——动机归因。当孩子回来抱怨老师让他帮忙做事时，先不论老师做法正确与否，作为家长，可以利用这个契机培养孩子乐观品性。我们先和孩子坐下来探讨具体问题：老师怎样"懒"的，让孩子充分发言。孩子可能会列举很多例子，比如让学生互相批改默词、擦黑板、出黑板报、帮助后进生、倒垃圾，等等。孩子抱怨完毕，家长相机引导：回忆一下，当你第一次批改默词，多长时间改完？第二次批改发生了什么变化？你是不是能越来越快地找出错别字？是不是浏览速度在加快？为了加快速度，是不是注意力集中的时间更长了？

当得到了肯定答复，你就可以告诉孩子：你瞧！你从老师的"懒惰"中得到多少锻炼！如果这个老师真的是因为懒惰才让你们做事的，那正好歪打正着！我们也可以猜测，老师是不是故意磨炼你的意志、锻炼你们的能力呢？

不一定给孩子肯定的答案，可以让孩子带着疑问，到生活中去观察、思考、体会、发现。

2. 当孩子抱怨老师上课无趣——"因祸得福"论。当孩子回家倾诉老师上课无趣，无论是听信了同学的议论，或者只是一时对老师不满，或者真是老师水平堪忧，我们做父母的都要思考一下，该怎么解释才能不让孩子因此而消极悲观呢？

可以尝试顺势引导。先顺着孩子的思路说：你觉得这个老师水平不行，妈妈没有发言权，因为我没听老师上课。但是妈妈想知道，今天这个老师讲了什么内

---

① ［美］马丁·塞利格曼：《教出乐观的孩子》，洪莉译，北京联合出版公司 2020 年版，主编序第Ⅰ页。

容,让你有这么多的感触呢?

引导孩子说出具体是哪一堂课让孩子有如此感受,这堂课老师讲了什么内容,怎么讲的。通过这一系列问题,孩子就会回忆老师上课的内容及方式。比如孩子说某一方面知识点没有讲透、没听明白等。家长就可以这样引导:如果老师讲得不透彻,你就只好自己去钻研了,你自己研究的,比从老师那里听来的掌握得更牢固、理解更深刻。这个过程,也提高了自主学习的能力,为将来的学习打下良好的基础……

家长可以告诉孩子,碰到不理想的老师,也未必是件坏事,塞翁失马,焉知非福? 解释好了就是孩子自身成长的一个机会;解释不好,就导致孩子消极,怨天尤人。

3. 当孩子抱怨老师作业布置太多——转移情绪法。孩子抱怨作业多,首先内心平和地听孩子发泄完,然后问他:是不是今天的作业有点多、有点难? 需不需要妈妈的帮助? 遇到这样的事,我们首先引导孩子从坏情绪转移到具体要完成的作业上来,然后探讨问题的解决方法。当完成作业后,再和孩子沟通、交流作业到底多不多的问题。接下来怎么引导交流,要看作业完成时间。

如果9点前就完成了,可以找孩子谈谈,比如:你对老师的抱怨来自哪里? 为什么你会觉得作业多呀? 哪一门功课的作业多还是每一门都很多? 如果作业做到很晚,就等第二天抽时间再谈,查看哪一项作业费时比较长,共有多少内容,然后再和孩子一起探讨,怎样做可以节约时间、提高效率。等成功节约了时间、提高了效率,就可以告诉孩子:你看,作业多的确很麻烦,但只要我们积极想办法,提高效率,就不是问题。如果以后遇到类似的事情,就有了应对经验,坏事变好事了啊! 如果作业多到提高效率后也无法按时完成,先鼓励孩子自己找老师沟通,告诉老师自己完成作业的情况,实在不行,家长出面找老师沟通。过后再跟孩子探讨总结处理问题的方法:以后再遇到类似的情况,可以按照这个步骤处理。

教育孩子的过程中,我们需要针对具体的事件进行有针对性的引导,让孩子在个案处理中学会直面困难,锻炼自己的耐挫能力,学会分解问题、解决问题及按步骤处理问题的方法。

4. 当老师发来批评信息——换位思考。看到批评信息,家长需要和孩子探讨挨批的具体原因。比如上文中,孩子下雨天到外面蹚水受批评,妈妈不可随意

抱怨，因为我们希望培养出乐观自信的孩子，这样的抱怨就有违培养目标。

　　家长该怎么做呢？首先引导孩子和老师换位："老师也是普通的家庭主妇，回到家要做各种家务，大人孩子都需要照顾。老师休息时间还发来提醒信息，这不能说明和你有仇，只能说明老师心里牵挂着你们啊！这得多爱他的学生，才会在忙着家务时依然牵挂着你们！"

　　如果家长收到信息就随口抱怨，一方面传递给孩子一个信号：妈妈不喜欢老师！那么，孩子还会喜欢老师吗？孩子对老师的厌恶，往往表现得很直白。当老师发现一个孩子对他怀有敌意，有的老师会反思自己做错了什么，也会有老师由此推测，家长对老师怀有不满，这样就容易造成家校矛盾。另一方面，与家长的培养目标相悖。您要把孩子培养成一个有修养、乐观的好孩子，还是培养成一个凡事怨天尤人的"愤青"？再一方面，这样的解释风格，从内容到形式，孩子也正仔细聆听着，他学习到的不只是您解释中的特定内容，还有您的普遍解释风格，并且将您的风格变成他自己的。您愿意培养出一个消极悲观、凡事怨天尤人的孩子吗？

　　相反，您可以和孩子沟通："外面下着雨，天气那么冷，如果你的鞋子和裤子湿了，会怎样？"她肯定说冷。"你想，一整天不能回家，你穿着湿的鞋子、湿的裤子，多难受！老师不让你出去玩水，就是怕你弄湿了衣服，担心你受凉，难道这不是老师爱你的表现吗？如果是妈妈，也不会让你出去玩水！所以老师发来信息告诉妈妈，让妈妈教育你爱惜自己，防止感冒。你看，我们都吃过饭了，老师这时应该是休息时间，还想着发来信息告诉妈妈，你说老师是不是很关心你？"

这样的解释让孩子感受到来自老师的爱，孩子心里就会暖洋洋的，会感觉很幸福，自然会和老师亲近，也更愿意接受老师的教导。孩子在学校的生活和学习也会越来越顺，成绩自然也会越来越好！这才是家长们希望看到的结果。

三

1. 要引导孩子回到具体问题。遇到类似的情况，要引导孩子说出具体事件经过，然后针对细节，分析其中可改变部分和不可改变部分。

这其中的错误，可以分为自己的原因和其他的原因两个方面。当分析具体问题发现是来自孩子自身的原因时，我们要引导孩子对这件事负责——尽力修正自己的错误行为，引导孩子说：这次做错了，下次我会做得更好；当确认问题与孩子无关、来自其他方面的因素时，就要引导孩子正确看待这件事，让他们觉得自己有价值，不要无故自责。但同时要引导孩子从别人的问题中，汲取自己成长的营养——比如，老师让孩子批改作业，孩子从中得到了提高。总之，把孩子往可控的方向、往积极正面的方面引领，让孩子学会辩证地看问题，并从处理问题的过程中获得成长。

2. 经营良好的师生关系。好的亲子关系和师生关系胜过许多教育。也许可以进一步说，好的关系需要好的解释，好的解释才是好的关系。父母和教师积极的解释风格可能引导孩子乐观，消极的解释风格可能导致孩子悲观。[①]

塞利格曼教授说："孩子就像海绵，他们不但吸收你所讲的话，也吸收你讲话的方式。所以帮助孩子的方法之一就是，你自己先获得拒绝悲观的技能。"[②]只有当孩子乐观自信，一切才会充满希望。

那么对孩子解释，就牵扯到解释风格的问题。解释风格是乐观养成的基础。解释风格有两种：乐观的和悲观的。

塞利格曼教授在《教出乐观的孩子》中写道："乐观的基础不在于励志词句或

---

① ［美］马丁·塞利格曼：《教出乐观的孩子》，洪莉译，北京联合出版公司 2020 年版，第Ⅴ页。
② ［美］马丁·塞利格曼：《教出乐观的孩子》，洪莉译，北京联合出版公司 2020 年版，第Ⅴ页。

是胜利的想象,而在于我们对原因的看法。我们都有对原因的习惯性的看法,我称此为个人特有的解释风格。"[1]

3. 培养积极的解释风格。悲观的孩子总认为坏事发生在他身上的原因是会永久存在的。既然永久存在,坏事就会不停地发生。相反,从挫折中爬起来和抗拒抑郁的孩子则相信导致坏事发生的原因只是暂时的。

可是某些家长们给孩子解释:"语文老师讲得不好,不要听他的。"——这就是永久性解释,这是告诉孩子,语文老师没有水平,你不要向他学习,不要听他讲课。这样解释,一方面是对孩子学习不负责任,另一方面是对孩子成长不负责任。

试想,一个孩子常常听着来自父母这样的评价,对老师反感是必然的,因"恨屋及乌"而对这门学科反感。以后他会把碰到的暂时性挫折解释为永久性——老师水平不高,那么孩子就为自己语文学不好找到了借口。孩子在接受家长的解释内容的同时,也在习得家长的解释风格——永久性的,这是自己无法改变的,也不可能随着时间而改变。习得永久性的解释风格才是最可怕的。

当孩子抱怨老师,家长不可以粗暴打断,应该让孩子把情绪宣泄完,然后根据具体情况再做适当的引导。我们告诉孩子,抱怨只会让情绪更坏,让自己成绩下降,让自己不积极主动,形成一种凡事从外界找原因的习惯。

4. 培养积极行动的能力。无论遇到什么难题,我们都应该积极行动起来。当困难来临,学会坦然面对、积极解决。只有处在具体问题的场景中,我们才能积极想办法,可以把难题分解为数个相对简单的问题各个击破,也许难题就会迎刃而解;即使困难很大,一时难以分解,那么在执行中也会有很多变数出现,只要积极想办法,解决的概率也是非常大的;退一步说,即使各种办法都尝试过也无法解决,最起码在探索过程中,家长和孩子齐心协力面对困难的态度与积极努力,一方面密切了亲子关系,另一方面锻炼了孩子的能力,让孩子学会坦然接受各种结果。而不积极行动,就永远停留在困难的境地无法自拔。积极行动可以提高免疫力,增强孩子应对各种异常状况的能力。

教孩子在事情不顺时埋怨他人,就如同教他撒谎一样,后果是可怕的。以下两个行动目标,也许会对孩子有帮助。

---

[1] [美]马丁·塞利格曼:《教出乐观的孩子》,洪莉译,北京联合出版公司 2020 年版,第 40 页。

第一个目标：当孩子做错事，不要轻易就算了。当孩子成为导致问题的原因时，他们必须对事情负责，然后进行改正。

第二个目标：不要总是埋怨自己。抑郁的儿童和成人，不论事情是不是他们的错，永远都怪自己并且觉得愧疚。长期怪罪自己也会增加孩子患抑郁症的概率。我们的目标是教导孩子如何正确地看待自己、如何辩证地看问题。当错在他们时，他们必须负起责任并且尽力修正其行为；当问题与他们无关时，仍然会觉得自己有价值。[①]

---

① ［美］马丁·塞利格曼：《教出乐观的孩子》，洪莉译，北京联合出版公司 2020 年版，第 46 页。

家校沟通 9——

"我不去！我不想跳绳！"

俗话说,孩子是家长的一面镜子,每个孩子身上都带着家长深深的烙印。当学校教育单方面无法解决问题时,就要去探寻其源头——来自家长的影响,以求家校合作。当这些工作还不能奏效时,适当搁置。当我们怀着满腔热忱去期待、去寻找,机会总会出现,只是要有足够的能力和专业知识去捕获这个教育契机。

一

这年的学期末,学校要开运动会。其中一项长绳比赛的要求是:每班共十组同学参加长绳团体赛,每两人一组,每次一组两人同时起跳,十组同学循环进行,比赛时长三分钟。所以这次需要 20 名同学参赛。因为两人同时起跳难度大,班级报名人数不够,我只好到班级再动员,有几个同学推荐夏雨。我让学生去请被她拒绝了。我有点奇怪,她是会跳的,又是大家选出来的中队干部,怎么会不愿意参加班级活动?

我想了想,还是放下正在训练的同学们,快速爬上 3 楼气喘吁吁地来到教室。"我不跳,他们说我跳得不好!"她皱着眉对我说。我好劝歹劝,她心不甘情不愿地来了,但一直脸色阴沉,懒洋洋跳了约 10 分钟,不配合不协调,一个都没顺利跳过去,我也有些着急了,但还是安慰自己:可能她今天情绪不好。

夏雨是一个多月前当选中队委的,她平时成绩不错,虽然默默无闻,给人的印象却不差,当选后我才渐渐发现问题。最近班级的同学接二连三得了流感,又是冬天,不能一直开窗户,传染严重。家长们买了一台紫外线消毒灯,却需要全部同学离校才能消毒,因此家委会号召家长报名轮流值班。一个多月过去了,大部分家长都排过班了,可是夏雨家长一直没报名,无论我怎么动员,她家长都不发声。作为中队劳动委,她每天的任务就是检查班级卫生、记录同学们的出勤情况,并上报卫生老师。前几天卫生老师找到我,说我班是全校卫生员记录最马虎的一个。班级的卫生夏雨也不管不问,常常是我督促,或者找别的同学代替。

两天后,我又给学生训练长绳,发现夏雨没来,我让同学去请她。"我不去!我不想跳绳!"她回答得干脆利索。

我只好又跑一趟开导她:"作为班干部,应该给同学们带个头,你会跳绳,现在只是增加了点难度而已,好好练习,一定会为班级争光。"她一言不发地来了,但是从头到尾,和上次一样,我十分失望。

因为找不到替代的同学,就这样训练了两周。到了比赛那天,她心不甘情不愿,比赛结果可想而知。

比赛过后,我找她谈话,问她为什么对班级的荣誉一点都不上心。她迎着我的目光说:"我妈妈说了,除了学习,这些都不重要,我只要学习好就行了。"

听了她的话,我准备好的所有教育说辞都十分苍白无力,一向自信的我顿时失去了教育的欲望,感觉这绝对不是通过我几次谈话就能解决的问题。

我只好把这件事放到一边,想了解原因,就继续不动声色地和她聊。她告诉我,爷爷奶奶在山东农村,有一年过年,她跟着爸爸妈妈回去过一次,在奶奶家住了一夜,因为妈妈说太冷了就回来了。爷爷奶奶从没来过南京,妈妈不能接受外人来住。爸爸和妈妈也因此吵过架,但从来都是爸爸妥协,所以过年就是爸爸一个人去看望奶奶。

二

我是从教近 30 年的老班主任了,却一直被这个事件困扰着,苦于找不到突破口。经验告诉我,很多教育,学校都无法孤立完成。年龄越小的孩子,家长影响力越是强大。要想对孩子施加影响,必须首先了解家长。但是,和家长电话联系后,她推脱太忙,没有时间,等有空了主动来找我。

寒假前期末考结束,就下大雪了。质量分析、学生《成长的脚印》的填写,都差不多做好了,第二天就是学生到校拿成绩册的时间了。中午接到夏雨妈妈电话,说孩子生病了,她外婆提前来学校拿孩子的《成长的脚印》。我和她约好下午4 点钟见面,下班后我等到 6 点也没等到,给她打电话也一直没人接。谁知我刚到家,就接到夏雨妈妈的电话,说孩子的外婆在路上摔了一跤,好不容易赶到学校老师却已经下班了。

言语之间,怪我没有一直等她。

我灵机一动说:"夏雨妈妈,您什么时候有空?请您过来学校拿吧,老人年纪大了,天不好路也滑。"

她想了想,答应了。

第二天下午,夏雨妈妈来到了学校,我请她坐下,和她聊起来。

"感谢您能来,我想请教您一个问题,孩子在家常常展露笑脸吗?"

她被我问得有点懵,想了一下:"您是说孩子在学校没有笑脸吗?"

我点点头。

她若有所思地说:"因为工作的关系,我一直常住上海,孩子都是她爸爸和外婆照顾,我管得很少。嗯,她确实不怎么爱笑。"

"您孩子什么原因不笑?"

"这个我还真不清楚,我工作实在是太忙了,孩子的成绩一直都很好,也不惹事,笑不笑有那么重要吗?"说着,她却笑了,只是笑得有些勉强。

"这个学期,孩子被选为中队劳动委,您知道吗?"

"我知道,是选上班干部了,至于是什么委,我没在意。"

"孩子劳动委做得并不出色,她没有任何积极性,工作疏漏是常有的事;我观察发现,她并不快乐,总是苦着一张脸,不爱搭理人,让她参加班级活动,也很消极。这样下去,对孩子的成长不利啊!"

"不瞒您说,我上学的时候也是这样,老师就喜欢成绩好的,我年年都是三好生!我现在银行工作,工作能力强,在部门独当一面,别人嫉妒我的工作业绩,我却为此自豪!夏雨是不是也属于这样的情况?"

我看在这方面不可能一下子突破,就想从另一面打开:"您常年在外地,孩子虽然由您父母和她爸爸照顾,可是,女孩子渐渐长大了,母亲的关爱和照顾对她更重要,您有没有考虑过调回南京?"

"您什么意思?难道因为孩子,要我放弃打拼多年的事业吗?"她双目瞪视着我。

我看她有些激动,赶紧说:"您不一定要放弃自己的事业,您也可以考虑把孩子接到上海去读书啊!"

"您说什么?她来到我身边?让我天天接送她上学,还有一大堆乱七八糟的事情,我不能让她影响我的正常生活!"没想到她反应更加激烈。

我瞠目结舌,本以为只是教育观念问题,没有想到……

我突然理解孩子的冷冰冰了。

一种深深的无力感紧紧摄住了我的心。从教多年，听同事们说过类似的情况，今天算是亲眼见识了。

因为放寒假，所有的教育设想都只能暂时放下。第二学期开学后不久，夏雨就患病了，说是扁桃体发炎，天天发烧，其间也来上学，但后来又发展成胃疼，断断续续持续了一个多月。家长也开始着急，外婆上午送孩子来上学，下午接回家休息，作业也天天完成。我观察夏雨，脸色很差，无精打采的，为了孩子，我再次联系她妈妈，正好她在南京，我就约她来学校聊聊。

见面后她反复强调，担心夏雨因长时间不能来上学而影响学习。我告诉她，孩子身体比学习重要，只有养好身体才能投入学习。夏雨的学习能力很强，底子也好，回来我再给她补补课，成绩应该不用担心。我提议，让孩子安心在家休息几周，后面再看孩子的康复情况。这段时间不让孩子学习，只放松身心、调养身体。

听了我的话，她有些动容，再三表示感谢。

果然，夏雨在家休息了两周后，在期中测试前来学校上课了。考试前，我给她补了语文，安排班干部给她补了数学和英语，期中考试成绩处于班级前五名，夏雨自己比较满意。

成绩出来后，我又约见了夏雨的妈妈，这次的谈话，终于有了一点点突破。

"老师，如果不是您建议给夏雨彻底休息两周，她康复不会这么快，非常感谢您！"

"您太客气了，夏雨是您的女儿，也是我的学生，您心疼她，我也一样啊！"

"我之前也不让她写作业，可她自己放不下，生怕耽误了学习，是您给她吃了颗定心丸，她才真正放下。我家这个女儿在学习上就是不让我操心，和我小时候一个样！"

我直接忽略她的自夸："我只是给她补习了语文，英语和数学都是班干部帮她补的，还要感谢同学们的真挚友情！"

"是的，这个班的同学真好！我要送给帮她补课的同学一人一套文具。"

"不必破费，同学之间就应该互相帮助，班级像个大家庭，需要团结协作，遇到困难互相帮助，才能让每个同学感受到集体的温暖！一个优秀的班集体，需要每个成员的齐心协力。就像我们一直进行的班级紫外线消毒，正是持续不断的消毒，才让我们班幸免于大面积暴发流感。其间，几乎每个家长都主动为班级消毒过，有的家长离学校很远，下班专程跑过来，每个座椅都用 84 消毒液擦洗一遍，然后再进行紫外线消毒，一直要到 8 点多才能做完，其实这不只是对自己孩子的关心，更是对所有同学的关心。正是每个成员的辛勤付出，才让我们班如此优秀！"

她听了，低下头，若有所思。

对于夏雨，之前我一直感到束手无策。这次期中考试后，我试着和她接触交流，渐渐地，她不再那么排斥。我委婉提到她生病后班干部为她补课的事，让她反思自己作为班级劳动委，为班级服务是否尽心尽力？让她回想一下入学以来，作为一名成绩优秀的孩子，是否关心帮助过其他同学？是否尽力去为自己的班级争得荣誉？

一次次沟通，夏雨也渐渐有了变化。她每天早晨主动检查班级卫生，记录生病没来的同学，及时报到卫生室。我表扬她的时候，她告诉我，是妈妈支持了她。虽然做得还有很多需要改进之处，比如有时忘记检查、忘记送记录本，但总算有了主动融入集体的愿望。

所有的教育，都应该是春风化雨、润物无声的。越是刻意去强求，越是难得到。夏雨的案例中，当引导不能奏效时，适当搁置，找到机会适时沟通，虽然还没有达到最好的预期效果，但是改变在悄悄进行。

三

回想夏雨的教育过程，我有很多感悟。

1. 分析家长的言行，寻找教育契机。从一开始解决问题的思路来看，好像没有错，多次沟通无果后，我有些气馁。

在后来很长一段时间里我一直在心里为自己开脱，但是只要有空，我脑子里就一遍遍地放映着和家长沟通的点点滴滴。那天我晚上又坐在电脑前看着沟通记录，突然，一个细节引起我的注意："不瞒您说，我上学的时候也是这样，老师就喜欢成绩好的，我年年都是三好生！"我仔细审视这句话，发现很有意思，夏雨妈妈说她上学时老师就喜欢成绩好的，还年年都是三好生。这说明她也是老师们培养出来的啊！

我心里激灵一下，开始回忆自己作为班主任 30 年来，都是以什么标准来评选一届届三好生的。这一回忆，把自己吓了一跳，十几年来，三好生评选虽然也强调德智体全面评价，但是学校、老师也会有意无意地强调成绩在评选中的重要性，比较倾向于评选成绩好的学生为三好生。在老师的导向下，把成绩作为评判的重要标准，其他方面有时难免忽略。这位家长自学生时代不就是在学校、老师们的一致好评中成长为家长的吗？

就是现在，每次评选三好生，成绩依然是重要的参考标准，只要这个学生没有明显的恶劣行径，老师大多会更认同成绩拔尖的孩子，偶有成绩好的孩子没通过三好生评选，老师们还会扼腕叹息：可惜了，这么好的成绩！

现在看来，这种做法值得我们认真反思。

2. 教育孩子，须争取家长的支持。近年来，越来越多的报道让人们警醒。这一个个案例中的学生，从小遭遇了怎样的家长？他的历届老师们，有没有发现过问题？又或者发现了问题，无力改变。其实夏雨的案例，如果没有恰逢她一段时间的生病，恐怕我也无能为力。不过，当我们满怀爱心耐心等待，也许奇迹就会发生。

3. 教育是农业，要等待最佳播种时机。发现孩子的问题，老师急着沟通，往往不容易成功，因为家长根深蒂固的教育理念不会因为老师的一番说教就会有所改变，反而有可能引起反感。

夏雨的案例，对我启发很大。我越来越觉得做教育要有足够的耐心，要学会等待时机。我相信这句话:"心念一闪,震动四方。"当我们怀着满腔热忱去期待、去寻找,机会总会出现,只是要有足够的能力和专业知识去捕获这个教育契机。

新形势带来的家校沟通问题也是极富挑战性的,用老方法去解决新问题,恐怕达不到沟通效果,还可能引起不必要的矛盾。怎样达到教育效果,值得教育者们深入思考并在实践中探索。

家校沟通 10——

"四顾茅庐"

芸芸众生中,有这样一类家庭:生活困顿、孩子顽劣、夫妻关系紧张……总之一地鸡毛。面对来自这样家庭的孩子,老师们都想做点什么,可稍有不慎,容易导致家校关系紧张。做? 不做? 不做——良心不安;做——困难重重。在矛盾中,我一次次说服自己勇敢尝试,通过"对话"使家长放弃原有的"思维假定",渐渐接受老师、接受老师尝试改变的建议,和孩子共生长……

我一直坚信:也许我们很难把一个孩子的成绩从"末尾"变为"第一",却可以让家长看到老师的责任心和敬业精神,让孩子沐浴在正常的、充满爱的环境里,让他将来拥有幸福的能力!

一

多年前我刚调到一个学校,一个暑假后开学,我接手三(1)班。刚接班于小猛就给我一个下马威:那天放学后,他跟着路队正常出了校门,到近 8 点他妈妈急匆匆找到学校说他没回家,幸好我那天有事加班,就请了两位住在附近的家长和我一起找,后来在学校后面的小巷子找到了于小猛。原来数学测验不及格,老师又要家长签字,他不敢回家,怕挨打。

我渐渐了解到,于小猛的各门功课都很差。我常常叫他到办公室补写作业——他从不写家庭作业。但他到了办公室,大部分时间在发呆。回到教室,就扰乱课堂秩序,做出各种搞怪动作逗同学们发笑,引起任课老师的极大愤慨。我批评了他几次但收效甚微,因此我很苦恼。有的老师提醒我:"这孩子不属于本学区,你可以劝他去自己的学区读书。"

我心里一动。虽然觉得这样做有些"残忍",但仍自我安慰:他应该去他自己的学区读书。反复考虑后我决定去家访,顺便探探家长的口风,看能不能劝其转学。

一天下午放学后,我和于小猛一起来到离学校不远的他家里。开门的是个中年男人，叼着烟，黑着脸，堵在门口没有让我进的意思。我扫视了一下屋里，黑乎乎的，一间十多平方米的房子，放了两张床、一个饭桌，衣服胡乱堆在墙角的一个木架上，除此之外就别无他物了。

"这是王老师。"于小猛畏畏缩缩地说。这个人冷冷地看着我，依然堵在门口不说话。

我有点发怵，猜想这应该是孩子的爸爸，于小猛没有介绍，我也愣愣地没敢问。但来到人家门口了，不能就这么"落荒而逃"，我硬着头皮说："我来家访。""我不管他学习，你去找他妈！"然后"嘭"地一声，把门关上了。

我无奈地摇头，更坚定了劝其转学的决心。

于小猛低着头沉默地带着我在弯弯曲曲的巷子里行走，我心情低落到了极点，默默跟在他后面。这里全是小商贩，叫卖声不绝于耳，我恍若回到了农村的集市。平时活跃无比的于小猛这时像霜打的茄子，磨磨蹭蹭地走到一个瘦小的中年妇女跟前，怯怯地叫了一声"妈"。

那妇女正忙得不可开交：一边在炸甘蔗水，一边在卖着毛栗子。看到于小猛就恶声恶气地训斥："你来干什么？回家写作业去！"

"王老师来了。"

于小猛的妈妈这才抬起头来，我看到与她年龄不相称的沧桑。她看了看我，不咸不淡地说："他又犯啥错了？"不等我回答又接着说："老师，他犯啥错你尽管打，我忙得连中饭还没吃呢，我真没空管他！"

听了她的话，我愣在那里。来以前想好的一箩筐话一句也说不出口，只好胡乱说着他在学校的表现。我结结巴巴不知道自己说了些什么。于小猛妈妈手上一刻不停地忙着，似乎并没有听我说话，说着说着我感觉说不下去了！他妈妈抬起头眼神直直地看着我，我"落荒而逃"。

多年后的今天，想起当时的一幕，仍令我感觉到尴尬无比。

二

直到第二天，我仍然感觉很沮丧，忍不住在办公室讲了家访的情况，教过他一、二年级的班主任说："你呀！一腔热血洒错了地方！你以为我们没做过努力吗？教过他的老师都知道，家长不配合，没有用！"

"你初来乍到，不晓得情况。于小猛的爸爸是解除劳教人员，在家吃低保，于小猛妈妈和周围的邻居都怕他！他妈妈来自农村,在小巷菜场入口处做小生意,卖点零食,整个家庭就靠她那点收入维持,虽然她也想关心孩子,但是力不从心。我们都做过工作,没看到效果。王老师,你也是白操心!"数学老师说完,叹了口气。

听了老师们的话,我知道家长不是针对我,心里多少好受了一点。

孩子生活在这么特殊的家庭,变差很容易,想进步太难了!但于小猛在家长面前局促、不安的样子在我脑中挥之不去。这孩子平时在学校天不怕地不怕的,看得出来他怕家长。

经过分析,我猜想于小猛可能是怕老师笑话他的家庭吧!假如我猜测不错,说明他爱面子、自尊心挺强。如果我赶他走,可想而知,他得受多大的打击!他才三年级,今后的路还很长,爸爸妈妈就这样,我这个老师如果也放弃了他,怎么都于心不忍。

我考虑再三,觉得目前让于小猛家长配合我做工作似乎不太可能,但是没有他们的支持我也很难取得成效。无论家长怎样不负责任,在教育孩子方面,他们的地位是无人能够替代的。

我犹豫再三,还是说服自己再次尝试,不管是否成功,我对得起自己的良心,也算给自己一个交代。

第二次家访,是在几天之后。我决定首先从于小猛妈妈这边突破,我知道他妈妈在下班高峰期是最忙的,因此我下午请假,三点多来到他妈妈出摊的地方。我这么快就"二顾茅庐",可能让她始料未及,这次客气多了,又是给我端甘蔗水,又是给我剥毛栗子,我倒有些"受宠若惊"了。

果然这个时间段她比较清闲,我们聊了起来。我先不谈孩子的学习,只从家常说起。他妈妈打开了话匣子,说着她的种种艰难和不幸,说到动情处,竟流下了眼泪。

我看有交流的可能,就想先打动她:"孩子的未来,就是你们家的未来,培养好孩子,家庭才有希望。"

"王老师,我家这孩子是没用了,他根本学不会,我怎么生了这倒霉的孩子!"她伤痕累累的双手相互缠绞着,瘦削的脸庞上写满了无奈。

"小猛妈妈,我不赞同您的说法。于小猛虽然学习成绩不好,但是很懂事,上次我来家访,他看到你忙都不敢上前打扰,说明孩子心疼你。世上那么多的家庭,他选择了您做妈妈,这是你们母子的缘分。他来到了您的家,您就对他负有培养和教育的责任……"

她深陷的双眼两行泪水无声地流了下来。

"前几天于小猛放学后为什么不回家,您问他了吗?"

"我问了,他说他没考好,怕他爸爸打他。"

"你们经常打他吗?"

"是他爸爸经常打他,那个人脾气暴躁,我没办法。"

她又如实地告诉我孩子爸爸的情况,最后说:"孩子成绩不好,家里整天鸡飞狗跳的。"

我趁机引到了孩子的培养、教育,说培养孩子对将来家庭幸福的重要性,只有将孩子培养成材,他自立自强,家庭才能有实质性的改善……

这一次,我和于小猛妈妈谈得还算愉快,她也能接受我的观点。我表示作为老师愿意付出努力,她也答应配合,但是强调她啥都不会。我告诉她,不会没有关系,还有老师呢,只要您配合做好督促工作就行。

鉴于他们家庭的实际情况,对她提过高的要求也是枉然。第一步我只要求她找个时间跟孩子谈一次话,告诉他妈妈多么爱他,告诉孩子妈妈对他的希望,激发他的自尊心和改善生活的欲望与勇气。

和他妈妈达成共识,我就和于小猛约了时间谈话。

"于小猛,我和你妈妈聊过了,我们聊得很愉快。"

听了我的话,他吃惊地望着我。他一定是想起上次家访他爸爸妈妈的表现。

"的确是的,你妈妈一个人支撑全家,压力已经很大了。表面看起来她对你很凶,其实她非常疼爱你!"

"我妈妈天天都骂我!我爸爸动不动就打我!"说着低下了头。

"你妈妈那是恨铁不成钢!天下哪有妈妈不爱孩子的?只不过因为生活太艰难了,她看你不爱学习,心里着急,又不懂怎么和你沟通,可能这样做对你来说没有效果,可是她不懂啊!我们聊过后她知道自己错了,答应以后多关心你学习,督促你写作业,尽量不骂你。当然,你也不要老惹妈妈生气。"

"我不相信妈妈会不骂我!"

"这样,从今天开始,你每天回到家,看看妈妈有没有改变,明天咱们再交流,好吗?"

第二天到学校,我就问他:"你妈妈昨天对你怎么样? 骂你了吗?"

"没有,她让我快点写作业。"

"你做到了吗?"

"我写不下去,有好多不会做。"

"会做的做好了吗?"

"做了。"

"把不会的拿过来问我,数学可以去问于老师。"

一段时间后,于小猛渐渐能完成一些作业了,我挺开心。但如果想让于小猛继续进步,需要家长的进一步配合。因为他妈妈每天都在做生意,督促学习的任务最好能由在家闲着的爸爸承担,于是我和于小猛妈妈事先商议好,我"三顾茅庐"得以成功。

于小猛妈妈带着我来到她家,刚才坐着的于爸爸只站了一下,然后依然黑着脸坐下。我首先表扬:"于小猛最近还是很有进步的,作业虽然错误率很高,但是能完成一部分,这和你们俩的配合是分不开的。"

我转向于小猛爸爸:"听于妈妈说,基本都是您陪着孩子学习,所以于小猛的进步都是您的功劳! 孩子自尊心很强,如果您能不动手,有问题好好跟孩子说,孩子进步可能会更大。您看,孩子这次离家出走,虽然没敢跑多远,但是以后保不准孩子的胆子越来越大，跑远了就麻烦了。孩子考不好，我们要耐心找原因，不是还有老师吗……"

我说了半天，于小猛爸爸低着头，一声不吭。他妈妈出门送我，并给我解释：自从解除劳教后，小猛爸爸脾气越发暴躁，更不爱说话了，也不愿意出门。我告诉她，虽然于小猛的爸爸没有说话，但感觉他听进去了。

我时常跟于小猛聊天，这次家访后，他挨打的次数少了很多，在校情绪控制有了点进步，课堂捣乱少了一些，但是作业问题依然突出，主要是家庭作业完不成，在学校补作业是家常。我觉得有必要请家长进一步积极配合，于是决定"四顾茅庐"。因为有了前面的沟通基础，我就和他爸爸妈妈约了个时间，来到他家。

"小猛家庭作业依然无法全部完成，常常来学校补，课间没有休息的时间，让孩子课堂上思想更无法集中。如果你们能在家督促孩子完成作业，这样于小猛的进步会更快一些。"面对局促不安的一对夫妻，我简短地说。

"老师，我天天晚上是最忙的，就靠这个时间卖点东西养家糊口，我晚上回来都 10 点以后了，我没法管他作业。"于小猛妈妈皱着眉说。

我把目光转向于小猛的爸爸："您看小猛妈妈晚上没有时间，能否请您督促孩子完成作业？"

他依然黑着脸不吭声。

我有些尴尬，但还是硬着头皮继续说："我这是第四次家访了，因为我对小猛充满了信心。他这段时间在学校有进步了，上课闹腾少了，学校作业基本能完成，小测验也考及格了一次。如果您能在家帮助他，我相信他的进步会更快。"

"我怎么帮助他？我什么都不会！"瓮声瓮气的声音透出不耐烦。

"你不需要会，我会让小猛把每天要完成的作业抄在本子上，您只要照着作业单看着于小猛做完，无须您指导作业的对错，是否可以？"

也许是看到我的诚恳，也许是被我的执着感动，总之，他点了点头。

虽然他爸爸答应了，但是配合督促孩子完成作业做得并不好，有时依然少作业，所以于小猛的作业即使是完成的，错误率也很高。每天来到学校订正，就是一件大事。我动员班干部轮流值班检查督促，一直紧抓不放，每次考试成绩出来，我都会在他试卷上写批语，总结分析他的进步和需要进一步加强的地方。

渐渐地，于小猛的各科成绩基本能及格了，被打的次数也渐渐少了，这可以从他光洁的脸颊和阳光开朗的笑声中读出来。

一个学年转眼过去了,在一次又一次谈话、交流沟通的过程中,孩子对老师很少抵触了,上课捣乱少了很多,有时管不住自己,老师稍作提醒,他就能自我约束。眼看着成绩从每一门不及格到基本及格,语文偶尔还能考个 80 分。我和他妈妈总结分析了孩子一年来的各种进步,他妈妈对孩子有了些信心,并表示继续积极配合。

在于小猛六年级时的一个秋日,下午放学后,我正在办公室收拾东西准备下班,于小猛的爸爸穿着一身皱巴巴的西装,站在办公室门口,对着我深深鞠了一躬,我正不知所措,他已经自顾自回去了。我很感动,这个不会表达不愿出门的人,得鼓起多大的勇气来到学校!

三

每次家校沟通,都源于孩子的教育问题。可是,由于各种原因,沟通有成功也有失败。每个家庭都有各自的特点,我们无法用统一的方法去解决不同的问题,这需要我们自己去探索、去发现。

正像这个案例中,几乎每一位教过小猛的老师都做了积极尝试,可真的太难了!因为家长和学生都受内心的思维假定支配——一直感受到来自老师的压力,内心与老师是对抗的,所表现出的行为更倾向于攻击性。老师一次次的家访,让他们感到来自老师的不懈努力是充满善意的,由此改变了原来对抗性思维假定。① 而我,在一次次打击和绝望中,教师的责任感和过往温暖过我的老师们给了我信心和战胜困难的勇气,让我一次次勇敢地跨越班主任边界,做了家里人认为"危险"的事。

也许我们很难把一个孩子的成绩从"末尾"变为"第一",却可以让家长感受到"责任、敬业",让孩子沐浴在正常的、充满爱的环境里成长。将来他毕竟要成为社会的一分子,无论将来他从事什么职业,他都会怀揣着融融暖意,去感染周围的人。这一直是我矢志不渝的动力来源!

---

① ［英］戴维·伯姆著,［英］李·尼科编:《论对话》,王松涛译,教育科学出版社 2004 年版,第 32 页。

家校沟通 11——

书没送到谁之过？

学生带好学习用品去上学，就像战士带枪上战场一样，这是从一年级甚至幼儿园就应该养成的习惯。但可能因为现在孩子金贵，父母们多是第一次当家长，也缺乏经验，总觉得孩子还小，呵护中忽略习惯养成，因此小学生忘带学习用品的现象司空见惯。门卫室里，家长们送来的琳琅满目的学习用品，常常一张桌子都摆不下。一般家长送来会联系老师来取，但有的家长屡次送来，担心孩子被老师批评，就自己想办法。面对由此引起的家校矛盾，班主任该怎么化解呢？

——

这学期开学我接了一个新班。一个多月后的一天早上，数学张老师就给我看了一封信：

张老师您好！

关于金明没带数学书一事，有必要在此向您说明一下。

昨晚临睡前，金明拿出书来说要家长配合做数据统计。填完数据后就上床睡了，所以早上出门就忘记拿书了，直到快进校门才想起来，我立即回家帮他拿书，等再赶回学校时，正是学生做早操时间。门房态度很恶劣，不让进且要求家长自己想办法。刚好过来一位老师（可能是执勤的领导），我就请他帮忙把书带给金明，并强调一定要在第一节课前交给孩子，他满口答应。

下午接孩子时，听到孩子说数学书一直到第二节数学课下课才由班长交给他。也正因为如此，受到了您的批评并要求做检查。我很气愤！应该说孩子在这件事中是无辜的，我们家长对孩子的过失也做了最大程度的弥补。我把数学书送到学校，可由于门房的蛮横和那位执勤老师的失信于人，不仅影响了金明的正常学习，而且也使您在不了解前因后果的情况下，让金明在您心中留下了不好的印象。因此这份本不该做的检查就以此时的说明向您解释,也再次感谢您一直以来对金明的严格要求和谆谆教诲。

家长:某某某

某年某月某日

虽然家长在信中只字未提对老师的不满,但是言语之间却表明自己和孩子都没有过错,一直在责怪着门卫和执勤老师,他唯独没有想到作为家长没完没了地帮孩子送各种学习用品,应该负有怎样的责任。五年级孩子,是不是应该学会管理好自己的学习和生活?

我觉得有必要和家长共同探讨这个问题。

二

于是,我和金明家长联系并约好时间请他们来学校面谈。

周四下午放学,他们夫妻来到学校,脸色都十分严肃,表情紧绷。

看到两人的状态,我知道单刀直入恐怕要谈崩,于是就从家常谈起。我询问了两个人的职业,原来都是大学教师,我当即表达了对大学老师的敬意。聊天中,这对父母渐渐放松了紧张情绪,我也逐渐引入了对孩子的培养目标的探讨。妈妈说:"我们对孩子没什么要求,只要快乐就行。"爸爸说:"我们一家人比较佛系,就是希望他过得轻松快乐!""是的,孩子快乐非常重要。"我赶紧认同,"您是怎么培养的? 对孩子具体要求是怎样的?"

"我们都是教师,有一颗平常心,不像其他家长,要把孩子培养成什么大人物,我们觉得没必要太辛苦,平时也给予孩子很大的自由空间,从不逼他做任何事,就是希望他自由快乐。"金明的妈妈脸上洋溢着甜蜜的笑容,让我感受到这位妈妈爱子之深。

"是啊,我能感受到您对孩子深切的爱! 金明课堂上思维十分活跃,只要他认真听讲,发言多能切中要点。每个孩子与生俱来具有对优越感和成功的追求。我仔细观察过,金明每次上课忘记带书,或者作业没完成,一整天都会闷闷不乐。人都有社会性,他需要同伴的认可,需要有集体归属感,你们是大学老师,这方面比我更专业。五年级的孩子,对环境早就开始敏感,无论家长怎么安慰、呵护,即使老师不批评,在班集体中,周围同学的异样的眼光,也让他无法快乐起来。这,恐怕有违你们的初衷了。"

我的一席话，让他们一直自信满满的眼神开始变得迟疑，互相对望了一眼，没有回答。

我接着说："你们的培养目标是让他有一个快乐的童年，做一个快乐自信的孩子。可是我接班一个多月了，金明忘带书本、忘做作业至少有十次之多，忘带语文书也不是一次两次了，数学老师说上周两次忘记带书，这周二又忘了。孩子屡次忘带学习用品，严重影响到他的学习。老师批评的目的，是提醒，也是关爱。但被批评的感觉可不好，这些批评让他在集体中情感受挫。可老师如果不疼不痒提醒一句，孩子毫不在乎，习惯只会越来越差。你们都是教师，您觉得小学老师应该怎么做呢？"我把问题抛给他们，但是他们并不接话，我只好继续。

"每次孩子忘记带书，他上课就不踏实，左顾右盼，坐立难安，想看别人的书，一次两次还行，次数多了遭同学诟病。这样不愉快的体验，怎么能安心学习？

"即使老师不批评，这些负面的心理体验对孩子的伤害你们恐怕没有考虑过。今天因没带书课堂上被老师批评，明天因为作业忘写被请到办公室补，后天因为在团队活动中分配的任务忘记完成遭到同伴的排斥。这样下去金明的自信心从哪来？

"你们说一家人都崇尚佛系——要孩子快乐轻松。你们的'佛系'，可能是这样的：不坚持，不争取，随心随性的生活态度和方式。这种'佛系'，看上去颇有些云淡风轻，但细究起来，跟真正的'佛系'相差甚远。其实你们很努力做的，就是保护孩子不受任何伤害，让他在襁褓中快乐！可孩子总要长大，他的心理需求不断升级，马斯洛的五种需求层次理论您恐怕比我更懂！

"再说说这次忘带数学书事件，你们认为孩子是无辜的，说明在培养什么样的孩子和怎么培养孩子上没做过系统思考。孩子是书本的主人，书是他学习的工具，自己的工具不记得带，这是谁的责任？你们大包大揽说是自己的责任，难道是你们在上学？当初你们上学都是父母天天帮着整理书包，不断地送书到学校？你们这样的培养方式，他怎么学会合理规划自己的学习生活？

"孩子经常忘记带学习用品，作为父母，每次都跑来跑去地送，试问，您不用上班吗？就算您能一直这样陪伴下去，孩子怎么成长？您这样做，上纲上线就是越权；从教育学的角度看，是阻碍孩子长大。每个单位都有自己的职能部门，每个职能部门都有自己的职责范围。一个家庭也是如此，您的职责范围就是为孩

子提供学习条件,包括衣、食、住、行,并逐渐引导孩子独立自主、学会规划自己的人生。但是,您一直包办代替,严重阻碍了孩子的正常发展,孩子的自理能力、学习习惯等得不到您的指导和引领,将会导致他学习能力下降、自信心降低。所以,您的行为,对孩子的伤害最大。"

我越说越激动,猛然意识到自己言语过火了,突然刹住。但令我没想到的是,两个人的脸上渐渐有了笑容,他们表示回去好好思考这个问题。

"听金明说过,上哪个中学有多种选择,都是你们为他安排好的。""是的,我们告诉他了,不用他操心,他只管学习就行了。"

"这多种选择,依然是你们为他做出的努力。他自己在读什么中学的选择中,无须努力,也无须操心。这些大事无须操心,日常学习用品的整理是小事,更不值得一提! 你们就是这样一步步错失了培养孩子责任感和自主意识的机会。

"您刚才说回去好好思考孩子的教育问题,那么我们今天先姑且谈之。你们想让孩子快乐自信,是很好的教育目标,只是理解错了培养的方法。"

"错在哪里?"金明的妈妈急切地问道。

"你们想啊,孩子的快乐自信建立在什么上面? 孩子上幼儿园时,只要爸爸妈妈为他做好各种准备,他心里会感到很满足,可是随着孩子年龄的增长,孩子的需求也逐渐升级,他不再需要您每件事都为他承担责任,比如送书,更需要精神的满足和享受。可是精神的满足一定是有价值感以及被需要，也就是对优越感和成功的追求。随着年龄的增长，需求层次越来越高，您越是包办代替，他越是没有成功感。什么叫成功感？那是经过艰苦的努力，才能获得的收获。可是，您一切都为孩子想好做好，他有的只是挫败感、无能感，更不要说更高层次的精神享受和社会情感的需求了。

"不错，有学区房能让孩子上个好中学，但是学区能保孩子成绩优秀吗？学区能保孩子在中学就幸福快乐吗？

"是什么让孩子不断出现这样的挫败的情感体验？是你们的教育理念。孩子很小开始，您就应该培养他的责任意识，培养他的自理能力，培养他对自己的事负责的态度，培养他良好的学习和生活习惯。您的孩子给老师同学们的感觉是无自理能力。孩子早晨来学校穿得整整齐齐，不要等放学，中午就'丢盔弃甲'，脸像个大花猫。短短一个多月，我已经帮他找过三次衣服：一次是丢在操场没找到，您发信息让我继续找，我只好到广播站去广播，依然没有找到，因为他是丢了几天后才想起来的。还有两次是丢在专用教室的，都找到了。"

我的一番话，让家长的态度 180 度大转弯。

"谢谢老师推心置腹！我们知道问题在哪里了，但是孩子都这么大了，现在我们该怎么做呢？"看得出来，金明的爸妈是急迫的，也是真诚的。

"从最基本的习惯培养开始。生活习惯、整理的习惯、对自己负责的习惯等。您回去和孩子一起制订计划，比如写完作业，怎么归类整理放好；上学前，怎样按照课表带齐学习用品等。

"给孩子规则和界限意识，告诉孩子哪些是他应负的责任，哪些是父母要帮他准备的。他对自己不负责任，家长要教育引导，绝不能一味迁就。

"帮助孩子养成坚持的习惯。坚持，是一个优秀的人才不可或缺的情感品质。可以培养孩子某一方面的兴趣爱好，比如音乐、体育上的某一特长，引导孩子长期坚持，经历坚韧不拔的过程，养成坚持的良好习惯。"

三

这次沟通是成功的，当然，对此类家庭和孩子，也有一些心得。

1. 从源头入手缓解家校矛盾。当我们遇到家校矛盾，首先分析问题的本质和源头。这次书没有送到，固然有执勤老师的问题，但根子却在家长的教育理念和教育行为上。针对问题，就要和家长坐下来，层层深入地分析问题的根本原因，让家长认识到自己的教育理念、行为给孩子的成长带来的阻碍。

由于认识上的问题，导致自己的孩子受罪，完全违背了自己的教育初衷。让家长认识到问题的根源，心痛之余，致力于孩子的习惯培养。

2. 引导家长培养孩子的自理能力。从孩子很小，父母就应该明白"授之以鱼还是授之以渔"的道理。每个家长都明白包办代替不对，可是满怀对孩子的爱，不知不觉代替孩子一件件做下去。慢慢地，本该在孩子各年龄段养成的习惯和自理能力，迟迟无法养成。一开始总觉得孩子还小，各方面容易应付，等发现天天麻烦不断时，已经晚了。就像这次，家长心里的恼火，恐怕不止来自执勤老师和门卫，应该有很大一部分来自对孩子的不满，可是习惯使然，总在心里躲避着这个敏感地带，努力归因于外界。觉得自己够辛苦、够配合的了，孩子依然被老师批评，对孩子的心疼和自己辛苦导致的负面情绪积累，不可避免地爆发了。

3. 习惯养成从小处着手。只分析问题源头并不能解决问题，明白错在哪里，也不一定知道具体怎样操作，需要老师持续不断地指导和家长持之以恒的坚持。家长可以从最小处着手，比如衣服、鞋子、玩具等的收拾摆放，完成作业后按课表收拾整理书包等，由小而大，一步步坚持去做。需要提醒的是，当孩子烦躁时，要沟通引导，梳理情绪，让孩子从情感上接受，而不是呵斥责备、高压强迫。这样持之以恒地坚持，就可以收到效果。

家校沟通 12——

惹是生非的梨子

在教育学生的过程中,难免与家长的观点发生碰撞。我发现,有时即使家长认可了教师的观点,也依然在内心抗拒,这往往来自家长和老师的情绪对立。这样的对立很容易导致家校矛盾,影响师生关系。当发生了这样的事件,我们可以通过同理心联结家长内心的感受和需要,让对方感受我们与他同在;接着通过同理心碰触彼此共通的人性,让心与心靠近,去共同面对问题;再利用启发式提问,启发学生去思考问题发生的根源,然后共同致力于解决问题。

一

开学后的一个闷热傍晚,我下班回到家刚开始做饭,就收到晴晴妈妈一条 QQ 信息:"老师,今天的语文抄词不知道什么格式,请老师明示。"刚接班还不到一周,对这个孩子印象并不深。我赶紧回复:"布置作业时格式已讲过,并在大屏幕展示了格式范本,您让孩子回忆一下,应该能想起来。"

我没有马上发范本给她,一是因为抄词格式简单,刚展示过范本;二是我已经下班,手边没有范本,只靠语言表达比较费劲。发过信息后我接着做饭,几分钟后,信息就来了:"老师,晴晴说她想不起来了,请把示范图发过来。""我家里没有范本。如果晴晴实在不知道格式,让她先做数学英语,等其他同学做好了,我再发给您。"

然后我赶紧联系班长,让她快点写,很快班长发过来,我转发到群里。折腾一个多小时,这个问题总算解决了。

第二天,又是晴晴妈妈问作业格式,我这次已经做好了准备,马上把格式图片发给她。

每天布置作业,我都反复问还有谁不知道格式或者不会做,晴晴都不发言。就这样,每周 5 天,晴晴妈妈至少有 2—3 天来问和作业相关的内容。

几周后的一个周末,晴晴妈妈发来信息:"王老师,请问晴晴的作文需要修改吗?"我赶紧回复:"每个同学都要修改,只是修改内容不同。""如何修改?""修改要求昨天(周五)下午我专门花一节课的时间讲解过,针对问题,列举了5条修改意见,并请同学们当场逐条对照,让不会修改的同学现场提问,当时没看到晴晴举手。"

"我家女儿说她5条都符合,所以不知道该如何修改。"我一听就有些火:"这5条内容指向性明确,按照要求,每个同学都会有不同程度的修改。让孩子多读几遍自己的文章,就会发现问题。课堂上我以几篇不同类型的文章为例,逐条讲解了修改要求,只要她今天认真上课了,一定知道怎么修改。如果实在不会改也没关系,周一原样带回学校,我给她单独指导。"

我以为说得够清楚了,哪知道放下电话,家长很快拍照发来了孩子的作文,同时发来一段信息:"老师,请针对孩子的问题,在文中标注需要修改的部分及如何修改。"

当时家里正好有事,我无暇仔细阅读,给她回复:"对不起,我这会忙,孩子修改有困难,就请带到学校来吧,周一我当面指导修改。"我以为已经说得够清楚了,就忙着家里的事没再关注。到了晚上10点多,我才发现晴晴妈妈当时的回复:"因为我没有在课堂听讲,所以我也不清楚具体是什么情况,只能家校联动,请老师告诉我具体怎么修改,以便督促她。"

时间这么晚,我想孩子一定睡了,就没指导她作文,但我又希望她能认识到自己教育上的问题,就回复:"孩子需要逐渐学会对自己的学习负责,家长也要慢慢放手,像今天的问题,就是锻炼孩子的最好机会。由此让她慢慢养成认真听讲、记录、思考的习惯,即使作业完成不了、即使做错了回到学校再修改,都是自我成长的过程,这个过程肯定有痛苦,但是没有破茧之痛,就不会成就自由飞翔。家长和老师要共同携手促进孩子的成长,我们只需在孩子旁边看着他跌倒、爬起来、再跌倒、再爬起来⋯⋯这样的过程中,我们可以指导、可以帮扶,但不可替代,当他逐渐学会独立面对困难、靠自己解决问题,学会在克服困难的过程中思考、回忆、沟通,学会对自己听课存在的问题进行反思,这样才能长大成才。"

但之后我再也没有收到她的回复,她也不再来问作业格式,我以为她理解了我的良苦用心。

但是之后,我多次听到数学老师、英语老师反映,晴晴妈妈依然问作业格式、作业对错,有时还问老师为什么给孩子的作业得分是良⋯⋯但是奇怪的是,她之后没有再来问过我。

不久，在家长 QQ 群里发起对老师的民意测评，晴晴妈妈在家长小群里扬言：语文老师不负责任，我不投她的票！我这才知道她对我的做法是多么不认同。

二

这是一次失败的沟通。我回顾、反思了沟通的整个过程，发现自己急于传达正确的教育理念，忽略了沟通的技巧，造成这样的误解，责任在我。看来我这次对问题的处理过于着急了。

这次事件的结果是家长与我形成了对立。无论我多么爱学生，无论我多么急切地想促进孩子学会自主学习，但因为家长对我的怨恨，都无法实现。当务之急，是如何与家长和解并建立情感连接。但现在她的情绪正处于激动状态，我也需要寻找合适的契机来再次重拾话题，于是暂时搁置。

一个多月后的一天午餐时间，晴晴和小英吵起来，原因是值日生小英发给晴晴的梨子比较小，晴晴非要换一个大的。因为每次水果配额是每人一个，按照班级规定，水果都是随机发，无论拿到什么样的，只要不坏都不可调换。晴晴没有达到目的，哭得饭都没吃。当时也因为她情绪激动，我调解没成功，整个下午又是教研活动，我决定第二天再来处理。

谁知第二天一早，晴晴的妈妈就来到了学校，我一下感觉到迎面而来的敌意：她表情紧绷，两眼盯着我，仿佛做好了下一秒和我战斗的准备。为了缓和气氛，我想先表扬晴晴的课堂表现："晴晴最近课堂上发言积极多了。"她答非所问："小英欺负我家晴晴，你处理了吗？"我解释了原因。她的敌意没有丝毫缓解："我家晴晴在家都不吃梨子的，一个水果算什么！就是小英欺负人太可恨！"我看她情绪一时难以平复，正好早操时间到了，我倒了一杯水递给她，然后带学生做操。半个小时后回来，她冷静多了。

这半个小时我一直在思考：不能像上次那样直奔主题了，要了解她来兴师问罪背后的需要是什么。"在家不吃梨子""一个水果算什么""欺负人"，说明她希望老师澄清事实，还她女儿一个公道，抚平她女儿所受的委屈，在全班同学面前找回尊严。参透她表述背后的需求，我赶紧同理："您是不是觉得发给晴晴一个小梨子，她没有得到公平对待，老师应该及时处理，还晴晴一个公道？""是的，她凭什么挑一个最小的给我女儿！""我能理解您的心情，不过您先别急，几个问题我们分别处理，我先把孩子叫过来，咱们了解一下当时的情况。"

晴晴看到妈妈来了很紧张。我拉着她的手问："晴晴，老师觉得你平时是个十分大方的孩子，和同学关系也比较融洽，这次分水果事件中你的表现和平时不同，你是不是觉得小英是故意发给你小的梨子，你因此感觉很委屈？""是的，当时小英先拿出一个比较大的，看了看又放进去了，然后再拿出来就是这个很小的。"原来如此。"昨天老师处理的时候，你怎么没有说这个细节？""我当时就说了'小英不公平，故意给我拿小的'。"是的，她的确这样说了，但因为表达细节不具体让我误解了。

"你当时感觉小英故意给你小的，所以是争这个理，不是争这个水果，对吗？"晴晴紧绷的面孔放松了。我的同理让妈妈的表情也有了一点缓和，但她很快转向我："老师你看，就是小英欺负人！"

我先不回答她的问题，也把小英请来办公室。小英也很委屈："当时我在袋子里随手拿了一个梨子准备给她，可无意中看到靠近果蒂处有一个黑色疤痕，我想把这个有疤的水果留给自己，就重新在里面拿一个给晴晴，谁知她嫌小。如果我当众解释，后面大家拿到不满意的水果都要求更换怎么办？所以我不能说，但她一点都不理解我，非要换，我们就吵起来。"小英说完，晴晴瞪大眼睛看着她，有些吃惊。

"晴晴，你现在明白为什么会得到一个小的梨子了吧？""明白了。"说着面露愧色。

"晴晴，即使当时小英真的故意给你一个小的梨子，是不是也有比吵架更好的解决方法？""我不知道。""你可以不当众质问，暂时忍住，过后再问小英原因，也可以直接找老师诉说，总之，在处理问题的时候，考虑给自己和对方一个比较私密的、可以袒露心迹的空间，这样更能理智地陈述细节、协商问题，也不至于让同学们看笑话。""我下次知道了。"

"退一步说，即使你们吵过架了，找老师处理时把细节说清楚，也更方便澄清事实，比如：先拿了……放进去……后来又拿……这样更容易把事情的来龙去脉搞清楚。你设想一下，当事情发生后，你怎样做才能既讨回公道，又得到尊重，还不发生后面的冲突呢？""我不知道。""那我可以问你几个问题吗？"她点点头。

"你认为是什么原因导致了后面的冲突？""当时你有什么感受？""你从这件

事中学到了什么?"通过我几个启发式问题的引导,她逐渐明晰了发生矛盾的原委,并真诚认识到:自己想当然地认为小英是故意欺负自己,没有认真调查,随意猜测,不够宽容,是造成这一矛盾的根源。

孩子的事情处理完了,我转向晴晴妈妈:"谢谢您能来找我澄清这件事,孩子之间常常会发生一些矛盾,他们需要学会自己处理。比如这件事,晴晴完全可以再来找我,向我提出自己的困惑。"

"我今天来找您,并不是要给晴晴讨什么公道,而是想了解事实真相。我常常教育她,不要斤斤计较,要宽容大度,一个人的人品才是最重要的。""您说得很对,晴晴人品很不错。但和同学相处,也要渐渐学会处理问题。如果处处都依赖家长,孩子很难学会自主独立。以后碰到需要自己决断的事,就会束手无策。""晴晴回到家哭着给我讲述了这件事,我觉得我是她妈妈,有责任保护她不受欺负,其他方面我都没去多想。"

"还记得开学不久发生的事吗? 当时您多次为孩子的作业格式、作文的修改等事来咨询。您是不是担心孩子作业没按要求完成会被老师责备,如果写错了还会增加孩子的负担?"同理了她的感受,她马上回答:"是的,我总是不放心。""晴晴和其他孩子一样,上课听讲比较专心,记录也积极。我觉得她有能力完成自己的作业。""但是,她总是在写作业之前问我,我觉得她没有这个能力,需要我的帮助,因此我只能发信息或者打电话问老师,如果我不问,她就心里不踏实。"

"这的确是个问题,但如果我们不能促进她逐渐放弃依赖,学会自己面对困难,她无法成长。您不可能永远当她的学习助手啊!""我觉得作为妈妈,帮助她是我的责任。""她已经四年级了,需要学会自主学习,学会管理自己的学习和生活,您的协助也要逐渐缩小范围,慢慢放手。""但是没有我的帮助,她对自己没有信心。"我再次同理她的感受:"您在担心,如果您放手,孩子会成绩下降甚至无法完成学业对吗?""是的。"

"正因为您有求必应,她才越来越依赖,自信心也会越降越低。其他同学能顺利完成的事,她不敢相信自己,要一遍遍问您,您再次和老师沟通、确认,得到您的确定她心里才踏实。您想过这样的帮助要持续到什么时候吗?""我……没有想过。""照您目前的节奏,是要永远帮下去。像每天完成作业这样的小事,需要妈妈反复和老师确认才能放心,您想过对她以后的影响吗?""什么影响?""您想啊,她总不相信自己可以独立完成一件事,哪怕简单如完成老师布置的作业,这是严重不自信啊!""那该怎么办? 我不去确认作业,她就不肯写。""如果您希望晴晴成为一个有自信、有自主管理能力的孩子,咱们商量一下看用什么方法来锻炼她?""我当然希望,请老师给我个建议吧。"

这时的晴晴妈妈,表情平静,眼里那种抗拒和敌意已经消失,取而代之的是浓浓的担心。"如果她再让您问作业,您就告诉她,按照老师布置的做就行。她肯定让您去问,您就告诉她,每个孩子都要学会对自己的学习负责,妈妈不可能永远是你的拐杖,今天你就好好回忆老师怎么讲的,再看看作业记录,然后好好写,等明天老师批改反馈。如果很好,就说明你完全有能力自主;如果写错了,那下次就要格外关注老师布置作业,听不清楚的问同学,同学也讲不清楚的,直接去问老师。总之,让她学着对自己负责。即使一次、两次、三次做错了,一次次错误,让她遭遇挫折、面对挫折,在挫折中学会倾听、分析、获取信息,从挫折中锻炼成长。长大的过程,就是犯错的过程,只有给她犯错的机会,她才可能长大成才。"

听了我的一番话,她表示回去试试。

其实,晴晴是个能力不错的孩子,之后也就断断续续有几次作业写错,后来就很少发生记错作业的事了,她妈妈也不再发信息问作业之类的事了。这样做,也逼着她必须学会分析问题、处理信息,学会对自己负责,慢慢地自信心就建立起来了。

三

所谓同理,就是带着尊重来理解他人的经历。我们常常有强烈的冲动想给他人建议或安慰,或是解释自己的立场和感受。同理则要求我们清空先入为主的想法,全身心地去聆听他人。要想达成沟通目标,意味着不论他人用什么样的言辞来表达自己,我们都要先聆听他们的观察、感受、需要和请求,然后,我们可以选择反馈他们的意思、复述我们的理解。

在这个案例中,一开始,晴晴的妈妈反复帮女儿问作业格式等问题,我没有同理,情感没有连接,就直接评价她对女儿的溺爱,《非暴力沟通》中指出:指责和评价使人更倾向于自我保护并变得有攻击性[①],因此晴晴的妈妈在对老师民意测评时坚决不投我的票,就是在表达对我的强烈不满。后来,搁置问题后,一个

---

① [美] 马歇尔·卢森堡:《非暴力沟通》(修订版),刘轶译,华夏出版社 2021 年版,第 159 页。

合适的契机,让我重拾话题,才有了再一次沟通的机会,带着觉知聆听了晴晴妈妈和晴晴的内在感受与需要,然后选择探寻式表达来确定我对她内心的理解:"您是不是担心孩子作业没按要求完成会被老师责备,如果写错了还会增加孩子的负担?""您在担心,如果您放手,孩子会成绩下降甚至无法完成学业对吗?"在沟通中,我同理晴晴:"你是不是觉得小英是故意发给你小的梨子,你因此感觉很委屈?""你当时感觉小英故意给你小的,所以是争这个理,不是争这个水果,对吗?"

用这样的方式和眼前人连接,当对方感受我与她同在,才会接纳来自老师的教育理念。然后,采用正向请求的方式,和晴晴妈妈协商改善方法:"如果您希望晴晴成为一个有自信、有自主管理能力的孩子,咱们商量一下看用什么方法来锻炼她?"从对话中,晴晴妈妈感受到我全然与她当下的体验同在①——和她一样关心晴晴的成长,于是,晴晴妈妈终于敞开心扉,家校协同成功:"请老师给我个建议吧。"于是,我们才得以共同面对问题、致力于解决问题。

这次我抓住机会,参透晴晴妈妈表达背后的需求,复述了我的理解,让她感受到我的同理心,才得以化解矛盾,成功沟通。所以持续的沟通力让他人有机会充分表达自己,当他人感到被充分理解后,我们再来关注解决方案就容易了。

以后我们遇到这种情况,可以通过同理心来和家长建立情感连接,连接家长内心的感受和需要,通过同理心碰触彼此共通的人性,让心与心靠近,去共同解决问题。

当然,有时因为自己激动,无法同理时,要有自我觉察情绪的能力。当意识到自己处于辩解防卫状态或痛苦得无法同理时,我们可以选择停顿,第一深呼吸,同理自己;第二非暴力呐喊;第三离开现场。②

允许自己表达感受,袒露脆弱,也会有助于化解冲突。但值得注意的是,在非暴力沟通中,用来表达实际感受的语言和那些用来陈述想法、评论或诠释观点的语言是不同的,要在实践中多历练,提高自己的辨别能力。③

---

① [美]马歇尔·卢森堡:《非暴力沟通》(修订版),刘轶译,华夏出版社 2021 年版,第 103 页。
② [美]马歇尔·卢森堡:《非暴力沟通》(修订版),刘轶译,华夏出版社 2021 年版,第 113 页。
③ [美]马歇尔·卢森堡:《非暴力沟通》(修订版),刘轶译,华夏出版社 2021 年版,第 52 页。

第四部分
爱的陪伴——亲子沟通

调适：班主任教育咨询的表达

李亚娟

新时代班主任教师的重要角色之一即是"教育咨询"，教师"传道、授业、解惑"的不仅仅是知识，更多是学习、生活、交往中发生着的诸多"关键事件"，对这些关键事件的解决，班主任教师不仅仅要应对学生的问题，还要去面对学生成长的另一时空中的重要他人——父母。学生亲子沟通中发生的问题，班主任到底应该扮演什么角色呢？通过王莉老师的 11 个教育故事描写，我们看到了一位饱经"教育风霜"的"资深"班主任的教育咨询旅程的所有艰辛，也看到了她面对不同家庭中儿童的个性成长过程中的教育智慧与幸福。我以为，她一直在调适，在教育咨询中帮助孩子们学会调适，友好地提醒家长学会调适，她自己也在一直不断地进行"自我调适"。

1. 维护心理平衡：和谐教育关系

亲子沟通中，不恰当的方式在一定程度上会引起父母和孩子产生恐惧、害怕、抑郁等情绪，从而导致亲子之间失去心理平衡、关系僵持，此时解决问题是行不通的。教育者首先要自我觉察，实现情感上的疏通，即可以通过情绪、移情，甚至是发泄等方法来维护心理平衡，和谐教育关系。

王莉老师就是专注于维护亲子沟通中的心理平衡，在教育咨询中去"和解"，逐渐赢得亲子的共同信任，建立起和谐的教育关系。让艰难的沟通不再艰难，让哭泣的小伙不再哭泣，让"添麻烦"的孩子不再麻烦，让二胎养育不再烦心，让父母的"无知"不影响孩子，让父母接纳孩子接纳自己，在孩子心中种下一颗颗希望的种子……

班主任的沟通艺术和倾心付出，造访不同家庭的真心行走，面对鲁莽与拒绝等艰辛对话之中，以情启智，维护了教育者与受教育者之间的心理平衡，建立起和谐的教育关系，着实是了不起的"调适官儿"，但教育咨询的意义不就在于此吗？

2. 保持心理积极：畅通教育沟通

教育者的教育咨询不仅仅是面对问题，还要解决问题。对于亲子之间的很多问题，班主任教师通过咨询来解决是十分不容易的。但王莉老师首先做到了自己成为一个心理积极、乐观的教育者，所以能够畅通教育沟通，让学生与家长经历过后，露出美丽的笑脸，这些笑脸是乐观融化苦涩、温暖包围冷漠、真情感动内心的集体呈现。

教育过程中，作为班主任，做到了通过故事、游戏、对话等方式让亲子沟通过程中的紧张、焦虑、惆怅、彷徨被豁达、放松、宽容、接纳替代。其实，畅通的教育沟通是亲子之间、师生之间能够进行相互积极影响的前提，因此，教育者首先需要保持积极的心理状态。当然，这种心理积极不是刻意表演，而是教育经历洗礼后的教育理性，是教育反思后的蜕变。

3. 消除心理问题：解决教育难题

班主任不是心理学家，却要面对拥有心理问题的学生和家长，因此，班主任也要学会自我心理调适，在调适的过程中尽力做到解决教育中的难题。虽然我不倡导教师过多干预家庭教育问题，也谈论过教育过程中保持教育边界问题，但是对一些无力进行教育的家长来说，对一些遭受家长暴力的孩子来说，班主任都还是不忍放弃，做不到不"干涉"，必然要"多管闲事儿"。

班级有的家长认为孩子耽误了自己幸福，有的家长认为夫妻双方无法沟通，有的家长直接放弃与自己孩子沟通，有的家长对孩子非常强势，有的家长不能处理好多子女之间的关系……面对这些真实的教育沟通案例，王莉老师都是耐心倾听、悉心指导、全心帮助。对每一个学生在家庭生活中的存在的具体问题，她都全心投入地进行分析、研究，有针对性地提出指导建议。用王老师自己的话说："要拯救一个孩子，首先要了了解这个家庭，千万不能忽略家庭背景。与家庭协同支持、助力孩子发展，家庭是促进孩子成长的最重要的环境，对科学、系统化工作往往能起到事半功倍的作用。"

综上，调适是班主任教育咨询的实践表达，通过"助人自助"的教育咨询过程，让心理调适成为教师的基本情感能力与素养。

亲子沟通 1——

焦虑型妈妈和"炸毛"儿子

　　面对孩子在学习、生活中的各种怠惰、拖延,父母焦虑不堪,于是不分场合、不分时段,反复责备、贬损甚至使用暴力,导致亲子关系恶化。

　　作为老师,我们要以赤子之心关爱学生,用我们的专业知识为父母指点迷津,引导他们学会正确的亲子沟通方法和步骤;学会通过培养孩子的归属感、自主感和成就感,促进其内驱力的形成;我们要提醒父母,接纳、包容孩子在成长中的不完美。父母的责任,就是在有生之年,陪着孩子经历风雨,帮助他(她)在历练中丰富自己,成为独一无二的个体。

一

　　前一段时间,马一鸣妈妈发来一段信息:

　　近期我一直都很焦虑,小马逆反越发严重了,今天早上看到他衣服穿反了,说了他几句,他很生气,饭也没吃就摔门而去。最近因为他的成绩下降我很着急,但一提他的缺点和不足,他就像被踩住了尾巴立即炸毛。昨天李老师短信说他数学作业错误奇多,前天我又看他的作文很敷衍,就让他端正态度,他立即怼我,气得我动手打了他;他每天作业做到很晚,我都要熬夜陪着,还不敢说他,一说他就发脾气。在家里总是心系吃、吃、吃,对学习却没有兴趣。

　　因为学习的事本来我就一肚子气,今天早上我一看他穿反衣服、又不洗脸,毛巾也不拧干,完全一副不能自理的样子,我就气不打一处来。

　　老师,我都要崩溃了,不知道后面该怎么面对他。

　　我先安慰了他妈妈一番,然后决定找马一鸣谈谈。

　　"小马,你最近在学习上感觉怎么样? 对自己的表现满意吗?"

　　"我妈妈说我学习不主动,批评我缺点一大堆,哪哪都是问题,人家某某同学怎么听话、成绩怎么好。"

　　"那是你妈妈的感受,你自己呢?"

"我自己的感受比妈妈说的还糟糕，我觉得自己一无是处，成绩差还不想学习；生活上也总是给妈妈添麻烦，连衣服都穿不好。"说到这里，马一鸣下意识地扯了扯皱巴巴的衣袖。

"你认为自己努力了吗？"

"我不知道。"说着低下了头。

他的话让我想起小马的妈妈对儿子言行的解读，比如她描述的衣服穿反、心系吃吃吃、一说就炸毛、学习态度不端正，等等。

"妈妈越来越讨厌我。因为早晨起来刷牙、洗脸、穿衣服、收拾书包等，我几乎天天被骂。妈妈只要一开口，就不会停下来，她的话像群飞的乱针，根根扎进我的心里，让我生不如死。只要妈妈一开口，我就恨不得一下子消失在她的面前。老师，我太笨了，不知道该怎么让妈妈满意，我越是紧张，错误就越多。每天早晨一起来我就开始紧张，不是牙刷放错了位置，就是洗脸忘记关水龙头，或者毛巾没有拧干、衣服穿反等，总之，错误百出。我也十分讨厌自己，连这些生活小事也不能让妈妈满意，我是不是天生就十分差劲？"说着就用双手捂住了脸。

小马的肩头不停地耸动着，压抑的抽泣声让我的心疼痛不已。

二

和小马交流过后，我觉得有必要和家长进行一次长谈。小马的问题，归根结底来自妈妈长期以来的教育影响。

很快，我约请了家长："首先感谢您的信任，我认真看了您的信息。从您的描述中我能感觉到您的焦虑。您觉得小马学习习惯、生活细节等方面都不能令您满意。收到您的信息，我就找小马进行了交流，他的反应您应该能猜得到。"

"肯定是对我一百个不满意。"

"还真不是，他没有半句责备您的话，反而因在学习、生活上达不到您的要求而深深自责。我今天郑重问您一个问题，也请您用心回答我。您对小马最大的不满意究竟来自生活细节，还是学习成绩？"

她低头沉思了片刻，抬起头直视着我："如果非要排个序的话，那肯定是学习成绩。"

"看来，您对小马的各种不满，主要来自对他学习状态及成绩的不满。看得出来，小马始终处于'要我学'，而不是'我要学'的状态。当他有了'我要学'的内驱力时,生活细节也会随之好起来。"

"老师,人家的孩子怎么不要家长操那么多心? 摊上这么个孩子,我真是命苦啊!"说着又开始抹眼泪。

"人家的孩子从很小的时候家长就有意识培养其内驱力。"

"什么是内驱力?"

"所谓内驱力,就是内部驱动力量。通俗地说,孩子自己内心产生的一种积极向上的动力,他会给自己制定目标,为了达成这个目标主动努力,无须外部力量的推动。"

"内驱力怎么培养啊? 小马都五年级了还来得及吗?"她急切的眼神充满期待。

"虽然错过了最好的时机,但只要开始永远都不晚。如果孩子在接受教育的过程中能获得归属感、自主感和成就感,那么他们就会主动、积极、愉快地投身学习,无须家长催促。"[1]

"这么神奇? 归属感我还是懂的,就是说他知道自己是这个家的一员,他属于这个家。这个他肯定没问题,我们全家一切都以他为中心。"

她的理解让我哭笑不得:"您的理解很片面。正是你们全家'以他为中心',才让他成了现在的样子。归属感是一种情绪体验。对小马来说,就是指他将自己归属于你们这个家或者我们这个班级等某一团体,时时感觉其亲切,并为之自豪。小马当然知道这是他的家,家庭成员也很爱他,但他是否始终感觉这个家的舒适亲切? 他是否感受到这个家庭成员都接纳他的优点,同时也接纳他的缺点呢? 小马可是告诉我,他听到您的唠叨就想逃离啊! 什么时候您和家人都让他感觉到你们不责备、不嫌弃,接纳他的一切,感觉到这个家庭给他舒适和安全,他才真正有了归属感。"

听了我的话,她很疑惑:"接纳孩子的一切? 您是说,即使有错,我们做家长的也不应该指出让他改正? 难道让他继续错误的行为?"

"接纳他的一切,不等同于任由孩子的错误行为持续。孩子不可能从您的批评、责骂、对比羞辱中获得归属感。您应该'看'到孩子的优点,多鼓励。"

"我本来觉得,五年级的孩子,个子都比我高了,差不多是个大人了,还需要

---

[1]　付立平:《给孩子的五项学习帽》,中信出版社 2021 年版,第 15 页。

盯着优点鼓励？我指出他的缺点让他改正,这样他不是越来越优秀了吗？如果只鼓励优点,那缺点会不会越来越多？"

　　"您这是不懂这个年龄孩子的心理。他个子再高,也只是个 11 岁的少年。其实也不全是孩子才有这样的心理。您想啊,如果您的领导总是盯着您的缺点和您同事作对比并批评责备,还说这是为您好,您心里会很舒服吗？会很喜欢和这个领导相处吗？工作积极性会越来越高吗？正是您的求全责备和追求完美,让孩子失去了学习兴趣。您还总羡慕'别人家的孩子',无形中也给了他很大的压力,让他更觉得自己糟糕透顶。这样的情绪体验,如何产生内驱力？"

　　听了我这番话,她突然沉默了。

　　"如果家长的眼睛只盯着孩子的缺点、错误,看不到他的努力,他就容易和父母对立,谈何归属感？谈何内驱力？家长要学会客观面对现实,孩子有缺点,不要总盯住不放,一下纠正无效,可以暂且放一放。在生活中,去发现孩子的闪光点,哪怕是一点点,也要抓住机会肯定、鼓励,让他在欣赏和认同的愉悦中,由衷感受到进步的快乐。在家长的接纳和肯定中,孩子的兴趣会越来越浓,并从中获得成就感,这种成就感,会自然而然地推动他积极向上、自我觉醒,会让他'看'到自己的差距,'看'到自己的'错误',从而启动自我纠正机制……渐渐地,内驱力逐渐成为孩子前进的动力,何须家长呵斥责骂？何须家长纠正错误？"

"您的意思是说，让我们做家长的多关注孩子的优点，多鼓励？"

"是的，这样才能启动孩子的自我纠错机制，才能给予孩子战胜困难的信心。"

"有了自信就容易产生内驱力了吗？"

"不止如此。要想让孩子产生内驱力，自主感培养也不可或缺。自主感就是对自己的生活和行为拥有实际掌控权。从小马这方面来说，他认为父母对他不满意，他对自己更不满意。小马缺乏自主感，主要表现在他感觉自己无力掌控自己的生活。"

"老师，我明白了，也就是说，需要让孩子感觉到自己有掌控自己学习和生活的能力。还有成就感，您能解释一下吗？我担心自己又理解错了。"

"成就感，就是把事情做好的能力和信心。成就感强调的不是能不能做到，而是感觉自己能不能做到，它更像一种信念，而这种信念对于一件事的完成至关重要。"[①]

"幸好让您解释一下，我以为看到自己做得好，或取得了好成绩就是成就感。真的又理解错了。"

"如果一个孩子具备了归属感、自主感和成就感，那就说明我们帮孩子找到了内心的意愿。尊重孩子的想法，让孩子在父母或他人的正向激励中成长，那么，孩子对自己的学习和生活就会迸发出非常强大的内驱力。一个有内驱力的孩子能从被动学习变成主动迎接学习的挑战。"[②]

"老师，您讲的我都懂了，但我不知道遇到具体事情该怎么做。"

"别急。了解这三要素是学习做法的基础。想变'要我学'为'我要学'，需要具体问题具体分析。现在请您回忆一下关于学习方面您与孩子冲突最多的场景。"

"他写作业常常拖延时间，有一天晚上，两页数学练习，一个多小时都没做完。"

"第一步，您不批评，也不评判，而是描述他的具体行为：'我看到 2 页数学练习，你用了 1 小时 35 分钟还没做完。'第一步必须客观描述，不带任何评价色彩。

---

① 　付立平：《给孩子的五顶学习帽》，中信出版社 2021 年版，第 16 页。
② 　付立平：《给孩子的五顶学习帽》，中信出版社 2021 年版，第 17 页。

因为我们评价任何一个人时,都会天然地带有俯视感,这时双方的关系就会变成自上而下的纵向关系,会让孩子感觉到不平等。我们应该客观描述孩子的行为,让孩子感觉到您与他站在了平等的位置上,他会更容易从中受到鼓励。"

"第二步我该怎么说?"

"接着,您就同理孩子的感受:'是因为你遇到困难了吗?'这点作业用了一个多小时,那一定是非常糟糕的体验。您可以这样发自内心去体验他的感受。"

"老师,什么是同理?"

"所谓'同理'就是带着尊重来理解他人的感受和经历①。'同理心'不同于头脑上的理解,也并非同情。同理的核心是'临在'——全然地与孩子当下的体验同在②。恰当的同理,有助于您将注意力放在孩子身上,了解他此刻的内心,而避免让他感觉您是在责备。这样,比较容易和孩子建立情感连接,让孩子内心体验到您对他的爱。

"如果孩子回答'不是,我注意力无法集中',或者回答'我就是不想做',那么您就要通过观察聆听去感受孩子的需要:'你感觉很疲惫,需要休息对吗?'他可能回答:'是的,我很累,我今天不想做了。'那就果断终止今天的学习。"

"不行啊!今日事今日毕,他没做完怎能让他睡觉!如果天天这样,以后还怎么学习?"

"您的话听起来都很有道理,但是您想过没有?在这样的状态下逼着他去继续写作业,还有效率吗?""每次我都逼着他把作业完成再睡,做到 12 点后是常有的事。""您觉得效果怎么样?""错误非常多!""就是呀!没有效率的学习,不但达不到效果,而且逼着孩子在极度崩溃的情绪下完成作业,他会越来越痛恨作业!早晨起来心情不好,因为昨晚的痛苦体验还在。在这样的状态下,各种生活细节自然就会敷衍了事。本来没有休息好,早晨起来他已经很不舒服,您又开始了批评唠叨……这些恶性循环,导致了你们母子之间的心灵隔阂越来越严重!"

"回想一下,您说的的确是事实。他做作业拖延时间,有时我一说他就怼我,有时默不作声地软抗,我是束手无策呀!如果他说疲劳我就让他终止学习去睡觉,那作业没完成该怎么办?第二天怎么面对老师?坏习惯养成了怎么办?"

---

① [美]马歇尔·卢森堡:《非暴力沟通》(修订版),刘轶译,华夏出版社 2022 年版,第 113 页。
② [美]马歇尔·卢森堡:《非暴力沟通》(修订版),刘轶译,华夏出版社 2022 年版,第 103 页。

"不是简单地直接去睡觉,而是停止写作业,坐下来心平气和地和孩子协商,这时,您让他做个选择:'是明天自己找老师解释,然后到学校再补,还是明天早起完成?'让他自己选好再去睡觉。也就是说,虽然没完成作业,但也协商好了怎样补救。这样的处理,等于尊重了他的感受,也尊重了他的选择,他情绪自然就不会那么抵触。他早早就睡了,休息得很好,第二天早晨神清气爽,自然更好沟通。

"如果他不能信守诺言,答应第二天早起完成作业,可早上又不愿意起床,那么他就必须面临到学校给老师做解释的尴尬。如果是这样,您一早就要主动和老师沟通,老师自然会配合您完成对孩子的教育。

"以上我们分析的是孩子的消极回答。如果孩子的回答是另一种情况:'是的,我遇到了难题。'那就好办了,就把注意力吸引到作业内容上:'你可以好好研究一下书上类似的例题,看能否解出来。如果需要,妈妈随时都可以帮助你。我相信通过努力,你可以提高作业的效率,节省更多的时间去做你喜欢的事。'这是鼓励和信任,是赋予孩子正面能量。这样的语言,可以抚平孩子内心的怯懦和紧张,赐予他面对未知事物的勇气。"[①]

"您说的这个步骤我记住了。可是,我总是不能放心……"

"正因为您总不放手,事无巨细,管控过多,孩子不胜其烦,造成了彼此间行为关系的失衡。"

"我也放手过,比如,收拾书包,我让他对自己负责。我一放手,他不是忘记带书,就是忘记带文具、忘记穿校服……被老师点名的频率特别高,我感觉颜面无存,不得已,送出去的权利只好收回来,不然我会被烦死!"

"不讲究方法的骤然放权,更加剧了双方的认知矛盾,您这是过于着急。"

"那该怎么放权?"

"小步放权,让他慢慢学会对自己负责。"

"具体怎么做?"

"逐步放权,有个特别好的方法。就像前面所说的面对晚上作业拖延的方法一样,让他选择补作业的时间,如果他依然不遵守约定,就要让他一次次承担自然后果,这就是选择式提问。"

---

① 付立平:《给孩子的五项学习帽》,中信出版社 2021 年版,第 45 页。

　　"什么是自然后果？""自然后果，就是这件事您不加干涉，按照他的意志持续下去导致的后果。比如早晨起来，您发现小马衣服穿反了，您可以这样说：'小马，我看到你毛衣穿反了，你是这样穿着去学校，还是脱下来重新穿？'他可能会说：'我就这样穿！'您就说'没关系呀！妈妈尊重你的决定'。他穿反衣服也无伤大雅，如果他到学校发现别人的眼光不对，或者遭到同学嘲笑，这就是他的选择带来的自然后果。孩子都是要面子的，当他因穿反衣服被嘲笑的次数多了，慢慢就会自己觉醒。以后即使你不再提醒，他也会求你提醒他。"

　　"这样的事我知道怎么处理了，但是老师，我还有一个问题，每次他考不好，回到家我们都有一场大战。比如，一次他英语没考好，面对糟糕的试卷，我该怎么做？"

　　"您自己先稳定情绪，然后可以这样说：'我看到你试卷上错题不少（描述事实），我感觉你很不开心（同理心），你可以想想怎么才能掌握这些知识点，如果遇到自己无法解决的困难，妈妈随时都可以帮你（致力于解决问题），我相信通过努力，你可以做得更好（鼓励赋能）！'看见孩子的情绪和努力，和孩子站在同样的方向上，让他切实感觉自己是被家人接纳和包容的，这种接纳并不是因为成绩，这样的做法更容易让孩子产生归属感，从而更有信心面对下一次挑战。"①

　　"老师，他英语比较差，成绩也不可能自己提高，我帮他报了一个兴趣班，他是不乐意去上的，但是迫于压力也去了，可我发现他越来越抗拒。"

　　"当您发现他很抗拒不肯去上课了，您第一反应是怎样的？"

　　"我当时就很生气，批评他：'你英语但凡能考个中等，我也不至于逼你，况且钱都交了，怎么说不上就不上了呢！再说了，你不去上课，自己能提高吗？你必须去上！'"

　　"您这一通数落，亲子间的情感连接就被切断了。这时，孩子可能就在想：哼！都是被你逼的，我只能听你的，什么都是你说了算！结果孩子课是上了，可什么效果也没有。"

　　"那我该怎么做？"

　　"您可以采取启发式提问，充分放权，让他享受自主的权利：'谢谢你告诉妈妈你的真实想法，但你英语基础薄弱，如果不报兴趣班，你有没有其他更好的解

---

① 付立平：《给孩子的五项学习帽》，中信出版社 2021 年版，第 19 页。

决办法？妈妈想听听你的意见，你还需要妈妈给你提供其他什么样的帮助呢？'这样的启发式提问，会促进孩子产生一个思考过程，他会将提高英语成绩看成自己的事情，需要自己寻找办法解决，同时他也感受到，自己的想法是被尊重和聆听的。当孩子觉得自己可以做主时，他会更有责任感，也更乐于付出自己的努力①。这样不知不觉，就逐渐培养了孩子的自主感，当他感觉自己能处理、规划自己的学习和生活，他就拥有一种信念：我有掌控自己生活的能力。"

"老师，还有成就感呢？该怎么培养？"

"还以英语为例，当您发现孩子英语成绩不及格，说明孩子的英语知识已经欠缺很多了，想很快提高是不可能的，那就要分解目标，把很多知识难点分解成一个个小的、容易达成的小目标。对五年级的孩子来说，英语不及格，可以首先制定背单词、句型的目标，比如每天在老师布置的作业之外，多背诵 2—5 个单词、一个句型（具体多少，让他自己选择），只要能完成，您和老师都要肯定、鼓励，给他信心，孩子感受到来自家长和老师的肯定，更'看见'了自己的努力，他感受到完成目标时的美好体验，于是微小的成就感产生了。随着一个个小目标的达成，他的自主感和成就感就越来越强了。"

当他拥有了归属感、自主感和成就感，就无须"要我学"了，而是"我要学"了。这时，内驱力会促进他时时反观自身，完善自我。

"老师，我很想按照您教的方法去尝试，但就怕他不肯听我说，他会不会总觉得我在唠叨？"

"仪式感很重要：孩子写着作业时或者在思考问题时，您一定要闭嘴，无论您多么受不了他的行为。如果需要谈话，就要郑重其事，协商时间、选择地点坐下来谈。即使晚上孩子做作业浪费了时间，您想介入时也要注意仪式感。可以先心平气和地请他终止写作业，两人面对面坐下来，孩子一定会感觉到您的变化。如果有大事要协商，必须正式和孩子约时间，得到同意后，找个清静的环境坐下来，只针对这一件事来交流，不涉及其他。"

"从您与孩子预约时间，到坐下来谈话这个过程，会让孩子感受到妈妈对他的尊重，他也会从心里认真对待。到正式谈话时，孩子对自己行为的正误、得失已经有了思考和认识，后面的交流会容易顺畅。我想，通过这些调整，您一定能

---

① 付立平：《给孩子的五顶学习帽》，中信出版社 2021 年版，第 20—21 页。

和孩子建立正常的情感连接，孩子的'炸毛'也会渐渐减少。"

"可是我脾气不好，一看到孩子的行为，就急火攻心。我就怕以后面对孩子还控制不了情绪。""如果真的没有控制住情绪，又对孩子吼叫了，那么您能否吼的时间短一些，从以前的不知停止，逐渐缩短时间。比如，您吼着吼着，突然意识到自己在吼叫，一旦觉醒马上停止！"

"我试试看。"

之后，小马的妈妈回去按照我教的方法实施，期间遇到过很多小问题，我们又多次讨论解决。在我们的共同努力下，逐渐感受到小马的变化，他的情绪日渐稳定，成绩也在慢慢提升，小马和妈妈的冲突也越来越少。

三

要想缓解一个家庭的亲子矛盾，必须深入了解其根本原因。孩子之所以成为这样的孩子，往往是环境造成的。对小学生来说，起决定作用的环境往往是家庭，父母就是对孩子影响最大的因素。当我们了解真正的原因，再着手有针对性地指导。

（一）纵观这次亲子关系的疏通过程，要点提醒：

1. 当发现孩子遇到了困难，或者觉察孩子情绪不对，可以按照以下步骤沟通交流：

（1）客观描述孩子的行为；

（2）同理孩子的感受；

（3）引导孩子致力于解决问题；

（4）鼓励赋能。

2. 当孩子犯错误，或者作业拖延怠惰：

（1）平复情绪；

（2）协商办法；

（3）承担自然后果；

（4）请老师配合。

3. 当发现孩子行为失范，沟通时注意仪式感：

（1）首先停止一切活动；

（2）接着协商沟通时间、地点；

（3）然后坐下来仅就此事交流。

（二）变"要我学"为"我要学"的 4 个方法

1. 正面语言：无条件接纳的归属感

2. 选择式提问：小步放权，逐步自主

3. 启发式提问：充分放权，享受自主

4. 激励式练习：小目标产生成就感

（三）明智的父母特别关注

1. 切忌孩子写作业时或者思考问题时，在旁边重复唠叨。

2. 切忌死盯着孩子的缺点错误紧追不放。

3. 切忌拿自己孩子和别人家孩子作对比，要学会正面引导、鼓励。

4. 切忌在沟通前情绪失控。

总之，明智的父母，要懂得接纳孩子的一切，懂得适可而止、进退自如。当然，对孩子的问题，不是不加纠正，而是根据孩子的情况，运用一定的策略，在互相尊重的前提下，探讨问题，共同面对。

我们不可以把孩子看作自己的"面子"，一个活在愧疚中的孩子没法自信地面对自己的人生。我们更要清醒地认识到，孩子不是我们的私有物品，他需要经历自己需要经历的风雨，在历练中丰富自己，走好自己的人生之路。

亲子沟通 2——

哭泣的小伙

很多家长都操心自己的孩子不爱学习，但也有恰恰相反的例子。有的孩子对自己够狠，自觉要求学习各种科目及技能，但也因压力过大，和家长产生矛盾冲突。虽然他因为压力而发脾气、哭泣，但是依然咬牙坚持，面对这样的孩子，我们该怎么办？尊重他们，在能力范围内提供条件，疏解他们的情绪……

一

这是一个初秋的早晨，我刚来到教室，高立则的同桌就慌慌张张地跑过来："王老师王老师，高立则又哭了！"

这孩子早自习哭泣已经不是第一次了。我匆匆来到高立则的座位前，他正坐在自己的座位上埋着头，肩膀一耸一耸地。我悄悄牵着他的手，把他带到办公室坐下来。

"孩子，你怎么了？"

"呜呜……"哭得更凶了，没有回答。

我不再问，就让他在办公室里尽情发泄一会吧，幸好这会儿办公室里没其他人。

之前他的同桌告诉我，他经常在早读的时间哭，时轻时重的，我问过原因他也不说，我觉得有必要找家长了解一下。

放学后我请来了他的妈妈，听我说了孩子的情况，妈妈忍不住泪流满面。她告诉我，孩子自从升入五年级，脾气越来越暴躁，动不动就发火，有时和弟弟之间闹矛盾，与妈妈的冲突也多起来。我问她孩子是不是早晨在家有不愉快？她说没有，她为此也很担心。

二

高立则各门功课成绩都很不错，尤其数学，常考前几名，还常常参加数学竞赛并获奖。这么一位在大家心目中棒棒的学生，为什么经常哭泣？为什么在家喜欢发脾气？我有很多疑问。

妈妈说，孩子每天时间安排满满的。下午放学要练足球，7点才结束，到家路上需要半个时，再加上换衣服洗澡吃饭，往往8点半甚至更晚才开始写作业。如果作业多一点，就要很迟才睡觉。有时作业完成早一些，就要练钢琴，今年他钢琴要考十级了。周六全天都要踢足球，或者出去比赛，周日上午下午都有课，作业都要早上或者晚上抽时间完成，练琴更要挤时间。

家长的一席话，听得我心疼不已。一个11岁的孩子，时间安排这么满，时刻处于紧张状态，压力巨大！恐怖的是，因为没有安排休息时间，等于完全没有了盼头，感觉自己一直处于"狂奔"状态。成年人平时工作再忙，总有个周末可盼，再不济也有一天的休息时间。可是，一个孩子，却无限循环地忙忙忙……这样的工作量，谁受得了？谁又能不崩溃？

我提出了自己的看法，希望家长同意给孩子减压，哪怕每周安排几个小时任由他自己支配的时间。他妈妈也同意我的看法，决定回去和孩子商量，看减少什么，听听孩子的意见。

第二天，家长反馈来的信息完全出乎我的意料：高立则坚决不肯削减任何一个科目。"一个都不能少！"他说。

我很焦急：孩子的承受力的确已经到了极限啊！

我决定和孩子好好谈谈，看妈妈反馈的信息是否属实。

"最近老师发现你情绪不稳定，有时需要排解，老师想知道你是否觉得压力太大、时间安排太满？要不要减少一些学习或者训练上的项目，或者学校作业也可以不做或少做？"

"不需要！妈妈跟我商量，要么放弃钢琴，要么减少练足球的时间。钢琴现在已经九级了，我觉得做一件事贵在坚持，我既然决定要冲十级，我一定要去做；至于足球，是我从一年级就开始的运动项目。在足球场上，我觉得就是一种释放，我喜欢足球场上的拼搏；数学竞赛的兴趣班对我也很有用，我的数学好，得益于我上的竞赛课，我也想继续坚持。所以，我告诉妈妈，我愿意继续目前的状态。"

他有条不紊、口齿伶俐地述说着，他的理智冷静和清楚的条理，让我简直不敢相信坐在面前侃侃而谈的小男孩居然是个爱哭鼻子的小学生。

"可是，你现在时间安排太满了，对你身心健康不利。我看到你常常无故流

泪,这就是压力大的表现,长期这样,我担心你受不了。"

"放心吧老师,虽然很累,但这都是我自己愿意坚持的,没有人逼我。如果哪天我觉得受不了,我再放弃。"

孩子的一席话,让我既感动又沉重。我突然想起曾经在他打开的文具盒的盒盖里面看到的两排字:

> 你想要优秀,你就得不停地忙忙忙……下去!
> 你想要优秀,你就得不停地苦苦苦……下去!

和高立则沟通后,我陷入沉思。这是个难得的好孩子,是中队委,担任着班级的体委工作,还自愿报名当值日班长,工作也十分负责。他品学兼优,热爱学习,积极向上,愿意承受各种压力,对自己够狠。既然明白了孩子的意愿,老师和家长也不能过分干涉,我们决定先尊重孩子的意见,密切观察,见机行事。

但是尊重孩子的意见不是意味着不作为。

我悄悄请来家长再次商讨,看看老师和家长能为孩子做些什么。

商讨的结果:

家长:

1. 在家给孩子提供比较安静的学习环境,尽量不让上幼儿园的弟弟打扰哥哥学习,减少干扰,提高学习效率。

2. 当孩子因事发火,只要不过分,家长不要和孩子发生冲突,也不要过多劝解、批评,给他个出口,让孩子发泄一下,焦虑紧张的情绪或许能有所缓解。

3. 不要过多关注他,要做到外松内紧。孩子正在进入青春期,第二性征发育。青春期是第二次分离(第二次断奶)个体化的时期,独立意识增强。如果父母过分关心,孩子容易出现逆反情绪。这个过程是独立欲望和依赖欲望双价情感的心理冲突过程,度过这个动荡时期本就艰难,如果在学习或者情感上受挫,认为自己是弱者,容易把忍受不了的烦恼向依赖的对象发泄。

4. 尊重信任。尊重孩子自己的选择,无条件支持孩子的学习和生活。

5. 密切观察,孩子情绪或者行为有什么异常,及时和老师联系。

老师:

1. 悄悄关注孩子的情绪变化,如果有必要,及时找他谈心疏导。

2. 给予精神支持。支持孩子足球练习、参加数学竞赛、钢琴考级。

3. 减少工作量。找他协商,征得他的同意减少班级工作量,比如值日班长工作和体委工作,多留给他自己支配的时间;提前布置作业,给他在学校完成作业的机会。

另外,我跟其他任课老师悄悄做了个别沟通,让他们多给这个孩子一些宽松的课堂氛围,少一些课外作业。经过这样的巧妙安排,老师、家长暗中使劲,齐心协力。一个多月后,妈妈反映高立则在家发脾气少了,早自习哭泣的现象也鲜见了,取而代之的是琅琅的读书声。

三

现代社会,由于竞争激烈,小学生也加入了"赛跑"大军。虽然国家及时出台了减负政策,但孩子自己强烈的好胜心,我们一下子无法遏制,只能暗中帮助、支持。

小学生年龄小,心理弹性抗压能力较差,再加上处于少年期向青春期过渡阶段,身体的发育和心理的断层,都容易导致极端心理状态和行为的发生。作为家长和教师,发现问题,要及时沟通,了解具体情况,减轻学习压力,进行心理减压、情绪疏导,促进孩子健康成长。

亲子沟通 3——

"我成了他们的累赘"

　　理论上讲家庭与学校教育之间应该有边界,班主任不应该涉足家庭问题。但在家校沟通中发现,父母关系的恶化,导致孩子情感受挫,遭受心灵折磨。由于失去安全的港湾,孩子自卑怯懦,失去学习兴趣。面对弱小的孩子,班主任能做些什么? 我尝试了解孩子、对话家长并达成教育共识,以求家校协同育人。

一

　　他叫王青松,四年级孩子。成绩不太好,上课常常魂不守舍,和同学相处多扮演弱者的角色,不是被打伤,就是被辱骂。有时和他父母沟通,他们都埋怨孩子不像他们亲生的,见面就是客气,平时相处总感觉若即若离的。有时关心他学习,过问他的作业时,他表面上看起来好像很听话,但是总能感觉到他内心的抗拒,然而一直没找到原因。

　　我了解情况之后,就特意关注他。有一天,我批改周末作文《我的烦恼》,他的一篇习作吸引了我。

　　　　或许有许多人的困惑和我一样,我从小父母离异,为此我出现了许多烦恼。我每周一到周四都住在我妈妈家,周五到周日住在我爸爸家。每周四下午,我妈都赶我去我爸家里,每周日,我爸再把我送回来。时间久了,我总以为自己是个累赘,天天都要麻烦我爸妈,生病了他们还要给我忙前忙后。上次得阑尾炎,搞得我爸连夜从徐州赶回来,照顾了我两个星期,耽误了我爸一桩大生意,还害我妈得了感冒。还有一次老师找家长,我妈走的时候,不小心摔断了腿,我连续几周一直住在我爸家。

　　　　有一次,我爸到八点钟才来接我。我妈让我跟他说下次要来早一点儿,说我晚饭怎么吃都没保障。结果,因为我表达能力太差,导致我爸误解了我妈的意思,立刻从吃饭的地方冲到我妈家,和我妈吵了起来。那时候我也不知道要做什么,我在旁边不停地哭,也不知道应该要拦住我爸,让他们两个不要再吵架了。

我父母离婚虽然对他们的生活没影响,但对我的学习和老师造成了影响,老师发信息都要发两条,我的作文写一半,突然要去我爸家,作文的思路也没了。

我很烦,这问题什么时候能解决呢?[①]

这篇作文,让我发现了问题所在。心情沉重之余,也很庆幸,能够通过作文看到他内心的烦恼。

我询问了王青松低年级的老师,走访了和他爸妈有交往的家长。原来他们在王青松幼儿园中班时离婚的,当时他判给了妈妈。妈妈确实也一直没成家,但整天在外面奔波忙生意,他很小就常常一个人在家。

王青松每周五、六、日住在爸爸家。他爸爸在离婚第二年就再婚了,现在又有了小儿子。王青松说爸爸很喜欢这个弟弟,也常常拿他跟这个弟弟作对比。

从这篇作文看出,孩子受了天大的委屈也没有倾诉对象,一直十分压抑。爸爸家不缺孩子,而且比他更受欢迎;妈妈忙于工作,无暇顾及。他觉得自己就是"一只皮球",被人踢来踢去,"我成了他们的累赘"(一次谈心,他对我如是说)。更令人无法忍受的是,为了一顿饭,妈妈让孩子传话责问爸爸,导致两人大闹大吵,这样的场景,孩子得多惶恐不安、多嫌弃自己!

阿德勒在《儿童的人格教育》一书中讲道:"儿童的自我评价具有重要意义。遭受严厉责骂的孩子,都会受到深深的伤害,无一例外,有些孩子只能通过低估自己的能力来保护自我。"[②]

王青松对自己的评价就是"累赘",多么伤人的字眼!别的同学都是爸妈的掌心宝,而他是如此多余!在父母一次次的争吵、推脱责任的过程中,王青松受着莫大的侮辱和伤害,这些比严厉的责骂更加伤人。从幼儿园到小学,他经历了多少打击、失望、沮丧,才确认自己就是个"累赘"啊!也许这就是习得性无助吧!

看到这篇作文,我决定帮助他,烦不了什么班主任"边界"了。

---

① 文中错别字及不通顺句子已略作修改。——笔者
② [奥]阿尔弗雷德·阿德勒:《儿童的人格教育》,张庆宗译,华东师范大学出版社2017年版,第66页。

我知道,我得到的这些信息,都是二手的,必须直面家长,才能找到突破口。我决定先会会他的爸爸。

二

一个周五的下午,我将王青松爸爸约到了学校。

"王青松爸爸,您从前提起过孩子和您不亲近,我也一直很纳闷,这次看到孩子的作文,也许找到了原因。"

说着,我把孩子的作文递给他。他默默看完作文,低下了头。

"孩子说的是真的吗?"

"是的,基本是这样。但我真的很疼爱他,并没有因为他有了弟弟就不爱他了。我每周按时接他,带他出去玩,给他买好吃的,但是他依然对我有意见。当然,他说的那次和他妈妈吵架的事情,就是因为他妈妈让他转告我,责怪我 8 点钟才来接,我只不过迟接一会,她就纠结给不给孩子吃饭,难道她自己不吃饭吗?她就缺那顿饭吗?她自己吃饭让孩子看着吗?这样没有爱心的人,不配做妈妈!"

他越说越气,好像我这个老师也对不起他。牢骚发了半天,他看我不吭声,才停下来解释:"我没别的意思,只是觉得是他妈妈把孩子搞成这样!她要负主要责任!我去找她理论,只是要讨回这个公道!"

"我今天把您请过来,不是要追究谁的责任,而是商量怎么安抚这个受伤的孩子,让他感受到温暖和爱。

"当孩子转告妈妈的话,您当即就火了,第一时间冲过去吵架!您受一点委屈都不行,要立即找人发泄!您不心疼近 9 点才吃上晚饭的孩子,更不顾孩子还没吃饱,只想着赶紧找他妈妈发泄愤怒。如果您和王青松换位,您会感觉爸爸在乎自己吗?明明是孩子受了伤害,您没好言安抚,而是为自己讨所谓的'公道'!让孩子怀着无比愧疚的心情、饿着肚子胆战心惊地看你们互掐?您觉得您爱孩子还是更爱您自己?您发泄了怨气,孩子呢?他找谁去诉说委屈?想想您做的,还好意思说自己真的关心孩子?您这样做,对孩子公道吗?"

我毫不客气的一席话,他有些不好意思了:"对不起,老师,我也有错,只想着自己了,没想到孩子在这件事中受到的伤害最大。"

"你们都是成年人,都有各种社会经验,经受过各种坎坷,有能力承受挫折和

痛苦。可他只是个小学生,那么稚嫩,他有承受这些重压的能力吗?你们整天互相埋怨,对孩子的感受置若罔闻。你们都曾问过我:'为什么和同学相处受伤的总是我儿子?'今天我就告诉你们答案:因为他的父母没给过他安全感,所以自卑和怯懦才如影随形。"

"王老师,我的确做得不好,您批评得对!说实话,孩子生活得不幸福,他妈妈照顾不周,我也忙于生意,只给他好吃好穿,和他交流极少,从来没想过孩子心里有这样想法。我该怎么办?"

我又把他妈妈请来,先让她看了孩子的作文,很快她小声抽泣了起来。等她情绪稍稍平静,我说:"孩子受了莫大的委屈,一句都没埋怨你们,只怪自己是累赘,他恨不得自己消失才好,多善良的孩子!而您当着孩子的面埋怨他爸爸,当时是周四,孩子在校学习整整一天,回家做了一晚上的作业,又累又饿。我十分奇怪,您不要吃饭吗?给他多吃一顿饭又如何?到 8 点了,您还让他饿着肚子等爸爸。孩子眼巴巴盼来爸爸接他去吃饭,可还要完成您交给他的任务——给爸爸带话。结果呢?他的话刚出口,爸爸就勃然大怒……可怜的孩子,一直自责,觉得你们的吵闹都是他造成的。你们无视孩子的存在,大吵特吵!万一孩子哪天想不开,你们得多自责啊!大人之间的矛盾应该避开孩子解决,因为你们所有的争执都是对孩子心灵的伤害!"

"他爸爸说好的最迟 6 点前接,每次都不按时。"她用面巾纸擦了擦眼睛。

"我十分爱他！我也不打算结婚了，他是我唯一的孩子！那天我真没想那么多，当时就是很生气，觉得他爸爸没有责任心，没想到伤害了儿子。"

"如果他爸爸做得不好，您更应该多疼孩子一点，你们都把孩子往外推，他才会感觉自己是累赘。"

"王老师，我们该怎么做？"

爸爸妈妈不约而同问了同样的问题，说明他们的确都爱孩子，只是没有意识到自己的所作所为对孩子造成的伤害。那么我就决定请他们一起来学校，进行一次面对面"三方交流"。

这次交流非常成功，概括起来，我主要向这对曾经的夫妻提出了四点需要达成的共识：

1. 不计较，一切为孩子着想。妈妈因为爸爸接得迟发脾气，爸爸因为妈妈的埋怨发脾气，家长的怒火都是对孩子发泄，弱小孩子要承受双方的负面情绪！如果父母真心爱孩子，请不要计较对方付出多少，无论精神的，还是物质的，给孩子所需要的，让孩子感受到来自父母无私的关爱。这样环境下长大的孩子才会有足够的安全感。

2. 不互相指责，创造良好的成长环境。即便对方的错误多么离谱，都请避开孩子解决问题，不要让家长的纷争赤裸裸呈现在孩子面前。他还小，没有能力消化成人之间的诸多矛盾，他需要一个良好的成长环境。

3. 多陪伴交流，及时给予帮助。陪伴是父母的必修课。陪伴，不仅会让孩子拥有足够的存在感和归属感，陪伴的温暖也会伴随孩子的成长，融进他的血液，让他具有拥抱生活的能力。趁着孩子还小，在他最需要陪伴的时候，父母就在身边，陪伴他学习、生活，了解他在学校的学习情况和同伴关系，了解他在集体中是否快乐，并及时进行家校沟通、给予帮助。

4. 满足高级需求，缓和亲子关系。家长认为给予孩子好吃好穿就是爱，其实这是五个需求层次中的最低级层次。孩子逐渐长大，他逐渐有了更高级的追求——精神享受。家长没有满足这些需求，也就没法建立良好的亲子关系，更无法取得他的信任，这都会让孩子自卑。

对孩子，班主任从以下几个方面进行帮扶：

1. 学习成绩提升

我经过观察分析，王青松智商也不低，是家庭的变故导致孩子成绩不理想。有了这样的判断，我征求孩子的意见，给他制订了详细的补习计划，并请家长积极配合。

2. 社会化辅导

（1）生活技能培养：王青松生活自理能力很差，常常丢三落四的，学习拖拖拉拉，丢衣服、忘记带作业等都是家常便饭，常常被老师批评，这也是他弱势的原因。这些培养，需要家长和老师密切配合，在家里练习管理自己的学习用品、生活用品，在学校教他制订学习、生活计划，合理安排自己的学习时间，利用同伴帮扶，对他督促提醒，反复训练。

（2）找到归属感：王青松做什么都温吞吞的，让人感觉能力很差。有些同学欺负他，并不是因为他对别人造成威胁伤害，而是出于一种说不清的心理——欺负弱小。这些让他极少有机会参加班级活动。同伴之间组织的活动，也因他父母不能提供支持导致他没有机会参加，和同学之间形不成亲密融洽的关系。

鉴于这些原因，我创造机会，让他参与其中。恰巧我们班级的垃圾分类课题研究即将启动，我首先征求他的意见，他同意参加，课外活动时需要父母一方抽时间陪伴，我让他去邀请父母提供支持。一开始他没有信心，我多次鼓励，他尝试后惊喜地告诉我爸爸妈妈都同意了。于是，他的积极性调动起来了。活动持续一个学期，他在活动中与同伴磨合，适应了遵守各种规范，虽然历经曲折，各种辛苦也都坚持下来了，这期间父母的陪伴也比较积极。

暑假，我号召家长组织登山活动，要在山上野营。王青松破例主动报名参加了。每个同学都有一个家长陪伴，这次王青松的爸爸妈妈居然都来了，从没有看到过他笑得如此灿烂……

一次次活动的历练，让他有了很大改变。在活动中他逐渐学会帮助别人，责任意识也逐渐增强；他也慢慢融入了集体，同伴关系也渐渐好起来，被欺负的次数也越来越少了。

3. 自信心训练

王青松没有朋友，不是因为他顽劣，而是因为他的自卑而与人无法平等相处，所以提升他的自信心尤其重要。一个孩子的自信，有很大一部分源于他在群体中的表现不弱于他人。我除了鼓励他参加这些集体活动，教给他和同学相处的技巧，还鼓励他上课专心听讲，积极发言。一开始他怎么都开不了口，我就从简单问题开始，他逐渐有了点自信。

学习成绩的提升，集体活动的参加，同伴关系的改善，让他逐渐认可了自己。

三

1. 父母离婚前免疫心理辅导。即将离异的父母，不要低估离异对孩子的沉重打击。

面对父母的分道扬镳，他的心灵经受一次前所未有的分崩离析。所以，无论父母双方怎么互相看不顺眼甚至仇恨，都要抛开这些，把孩子的心理疏导放在首位。告诉孩子："父母只是性格合不来，不适合一起生活了，但是你永远都是我们的孩子，我们永远爱你！"让他面对父母离异的不幸，有一点抵抗能力。

2. 把父母离异的消息告知老师。找到信任的老师，把要离异的消息告诉老师，寻求老师的帮助。让老师知道家庭变故，老师会时刻关注孩子的变化，配合家长及时做好孩子的心理疏导。

3. 离异后，不要在孩子面前争执计较。有孩子的离异家庭，因为孩子的抚养问题，总是会出现各种矛盾。解决问题要避开孩子，更不能把孩子当成倾诉对象，尤其不能让孩子参与父母之间的矛盾争斗或者利益争夺。

4. 不要当着孩子的面贬损对方。有的家长总在孩子面前贬损对方，企图让孩子站在自己这一边，这种做法最要不得。孩子还小，父母离异带来的家庭解体让他失去归属感，本来就十分受伤，都是他最亲的人，他愿得罪谁呢？这样过早地让孩子体味人间冷暖，学会迎合奉承，会严重影响孩子的心理健康发展。

亲子沟通 4——

新转来的豆豆

虽然说亲子之间无宿仇，但从近年来亲子间的矛盾及由此造成的互相伤害事件可以看出，亲子矛盾呈逐渐升级状态。作为班主任，要激活家长的情感觉察能力、移情能力和情感表达能力，教会家长使用"我向信息"与孩子建立情感连接，促进孩子正确认知情感、表达自我，及时与父母情感互动。当父母发现孩子的不良情绪，先要对孩子遭受的不开心事实表示同情，然后是安慰及提供帮助。这样不但密切了亲子关系，而且可以帮助孩子顺利度过情感转折期，为孩子以后健康成长奠定基础。

一

五年级下学期，从扬州转来一名小女生，名叫豆豆，长得文静秀美，看起来乖巧可爱。可是，介绍老师特地反复交代：这个孩子在原来的学校不肯上学，心理濒临崩溃，和家长冲突到了无法收拾的地步。恰逢爸爸工作调动，一家人就都来到南京，也给孩子换个环境。我听后很吃惊，这么可爱的孩子居然承受这样的痛苦，我决定好好了解她，看能否对她有所帮助。观察了一周后，我找豆豆聊天。

"你加入我们这个集体已经一周了，喜欢我们班级吗？"

"嗯。"

"今天老师和你约谈，就是想了解你在班级过得是否愉快，如果有同学不友好或者有什么困难，请及时和我沟通，老师很高兴能帮到你。"

她还像刚来那样，微笑地看着我，什么都不说。我知道她有那样不堪回首的经历，恐怕不会一下子对我敞开心扉。但是我的态度和对她关心的信息要准确及时地传达给她。我希望通过努力，尽快打开她的情感出口。

一段时间后，我约谈了她的妈妈。见面后，我让她简单介绍孩子在原来学校的学习经历，并让她回忆是否经历过什么特别的事件。

"刚上一年级，老师总是找我，说她拼音学不会。我回来就批评她并叮嘱她上课专心听讲,回到家再带她读拼音。但是她很抗拒,我一着急就忍不住打她。"

"就这样,成绩还是一直上不来。"说着她就泪流满面。"低年级时我批评她、打她都有点作用,但是到了三年级,我明显感觉到她的逆反。有一次,她语、数、外都考得很差,我批评她就回嘴,气得我又动手打了她。这次,她尖叫着并往门外跑,之后,又多次发生这样的事;到四年级,她长高了,有一次我又打她,她和我撕扯,还说不想活了……我彻底崩溃,全家鸡犬不宁……"说到这里泣不成声。

"这个漫长的过程中,爸爸做过什么?""爸爸护女儿,不认同我的做法,我们俩因此多次发生矛盾。但是他对孩子的学习也束手无策。"

从妈妈的描述中,我感觉这个家庭因孩子的学习陷入了无休止的痛苦深渊。

我分析:孩子一入学就遇到了学习困难,妈妈并没有去了解原因并给予帮助,而是用打、骂这种简单粗暴的方式强迫孩子完成作业,她因此错过了帮助孩子的最佳时机,不但孩子成绩一路糟糕下去,情绪也越来越失控。

二

和妈妈沟通后,我越发怜爱这个孩子。原本一个好好的学童,因为家长不懂教育,也没有及时进行家校沟通,导致教育方法失当,造就一个本不该有的问题学生。

上次和豆豆沟通后,我会时常关心她,还把她调到班级前排和班长同桌。上课时,我的目光常常温暖地掠过她;有时简单的读书机会我会给她;面批作文,我一定耐心、细致地讲解。渐渐地,她对我有些亲近,有时能感觉到她友好的目光。

但无法避免的是考试成绩,五年级下学期,各科学习都比较紧张,老师们进行着各类测试,每次看她拿到试卷的表情,我都十分心疼。成绩无法改变太快,只能循序渐进,但是我要调整她的情绪:"豆豆,这次语文你有进步哦,你看作文,原来你只写不到一百字,现在居然能写二三百字了!你的进步真快!"

她突然眼圈红了:"老师,谢谢您对我这么好!这次刚刚及格,但是真的已经进步多了,在原来的学校,我从没及格过!"

她开口了,而且是主动的,我知道,了解她的时机来了。虽然她妈妈和我说了很多,但那不是她的感受。我想听听她自己的心声。

"豆豆,你能否告诉老师在原来的学校发生了什么?为什么和妈妈冲突那么严重?"

　　听了我的问话，她低声抽泣："那个学校除了美术老师，其他的老师都不喜欢我。我语、数、外成绩差，老师们喜欢成绩好的，每次考试老师都在班级报成绩，还公布排名，我恨不得去死！我看到语文、数学就头痛，也不想去学校，但妈妈骂我、打我，非送我去。到了学校，我就像进了地狱，感觉所有人都在嘲笑我；回到家里，妈妈逼着我学习，逼着我订正作业，可我不会订正！妈妈就骂我笨，说弟弟比我聪明多了，以后只能指望我弟弟！我什么都不行，为什么要活在这个世界上！"

　　孩子越说越激动，眼泪像断了线的珠子滚滚而下，我赶忙安抚："老师不认同你的看法，妈妈不是不喜欢你，只是拿弟弟对比来激励你。"但我的安慰毫无作用。

　　对一个孩子来说，妈妈本是这个世界上最亲的人，但是豆豆感觉不到来自妈妈的爱！所以，要想让豆豆恢复正常的学习生活，一定要从疏通她和妈妈的关系入手。

　　在我对豆豆的亲子关系稍有了解后，我就约时间去家访。因为家访有很多优点，可以和她的全体家庭成员见面，对她在家庭的地位以及处境会有比较全面的了解，这样有利于后续问题的处理。

　　豆豆一家刚来南京，为了孩子上学方便，临时租住在学校对面。放学后我带着豆豆一起来到她家。因为约好的，爸爸妈妈都已在家等候。我先让豆豆进去写作业，想先和她父母聊聊。豆豆的爸爸文质彬彬，妈妈也很优雅，完全看不出平时经常会打孩子。他们一点都没有责备以往学校的老师，只是反复称赞豆豆的美术老师好，说她是个温和且懂儿童心理学的老师，对豆豆的正面影响很大。如果不是她，豆豆恐怕早就出事了。然后谈了一些豆豆在家的表现，能看出来，爸爸对母女俩的矛盾很头疼。

我询问了豆豆刚入学的情况，问她是否知道豆豆拼音没有掌握，因为我发现豆豆在语文测验中，看拼音写词很困难。妈妈告诉我，一年级入学前，她没学过拼音，上学后才发现好多小朋友提前学会了。一开始豆豆就跟不上进度，后来拼音一直没学好。

一年级的老师们也会发现，有的孩子入学前学过拼音。孩子们拼音的基础不同，所以学起来就有快有慢。相比其他孩子，对没有接触过拼音，尤其是家长不会辅导的孩子来说，学习就会有点困难，豆豆就是属于这类情况。

"在幼儿园里学拼音了吗？"

"幼儿园学的，但是我没过问。"

"孩子入学后学拼音遇到困难，您怎么帮助的？""我不会拼音。"说着低下了头。

"在孩子最需要帮助的时候，您没有能力提供帮助，反而把孩子的困难看成懒惰，非打即骂，造成孩子严重的心理创伤。孩子现在的状态，您绝对不能再动手了。"

看着直点头的豆豆妈妈，我心里希望她说到做到。不过，现在急需对她们的亲子关系做个疏通，当亲子关系理顺了，孩子就已经顺了大半。至于成绩，后面慢慢努力，总会有收获的。

"您知道，班级是个集体环境，孩子遇到困难得不到及时帮助，就会跟不上班级进度，她本身就很难受。当一次次的测试成绩出来，有时候同学会有意无意对比分数，孩子心里得多难受！除了这些折磨，老师和家长还反复强调要专心听讲，在听不懂的情况下您试试怎么保持专注！

"每天，孩子还要面对更加困难的任务——完成作业。试想，上课没有听懂的课程，下课却要完成巩固作业，她如何巩固？别人做完可以去玩，可是她订正就占用了几乎所有的课余时间！孩子从 6 岁就开始承受这些痛苦和无奈，这些您能体会吗？

"您心疼孩子,也一定感受到孩子的不容易,这也是您带孩子来南京的原因。孩子长期积累的负面情绪,不可能对同学、老师发泄,只能回家排解。当孩子回家有情绪,或哭或闹,您可以先任她哭泣,等她冷静下来,再对孩子进行情感引导。方法是:先要对孩子遭受的不开心事实表示同情,然后是安慰及提供帮助。

"比如,今天孩子到家情绪失常,您发现后,就引导她说出来。回忆这些会再次经历痛苦,表述时她可能比较激动,您就任她宣泄。等她冷静后再告诉她:妈妈知道你因为没考好心里难受,妈妈看到你这样,比你还难受。对不起孩子,我能帮你做什么?

"所以,当发现孩子有了不良情绪,父母不能一味斥责,应该先予以理解接纳、进行情感引导,为孩子减压,然后伺机探寻原因。如果发现是在学习上遇到了困难,就及时提供帮助;如果是因为考试成绩不理想,说明孩子对自己不满意,这是最佳的教育契机,要及时抓住。当然要注意方式、方法和沟通分寸。这种情况下,首先要肯定孩子对自己的高要求,然后告诉孩子家长会尽一切努力帮助其取得进步,鼓励其继续努力。如果是因为和同学发生了矛盾,家长要先问清缘由,然后进行正向情感引导;如果是因为被老师批评,家长则应该搞清楚具体细节,必要时找老师沟通,帮助孩子解开心结,但不要随意在孩子面前议论老师。这样做,让孩子心里感觉父母是自己坚实的依靠。家长在疏导孩子时,切忌随意发泄自己的情绪。

"孩子告诉我,您更喜欢她弟弟,总是拿他和豆豆比,夸他聪明伶俐。这样的做法要不得。就是您这样的对比,一步步把豆豆推向厌学、崩溃的深渊,推向您的对立面。您这样做,会让豆豆逐渐认同自己的差人一等,让她彻底死了上进的心!"

"其实我一直都努力一碗水端平的,并没有因为她弟弟是男孩有所偏爱。但是,她弟弟确实比她聪明。"

"您的描述让我感觉您心里的天平已经倾斜了。她弟弟聪明又如何? 每个孩子都有自己的过人之处,您的女儿一定也有,只是您只盯着成绩,忽略了她的美好。您拿她弟弟的长处比她的短处,您还认为自己是公平的吗? 话又说回来,您所谓的'端平'是不科学的,因为两个人出生有先后,您的'碗'就必须倾斜,但不是向老二,而是向老大倾斜! 一是因为老大是老二的榜样,您把老大调教好了，老二自然就向姐姐学习；二是老大最早降生在这个家，您给予她充足的爱，她就和父母一起爱老二，一举多得，全家其乐融融！可现在您与豆豆之间已经积累了太多的怨气，要纠正过来有不小难度，您首先要转变观念。

"现在着手消解你们的亲子矛盾，最近一定要避免冲突。如果有事导致您和豆豆之间开始起毛，感觉情绪要爆发，请您随时叫停。豆豆停做作业，您停止说教，大家都去做一些和学习无关的事情，比如可以打开电视看一会动画片，也可以让豆豆挑选她最喜欢做的事情做，还可以带豆豆出去遛个弯。一个小时后，您和孩子的情绪都平复了，孩子可以继续做作业，避开刚才发生冲突的由头。如果需要，您也可以再心平气和地帮助孩子。"

"但是，时间不够啊！如果停下来一个小时，恐怕作业要做到很晚了。"豆豆妈妈急不可耐地插言。

"如果不停下来，因为你们的冲突，是不是要耽误更长时间？"

"……是的。"

"对呀，妈妈是成年人，要理智，既要学会管理自己的情绪，更要考虑事情的走向及后果。一次次重复错误的行为，还完全不考虑后果，您随心所欲的发泄，害了孩子，也害了自己，还不从中接受教训吗？！"豆豆的父母陷入了沉思。

和豆豆父母沟通后，我来到豆豆房间。

"刚才老师和你的爸爸妈妈聊了一会，他们说了你小时候的很多趣事，感觉他们特别爱你。虽然朝夕相处，我感觉你们相互之间并不了解。你知道妈妈为你出生做过哪些准备工作吗？你知道爸爸妈妈是怀着怎样的期待等着你的降生吗？你知道你上学之初父母是怎么规划你的美好人生的吗？"看着她眨巴着美丽的大眼睛，我知道，妈妈没有告诉过她这些事。我让她抽时间去找妈妈，母女可以进行一次相关对话。

几天后，我又找豆豆聊天，她告诉我，她从没想过自己在父母心中如此重要，她一直觉得自己一无是处，这次谈话她被深深震撼了。借着这个契机，我告诉她："父母都是普通人，不能过高要求。彼此之间需要互相接纳、互相宽容、互相谅解。作为孩子，我们无法选择父母，必须学会接纳他们的不完美。"

"老师，怎么做到这些呢？"

"首先接纳、然后尊重，这是与父母相处的基本原则。"

"具体怎么做呢？"

"当和父母之间出现矛盾,先以同理心理解他们的做法,尊重他们的意愿,暂时不去争辩对错。因为父母当时情绪激动,无法达成和解,多说恐怕冲突升级,等大家情绪平复了再找机会沟通,能达成和解与趋同的意见更好,不能完全趋同的,就求同存异。"

"是不是避开就行?"

"避开是暂时的,正确的说法是避开锋芒。有合适的时机,还必须沟通,不能抵触逃避。因为总是避开,矛盾得不到解决。所以,如果父母做法不恰当,当时不要与父母恶言相向,更不能有肢体冲突,等大家情绪都平静了,坐下来交流,心平气和地表达自己的意愿,取得父母的理解。如果无法说服父母,也可以向老师求助,由老师出面协调沟通。"

"不知道我能否做到。"豆豆低声说。

"没关系,不着急,我们一起努力!"

其实,做到这些还远远不够,因为我发现她们母女沟通中爆发冲突,还有一个重要原因,是都运用"你向信息"。

所谓"你向信息",就是说者对对方的一种认识评价或者判断。"你向信息"是说者给予个人过强的主观意识,忽略对方的感受,不留余地地进行评价,结果造成对方的不悦。这种表达方式容易变成责备、命令的口吻,使对方抗拒、畏缩。

比如,妈妈:"都11点了,你还没做好,你到底在干什么!谁家孩子像你这样磨人,真是烦死了!"

女儿:"人家孩子什么都好!是因为人家妈妈好!人家妈妈会教,你会吗?你就知道催,你一点都不理解我!"于是吵起来。

所谓"我向信息",就是说者所说的话是有关他对对方行为的感觉,以及这个行为对他的实质影响。

比如,妈妈:"豆豆,11点了,你那么辛苦,妈妈帮不上忙很内疚,妈妈能为你做什么?"

豆豆:"对不起,妈妈,我的作业还没做完,是我上课没听懂,做起来很困难,害你为我担心了。"

用"我向信息"表达情绪是为了让内心的感受找到出口,而不是让自己压抑情绪和感受,同时也可以让对方更多地了解自己,告诉别人自己的真实感受,比指责、命令、教训更能让对方有思考的空间,也能让对方有调整的机会。这样的处理方式，为母女之间的情感交流搭建了平台，帮助孩子学会控制自己的情绪，通过描绘自己的感受来达到沟通的目的。

三

在辅导亲子沟通中，班主任切记：一切以亲子之间的和解为目的，决不可有意无意加深亲子之间的矛盾。

亲子之间无宿仇。只要班主任有一定的儿童心理学和教育学的知识，对亲子之间的矛盾一定能起到缓解作用。

引导家长学会使用"我向信息"和孩子沟通交流。作为孩子，要克服闭锁心理，及时向父母传递自己在校的情况，表达自己的心情，说出自己的意见及诉求，让父母了解自己。既要保持自己的独立性，也不要忽略与父母的及时交流。当与父母发生矛盾时，要平心静气地向父母解释，取得他们的谅解。即使父母有错，也要就事论事，不提及其他，在语言上不互相伤害。

切忌这样：

1. 事无巨细包办代替，怕孩子犯错，替孩子做选择；

2. 把自己没有实现的愿望强加给孩子，自以为是；

3. 动不动就批评、指责、打骂、呵斥、说教；

4. 自己的不良情绪随意对孩子发泄；

5. 以孩子为中心和焦点，过度担心，传递焦虑。

李亚娟博士在《觉醒情感：学校德育课程原点》一书中阐述：情感教育总目标，一类是初步培养儿童丰富、积极、稳定的六种情感，分别是信赖感、自信感、合群感、求知感、求美感、惜物感；一类是初步培养三种情感能力，分别是情感觉察能力、移情能力和情感表达能力。[①]

作为孩子的首位教育者和引导人，父母和子女的关系至关重要。采用情感引导的家庭规矩分明，在这样的环境中成长的孩子更加坚韧且善于交际。父母作为长辈，应该有更丰富的生活经验，因此，完全可以胜任孩子的优秀榜样和情感导引师。

班主任在辅导亲子沟通中，要激活家长的情感觉察能力、移情能力和情感表

---

① 李亚娟：《觉醒情感：学校德育课程原点》，南京大学出版社 2020 年版，第 101 页。

达能力，教会家长使用"我向信息"与孩子建立情感连接，促进孩子正确认知情感、表达自我，及时与父母情感互动。当父母发现孩子的不良情绪，先要对孩子遭受的不开心事实表示同情，然后是安慰及提供帮助。这样不但密切了亲子关系，而且可以顺利度过情感转折期，为孩子以后健康成长奠定基础。

同时，班主任介入时要引导学生认识到：

长辈们也经历过"叛逆"时期，以他们多年的人生经历，看问题要比孩子成熟得多。成长中，独立和成熟不是一蹴而就的，意见相左时，在协商未果的情况下，尽量遵从父母的意愿。

经常坐下来与父母谈谈烦恼。亲子间互相了解才会互相尊重。不要认为跟父母谈心是"没长大"，善于沟通正是成熟、独立的表现。

在交流沟通中，父母也会因为了解而趋同孩子的意见，接受孩子认可的新生事物。那样会无意中缩小代沟，增进家庭亲情。父母是这个世界上极少数无条件爱孩子的人，也是这个世界上最爱孩子的人，只要孩子同样以爱的方式对待父母，沟通的障碍就会大大减少，也更有利于孩子的健康成长。

亲子沟通 5——

都是二胎惹的祸

有多胎子女的父母，一直秉承着"一碗水端平"的养育原则。其实一碗水是否端平，不取决物质或者精神上是否公平，而是取决于孩子的感受。因此，对于集万千宠爱于一身的"老大"而言，你"端"得如何平，他都觉得倾斜——因为他原本是要得到父母 100% 的爱的。多子女家庭，如果教育引导不当，由此引起的亲子之间的矛盾也会逐渐升级……

一

中午吃饭时值班的蒋老师临时有事离开片刻，为了防止秩序混乱，蒋老师让班长小雨代管一会，这时杨浩和吴进起哄打闹，小雨劝告无效，就把他俩的名字记在了黑板上，吴进马上低头吃饭了，但杨浩却态度强硬，威胁小雨必须把他的名字擦掉，小雨哭着来找我。

我来到教室："杨浩，你违反了班规，就应该等待蒋老师回来处理。因为班规是大家共同制定的，当时你也参与了举手表决对吧？"

"我根本就没有违反！"

我先退一步："就算你这次被冤枉了，正确处理方法还记得吗？"

他闷声不吭。

"上次你与科学老师课堂上发生冲突我们交流过，假如在班级被冤枉时该怎么处理？"

他眼睛一翻："我已经等到下课了，让她擦掉我的名字，她根本不听！"

"你只记得等到下课，可问题还没处理呀！班长没有权力处理问题，她只能如实汇报给老师，等下课你可以找老师解释，让小雨直接擦掉你的名字，你觉得合适吗？"回答我的是他扭过头不再理我。

他不反驳，我就让他回去好好想想。后来我去班级调查，当两个同学说他违反纪律时，他马上怒目瞪着这两个同学。

没过几天，信息张老师来找我。

"王老师，刚才信息课上，你们班的杨浩同学又发飙了！上课的时候，他在下面说脏话，我制止他，他大发雷霆摔了铅笔盒，闹得课都没上完。"

听了张老师的诉说，我立即来到班级，把杨浩请出来，可他振振有词："她在全班同学面前批评我！太不给我面子了！"

"你是否在全班同学面前说脏话？"

"……我小声说的。"

我循循善诱："这次你在同学面前说脏话，上次你在全校信息平台上用脏话恶意评价几个同学的电脑作品。当你在公众面前说脏话、写脏话的时候，你已经没有面子了！面子可以理解为尊严，每个人的尊严来自两个方面：其一是对自己的成就、能力、品德等方面的认可及由此产生的自信；其二是来自他人的敬重。你不用心学习，成绩无法让你获得自信；对同学、老师的不友善，无法让你获得大家的尊重。"

他眼神不善地看着我，很显然，这些话他并没有听进去。

回想关于杨浩的事件，每次出现问题我都苦口婆心地引导，他不但没有任何改观，行为还越来越升级了。我教书多年，极少见到这样的情况，我觉得一个孩子这样刀枪不入，一定有不为人知的原因。

以前因为类似的事件，也接触过他的父母，两个人都彬彬有礼，在了解事情过程后反复道歉，表示一定配合教育，可收效甚微，孩子依然非常暴躁，整天眉头紧锁，几乎看不到笑脸。我觉得十分奇怪：家长素质不错，十分谦恭有礼，孩子的现状有悖常理啊。我还记得上学期期末考试前他闹腾得几个老师都来告状，我请家长来学校，他父母正好都去外地了。于是，思虑再三，这次决定家访。

在一个飘雨的傍晚，我如约来到杨浩家。他父母告诉我："从前老师给留言，虽然没有去学校，其实在家也是教育的。""你们在家教育，我在学校教育，我们都没少费心，但几乎没有效果，原因是我们没沟通，没找到着力点。""对的，每次我说，老师留言说你上课不听讲，他从不承认，说第二遍他就发火，脾气很大！"

"孩子都怕受批评，总是本能地去掩饰自己的错误……他有说谎的机会，是因为家长和老师信息不对称造成的。"我的话，让家长十分警醒，他妈妈说："是的，孩子现在就有这个毛病，他做错了事情，很难让他认错，他总是想法设法地逃避，让人十分恼火，他爸爸也为此打过他。"

见家长认同了孩子身上的问题，我趁机把孩子上次和信息老师的两次冲突，以及这次违反班规事件说了。他父母听了，都陷入了沉思。良久，他妈妈和爸爸交换了眼神，似乎下了很大决心："也许，孩子的这些问题，和他的姐姐有关。他姐姐在外地，已经读大三了，寒假前您请我们去学校，就是因为我们俩去接他姐姐而没能去学校。"

我听了十分吃惊，我教杨浩已经快三年了，进行过多次对话，也见过他的父母，可从来都不知道他有个姐姐。课堂上，同学们总会有意无意地谈及自己的家庭，我几乎知道每个家庭的成员情况。而他家有姐姐，而且比他大近十岁的事实，这孩子居然一直隐瞒，这到底是为什么？

看到我疑惑的目光，他爸爸接着说："这个孩子的出生，在我们计划之外，他是在没有做好姐姐思想工作的情况下降生的。从他出生开始，姐姐就十分排斥，在外从不愿意提及，在家不能侵犯她一点利益，只要触及，她必大发脾气。杨浩很小的时候偶尔溜到姐姐房间，只要被发现，立即爆发一场大战。我们家就这么大，他又那么小，怎么可能不去他姐姐房间？所以自从杨浩降生，我们家很难保持连续几日的平静……"

"为此，我们批评姐姐，姐姐委屈地大哭大闹。他小时候处处都不敢与姐姐争，倒还过得去，现在越来越大，不但和姐姐针锋相对，也常用敌视的眼光看我们，在任何人面前都不提有个姐姐，对这个孩子我们也越来越无计可施。"接过话头的妈妈说到这里，重重地叹了口气。

"你们有没有尝试过让两个孩子和解？"

"谈何容易！我们一直为此努力，但尝试多次都不成功，只能让他少和姐姐接触。幸好姐姐这几年出去上大学了，家里安静了。本以为这样他可以安心学习，谁知道还是这样不省心。"爸爸说。

妈妈接过话："这么多年两人水火不容，我们如履薄冰，这也是我们怕见老师的原因。"

"你们明知道是姐弟之间互不接受导致的问题，却还想办法逃避，不愿意正视。其实自从弟弟出生，你们就避无可避了。"

"是的，我们一直努力做到一碗水端平，给姐姐买什么，弟弟就得到同等价值的东西。随着弟弟的长大，他们的关系反而越来越糟糕。我们一直都在做姐姐和弟弟的工作，希望姐姐能接受弟弟的存在，但是我们的教育和开导都没有起到

任何作用,反而让姐姐认为我们偏袒弟弟,有时脾气更大。现在杨浩也长大了,也越来越不满我们的行为,他认为我们一切以姐姐为中心。只要姐姐在家,互发脾气的情况也越来越多。"

了解到这些问题,我觉得这个家庭错过了最好的教育时机,如果能在幼儿时期及时干预,情况恐怕要好很多。

二

鉴于他父母的认知,我觉得有必要谈谈我的看法:"对老大而言,在老二出生前,她是家里唯一的公主,享受父母全部的爱。可老二的降生,让老大感觉分走了一半本属于她的爱。姐姐认为,这一碗'水'本就是我的,被迫分了一半给弟弟,她无法释怀。这种情况下,如果还坚持姐姐和弟弟总是同等对待,姐弟要同时得到价值相当的东西……姐姐越发讨厌弟弟。因为在弟弟降生之前,她的处境十分有利,当弟弟闯入被宠坏的姐姐的生活后,姐姐视他为讨厌的入侵者,并与之对抗。

"你们的一碗水端平的做法,不但在姐姐那里没有讨到好,弟弟也一肚子意见:姐姐已经是大人了,怎么还与他得到的一样多? 姐姐从来都敌视弟弟,不让他入侵自己小小的领地——卧室,弟弟自懂事起就心存怨恨,但无力反抗。这种不被认可、不被接纳的感觉一直伴随着他,因此也严重影响了他的心理健康。您也说,他犯错误从来都是抵赖,坚决不承认,这成了他的'名片',而且他的抵赖还以一种强势的姿态示人,似乎要告知所有人:我不是那么好欺负的! 这是姐姐的示范在起作用啊!

"在姐姐的压制下,他始终是弱势的,但他看到姐姐的发狂式对抗,连父母都忌惮三分,于是他有样学样。

"姐姐和弟弟都互相攻击,对自己是否压制住对方十分看重。姐姐觉得弟弟剥夺本属于她的一切;弟弟认为同样都是父母的孩子,凭什么她享有特权(不让我进她房间)? 这些都让他感觉不公平。

"所以当在班级被发现犯错误,或者课堂上被老师批评,习惯的力量让他无论如何都不会坦诚认错,他像姐姐那样,通过发狂的方式获得心理补偿。

"多胎子女家庭,无论老大还是老二,都要按需给予。不是由于老大需要了,也要有老二的份;老二需要了,也要给老大补偿。他们本来年龄相差很大,再加上性别不同,怎么能都给予同等的物质?

"老大先出生,只有让她感觉弟弟的降生没有影响她在父母心中的位置,她才安心。老大拥有足够的安全感,方可培养她的责任心,引导她和父母一起爱老二。

"在二胎出生前,父母就应该提前做工作:与老大讨论弟弟或者妹妹的问题,告诉老大,老二是上天送给全家的礼物,他(她)一来到这个世界上,就成了你的小跟班,你就有了一个可以支使的对象,听你的话,把你当作依靠。有什么好吃的,父母会让你做主分配,你想给他多少就给他多少,只要你与他搞好关系,他就会听你的,当然,也有责任和义务,不能把弟弟妹妹带坏了。

"老二出生后,就刻意把分享的权利交给姐姐,让她决定分给弟弟什么、分给多少,当然,这个过程需要父母的引导。这样,姐姐感到被尊重,也享受父母给予她的权利,这个过程也渐渐培养了姐姐的责任感和爱心,同时弟弟享受到来自姐姐的爱。弟弟长大一点,也要创造机会让弟弟为姐姐服务,让姐姐感到有小跟班的优越感。通过这样的互动,很好地抚慰姐姐心理上的不安和落差。让她感觉到,弟弟不但没有分走父母的爱,反而让自己得到了更多的爱,从而促使姐姐更愿意接纳弟弟的存在。

"总之,聚焦具体事件,让姐姐充当父母的角色。并告诉老大,弟弟归她管。

这样，父母爱姐姐，姐姐随着父母一起爱弟弟，形成良性循环。"

三

"老师，您说的这些做法，我们都已经错过了。现在两个孩子都大了，还有什么补救办法吗？"

"抓住两个孩子之间每次的具体矛盾，就每一件具体的事，进行教育引导。"

"李玫瑾老师说过：'当两个孩子发生争吵时，就代表着双方的需求都没有得到满足，对于父母来说，最好的方式并不是让某个孩子主动退出争执。'所以你们要审视两人矛盾的原因，找到矛盾的焦点，就找到了开启两人心灵的钥匙，在沟通和疏导中，就更有针对性。

"发生矛盾后，您不能强迫姐姐让着弟弟，主动退出，更不可让弟弟委屈、满足姐姐。这时更应该做到'一视同仁'。这个一视同仁，是围绕矛盾的焦点，对姐姐和弟弟的情绪情感分别疏导，都做到沟通与尊重并重，让两个孩子的心理需求得到满足。

"沟通是解决问题的前提，而对孩子的尊重和耐心是解决本质问题的必要途径。

"第一步：首先分别找两个孩子谈心，了解争执的具体起因、经过。值得一提的是，在此时的孩子的心中，父母的话就是神圣不可侵犯的，父母的抉择影响到他们日后的行为方式，所以，父母不可随意判断谁对谁错。

"第二步：先以姐姐为着力点进行合理引导，她已经离家读大学三年，会更容易用理智的态度或者是更容易理解父母的劝导。当然，并非让姐姐放弃自己的需求，而是引导姐姐用更加理智的态度去审视问题：你有个弟弟是不可改变的事实，怎么做到和谐相处，让自己心情愉快、家庭和睦才是最重要的。交流中，父母要尊重姐姐，允许姐姐充分表达自己的想法，诉说自己的委屈，在倾听中判断姐姐的心理需求，有针对性地进行情绪疏导；待姐姐情绪平静后，再与她探讨弟弟目前糟糕的现状，在此基础上，再进行合理的道德想象，引导姐姐设想弟弟将来可能的发展倾向，把姐姐的注意力转移到弟弟的发展前景，激发姐姐的家庭责任感。对话弟弟时，不但要疏导其情绪，还要让他明白：年龄并不是庇护伞，每个人都应该为自己做的事承担相应的后果。

"在对话过程中，父母要根据孩子的身心发育特点而行，必要的时候可以创设一定的情境,让孩子身临其境地感受每一次选择会对自己的将来造成什么影响,给别人带来什么不良后果。有这样的认知,后面做事她(他)就会三思而后行。

"第三步:在分别疏通情绪后,一家人坐下来,姐弟俩分别心平气和地谈谈自己在这件事中的想法及得失,谈谈自己在这件事中应负的责任。

"最后,父母在总结时要一视同仁,提出姐弟之间要互敬互爱,并且明确地表示这并不是因为父母偏袒某一方,因为无论年龄大小,都必须遵守道德规范。"

一次次矛盾,一次次思维碰撞、情感交流,父母的一次次道德引领,两个孩子都会反思自我,慢慢改变。这样处理问题,能给孩子正确的引导,同时也会让孩子之间的关系更加融洽。当然,父母的引导能力也决定了引导效果。所以父母也需要不断学习。

其实一碗水是否端平,不取决物质或者精神上是否公平,而是取决于两个孩子的感受。父母要了解孩子们互相敌视的根本原因,把准他们需求之脉,对症下药,不可盲目充当和事佬。

亲子沟通6——

在孩子心中播下一颗希望的种子

　　当妈妈成为自己孩子的老师,该如何面对教学中出现的各种矛盾? 笔者在实践中尝试:1. 家长调整自己的心态,在形成师生关系之前与孩子单独沟通,让孩子有充分的思想准备;2. 面对教学过程中孩子的抵触情绪,家长要聚焦具体问题,选用"一致型"沟通方式,就事论事,既顾及自己,也考虑到他人和情景,让孩子在集体中不失尊严;3. 当父母要成为孩子的老师,别忘记适时在孩子心中播下一颗希望的种子,激发其自我实现的内驱力。

　　父母,既然在课堂上占位,就应该成为彻彻底底的教育者,不要掺杂"妈妈"的私心,应该遵循教育规律行事。

一

　　一天,一位家长来学校向我诉说了她的苦恼。原来她是书法教师,自己办硬笔书法培训机构,口碑一直很不错。为了女儿学好书法,她专门招了几名与女儿同龄的学生陪练。但令她失望的是,她的女儿却进步缓慢,完全比不上陪练的学生。每次上课,她看到女儿的书法就忍不住要批评,可本来就积极性不高的女儿,一听批评更不愿练了,母女关系也日渐紧张,有时都想放弃了,但是又不甘心。

　　我让她描述最近的一次冲突过程。原来,这一天上课,她讲解要领,女儿依旧一副漫不经心的样子。开始练了,其他同学都埋头写着,只有她女儿手里转着笔,半天不动,她一直强忍着。等作业交上来,她发现女儿写得歪七扭八,于是火气"噌噌"往上冒,忍不住训斥:"你看人家某某同学,听得用心,练字专心,字写得越来越漂亮,看看你写的……"她的话还没有说完,"哇"的一声,女儿大哭,然后把笔一扔,跑了。

　　"王老师,我这个小班就是专为她而开,没想到她不能体会我良苦用心! 更气人的是不能受一点批评。现在我们母女俩关系十分紧张,我真不知道该怎么办了!"说着眼圈红了。

二

家长的一番描述,让我想到多年前一位老教师曾教育过我的话:在职场你是老师,在家你是妈妈,这两者角色不同。一般父母就是父母,不可能是老师,可是像本文开头这位家长的特殊情况也是有的。

站在妈妈的角度思考,妈妈的社会角色是老师,教自己的孩子也是第一次。课堂上,她摇身一变成了"教师",因对自己的孩子期望值更高,会比对待其他孩子更严厉,完全没有考虑到亲情关系会导致孩子学习受阻。当教学中发现自己的孩子不专心、不努力等情况,再看看其他同学的优秀,就立即回到妈妈的定位,心理上无法接受自己女儿的平庸,于是进行对比并严厉批评,导致孩子心理失衡,亲子矛盾产生了。

一般认知中,好像有了客观环境,妈妈立即就可以完成角色转换。但是细细想来,妈妈的角色彻底转换了吗? 她真的把自己的女儿当成普通学生了吗? 显然没有,从她的初衷,就注定对女儿不公平!

妈妈把女儿定位为小班的主角,其他同学是陪练。这决定她把过多的关注投向自己的女儿,对女儿的要求也会不自觉地水涨船高。

所以,作为"妈妈",当你成为自己孩子的老师时,首先应该完成角色转换,特别是心态转换。

女儿从小被百般呵护,是妈妈的掌心宝。在她潜意识中,妈妈就是妈妈,妈妈是无条件爱自己的。本来内心因自己是"老师"的女儿,在同学中有一种强烈的优越感。可是渐渐发现,妈妈比其他老师更严厉、要求更苛刻。以往和妈妈相处的习惯使然,对妈妈亲密大于尊敬,当妈妈展现出严厉的一面,孩子突然感觉妈妈变了、不爱她了。我们知道,"敬畏"有时能产生一种肃然起敬的感觉,会让人思想集中、专心致志。其他同学因为老师的书法成就以及对老师的不了解,当然会"敬畏";但自己的孩子对妈妈不但没有多少"敬畏",心里还会扬扬得意:这是我的妈妈! 是我妈妈在教你们! 这些思绪都会让她无端傲娇,让她分神而无法专心练习。

在这种背景下,妈妈当众严厉批评,让她感觉尊严尽失。这个巨大落差,让傲娇的孩子顿时受到无情打击,心理上很难承受。正是妈妈过多聚焦和期待,让

孩子焦虑情绪逐渐累积，所以烦躁和崩溃迟早要爆发。

因此，在成为自己孩子的老师之前，一定要有一次郑重其事的谈话，促进孩子完成角色转换。

这个郑重其事，不但表现在内容上，更表现在形式上。比如，在上课之前，找一个机会，郑重其事告诉孩子要坐下来聊聊。然后找个安静的场所，坐下来单独面对孩子。首先告诉她，妈妈不但是你的妈妈，从明天上课开始，妈妈就是你的老师了。问她懂得教师的含义吗，可通过搜索网上的信息告诉她：教师，以教育为生的职业。按照法律法规和行业规范，在规定的时间节点内，安排学生入座、发放学习资料、备课授课、批改作业、组织听课练习，组织考试、传授科学文化基本知识。

"明天你要和其他小朋友一起学习硬笔书法，妈妈是你的书法教师。既然教师是个职业，在上书法课的时候，妈妈就要转变为教师的身份，你要称呼我为'老师'，称呼转变的同时，内容也变了。在你心里，我的角色不再是妈妈，而是教你书法的教师。你要像对待其他教师那样对待我；我也像对待其他同学那样对待你，当然包括表扬和批评。你能接受吗？"

如果孩子一时无法接受，还要进行第二次谈话。

作为家长，在课堂上，时刻记住，自己是孩子的老师。当自己的孩子表现一般,家长不能急躁,更不能当众责骂、施压,而应循循善诱。这个妈妈面对自己孩子糟糕的书法作业,在对比中批评、贬低,导致孩子失去理智。面对这样的情况该怎么做呢?当然要就事论事。比如,孩子写得不认真,是态度问题,那就针对态度谈。同时还要预估孩子当众接受的程度。如果孩子接受不了,还是选择单独谈话效果更好。要想找到态度不端正的原因,当众批评是无法做到的,必须静下心来单独谈话。如果是水平问题,可以作为范本,聚焦书法作品本身的问题,比如笔画的力度等。总之,教育不是骂人,不是发泄情绪,而是促进孩子纠正问题、取得进步,这样会让孩子知道具体问题在哪里,容易着手改进。和其他孩子对比,是最要不得的,这是贬低能力,是当众羞辱,一般孩子都很难处之泰然。

除了课前和孩子谈话转变角色,学习一段时间后,寻机与孩子再次谈话,这次谈话的目的和内容都要根据实际情况而定。如果孩子的成绩遥遥领先,做父母的首先肯定她的努力,称赞孩子取得的成绩并及时激励:"妈妈以你为骄傲,其他同学没有条件随时来请教,所以成绩不如你也在情理之中。其他的孩子也十分用功,你有没有发现某某同学的课堂练习多认真,他们都暗暗憋着一股劲,要超过你呢!孩子,你希望被超越吗?"这样的谈话,一定会激起孩子强烈的好胜心,"不用扬鞭"就"自奋蹄"了。

如果孩子表现平平,甚至比较差,那么有一个十分简单且有效的方法——给予她更高的期待,在孩子心中种下一颗信任和期许的种子。

可以这样告诉她:"妈妈从小学习书法也是一波三折,一开始不得要领,总觉得自己没有天赋,但是不服输的个性拯救了我。你是妈妈的女儿,妈妈相信你一定也有坚韧不拔的个性。从你很小的时候,我就发现你遗传了我的艺术基因,握笔和书写都比其他孩子学得快,这说明你有书法天赋。以我的经验,只要你动脑思考、勤加练习,将来一定会超过我。你现在的成绩不理想,是因为还没找到适合自己的方法,也没有全身心投入去练习,当你做到这些,妈妈相信你一定会突飞猛进!"

然后,找一个孩子心情不错的时间,单独在家教孩子写字。等她写好,再给她吃"心理小灶":"看你这个字写得多棒!笔画处理得非常具有艺术感!你真有妈妈的遗传基因,甚至比当年的妈妈更有灵性!但是在班级里,妈妈需要你的帮助。课堂上妈妈想用你的范本评析,如果妈妈批评,你要虚心接受,妈妈的目的在于树立榜样。你记住:无论妈妈在课堂上对你批评还是表扬,在妈妈心里,都留有一块最温暖明亮的空间,那是你的专属地,你是最棒的! 妈妈爱你!"

这样,在孩子心中有一块神秘的温暖地带,那是妈妈对自己的期许,孩子心里多自豪! 有这个温暖垫底,她一边接受着批评,一边想着妈妈对自己的爱,心里暖乎乎的。

三

这是我教育生涯中遇到的为数不多的另类个案,但作为教师,我深知,这具有一定的代表性。我们身为教师,长期养成的职业习惯,很难在家长—教师的角色中切换自如,再加上对自己孩子的过高期许所导致的焦虑情绪的传递,不知不觉中会对孩子造成伤害。近几年教师家孩子出事时有耳闻,令我们不得不重新思考,作为教师,我们既然在课堂上占位,就应该是个彻彻底底的教育者,不要掺杂"妈妈"的私心,应该遵循教育规律行事。

萨提亚模式将人际沟通分为五种:讨好型、指责型、超理智型、打岔型、一致型。[①]这五种模式在亲子沟通中同样适用。本案例中妈妈的苦恼多来自"指责",是这种错误的沟通模式导致亲子关系恶化。如果选用"一致型"沟通方式,就事论事,既顾及自己,也要考虑到他人和情景,让孩子在集体中不失尊严。

作为父母,别拿"别人家孩子"来对比、羞辱。要在孩子心中播下一颗希望的种子,让他对自己有所要求、有所期待,让这颗种子在他心中自然生长。这样做,是对孩子内驱力的激发,因为每个人都有"自我实现"的高级需求。只有顺势而为,方能激发内驱力。让这颗种子在"自我实现"的期待中,生根、发芽、开花、结果。

---

① [美]维吉尼亚·萨提亚:《新家庭如何塑造人》,易春丽、叶冬梅等译,世界图书出版公司 2021 年版,第 91—100 页。

亲子沟通 7——

"这样的废物，您不要管他了！"

孩子是父母的心头肉，爱与尊重是亲子关系的核心内容。但有的家庭却因为亲子关系的恶化，让爱的港湾愁云密布。班主任通过家校沟通，引导家长拨开迷雾，看清楚学生"胡闹"的动机：他们是用离谱的方式，追求着优越感和成功。以此唤醒家长的觉察能力，去发现生命本身具备的美好而独特的力量，继而用尊重、支持、欣赏的态度来对待自己与孩子，创造相互支持而又各自独立的美景。

一

暑假后开学，我接了四(7)班，全校知名人物小新，就在这个班级。

两年前，学校接到当时的二(7)班全体家长的联名投诉，说小新在班级行为恶劣，骚扰女同学，不把他赶走就全体罢课。后来十几个家长带着全班签名大闹校长室。

经过调查，学校发现带班老师已多次反映过这孩子的情况：他几乎不写作业，课堂上常常在老师转身写黑板的一刹那，他就像一道黑色的闪电，消失得无影无踪，更不要说认真听课了。跑出去后，就在校园里各个犄角旮旯乱窜，有几次差点跑出校园，幸好被保安拦住。

他上课、下课会去"撩"很多同学，有女同学回家一说，家长们义愤填膺，一下子就爆发了。

当时这件事闹得沸沸扬扬，学校用了好几个星期的时间来处理，还为此特意召开了家长会，他爸爸答应辞职陪读，这件事才得以平息。

我考虑孩子渐渐长大，爸爸天天陪读，对他的自尊心是严重的伤害。接班后就和家长协商，暂不陪读，但要求家校密切配合，看看后续情况再说，家长满口答应。

这孩子三门功课加起来能考到 70 分左右，课堂上总是坐不住，他周围的同学常常受到他的滋扰。

这学期期中测试，考前我反复叮嘱他要认真做，还特意把他爸爸请过来守在门外，没想到还是出了问题：考试期间他轻声唱歌、敲桌子并交替喊同学们的名字……不少同学的考试成绩受到影响，班级顿时怨声一片。

小新对妈妈也没有半点尊重。有一次我请他妈妈来送作业本，当时大家正在吃午餐，他突然掐住妈妈的胳膊猛地往后一拧，他妈妈顿时疼得抽泣起来，全班一片哗然，我也目瞪口呆。

他妈妈哭着告诉我，在家根本就不敢管他，他有时会对妈妈动手，对他爸爸还有一点惧怕，因为他爸爸打他打得很凶。

小新一连几天都不写作业，我打电话给他妈妈，她在电话里哭诉："他爸爸不配合，我管不了他。"就此事我请小新的爸爸过来商谈教育对策，他多次推脱有事不能来，我反复邀请后他语出惊人："这样的废物，您不要管他了！"孩子才小学四年级，就放弃了？这是亲爸爸说的话吗？

回想陪读一年多的日子我也理解他了，要不是伤透了心，绝不会说出此等话来。但是，孩子为什么会变成这样，难道天生就是坏孩子吗？肯定不是，一定是哪里出了问题。

二

沙法丽·萨巴瑞认为：要想发现孩子的本真，首先寻找真实的自己。[①] 家长是孩子的第一任老师，孩子变成现在这样，我猜想应该和家庭有一定的关系。和小新同住一个小区的同学家长告诉我，他爸爸常常抱着手机玩；妈妈在家庭没有地位，有时爸爸不开心就对妈妈吼叫，于是孩子有样学样，也冲妈妈吼叫。

我多次邀约，爸爸才来到学校。我问他对孩子的教育和前途有什么打算，他说："这样的废物，能有什么打算？老师，你别管他了，管也没用！"

我说："我当班主任也有 27 年，见过很多的家庭和孩子，您是第一个说自己孩子是废物的。您凭什么判定自己孩子是废物？"

"他不爱学习，就给我惹麻烦！从二年级开始我就辞职陪读一直到您接班，耽误我多少工夫！期间他爷爷还生病住院，家庭经济因此陷入了困境。但又怎样呢？他反而成绩更差了！我整天被老师训斥，脸都没处放！我真后悔生

---

① ［美］沙法丽·萨巴瑞：《父母的觉醒》，王臻译，上海社会科学院出版社 2020 年版，第 8 页。

了他!"

这样恶毒的语言,都有杀人的可能,如果让孩子听见,得多伤心!"我不赞成您的观点,没有哪一个孩子生来就是废物的,如果成了废物,一定是没培养好!家长和老师都要反思!今天请您来并不是训斥您,也不是告状,而是想和您商讨小新后面的教育方案。其实他并不是一无是处,他见面就喊老师好,虽然调皮,但没有当面辱骂过老师。我想抽个时间请您和他妈妈一起来学校聊聊孩子后面的教育。"

"没什么好聊的,不过,还是谢谢您,我回去会督促他完成作业。"

看他有些不耐烦,我先让他回去,想等待合适的时机。

有一天,小新的妈妈打电话哭诉:"今天儿子回来就翻我的包要手机玩,我批评他不想着学习,他拿起菜筐砸向我,他爸爸站在旁边一声不吭。"

听了她的话,我觉得这是个机会,就请他们夫妻明天一块来学校。晚上接到小新妈妈的电话:"他爸爸不愿意去,说我一个人到学校就行了,干吗还要两个人!"我不想放弃,就亲自打电话给小新的爸爸,我连打两天电话他才接。我要了个心眼,只说让他来学校,暂时没提让孩子妈妈同时来的事实。

小新的爸爸到校后,发现妈妈也在,就明白了我的意思,斜了小新的妈妈一眼。我们聊了一些家常,很快就进入正题:"孩子当您的面用筐子砸向妈妈,这样的暴力您怎么能看着不管呢?"

"我是爸爸,她是妈妈,都是他的长辈,为什么她和儿子的关系需要我去过问?!"小新的妈妈听了,眼圈又红了。

"您这话我不赞成。中国临床心理学注册心理师陈发展在他的书《家庭为什么会生病》中开篇即阐述:'家庭是否健康要看家庭成员之间是如何交流和沟通的,能否达成家庭目标,完成家庭任务。也就是说,家庭是否健康关键看家庭成员是如何对待彼此的,互动良好的家庭才是正常的家庭。'[1]你们夫妻的互动及由此形成的关系,是孩子心灵的栖息地,可看着孩子对妈妈使用暴力不闻不问,就是纵容,孩子心灵的依靠也随之坍塌了。这样的家庭,怎么共同完成家庭目标和任务——把孩子培养成人? 孩子虽然欺负他妈妈,但是对您的行为,他心底绝不会认同,更不会尊敬您。您的行为,让孩子失去了安全感,让他丧失了做人最

---

[1]　陈发展:《为什么家庭会生病》,机械工业出版社 2021 年版,第 5 页。

起码的道德底线！"

"我真没想那么多。"

"一个家庭，应该是一个团结的集体，是能共同抵御外来痛苦的整体，这里的每个成员都应该心往一处想、劲往一处使，应该是为了达成任何目标、面对任何困难都齐心协力、同舟共济的集体。可是，由于您的不作为，孩子的行为没有及时得到矫正，更谈不上正确的教育和引导。您平时对他妈妈吼叫，他看在眼里；当他打骂妈妈，您不干预，孩子察言观色就感觉没有约束，对妈妈越发不尊重，久而久之，他更不懂何为尊重。等到他长得比您高大了，恐怕您也会落得和他妈妈一样的下场！你们夫妻俩目前的互动，他不满意，也感觉不到其乐融融的'家'的氛围！他的心没有了可以停靠的港湾，他迷失了！在这样的环境下长大，孩子会越来越没有行为准则，越来越叛逆。"

"现在小新已经不像从前那样怕他爸爸了，从前打他骂他不敢吭声，现在会逃跑，还会语言顶撞。"妈妈接话。

"所以啊，趁您在孩子心中尚有威严，多跟孩子交流谈心，及时纠偏，让他知道进退、懂得敬畏，好吗？"

"我就是觉得她自己就应该管好孩子，什么都要我去管，我也很累。不过您说得有道理，以后遇到这样的事，我会批评孩子。"

"不只是批评，更不是暴力，要和他谈心，让他懂得错在哪里，教给他遇到困难或者恶劣情绪应该怎么面对，当他掌握了方法，就不会通过欺负妈妈来发泄了。我也知道，孩子目前的状态让您无比痛苦，可您把恶劣的情绪转嫁给妈妈，妈妈也会崩溃的，真到了那一步，恐怕让您烦恼的就不只是孩子了。

"其实小新并非您认为的那样无可救药，我上次找他谈话说：'小新，这个学期有进步，上课专注听讲时间长了一点点，作业有时也能完成。但是，最近你上课乱动，作业错误率极高。老师让班级最好的同学和你同桌，人家无私地帮助你，你对人家还很凶，你是不是希望老师把座位换回去啊？''老师千万不要换，我喜欢现在的位置，同桌对我很好。'他看起来有些紧张。我赶紧肯定并鼓励他，他表示一定会继续努力。这说明他和其他孩子一样希望被老师关注，希望得到大家的认可，希望自己优秀。"

"我没看出来。"爸爸低着头瓮声瓮气地说，但明显感觉到他的情绪已经平静下来。

"那就是您太粗心了。孩子最近有很大的变化，他愿意和老师亲近了，有时主动来到办公室告诉我班级发生的一些事，在学校作业也能完成一些。只要你们夫妻愿意和老师共同努力，我相信他会越来越好。

"孩子年龄小，贪玩不懂事，他并没有意识到现在的行为会毁了自己。他目前所做的，可能是在表达一种诉求，但是你们夫妻俩都没有探寻的意识，没有思考孩子的需求是什么，只感觉自己受到了挑战，不自觉地把自己放在了孩子的对立面。于是，你们的灰心和放弃孩子都看在眼里、记在心里，他渐渐认同自己的无能，开始自暴自弃。虽然你们嘴里说着孩子没救了，但是你们说这话时心里得有多痛啊！那可是当初你们寄予全部希望的孩子啊！

"阿德勒在《儿童的人格教育》中认为，每个孩子都在追求优越感，父母或者教师的任务就是要将这种追求引向富有成效和有益的方向，确保追求优越感能给孩子带来心理健康和幸福。[①]小新的所作所为乍看没有追求，可是透过现象看本质，他的一切问题——不写作业、懒惰、对抗、崇尚暴力，其实都是为了引起大

---

① ［奥］阿尔弗雷德·阿德勒：《儿童的人格教育》，张庆宗译，华东师范大学出版社 2017 年版，第 49 页。

家的关注，他无法在学习方面被认可，转而用这种相反的方式来引起关注。阿德勒认为：'对孩子来说，当他们偏离了对社会有益的方向，他们不会从消极的经验中获得积极的教训，因为他们不理解问题的意义所在。'①

"当家长能够跳出孩子的行为与当下的场景，能看见行为背后真正的需求时，觉醒就开始了。总之，现在我们都下点功夫，了解孩子行为背后的诉求，协助孩子尽快走上正轨。老师是绝对不会放弃他的，你们还坚持放弃吗？"

"我从来都没有放弃。"妈妈说。

"以前是孩子伤了我的心，让我感觉失去了希望。现在有老师的鼓励和帮助，我一定好好配合。"爸爸也表了决心。

看他们听进去了，我具体到措施："下面我就谈谈具体操作。

"一是统一教育思想。一个家庭，教育好孩子的关键是父母形成统一的教育思想，也就是用同一个规则要求孩子。在教育过程中，即使一方出错，也要在孩子面前保持一致，过后私下商讨。绝不能当着孩子的面唱反调，不然，以孩子的精明，马上就发现父母的不和，他就有空子可钻。

"二是协商措施，并持之以恒地坚持。小新不写作业是习惯使然。我试过，只要坐在我面前他是可以完成作业的。所以，请你们夫妻俩回去协商。每天放学后，一个人做家务，一个人陪伴，轮流值班。先陪一段时间看看，什么时候养成习惯了，再慢慢放手。协商好要按照计划执行，不可动手打孩子，实在进行不下去，咱们再共同想办法。记得持之以恒非常重要。

"三是注意自己言行，给孩子做个榜样，你们俩在家要互相尊敬，有矛盾，避开孩子解决，让他看到家庭的和睦。无论是你们夫妻相处，还是执行陪伴计划，都要有始有终，不可半途而废，给孩子做个正面榜样。

"四是表扬鼓励。孩子取得一点点进步，哪怕只是比以前写得快一点点，或者字写得好一点点，再或者一次作业中间没有停下来到处跑……都要表扬，及时发信息给我，我同时在班级表扬，并制定奖励措施。比如得十次表扬，我会送一个小礼物给他等……我们都要对他有信心。"

我告诉他们，这四项措施，我会以书面的形式发给他们，记不住可以写下来，随时查看。

---

① ［奥］阿尔弗雷德·阿德勒：《儿童的人格教育》，张庆宗译，华东师范大学出版社 2017 年版，第 50 页。

可能是我给的具体措施让家长有了一定的信心，也可能是我对孩子优点的认同让他们感觉受到尊重，总之，这时的他们，情绪比刚来时缓解不少，也都表示乐意配合教育。他们决定回家先和孩子谈话，告诉他老师对他的欣赏及今后写作业时的陪伴计划。

虽然后来无论是家长的陪伴，还是小新的作业，都反复过多次，但在我锲而不舍的努力下，一切都向着好的方向发展。有一次他妈妈流着泪告诉我，以前总觉得全班同学和家长都看不起她，来学校就像受刑，开家长会都不敢抬头，现在孩子各方面都有了进步，她也不再那么自卑了，对孩子的前程也有了一定的期待。

随着家长的教育措施和态度的改变，小新的作业从完成一半、大半到全部能完成，只偶尔有漏做。他的成绩也从不及格，到接近及格，到 70 多分，一路赶上来。特别是他的作文，进步非常大，从前写两三行字，现在能写成篇文章，只是错别字很多，有时用拼音。四年级下学期，几个单元测试，都在 70 分上下，多数超过 70 分。

数学和英语老师尤其吃惊，这个上课常常偷跑的孩子，现在也能坐一节课了。数学成绩也有了很大的提高，及格是不成问题的，偶尔还有个小惊喜。他总是挂在嘴边的话：我比小耿考得高几分，这次我比小梁进步得多……

在这个基础上，我号召班干部帮扶。同学们大多乐意帮助他，他也安分了很多，在班级惹事的现象也极少了，这在以前是绝对不敢想的。后来，他提出要和班长同桌，我趁机激励："这么优秀的同学答应与你同桌，你要珍惜，要用自己的行为告诉全班同学，我很友好，我也很守纪律。"令人惊奇的是，小新居然和班长成了好朋友，我调整座位时他们还互赠礼物，他在班级的人际关系也好了很多。

小新还主动承担起清扫教室后面垃圾桶周围卫生的重任，每天都记得，极少让人提醒。

三

要帮扶一个学生，首先要了解这个家庭，当家校意见达成一致，就可以按照科学的教育步骤进行。其间，边执行边调整，这样，孩子的改变就有了可能。所以，我们做学生的工作，不可忽略家庭背景，父母才是孩子的第一任老师，是孩子成长的重要环境。

　　要帮扶一个学生，更不可忽略学校环境。对学生来说，他生活的很大一部分时间都在学校。所以，改善他在学校的学习和生活环境，显得十分重要。动员班干部帮扶，小组合作，给予成功的机会，摒弃通过负面的方式去追求优越感和成功，让孩子真正尝到成功的甜头，他就可能愿意吃苦耐劳，去追求真正意义上的成功。

　　孩子的教育，自古以来都是个难题，尤其在这个日新月异的时代，社会环境的巨大变化，让教育变得更为复杂。当家庭和学校达成一致、互相配合，孩子的向好就变成了可能。

　　《父母的觉醒》一书作者沙法丽·萨巴瑞认为：当父母带着一种清醒觉察眼光来看待自身以及孩子时，就能发现生命本身具备的美好而独特的力量，也就能用尊重、支持、欣赏的态度来对待自己与孩子，进而创造出相互支持而又各自独立的美景。

亲子沟通 8——

"他凭什么耽误我的幸福!"

有的父母感觉养育孩子很麻烦,缺乏幸福感。当孩子犯了错,父母羞恨交加,直接使用暴力解决,于是,亲子之间形成严重对立。这类父母传递给孩子的信息是不友好、不接纳,那么孩子回应的一定也是充满敌意。此时,可以通过道德想象力,让孩子看到其行为将要导致的结果,启发他深思。其实,长幼之间是互相成就的。家长每天对孩子有多少付出,都会逐渐沉淀在孩子身上,支持他形成健全的心智、良好的习惯、优秀的品行,拥有适应社会、成就幸福人生的能力;孩子处于弱势地位,然而这种弱势中恰恰蕴含着一种潜能,它呼唤着父母,要求他们做出最大限度的角色转换。长幼之间只有成为精神伙伴,才能让彼此的关系富有意义,才能互相成就幸福的人生。

一

这是校园里一个普通的早晨,琅琅的读书声过后,就是早晨的第一节课。我刚刚坐定,"咚咚咚,咚咚咚",办公室的门被敲响了,原来是我们班小郎的妈妈到了。

她是我请来的。小郎昨天的作业没带,我发信息给家长提醒孩子及时整理书包。可今天一大早我就看到小郎雪白的脸颊上五个紫色的手指印,显然是被扇了耳光,可是作业依然没有带来。他哭着告诉我:"妈妈认为我影响了她休息,这件事我的确有错,我确实没抓紧时间。"

"平时有过类似的事情吗?"

"平时妈妈接送我上学、上兴趣班会唠叨,埋怨因为我失去了很多休闲的时间。妈妈每次发火,我都不敢吭声,我只要一反驳,她就打我。"

"这次你怎么反驳妈妈的?"

"我本来不想去参加小姨的生日宴,但是妈妈非要我去。妈妈批评我的时候,我辩解了几句,妈妈一个耳光就扇过来了。"

我觉得需要和小郎的妈妈谈谈。

二

"今天我看到小郎脸上有伤,不知道怎么回事,一问他就哭,我担心孩子有什么事,所以请您来了。"

"是我打的!昨天接到您的信息,我就帮他找作业,可是翻来翻去,作业本就在他书包里,根本就没做!他撒谎骗人,我就为此打了他!"

"您问原因了吗?不完成作业一定有原因。"

"我当然问了,都是他太懒惰,不听话!前天晚上我妹妹过生日,我们被邀请参加生日宴。之前我就嘱咐他,在学校把所有作业都完成。生日宴回来都 10 点多了,我以为他作业完成了,就催着他赶紧睡了,谁知道他居然还有语文没有做!我算了一下时间,他下午 4 点放学,我是 6 点接的他,两个小时的时间,还不够写作业吗?我批评了几句,他居然振振有词地为自己辩解,我一气之下就打了他。"

"这您就有点冤枉孩子了,前天他是值日生,不巧的是和他一起值日的另一个同学请假了,放学后他独自打扫教室,然后再去倒垃圾,要上下 4 层楼,还要送到学校最东边洗手间后面的垃圾桶,的确有些费时间,您也得听孩子解释啊!下手也太重了!"

"您以为我想打他吗?没抓紧时间还撒谎骗人,害我找了半天,本子居然在书包里没做,我就是被他气的!"

"您只顾着发泄您的怨气,孩子作业没补。"

她并不接话,继续发牢骚:"自从这孩子上学,给我增添了无尽的麻烦,接送上学放学、上兴趣班,还要盯着他的作业!他爸爸帮忙有限,我也有工作要做,还要照顾他学习、生活,这就够累的了,现在动不动就是作业没写、忘带,帮他东翻西找,我都要崩溃了!我就怕接到老师的电话、信息,我被他折磨得了无生趣!我真后悔生了他!他凭什么耽误我的幸福!"她顿了顿:"从另一方面说,我把孩子交给学校了,孩子的学习就是学校的责任,怎么整天都要家长配合这配合那的!什么都让家长做了,那还要学校干什么!"

她振振有词的一通牢骚,夹枪带棒的,既埋怨孩子影响了她的幸福,更怨恨学校让她配合耽误了她的时间。她为孩子付出原来都是影响她的幸福!她难道从没感受到养育孩子的乐趣吗?她的论调让我十分吃惊。

"是的,抚养孩子的确不易,您的情绪我也能理解。但是您当初选择生下了他,您就是他的监护人,在他 18 岁之前,关心、教育他是您的责任。我觉得在这件事上,孩子肯定是有错,但是,您自己做得全对吗?当时孩子提出不去,您没尊重他的意见,强迫他去参加成年人的宴会,您觉得这对孩子公平吗?这是个周二的晚上,到 10 点多才回家,第二天他要上学的呀,他还是个小学生,您却强迫他参加这样的社交。如果生日宴必须参加,是否应该带着孩子提前回家早点休息?可是,您没有考虑自己的责任,却只把怒火发泄到孩子身上。孩子脸上青紫的五个手指印,那得下多狠的手!"

"我是一时没忍住。"

"刚才您说,孩子既然上了学,教育问题应该由学校负责,因为教师是专业教育者,的确应该负责学生的学习,但是您的说法也失之偏颇。每个孩子的健康成长,都需要家庭、学校、社会三者的合力。学校教育不是万能的,孩子能否成才,除了先天因素外,主要是受后天成长环境的影响,包括家庭环境、学校环境和社会环境,其中家庭对孩子的影响最大。父母是孩子的第一任老师,是孩子最直接的榜样,家长的一言一行都影响着孩子的成长。孩子的身心发展,需要家长持续不断地关心呵护、关注和培养。虽说学校是专门的教育机构,但每个孩子都有其独特的个性,老师要面对众多的学生,精力和时间有限,无法实现事无巨细的引导和帮助。在小学阶段,由于孩子年龄小,本身对父母的依赖就比较重,因此家长的影响更为重大。在学习方面,如果没有家长的积极配合,学习效果会大打折扣。例如课堂学过的知识,需要复习巩固,有的孩子可以自觉完成,也有的孩子需要家长的督促、协助。

"今天这件事,本是您自己安排不当出了问题,却对孩子施暴。您用埋怨和巴掌告诉孩子,您因为他而不幸福。他如果真正接受了您的信息,经过消化吸收,就会反噬回来:他因为您而不幸福!你们母子逐渐互相对立。于是,孩子在痛苦的情绪中成长,吸收到一些不满、屈辱、怨气、痛苦。将来您老了需要赡养,孩子是不是会像您这样恶语相加还动手打您?您想过这样的结局吗?"

"今天老师请您来配合教育,就因为教师是专业的教育者,是从关心孩子身心的角度出发,耽误您一点时间,还请谅解。您认为把孩子交给学校,学习就由学校全权负责,不应该麻烦家长了。但您恐怕不明白,最好的教育,就是家长与老师携手并肩。家长对老师寄予厚望,我很荣幸。可想把孩子教育好,必须家校协作。比如，您是孩子的妈妈，把孩子带去参加晚宴，老师能过问吗？这就需要家长的教育自觉。家长若把教育责任全推给老师，自己做'甩手掌柜'，就真的耽误了孩子成长。更何况，老师面对的是一个班，甚至几个班的学生，不可能把太多精力放在个别孩子身上。

"每个孩子都有其特殊性。一对父母只需要教育一两个孩子，尚且焦头烂额，而老师要教这么多学生，难度可想而知。只有家校协同，才更有可能实现因材施教。如果您真的爱孩子，就应该和老师各司其职，助力孩子的健康成长。

"当然，如果您是对我们几位老师的工作有什么意见或者建议，请坦诚沟通，我们一定会及时纠偏。"

"我并没有责怪老师的意思。只是被他气坏了！他是我的孩子，我怎能不爱他！"小郎妈妈急慌慌表白。

"您是他妈妈，我相信您爱他。但真正的爱需要充分的尊重，只有在成长过程中得到充分尊重的孩子，才会拥有爱的能力，才能拥有宽容和信任。孩子是父母生命的延续，教育孩子的确辛苦，但只要我们怀着爱和美好期待与孩子一起努力，沿途的风景也同样令人惊喜！从现实的角度来说，您今天的付出，决定孩子明天的成就。而孩子成就的高低，也决定了您后半生的幸福。"

我的一番话，让她低下了头陷入沉思。

三

这个妈妈认为父母是付出者，儿女一直都是索取者。她认为孩子给她添了无尽的麻烦，看来她没有从养育孩子中得到乐趣，更谈不上幸福感。她从来都没有意识到，自己的行为、态度都对孩子产生了负面影响：撒谎、拖延、懈怠、消极。孩子的这一系列问题反过来影响她的情绪、态度、教养方式。也就是说母子之间互相影响，才有了这样互相折磨、相互怨恨的母子关系。

孩子交给学校，学习就应该由学校负责，家长只要负责吃穿等日常生活就行了。真的是这样吗？当然不是。任何形式的学校教育，如果少了家庭的配合与回应，其成效都将大打折扣。再优秀的教师也无法替代家长，而最好的教育，就是家长与老师携手并肩。孩子的童年只有一次，家长有必要抽出时间来给予孩子引导和陪伴。家长每天对孩子有多少付出，都会逐渐沉淀在孩子身上，助力他形成健全的心智、良好的习惯、优秀的品行，拥有适应社会、成就幸福

人生的能力。①

　　教育离不开家长和老师任何一方，只有家长和老师互相理解、支持，才能给孩子最好的教育。

　　其实，从另一个角度来说，培养孩子长大的过程，也是父母和孩子共同成长的过程。

　　沙法丽·萨巴瑞在《父母的觉醒》中认为：我们发现，孩子对我们这些成年人的继续成长也有贡献，而且相比于我们对他们的成长贡献来说还要大一些。儿童往往以"从属"的面目示人，如此看来，孩子处于弱势地位。然而这种弱势中恰恰蕴含着一种潜能，它呼唤着父母，要求他们做出最大限度的角色转换。②长幼之间只有成为精神伙伴，才能让彼此的关系富有意义，才能互相成就幸福的人生。

---

① 《开学致家长：最好的教育，就是家长与老师肩并肩》，《中国教师报》2022 年 2 月 26 日。
② ［美］沙法丽·萨巴瑞：《父母的觉醒》，王臻译，上海社会科学院出版社 2020 年版，第 12 页。

亲子沟通 9——

"就算毁了孩子,我也会坚持"

现代社会,夫妻离异已不鲜见,有的家庭虽然解体,但双方面对孩子时能平和相处,且都乐意为孩子付出,这样的离异对孩子成长影响不大。但有的父母为了一点利益吵闹不休,还打着所谓的"坦诚"的幌子,把孩子牵进矛盾的旋涡。这种做法,其实是泄自己的私愤,严重伤害了孩子的自尊、自信,让孩子自我厌弃。父母在指导孩子与同伴交往时,应该遵循平等、尊重的原则,讨好式社交会换来别人的轻视和更严重的自卑。

一

昨天,数学李老师说刘永强在课堂上帮足球队的一个同学完成手工作业,自己的数学作业都没做。

刘永强是五年级转来的足球特长生。转来后我们发现,他成绩一天比一天差,作业时有时无。这孩子是足球运动员,给人的感觉却是无精打采。他妈妈却总是乐于一次又一次地请足球队的孩子们吃饭,还总是让他儿子以这些同学为榜样,我发现足球队的孩子们并不待见他,有时排挤他、奚落他。我问过刘永强,他说同学们从没有回请过他,可见他妈妈这样做并没有得到大家的认可。有鉴于此,我觉得有必要与他的父母见面聊聊,就让孩子带信,请他爸爸妈妈一起来学校。

二

下午突然接到刘永强爸爸的电话,他很激动:"王老师,听孩子说,要我和他妈妈一起来学校,我和她没有话说,我不会和她见面的!""刘永强成绩一直在下降,考虑到他转学后的各方面情况,想请您和他妈妈来,共同疏导孩子的心理。"他马上火了:"他妈妈也说我们父子俩有心理问题,我们都很正常,我们什么心理障碍都没有!"

我看他反应激烈，就没有勉强。

挂掉电话，可能他觉得不妥，就给我发来一条信息：

> 王老师，我跟他妈妈无法交流，这是家事，本不该跟您说，他妈妈认为我和儿子心理都有问题，说我毁了孩子。就算毁了孩子，我也会坚持，数学课上的事情，今天早上我问过并教育了他，我会尽我所能助他提高成绩，我对孩子的前途和未来比谁都着急，谢谢您一直以来的帮助，孩子的事情我只能单独和您谈，希望您谅解，谢谢！

之前因为孩子两人纠纷也没断过。小刘膝盖受伤后暂时不能踢球，妈妈怕孩子荒废时间，给小刘商量上兴趣班，小刘欣然同意，没想到爸爸坚决不同意。妈妈以为他不愿出钱，答应她出钱给孩子上课，只是放学后接孩子的时间稍晚一些，可是爸爸依然拒绝，两个人因此在微信上争吵不休，小刘也没有上成兴趣班，还引起了他父母的一场大战。

第二天，刘永强的爸爸不请自来。他气咻咻地对我说："我把所有的事情都告诉儿子了，至少我和儿子之间是非常坦诚的，他妈妈有没有胡说，孩子会明白。我把和他妈妈的往来短信记录都给他看了，他会判断谁对谁错。"

我听了很吃惊："你和他妈妈之间的矛盾赤裸裸地呈现在孩子面前合适吗？他还小，怎么理解你们之间有关抚养费、上不上兴趣班的争执？你难道不明白，这个年龄段的孩子是没有能力消化成人之间的这些世俗矛盾的！孩子看了会以为你们俩都不爱他！他妈妈有时也向孩子抱怨您不按时给抚养费。小刘告诉过我，他很想上英语兴趣班，您不同意。您还把和他妈妈之间的互相伤害呈现在孩子眼前，这会给孩子留下怎样的心理创伤？

"如果说孩子之前没有心理障碍，现在看了你们俩为了钱的事情争吵不休，会没有心理负担？况且您现在又有了一个孩子，他会不会感觉自己多余？"

"我没想那么多，我就想着让孩子看看谁对谁错！"

"这很重要吗？孩子只要知道他的父母爱不爱他就行了，可惜的是您提供的信息，得出了相反的结论。"

看到我不认同他的做法，刘爸爸也让我看了一遍信息。来往信息就是他俩关于孩子上不上兴趣班的争论，其中夹杂着关于费用谁出的问题，还有关于抚养

费拖欠的纠纷以及互相伤害的语言。

　　看完信息，我说："这样的信息，根本不适合让孩子看到，您希望孩子从中读取的信息是判断你们俩谁对谁错。可是，作为一个正需要父母呵护的小学生，他的关注点和您不同，他更关注父母之中谁更在乎他、谁更爱他！站在他的角度，从你们来往信息中读取到的，恐怕是父母因他互相攻击，他感受到了自己给父母带来的麻烦，感觉到了自己的多余！这样的心理体验，会令人愉快吗？会有利于孩子健康成长吗？

　　"您好好想想，作为父母，整天为抚养费问题、上不上兴趣班问题互相仇视，甚至拒绝见面交流。不知您是否认真思考过，你们到底是为了孩子的健康成长而争吵，还是为了自己的利益而争吵，又或者为赌气而争吵？哪个孩子看到这些，内心都难免恐惧不安，那种被嫌弃的感觉如影随形，又怎么健康成长！孩子上不上兴趣班，首先尊重孩子的意见，如果您确实担心给孩子增加了不必要的负担，您完全可以咨询英语老师，和专业人士探讨，而不是父母之间互相攻击！人家孩子想上兴趣班，爸爸妈妈争着去报名。可是你们家孩子想上兴趣班，你们俩吵了一个学期，都没有达成一致，仅仅是为了出钱出力！

　　"莫里斯·桑达克说：'不要轻视童年时代的恐惧与不安，他们将伴你一生；不要低估孩子的洞察力，他们什么都知道。'

　　"妈妈以为请客吃饭，能让小刘在球队建立良好的同伴关系，但事与愿违。

在这个集体中他是后来者，他只能通过自己的努力去获得大家的接纳和认同，所以小刘选择上数学课帮同学完成手工作业、希望上英语兴趣班提高成绩来达成愿望。可是你们呢？做法和愿望背道而驰！

"你们已经没有了夫妻关系，却依然热衷于矛盾纠缠，互相憎根。当孩子在新环境中遇到自己难以克服的困难，你们也不愿暂时摒弃前嫌，一起坐下来探讨如何帮孩子渡过难关，却为一己私利吵闹不休。更令人难以理解的是，还把互相攻击的短信给孩子看，孩子能做什么？孩子在你们的关系中已经是受害者，你们难道还要把孩子逼向绝境吗？"

他沉默良久终于开口，却答非所问："我常常给儿子讲，要向人家李然然和龚晓宇学习，你看人家球踢得不错，学习也很好，你就不能学学吗？"

他不愿接话茬，却转移注意力，我干脆就顺着他的思路："您儿子五年级才来到这个群体，他球踢得不错，而天生的排外心理让后来者无法顺利融入新环境，您儿子目前就是这样的处境。

"从孩子的视角看，他进入陌生的群体难免沮丧，因为成绩不理想，还被嘲笑。如果您希望儿子尽快融入这个集体，应该教给他方法，让他通过自己各方面的努力获得大家的认同。可你们总是拿他和其他足球队员对比，他心里能舒坦吗？他妈妈越是请吃饭，队员就越觉得你儿子什么都需要家长来搞定。你们应该做的，是教给儿子自立自强以及与同学相处的方法，而不是自以为是的包办、代替！"

"他妈妈这样做，我是知道的，相信她是为了儿子好。我一直觉得小学生年龄小，都很单纯，只要我们表达友好，孩子就应该被接纳。您刚才说的那些话，我觉得的确有道理，我所做的，包括不让他上兴趣班、给他看与他妈妈的来往短信，都是本着父子之间的坦诚，其实也是爱他的表现。"

"六年级的孩子 12 岁了，已一定程度社会化，几次请吃饭，不可能改变他们的好恶。所有的关系都建立在平等、尊重的基础上，这种讨好式社交，会让其他孩子更看轻小刘。还有你所谓的'坦诚'，是让他看你们俩互相'撕扯'，这样的'坦诚'他受得了吗？从他的感受出发，你们之间的纠纷都是对他的嫌弃！即使他判断出对错又如何？能帮您解决什么问题？您爱孩子，我从来都没有怀疑过！但是，要达到爱的目的，必须充分了解每个年龄段孩子的心理发展特点，只有在正确的时机做正确的事，才能达到爱的目的，不然将事与愿违。

"不知道您是否用心观察过小刘在学校的形象,他走路肩膀耷着,两手垂在前面,眼神闪烁。您的工作是与人打交道,难道看不出来儿子的不自信吗?

"为了孩子,您和他妈妈见个面有那么难吗? 我和小刘的妈妈聊过多次,她也接受了我的建议,也一直希望能和您坐下来探讨儿子的事,是您不肯面对她,这本身就难逃心理障碍的嫌疑。"

"是的,我也知道,但是我心里不愿意承认这一点。"他终于打开了包裹自己的坚硬外壳。

"您让孩子判断父母谁对谁错,他怎么判断? 你们是他的父母,他能得罪谁?他能体会到的是世态炎凉、父母的嫌弃! 一个小学生,要面对这样残酷的现实,自信又从何而来!"

"老师,您都是为了孩子,您说的道理我都认同,在以后的教育中我会注意这些,但是,我还是不愿意跟他妈妈见面。"

我受妈妈和孩子所托,还要做一些努力:"孩子不踢球了,有大量的空闲时间,他想上英语兴趣班,希望英语能有所提高。您愿意支持吗?"

他马上来气了:"我觉得刘永强不需要去上什么兴趣班,他应该跟着我,我干什么他干什么,好好把作业完成就行了。"

我说:"上课是孩子自己希望的,英语你们也辅导不了。"

"那好吧,我打听一下哪里有这样的班级。"他终于做了让步。

可是,半个学期过去了,我了解到孩子并没有上兴趣班,写作业越发消极怠工、偷工减料,英语也更差了。我再次找小刘的妈妈沟通,他妈妈强调爸爸依然不同意。为此,我找小刘谈话,希望他能珍惜课堂上的学习机会。告诉他,我可以安排同学帮助他,他也可以去请教英语老师,他都答应了,但是态度依然很消极,因此效果并不明显。

三

这是我沟通失败的案例之一。

孩子直到小学毕业,我都没能把他的爸爸妈妈请到一起。每次的单独沟通,父母分别都说通了,回去又各自打回原样。我想对这样的父母说:你们离的是婚姻,而不是与孩子的血缘关系。你们口口声声都说爱孩子,可让人感到的是你们只爱自己!

可以说,失败的婚姻不可怕,可怕的是父母不再设身处地为孩子着想。

现代社会,夫妻离异已不鲜见,有的家庭虽然解体,但是双方面对孩子时能平和相处,且都乐意为孩子付出,这样的离异对孩子成长影响不大。但有的父母为了一点利益吵闹不休,还打着所谓"坦诚"的幌子,把孩子牵进矛盾的旋涡。这种做法,其实是泄自己的私愤,严重伤害了孩子的自尊、自信。所以,离异家庭的孩子扭曲的心理不仅仅是因为父母离异,更多的是父爱与母爱的缺席。

做父母的要明白:在指导孩子与同伴交往时,应该遵循平等、尊重的原则,讨好式社交会换来别人的轻视和更严重的自卑。

亲子沟通 10——

"书包不停地倒下来，我必须去扶它！"

到了小学高年级，当我们发现孩子越来越叛逆时，就要敏锐地意识到，这是孩子向我们发出的求助信号。可多数家长缺乏专业心理知识，无法及时解读，由于沟通方法不当，还可能由此导致亲子关系的恶化。作为班主任，可以利用"巴纳姆效应"，正确解读学生的心理需求，打开沟通的心门，引导父母正确认知亲子关系，并运用平行交谈的方式与孩子沟通，接纳孩子的本真，尊重欣赏其情感，引领孩子学会体验痛楚，在历练中成长。

一

一天早晨，班级中队委郑先林妈妈突然来访，告诉我最近孩子在家极为逆反，完全无法沟通，一句话就能吵翻天，只要儿子在家，他们夫妻俩都噤若寒蝉。他妈妈的诉说，让我回顾了小郑最近的表现：

昨天下午的第一节阅读课，学校突然通知开会，我布置了《练习与测试》第63—65 页，让张老师帮忙看着完成。我准备下节课在大屏幕投影集体批改。

第二节课，我让电脑管理员郑先林把电脑投影打开，没想到他拒绝了，原因是他还有两页没完成。我很奇怪，他解释说："我一直在做。"

下课后我悄悄告诉他，马上来草坪上谈心。

我直接来到草坪等待，但是郑先林一直没有出现，我搜寻一番，发现他和同学在哄闹，就把他请过来："刚才不是约你下课来草坪谈心的吗？"他支支吾吾，眼神东躲西闪不看我。

"其他同学都完成了，你只做了一页，这点作业对你来说很轻松，你反思原因了吗？"

"没什么需要反思的，我一直在做！"

"你明白自己有能力完成。最近数学和英语老师也反映了你同样的问题，所以今天才想找你聊聊。"

他抬头看看我，皱了皱眉："这不能怪我！我一直在弄我的书包，因为书包不停地倒下来，我必须去扶它！"

"你不能等做完作业再扶书包吗？"

"不能，因为书包只要倒下来，书就会掉出来，我不扶，书就会出来，我必须扶它！"

"发现书掉出来，立即扣上书包搭扣即可，然后就可以安心写作业了。老师觉得你好像不缺乏这个能力。""我当时就没有这样的能力。"

"是吗？你用一节课做重复而无意义的事，到底是因为能力问题，还是因为态度问题？"他的态度让我直冒火。

他再次强调是书包的问题耽误了时间。"你反复强调自己的书包有问题，这样的理由说出来，同学们恐怕会笑掉大牙。马上就要中队委改选了，如果同学们听了你书包的故事，还有多少人乐意投你一票？"我看他刀枪不入的，纯粹在耽误时间，就启发他设想这种行为可能导致的后果。

果然，他听了我的话转了转眼珠："老师，您不会告诉同学们吧？我当然有能力对付书包，只是我发现书包老倒下来时，既没想到去扣上搭扣，也没有想着去改变书包的姿势，而是机械地反复扶它。"

"这是什么问题？"

"不知道！"

艰难地谈了半天，还是陷入了僵局，我一时有些沮丧。

我思虑再三，请家长来探寻解决之道，没想到他妈妈眼泪直掉："这孩子在家更过分，他上兴趣班不带书、不带作业是常事，我们说一句话他就大发雷霆，说我们不理解他，老师，我们该怎么办？"

下班路上，我思考着这个问题：沟通不成功，家长配合无力，怎么办？

没能开启小郑的心门，就是我教育的失败。是不是我哪里切入点不对？是不是我太着急了？是不是被他的情绪带偏了？是不是我有没有跳出自己情绪的圈子，从一个教育者的视角去审视这个问题？我反复思考着，突然想到看过的一个实验：

> 一位心理学家进行了一项实验，他给一群人做完明尼苏达多项人格检查表，拿出两份结果让参加者判断哪一份是自己的，事实上一份是参加者自

己的结果,另一份是多数人回答的平均结果,令人惊奇的是,参加的人竟然认为后者更准确表达了自己的人格特征,这种现象被称为"巴纳姆效应"。

六年级孩子,要么进入青春期,要么即将进入青春期。青春期的孩子渐渐将自己的内心封闭了起来,他们的心理活动丰富了,但表露于外的东西却少了,他们感到非常孤独和寂寞,特别想找人倾诉,但又总觉得谁都无法理解他,尤其认为师长和自己之间存在着无法跨越的鸿沟。怎么才能开启他们的心门,走进他们的内心? 我决定借借巴纳姆效应的东风,看能否奏效。

我首先查阅:即将进入青春期和初进入青春期的孩子有什么样的共性呢?

他们重视集体评价、社会评价、他人评价,珍视友谊。同时,由于神经系统的兴奋性提高,身体发育加快,这一年龄期敏感性较强,容易激动,遇到困难时甚至产生强烈的反抗情绪。根据上述情感特征,应该以自尊感、荣誉感和顺遂的情感体验为中心建构目标。

二

我做了"功课",第一步致力于理顺情感:"老师理解你,知道你长大了,你感觉自己是大人了,老师和家长都还把你当小孩看,这一点老师向你检讨。"

他可能没想到老师会检讨,抬起头惊讶地看着我。

功课没有白做,"一击而中"! 于是继续按计划实施:"作为大孩子,你对自己的形象很关心,更在乎同学们对你的看法,特别担心丢面子,渴望得到老师和同学们的尊重;你有时很自信、有时反而自卑,你有自我批判的倾向,你有许多可以称为优势的能力没有发挥出来,同时你也有一些缺点,不过你一般有能力克服它们。外表上你显得很从容,其实你内心正焦虑不安;你有时怀疑自己所做的决定或者所做的事情是否正确;你喜欢生活有些变化,厌恶被人限制,特别是父母和老师;如果没有证据他们的建议你不会接受,你为自己有独立思考的能力而自豪;你认为在别人面前过于坦率地表露自己是不明智的;你有时外向、好交际,有时则内向、谨慎、沉默。"

看他听得越来越专注,我继续:"你不愿和自己的父母沟通,更愿与自己的伙伴相处,你在遭受挫折和冤枉时很烦躁,有时对父母发火,有时和好朋友反目,总之会十分沮丧,觉得一切都那么令人讨厌,对什么都提不起精神;你觉得朋友对

你很重要,你对朋友吐露心声,但有时朋友会让你十分失望,比如不守信用等;你不知道怎么控制自己的情绪,因为和同学发生矛盾或者因为学习的事情被批评了,明知自己错在哪里,却怎么都不愿意承认;和老师、家长、同学沟通,总是把事情搞糟……

"你是不是有这些苦恼?"

"老师,你怎么知道的?"听了我的这一番话,他两手紧紧抓住膝盖,眼睛都亮了。

我心中窃喜:第二步也成功了!

"你总以为老师不了解你,其实老师关心你,当然了解你的苦恼。老师知道,虽然你嘴里没有承认自己不对,但你在心里已经认识到自己的问题了对吗?"

这次他温顺地点点头,打开了话匣子:"爸爸妈妈总是把我当成小屁孩,问这问那的,不给我一点自由的空间,其实我已经是大人了,每次放学回家,他们就追着问学校里的事,考过试总是问我考得怎么样;给我报兴趣班,也不征求我的意见,就替我做主了,我能好好学吗? 最近同学们都在讨论争取到哪个中学,我却不要为这个操心,他们给我买了学区房,但是我并不开心,我觉得同学们都看不起我了,我不需要努力就可以上好学校,我学不学都一样!"

"这就是你最近不爱学习、作业不做的原因吧?"

"我努力不努力有区别吗？"

我真没有想到，家长为孩子做出的努力，反倒成为他不愿上进的理由。

和小郑谈过话，我陷入了沉思：真是老先生遇到了新问题，我决定找家长好好聊聊。和家长的沟通很顺畅，当我把孩子的这些想法告诉他们时，他们十分惊讶，没想到是这个原因。同时也反思了自己的做法。

对如何进行亲子沟通，我给出以下建议：

1. 参透关系，获得觉醒。多数家长都认为自己能够跟得上时代，自认为比上辈人更注重亲子关系，更强调爱与尊重。但当现实生活中面对孩子，却会不由自主地受到习惯力量的驱使，以致在新旧之间苦苦挣扎。家长们之所以有这份挣扎，是因为他们尚未读懂自己的情感与精神，尚未参透自己与孩子之间的关系。

现代的孩子，不同于年轻时的我们。他们在自我意识上更早地觉醒。所以，一句俗话说得十分中肯：老方子不治少症。当父母和老师还沿用陈旧的沟通理念和方式同他交流，失败在所难免。而每次的沟通失败，都会加剧他的排斥感。

孩子是一个独立的个体，他终究要离开我们，独立生活。但目前是我们人生的旅伴。要在互相尊重、人格平等的基础上，获得他们的信任，成为他们信赖的朋友，润物无声地引领，培养他们长大成人。

2. 接纳本真，平行交谈。接受真实朴素的教养方式。"即使孩子正遭受痛苦、陷入紧张或者怒气冲冲，我们也要完整地认清这一切并接纳。一旦我们接受了自己的孩子，接受了他们的真实状态，那么即使在闹情绪时，他们也会在我们接纳的态度面前缓和下来。"[①]

青春期的孩子，往往认为自己的思想和行为已属成年人，渴望摆脱父母、老师的羁绊，希望获得平等的地位。从另一方面说，虽然这时的孩子十分渴望自主，但他们心理发展并没有跟得上自己的独立意识水平，家长可以接纳孩子的本真表达，然后采取平行交谈的方式有效引领。

所谓平行交谈，即父母与子女一起从事一些普通活动时进行交谈，但重点要放在活动上，而不是谈话的内容，双方也不必互相对视。这种谈话方式会让父母和孩子都感到轻松自在，对父母来说尤其如此。

---

① ［美］沙法丽·萨巴瑞：《父母的觉醒》，王臻译，上海社会科学院出版社 2020 年版，第 67 页。

至于谈话的时间选择,要见机行事。从事任何活动都能得到这种相处的机会,例如和孩子一起看电视,或进行体育运动,甚至去超市购物。我教过的一个学生的爸爸就很会利用这样的机会:"我常常和 11 岁的儿子一起慢跑,那时候我们往往谈起某位老师或学校里发生的某件事情,但都只是随便聊聊,不是严肃的讨论。我发现儿子很喜欢这种形式的谈话,从这种活动中我也较好地了解到儿子的情绪情感和思想倾向。"

3. 尊重欣赏其情感,给予自主权。"如果我们想要教会孩子怎样拥有完整的生活,怎么在生活中对自己的行为完全负责,我们就要尊重、欣赏他们的全副感情,教会他们体验自己真实的情感。而真正地感受一种情感,意味着我们能冷静地坐下来面对不和谐的体验,既不宣泄也不忽视它们,而是容纳和面对它们。"①

青春期的孩子在生理上的急剧变化冲击着心理的发展,生理上的快速成熟使少年儿童产生成人感,心理发展的相对缓慢使他们仍处于半成熟状态。这样的状态让青春期少年儿童具有半幼稚半成熟、半儿童半成人的特点。所以,作为父母,要在了解孩子心理、生理特点的基础上给予充分的尊重。比如,虽然有学区房,也要尊重他的选择权。如果他想冲哪个学校,父母都要无条件支持。如果成功了那很好,他乐意通过努力实现自己的愿望,这是很好的成长体验;如果失败了也不是坏事,品尝失败滋味的过程本身就是成长。同时,他也能感受到父母为自己的付出,对父母就多了一分尊重和感恩。

4. 引导孩子学会体验痛楚。"当孩子受到身体或者心理的伤害时,父母可能觉得难以忍受。当孩子情感受伤时,我们想要解救他们,部分源于我们自己无法直接缓解他们的内心的痛苦。其实,他最需要的是一种帮助解决逃避与抵触情绪的手段。如果我们允许孩子体验自己的真情实感,他们就会以惊人的速度获得释放。一旦孩子的情绪经过妥善处理,他们就不需要像成年人那样长久地把它们闷在心里,孩子凭着悟性会了解到,情感如潮汐,痛苦如波涛,有来有往,有起有落。"②

六年级的小郑同学正处于青春初期,他的痛楚不但来自父母的不懂尊重,还

---

① ［美］沙法丽·萨巴瑞:《父母的觉醒》,王臻译,上海社会科学院出版社 2020 年版,第 68 页。
② ［美］沙法丽·萨巴瑞:《父母的觉醒》,王臻译,上海社会科学院出版社 2020 年版,第 69—70 页。

源于自身成长之痛——儿童期向少年期过渡时的矛盾冲突。成长之痛他必须亲身经历，谁都无法替代，也没有捷径。所以，父母能做的，就是引导他反观自身的痛楚，体验如潮汐一般起伏的情绪，然后释放、成长。

三

如果发现自己的孩子越来越叛逆，那就是孩子在向我们呼喊求助：我在遭受痛苦，需要帮助。只是孩子们不懂表达，在用错的方式表达对的事情。

对孩子的帮助，一定是建立在顺畅沟通的基础上，老师和家长都可以借用巴纳姆效应来实现。所谓巴纳姆效应，即人很容易相信一个笼统的、一般性的人格描述。即使这种描述十分空洞，人们仍然认为反映了自己的人格面貌。该效应的名称来源于一个名叫肖曼·巴纳姆的著名杂技师。他在评价自己的表演时说，他之所以受欢迎，是因为节目中包含了每个人都喜欢的成分，所以他使得"每一分钟都有人上当受骗"。巴纳姆效应的出现反映了个体在进行自我知觉，即了解自己的过程中，更容易受到外界信息的暗示，从而出现自我知觉的偏差。①

这次和小郑的沟通，就是利用这个自我知觉的偏差。首先综合一下学生中出现的普遍问题，然后和学生来一段推心置腹的谈话，也让学生惊叹一下老师的"料事如神"，这样一下子拉近了师生距离，为后面的引导打下基础。

当家长和孩子的沟通失败，一定要反观自身：这件事情为什么会让我有如此激烈的反应？真的是因为孩子的表现？还是来自心中那个看不见的敌人？是否客观接受了孩子？是否消极解读了孩子的反应？交谈方式是否恰当？……

正确的打开方式应该是：先接受孩子的一切情绪，再顺其自然地寻求契合点，在不知不觉中实施影响。

父母的觉醒之路纵然充满艰辛，但我们并不孤单，因为旅伴们会一路相随。明白了这一点，我们就会毫不犹豫地走上这条路，义无反顾，并坚信一切终将会为我们和孩子带来积极的帮助。②

---

① 刘儒德：《教育中的心理效应》，华东师范大学出版社 2019 年版，第 191—192 页。
② ［美］沙法丽·萨巴瑞：《父母的觉醒》，王臻译，上海社会科学院出版社 2020 年版，第 77 页。

亲子沟通 11——

睁眼到天亮的女孩

　　家长爱孩子,是毋庸置疑的事,但怎么爱才能让孩子健康成长,这里却有大学问。首先要与孩子建立情感连接,了解每个年龄段孩子的心理需求,再结合自己的家庭条件,孩子的生理、心理特点,才能做到有的放矢,为孩子营造一个良好的成长环境。如果家长限于条件无法做到陪伴孩子,那么,可以尝试把孩子带入自己的生活。当孩子和家长共同体会生活的酸甜苦辣,一起协商解决生活难题,孩子就能逐渐学会责任担当、解决问题,成就健全而优秀的人格,从而赢得未来的幸福。

一

　　小言是个漂亮可爱的女孩,但是给人感觉内向胆怯。她是单亲家庭,家庭成员是妈妈、外婆和她。

　　小言很乖,平时默默无闻,成绩中等,不特别注意可能都发现不了她的存在,是很少让老师操心的那一类孩子。

　　五年级下学期的一天,她妈妈想约我聊聊孩子的事。周一早上带学生到五台山体育馆游泳,我们就约在游泳馆外面的休息区。我把孩子们交给教练后,她如约而至。

　　这是个装扮精致的妈妈,一看就知道很能干。但还没开口她就泪流满面:

　　"老师您得帮帮我,我要崩溃了。小言在家完全不讲理。她常常和外婆死拼,大吼大叫。有一次因为天气降温,外婆让她穿多一点出门,她先是不肯,后来就对外婆出口不逊。还有一次外婆晚饭做得不合她的口味,她就发脾气,外婆批评她几句,她居然对外婆动手。她对我最为不满的就是出差比较多。我在单位比较忙,有时需要出差。每每我将要出差或出差回来,她都会借故大闹一场。和我吵架是家常便饭,和我厮打也多次了。最近,发脾气时会砸东西,还扬言要轻生。我时常不在家,万一出事怎么办?"

妈妈说着又压抑地抽泣起来。

"您觉得孩子是什么原因发脾气呢?"

"我也说不上来,但是我觉得她最讨厌我出差。我不在家时发脾气和外婆冲突多,我即将出差或者刚回来时她更喜欢闹腾。"

"冒昧问一句,孩子和爸爸有联系吗?"

"从来都没有。在她没出生时我们就离婚了,后来听说他到南方去了,也从来没有联系过我们。"

"她知道有关爸爸的情况吗?"

"基本不知道,因为我从来不提。"

"那也就是说,想请她的爸爸出现在她的生活中,是很难实现的对吗?"

她点点头。

她又跟我聊了很多关于她和孩子爸爸的事情,无非就是孩子爸爸的不堪。因为不能给孩子一个完整的家,她一直很愧疚。无论吃穿用,对孩子都是有求必应的。她出差,都是外婆在家陪小言。她讲的一个细节引起了我的注意:从孩子懂事一直到现在,每次她出差的第一天晚上,孩子睡不着就坐着。一开始外婆也很害怕,后来就习惯了。为了孩子,她一直不找对象,希望自己所有的爱都献给孩子。但是没想到孩子的成长并没有向着她规划的方向发展,孩子越大问题越多,她现在越来越感觉自己的无能为力。

送走了妈妈,我约孩子谈心。孩子对妈妈找老师聊这事显然无法接受。开始很抵触,一言不发,后来听我说了妈妈的痛苦,她眼神闪烁:"我也不知道自己为什么发火,就是心里烦。妈妈不在家,我有事不知道对谁说;妈妈回来了,她也不愿意听我说,我说什么她都批评我。我央求她带我周末或者假期参加同学组织的活动,她总是各种推辞。在她心中挣钱最重要! 她不尊重我,同学过生日我想参加,她就说要好好学习,不要搞歪门邪道;我的作业写好了,她非要说字写得不够好;作文写好了,她非要看,看了就要我重写,不是说字数太少,就是说内容不符合要求。总之她都对、我都错! 有时我都怀疑妈妈不爱我。外婆和她一样,总强迫我吃这吃那、穿这穿那的,只要不听她的,她就唠叨个没完,我都烦死了! 凭什么大人说的就是对的? 我为什么总要听她们的?!"

孩子的一句句质问,道出了她强烈不满的原因:家长控制欲太强,她感到没受到应有的尊重。我决定再找妈妈聊聊此事。

二

"您家庭的不完整,父爱缺失,对孩子的童年来说,本来就缺乏坚强有力的后盾。而您作为母亲,因为家庭生计,让孩子从童年时期多与年迈的外婆为伴,以至于孩子在妈妈出差后就睁着眼睛坐一夜。对一个小学生来说,这是多么糟糕的体验。我们成年人要有多大的痛苦才会整夜不睡?何况一个儿童?那种焦虑、孤独和恐惧一直伴随着她,她多难受!"

"您知道,我承受的压力很大,做不到像其他妈妈那样的陪伴。我一直认为,只要我爱她,有能力维持她的各种开销,她就会满足。至于陪伴,我觉得那么爱她的外婆整日都在陪她还不够吗?"

"外婆是祖母,不是父母。在父母陪伴中长大的孩子,温暖、大方、阳光灿烂。可是小言已经错过了陪伴的最佳时期,现在她即将进入青春期,实际上,也有了青春期的特征。孩子告诉我,您总是对她种种不满,但是,又没有时间陪伴。比如孩子要参加同学家长组织的活动,这需要家长陪伴才给参加,可是您总是各种忙碌,无法陪伴孩子。外婆倒是想陪孩子,可她宁愿不参加也不肯接受。于是,她的生活就和同学们脱节了,难怪她在同学们中间总是郁郁寡欢。如果再继续这样下去,恐怕以后您会后悔的。"

"我没办法啊!我在私营企业工作,看起来好像干得不错,收入也不低,但是稍有怠惰,就可能丢了工作。您知道,我一个人养家,不努力怎么行?"说着,眼圈又红了。

"我完全理解您的苦衷。但孩子目前的状况很糟糕,必须想办法让她理解您的生活,认同您的做法。只有这样,孩子才能真心支持您的工作,努力去管理好自己。"

"我从不给她说工作生活的不易,因为怕给她带来不安全感。""您的担心不无道理。但现在最大的不安全感不是来自您工作生活的艰难,而是来自她对您的排斥、不信任。""我真的不知道怎样才能让她信任我、和我亲近。"

"要想达成这样的目标,首先要了解青春期孩子的生理和心理特征。青春期的孩子,正是自我意识觉醒的时代。他们对于'自我'的体验和感受前所未有地清醒。如果说,儿童对自己的认识和评价基本是服从成人的意见,那么,青春期的孩子对自己产生了强烈的兴趣,热衷于思考自己的优点、缺点、特点……显得十分自恋,同时又经常夸大自己的缺陷,会因为自己不够'完美'而沮丧。在成年人的眼中，他们变得喜怒无常。

"进入青春期的孩子总是希望得到他人的承认和尊重，希望摆脱成人的约束，渴望独立。家长只要稍加限制，沟通不畅，孩子就会失控。

"朱小蔓教授认为：青春期的孩子有自我确认的强烈需求，特别注重他人评价、珍视友谊。但同时这一时期敏感性较强，心胸狭小，容易激动，遇到困难时甚至产生强烈的反抗情绪。

"从以上特点可以看出，同伴友谊是青春期孩子十分看重的。任何一个青春期的孩子都不可能脱离同龄人的影响，总是将彼此之间的交往与认可看得极为重要。而您作为妈妈总是错失陪伴机会，不能支持孩子交友的需求，孩子为此发狂也情有可原。"

"老师，我明白了，但是要做到真的很难。外婆收入很低，我们一家人总要生活的。"

"是的，我能理解您的难处。但孩子成长是有期限的，往往家长还没弄明白怎么回事她就长大了。如果错过这个时期，后面很难补救。这个时期，虽然他们自己觉得长大了，其实心智等各方面并不成熟，特别需要得到周围人的认可和尊重。小言因为从小缺乏安全感，对这方面的需求比其他孩子更为强烈。她觉得自己不能像小孩子一样服从家长和老师，希望获得像'大人'一样的权利，因此经常固执地与您和外婆顶撞。

"综合这几个方面，其实小言的表现并没有异常，而是您不了解她，也没有很好地缓解她的焦虑，没有疏导她的不安，没有给她应有的陪伴，没有支持她交友的需求。更重要的是，她感觉在您这里没有得到应有的尊重。

"在深深理解您的基础上，我更加同情和心疼您的孩子，因为我也同样感受到了她的愤怒和委屈，她像一头困兽，无力也无法挣脱枷锁，虽然她有些表现确实很过分，但是她内心的痛苦程度一点也不亚于您，甚至更加严重。"

"我也十分痛苦，我工作卖力，无暇顾及孩子，但我满心都是孩子，她居然不能理解我的付出！"

"是啊，我能感受到您心中满是对孩子的爱，否则您也不会来找我。可是您的诸多关心与呵护，在孩子眼中，却只是'强势'、'没有爱'、'控制欲'、'什么都得听她的'、'每一次都是我的错'等一系列的屈辱和痛苦，你们母女之间缺乏真诚沟通啊！"

"是啊，这也是我越来越难受的原因。只要我在家就想陪着她聊聊天，可是

她根本不搭理我！我究竟怎么做才能走进她的心里啊？”她低头擦着眼泪。

"青春期少年还无法像一个真正的成年人那样思考，还没有意识到自己对您的伤害。您是想'陪她聊聊天'，可她内心不接受您。给予她充分的陪伴，恐怕以您的条件无法做到，要想消除这道鸿沟，只有与她建立亲子之间的情感连接。"

"老师，怎么建立？"

"您可以尝试把她带入您的生活。"

"怎么带入？"

"您有没有和孩子谈过有关您的工作？您的个人生活？"

"没有，我一方面因为的确没有那么多时间，没有一个平静的心情去和孩子谈及此事；另一方面，我从来没意识到有和孩子谈这些的必要，甚至平时我都刻意瞒着她。"

"孩子不了解您，您也不了解孩子，你们最亲的母女俩就像两条平行线，谁都无法进入对方的生活，也就无法了解对方生活中的酸甜苦辣，怎么可能体会对方的难处？"

"我试试吧。"

"还要提醒您，孩子需要尊重。您总觉得女儿不理解您，可是您体会女儿的困境了吗？如果您想改变亲子关系，请您首先尊重孩子，不要随便命令孩子重写作业；如果实在必须重写，要征求女儿的意见，她同意后再写；不要随便否定孩子的主张,可以和孩子探讨什么样的主张才有利于解决问题;尽最大努力去支持孩子参加同学的团体活动。您实在无法分身陪伴,可以和女儿协商,在她同意的情况下,让外婆替代,或者和其他同学妈妈协商,请代为照顾,下次您参加时代别人照顾,办法总比困难多。如果错失小学时的陪伴,到了初中,就很难再有机会了,因为初中生参加活动多会拒绝家长的陪伴。

"锡山高级中学唐江澎校长认为:'好的教育,应该是培养终生运动者、责任担当者、问题解决者和优雅生活者,给孩子们健全而优秀的人格赢得未来的幸福。'生活中,您和孩子共同面对有关您的各种难题,与孩子共同协商解决有关她成长的各种问题,在这个过程中,会渐渐建立情感连接改善亲子关系,孩子也慢慢学会责任担当及解决问题的方法,最终会成为优雅生活者。这不是您所期盼的吗?"

"老师,不是所有事都能跟孩子谈的吧?"

"当然不是,一定要有选择。虽然谈的时候看似随意,其实是您提前精心挑选的。一些负面的、成人化的东西,都不要谈。选择积极向上的,又能锻炼孩子选择判断能力的事来谈。

"您可以选择让孩子参与选择、出主意想办法的事,探讨工作、生活中面对的困难和解决方法等。如果孩子自己提到社会阴暗面及负面东西,您也要在尊重事实的基础上,给孩子一个正面的引领。当她发现自己有能力帮助妈妈、为这个家庭出力时,她就有了被尊重的体验,同时逐渐获得掌控感、成就感、安全感等。我们的焦虑不安,多来自对未知的恐惧和对困难的束手无策。在与妈妈共同面对生活、工作、学习上困难的过程中,这些负面情绪都会得到缓解,也会逐渐学会换位思考。您陪伴的缺失,在她和妈妈共同面对困难的过程中,也会得到一定程度的补偿。"

"具体我和女儿谈哪些方面的工作比较好呢?"

"比如,您可以告诉孩子,您刚进这个公司处于什么职位,遇到过什么困难,怎么克服的。不要只谈成功,要多谈谈失败,以及失败后怎么一步步反败为胜的;还可以谈谈目前尚未解决的问题,和孩子一起共同商讨;还可以谈现在遇到的困难和瓶颈。但每次最好只限一个问题或者困难,切忌让孩子感觉到妈妈的焦虑和沮丧,要给孩子一个印象:妈妈面对这些问题很乐观,也一直在不断地寻求妥善解决问题的方法。

"在深入交流时,每谈一个问题,都可以征求孩子的意见,这样不但她不自觉地被带入您的生活，而且她也会把自己心中的困惑、疑难和您讨论，您这样就成功走进了她的精神世界。

"您所有的教育理念，都可以融入您的故事中。您和孩子这样的互动，潜移默化中向孩子传递了人生观、价值观，当她回味您的故事，就会深深为您而自豪，那时母女之间心意相通，还用担心矛盾吗？

"还要提醒一点，在和孩子交流的过程中，如果她的想法或者做法您感觉不合适，千万别着急，可以平心静气地与孩子探讨，也可以通过故事来启发引导。即使孩子错了，也不要强硬掰过来，给孩子一个心理缓冲和接受的时间，或者让孩子按照她想的做，等事实证明她错了，这时候她定会反思，说不定她自己来找您讨论此事了。"

三

1. 只有三名女性组成的家庭，在孩子成长过程中缺乏坚强有力的依靠。这种情况下，如果不重视孩子内心的孤独和诉求，不懂得根据不同年龄段的需求去帮助她，孩子必定缺乏归属感和安全感。

当孩子心里焦虑不安，无论家长给予孩子多么丰厚的物质享受，都无法满足她的精神需求，只会让负面情绪越积越多。

所以，如果限于条件，我们无法正常陪伴孩子长大，就尝试让孩子参与处理工作、生活中的问题（仅限于适合孩子参与的内容），孩子由此获得掌控感，学会换位思考，激发其奋斗的动力。当孩子成为家长生活的盟友，她就可以逐渐学会责任担当，学会独自解决问题，成就健全而优秀的人格。

2. 五、六年级的孩子，已到了青春期或者准青春期，他们有强烈的自尊和自主意识，当她感觉得不到被尊重，逆反是必然的。孩子从出生到长大，随着身体的发育，会经历几个阶段的生理和心理变化，家长要多加学习，随时为孩子的成长提供帮助。

3. 有的家长看起来很爱孩子，对孩子成长中的问题过于紧张，不能客观看待，心中的焦虑情绪难免会传染给孩子。而青春期的孩子最需要平等交流、倾听，如果家长还沿用儿童甚至幼儿时期的教育方法，孩子的崩溃在所难免。

要想做一名合格的父母，首先要与孩子建立情感连接，时刻关注孩子的精神世界；要知道孩子在各年龄段的精神需求，活到老学到老，做好孩子的精神伙伴，引领孩子健康成长。

参考文献

[1]［奥地利］阿德勒.阿德勒谈灵魂与情感[M].石磊,编译.天津:天津社会科学院出版社,2020.

[2]［奥地利］阿尔弗雷德·阿德勒.儿童的人格教育[M].张庆宗,译.上海:华东师范大学出版社,2017.

[3] 陈发展.为什么家庭会生病[M].北京:机械工业出版社,2021.

[4]［英］戴维·伯姆著,［英］李·尼科,编.论对话[M].王松涛,译.北京:教育科学出版社,2004.

[5] 付立平.给孩子的五顶学习帽[M].北京:中信出版社,2021.

[6]［日］冈田尊司.掌控情绪[M].刘善钰,译.北京:中国友谊出版公司,2021.

[7]［美］金伯莉·布雷恩.你就是孩子最好的玩具[M].夏欣苗,译.海口:南方出版社,2011.

[8] 李亚娟.觉醒情感:学校德育课程原点[M].南京:南京大学出版社,2020.

[9] 刘儒德.教育中的心理效应[M].上海:华东师范大学出版社,2019.

[10]［美］马丁·塞利格曼.教出乐观的孩子[M].洪莉,译.北京:北京联合出版公司,2020.

[11]［美］马歇尔·卢森堡.非暴力沟通[M].修订版.刘轶,译.北京:华夏出版社,2021.

[12]［美］沙法丽·萨巴瑞.父母的觉醒[M].王臻,译.上海:上海社会科学院出版社,2020.

[13] 王冬岩.浅谈小学生社会性培养[J].新教育时代电子杂志(教师版),2019(26).

[14] 王阳明撰著,谢廷杰辑刊,张靖杰译注.传习录[M].南京:江苏凤凰文艺出版社,2019.

［15］［美］维吉尼亚·萨提亚.新家庭如何塑造人［M］.易春丽,叶冬梅,等,译.北京:世界图书出版公司,2021.

［16］［德］雅斯贝尔斯.什么是教育［M］.邹进,译.北京:生活·读书·新知三联书店,1991.

［17］郑世彦.看电影学心理学［M］.桂林:广西师范大学出版社,2018.

［18］郑卫,胥兴春.教师介入幼儿同伴冲突的指导探析——以矛盾分析法为视角［J］.教育与教学研究,2016(9).

［19］朱小蔓.情感教育论纲［M］.北京:人民教育出版社,2007.

［20］开学致家长:最好的教育,就是家长与老师肩并肩［N］.中国教师报,2022 - 02 - 26.